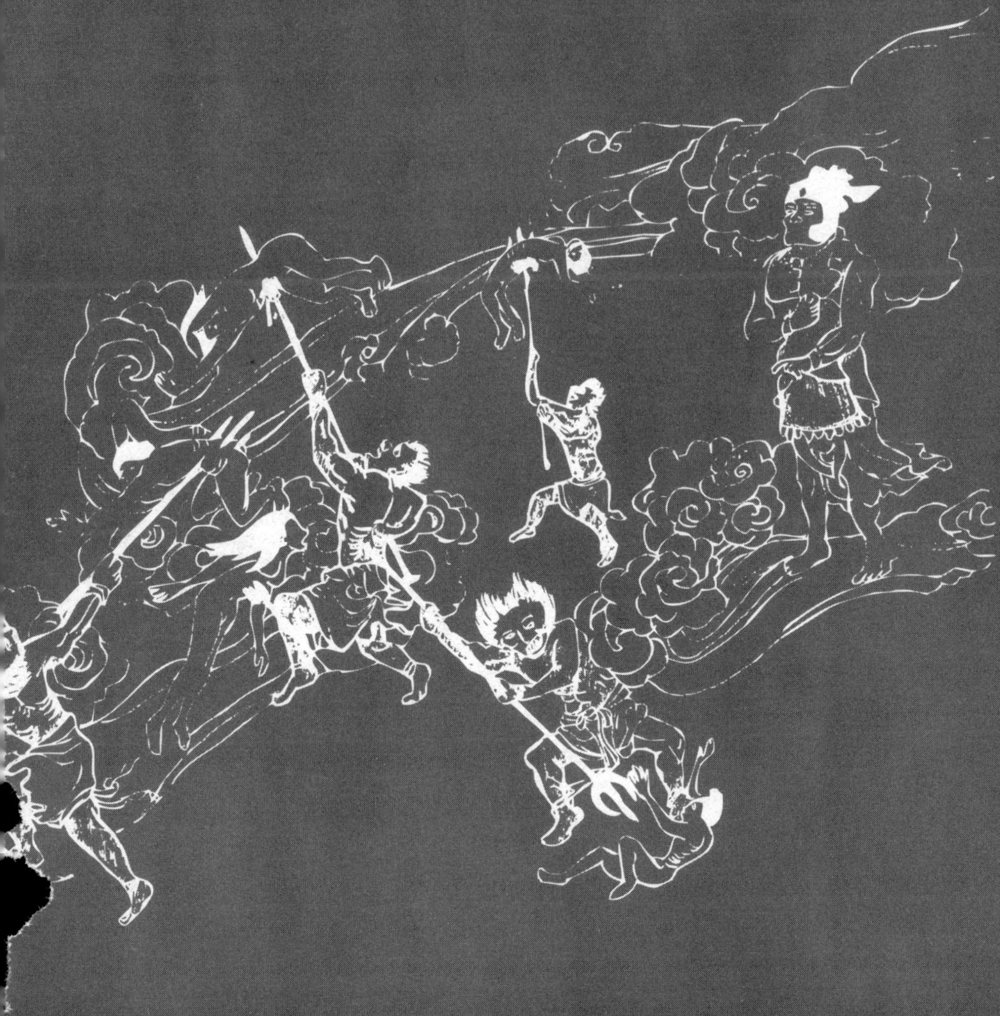

文异志

大唐泥犁狱

陈渐 作品

上海文艺出版社

本书根据《西游记》第十回“唐太宗地府还魂”演义

目录

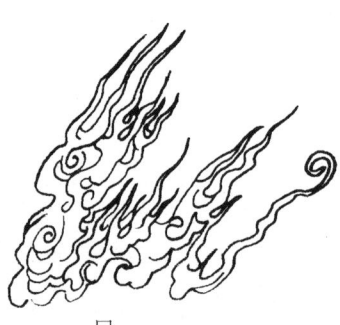

帝王，名僧，才子，权臣。

以百年佛运为枰，以大唐江山为子，下了一盘阴森诡谲、如刀如锯的棋局！

谁是十八泥犁狱的最终主宰？

谁是操纵世间众生的那双手？

……

楔子一

大唐武德四年，成都空慧寺。

和尚的僧袍拖在石阶与青苔之上，三尺戒刀摩擦着青石，发出金石之音。日色朗照，禅房内似乎幽宓无人，只有远远的几处鸟鸣。

然而当和尚走上石阶，禅房内却传来一声苍老的叹息："长捷，虽为杀人事，亦是菩提心，但若存了杀人念，你便落了下乘。"

和尚身子一抖，提着戒刀慢慢推门而入。

"终于要动手了吗？"老僧趺坐在蒲团上，含笑看着他。

和尚眼中涌出了泪水，手捧戒刀，木然道："这把刀，弟子浸泡在深泉中三夜，上有浮游三千；又暴晒三日，上有佛光百尺。特来为师父送别。"

老僧只是微笑看着他，脸上露出浓浓的不忍："今日之后，对老衲而言，无非一死而已，诸德圆满、诸恶寂灭。三界红尘，再不入我眼。可你……今日之后，诸天神佛，将再不会庇佑你；世人亲朋，再不会赞颂你；这大唐天下，将再无你的立足之地；你内心的戒律也会轰然崩塌，你将终生躲藏于黑暗之中，逃避着自己的内心。你的修行将永远不会圆满，死后沦入泥犁阿鼻狱，受那无穷无尽亿万劫的苦……这些，你能忍受吗？"

"弟子……"和尚的额头冷汗涔涔，却咬牙道，"弟子纵九死而不悔。"

"死，是最简单的事啊！"老僧摇了摇头，叹息了一声，"或许，这便是你的修行之路吧！空手把锄头，步行骑水牛。人在桥上过，桥流水不流。咄——”

一偈唱完，闭目垂眉，宛如入定。

和尚忽然泪流满面，伏地大哭，随后手中戒刀一挥，颈血上冲三尺，老僧的头颅砰然掉下。

戒刀叮当落地，这一刹那，和尚的脸上血痕弥漫，竟有一丝狰狞之色。他兜起僧袍，裹住老僧的头颅，踉踉跄跄地站起来，一步步朝禅堂外挨去。

千年古禅堂，百年青石阶，淋淋漓漓洒了一路的鲜血……

楔子二

大唐武德六年，河东道霍邑县。

县衙门在城东，面前是繁华的正街，衙门口坐北朝南，开着八字墙，墙上张贴着各种公告，日晒雨淋，现出斑驳的颜色，风一吹，破烂的纸片从墙上撕裂，被风卷着飘扬远去。

霍邑是河东重镇，从黄河渡口的蒲州去太原的必经之地，人烟繁华，商旅众多，县城热闹无比。这一日黄昏，就在正街熙熙攘攘的人流中，一名灰袍草鞋的僧人远远走来，他手中持着一只红檀木的木鱼，手里的木槌有节奏地敲击，发出悠远的响声，和这喧嚷的大街很是不搭。

那和尚到了县衙的八字墙外，看了看台阶上架着的鸣冤鼓，并不去敲，忽然诡异地一笑，手里敲击着木鱼，抬脚走上台阶。

二堂上，霍邑县令崔珏斜倚在一张红底轧花羊毛毡上，翻看着凭几上搁的卷宗。唐代不曾有后世出现的桌椅，大都是坐在地上，贫民铺有草席，富贵人家则铺有羊毛坐毡，或者以低矮的床榻作为坐具。非但日常生活如此，连衙门里也都一样。

正在此时，忽然听见仪门外响起嘈杂的声音，木鱼声声，震荡耳边。

“怎么回事？”崔珏不高兴地道。这位县令二十有八的年龄，相貌儒雅，脸上挂着淡淡的笑。纵使穿着绿色官衣，戴着软脚襆头的官帽，也没那种严肃气概，懒懒散散的，颇有魏晋名士的风度。

门外有胥吏奔了进来："启禀大人，衙门外有个僧人闯了进来，非要面见大人。我说大人正在处理公务，稍后通报，他居然大力敲起了木鱼。"

那胥吏话音未落，木鱼声中，一声佛偈响起："一钵千家饭，孤僧万里游。为了生死事，乞化度春秋。明府大人，贫僧不远万里而来，特来向大人化个缘法。"

崔珏笑了："这和尚有点意思，请来吧。"

和尚在差役的带领下，一脸平和地走进堂上，也不待招呼，径直在崔珏对面盘膝而坐。

"大师法号怎生称呼？"崔珏见这和尚粗狂，也不起身，淡淡地问。

"法号是甚？"和尚一翻眼珠，冷冷道，"只为佛前一点缘，何必名目污人间。"

"哦？"此时禅宗还没有兴盛，净土宗风靡大唐，打机锋的和尚不多，崔珏一时新鲜起来，含笑问，"和尚从何处来？到何处去？"

"从娘胎里来，到我佛钵盂中去。"和尚道。

崔珏无奈了："那么……法师来找下官有什么事？要化什么缘法？"

"贫僧要化的物事，只有大人才有，因此不远万里而来，只是不晓得大人给不给了。"和尚倨傲地道。

崔珏哑然而笑："下官又有什么是别人没有的？"

"大人这条命！"和尚古怪地笑道，"这颈上头颅，身外皮囊。"

崔珏脸上变色，跪坐而起，脸色阴沉地盯着和尚："法师在开玩笑？"

"这一路上，风霜磨去我三件僧袍，黄土洗掉我九双芒鞋，"和尚缓缓道，"只有我手中木鱼，越磨越光，可以照见我心。是否当真，我自己看得清清楚楚。"

崔珏神情凝重，见这和尚年有三旬，面皮粗粝微黑，满头满脸都是风霜之色，身上的僧袍补丁摞补丁，早已破得不成样子。脚下的芒鞋更是连鞋底都穿了，脚跟直接踩在了地上。一双大手骨节宽大，茧子粗厚。看来确乎行走万里，不是来跟自己开玩笑的。

"下官这条命，怎么会引起法师的兴趣？"崔珏心神慢慢稳定，脸上甚至带着笑容。

"你生于前隋开皇十四年，三岁能颂《论语》，七岁能做文章，年方弱冠，就名满三晋，诗词文章更是号称前隋第一，时人称许为'凤子'，因此你便以凤子为号。不过你命途多舛，平生不得意。及冠之后，尚未来得及施展，就赶上隋炀帝三征高丽，天下动荡，民不聊生，只好避难山中，这一避就是五年。大人可为少年志向难酬感到悲哀么？"

和尚的话在崔珏心中激起了滔天骇浪，他从容的脸色慢慢变得灰白，半晌才喃喃道："果真如大师所言。"

和尚也不理会，继续道："五年后，如今的皇上为太原留守，听到你的才名，征辟为留守府参军，你本以为可以出人头地，一展抱负，没想到第二年皇上就兴兵反隋。本来皇上定鼎大唐，若不出意外，你跟着他进入长安，到如今怎么也是朝中重臣。可偏偏大军南下霍邑，你立了一场大功，改变了你的一生。皇上受阻，你崔大人献策，合围诱敌，击破了宋老生的隋军。于是皇上就命你为霍邑县令，驻守要地。宋金刚大军压到城下，你率领三百民军敢发动夜袭；霍邑守将寻相要投敌，你带着两个家人敢到他府上行刺。霍邑被破，你率领全城百姓避难霍山之中，连一粒粮食也没留给敌军。刘武周、宋金刚被灭后，你治理霍邑，路不拾遗，夜不闭户，百姓们无不安居乐业。我想问你，如此大功，为何皇上在位这么多年，你仍旧是个县令？"

听这和尚将自己前半生的经历娓娓道来，崔珏不禁呆若木鸡，手中握着卷轴，指节发白："求师父指点。"

和尚陡然喝道："心如泥犁火，本欲起无名。婆娑三千界，烧个铁窟窿！你相貌虽然文弱，但你的眼睛却燃烧着赤裸裸的、毫不掩饰的野心和欲望。在这世上，没有任何一个位置会是你的终点，你永不满足，不知疲惫。身居上位者，若不知你的欲求在哪里，他如何敢用你？"

崔珏身子一震，陷入沉思。

"哈哈，贫僧就为你指一条明路。"和尚怪笑一声，"大人应该知道，西方鬼世界，有泥犁之狱？”

“泥犁狱？”崔珏愕然片刻，他通读各教经典，自然不陌生，点点头，“按佛家说法，泥犁狱是欲界六道之一，佛家有《十八泥犁经》，说道，人死后，为善多者上天，为恶多者入泥犁。共有八热、八寒、游增、孤独等十八处。也有人译作‘泥犁耶’、‘捺落迦’，还有人称之为‘地狱’。”

和尚拈指微笑：“凤子之名，当真不虚。贫僧愿带大人前往泥犁狱一游，大人可愿意吗？”

崔珏彻底呆住了。

“有泥犁之王，名曰炎魔罗，欲在东土重开泥犁狱，掌管泥犁轮回，审判六道善恶，如今还缺一名判官。大人的智慧冠绝东土，透彻人心，霍邑百姓传言大人审善断恶，从无错讹，霍邑十万玲珑心，都比不上大人心有七窍。泥犁污秽，人间罪恶所集，正好借大人这千丈的无明业火压一压邪秽。不知大人意下如何？”

那和尚淡淡地笑着，眸子里燃烧着怪异的光芒。

“本官……我……我……”崔珏张口结舌，额头汗如雨下，竟不知如何回答。

“虚负高才，襟抱难开。这人间已经与你无缘，泥犁狱里或许是你一展抱负的地方。”那和尚哈哈大笑，“贫僧言尽于此，这缘法化与不化，大人且自己思量。”

说罢，僧人狂笑着走出县衙。早已入夜，衙门里阴森幽暗，只有木鱼声悠悠地远去。

是夜，霍邑县令崔珏，以一条白绫自缢于庭前树下。

第一章
唐朝僧人，天竺逃奴

大唐贞观三年，春三月。

霍邑县的正街十里繁华，酒肆遍地，商旅们行色匆匆，贩夫走卒沿街叫卖的声音此起彼伏。这里是从长安通往太原府的必经之路，自从武德七年大唐削平了最后一股割据势力辅公佑，唐朝境内一统，乱世结束，大唐突然便焕发了难以置信的活力。武德九年李世民在渭水便桥和突厥结盟后，北方边境的威胁也减弱，从河东道到塞北的行商也日渐多了起来，霍邑日渐富庶。

这一日，县衙正街上远远走来一名僧人，这僧人年有三十，眉目慈和，举止从容，皮肤虽然晒得微黑，却有一股让人情不自禁感觉亲近的力量。身上灰褐色缁衣虽然破旧，有些地方都磨得只剩几根丝线，却浆洗得干干净净。背上一只硕大的胡桃木书箱，看样子书箱挺重，肩上的绳子深深勒进肉里，那僧人仍旧腰背挺直，步履从容，无论何时何地，脸上都带着淡淡的笑容，仿佛眼内的一切都让他充满了喜悦。

而这和尚身后，却跟着一个满脸大胡子、高鼻深目、肤色黝黑、偏生裹着白色头巾的西域胡人。这胡人身材高大，背上背着个大包袱，一路上东张西望，顿时引起了百姓的围观。这时候来大唐的西域胡人虽多，却大多聚居在长安和洛阳一带，然后就是南方沿海的广州、交州、潮州和泉州，这河东道的县城倒是很罕见。

在一群儿童跳跃拍手的跟随下，这怪异的二人组合来到了县衙门口的八字墙外。

在衙门口值守的差役也惊讶了老半天，见那僧人走上了台阶，才问："这位法师，你到县衙有何贵干？"

那僧人施礼道："贫僧玄奘，从长安来，希望拜谒贵县的明府大人。"

"哎哟，"差役吃了一惊，"长安来的高僧啊！可是不巧的很，我们县令大人前日去汾水堤岸巡查春汛去了，也不知道啥时候能回来。您老等着，小的这就去找个胥吏问问。"

玄奘合十道谢。这个差役风一样跑了进去，另一个差役则殷勤地帮他把背上的书箱解了下来："法师，您老先歇歇。"书箱猛地一坠，差役险些没托住，"呦，这箱子这么沉……您就这么一路背着啊？"

旁边伸过来一双大手，轻轻地接住。那个胡人提着书箱轻轻放在地上，笑道："这是宝贝。玄奘大师的，几十卷的，经书，从长安背着，到这里。"

玄奘呵呵一笑，并不言语。

差役瞅了瞅这胡人，见他汉话说得虽有些结巴，发音却很准，不禁有些稀罕，笑道："你是哪国的？突厥？回鹘？还是沙陀？"这些年隋唐交替，连年征战，连乡野村夫都能把西域诸国说出来几个。

"我……"胡人摸了摸自己胸口，大声道，"天竺人，中天竺，波罗叶。"

"天竺……"差役挠挠头，显然没听说过。

波罗叶伤了自尊心，嘴里咕哝几句，显得有些懊丧。

玄奘道："海内诸国，如恒河沙数，有远有近，有亲有疏，哪是所有人都能够明了的。"

波罗叶脸上现出尊敬的表情，躬身称是。

这个天竺人波罗叶，是玄奘从长安出来的路上"捡"的。他本是中天竺戒日王的驯象师，四大种姓里的首陀罗，贱民阶层。武德九年的冬天，中印度名僧波颇蜜多罗随唐使高平王李道立从海道来唐，住在大兴善寺。随着波颇蜜多罗一起来的，还有戒日王送给当时的皇帝、如今的太上皇李渊的两头大象；随着大象一起来的，自然便是这位天竺驯象师了。

可波罗叶倒霉，这大象在大海上晃悠了几个月，又踏上唐朝的土地，一时水土不服，竟死了一头。这可是重罪，到了长安就被使团的首领关了起来，打算返回中天竺，交给戒日王治罪。波罗叶很清楚，以戒日王酷爱重刑的脾气，自己让他在大唐丢了大面子，要么烧死他，要么砍断他的手脚，于是他心一横，干脆逃跑算了，好歹这大唐也比自家富庶，不至于饿死。

这波罗叶擅长瑜珈术，偏生大唐的看守还不曾想过提防会这种异术的人，于是波罗叶把自己的身体折成一根面条一般，从鸿胪寺简陋的监舍里逃了出来，开始在大唐的土地上流浪。

这一流浪就是两年，直到去年冬天碰上玄奘。玄奘一是见他可怜，二来自己研习佛法，需要学习梵文，了解天竺的风土人情，便将他带在身边。这波罗叶觉得跟着和尚怎么都比自己一个人流浪好，起码吃住不用掏钱。况且这个和尚佛法精深，心地慈善，从此就不愿走了，一路跟着他。

波罗叶人高马大，汉话也不甚利索，却有些话痨，当即就跟那差役闲扯起来，两人聊得热火朝天，几乎就有点拜把子的冲动。便在这时，先前那个差役急匆匆地从衙门里奔了出来，身后跟着个头戴平巾绿帻的胥吏。

那胥吏老远就拱手施礼："法师，失礼，失礼，在下是县衙的典吏，姓马。"

"哦，马大人。"玄奘合十躬身，"请问明府大人何时能回来？"

"嘿，不敢称大人。"马典吏满面堆笑，"春汛季节，郭大人担忧汾水的堤坝，巡视去了。这都好几日了，估摸快的话今日申酉时分能回来，慢的话就明日上午了。法师找郭大人有事？"

"有些旧事想找明府大人了解一下。"玄奘道，"贵县明府姓郭？"

"……"马典吏一阵无语，心道，原来这法师连大人叫啥名都不知道啊？"对，姓郭，讳宰，字子予。武德七年从定胡县县丞的任上右迁到了霍邑。"

"既然如此，贫僧这就先找个寺庙挂单，等明府大人回来，再来拜访。"玄奘道，"据说霍邑左近有座兴唐寺，乃是河东道的大寺，不知道怎么走？"

“哦，兴唐寺就在县城东面二十里的霍山脚下。”马典吏笑着问，“还不知大师的法号怎么称呼？”

“贫僧玄奘，乃是参学僧，受具足戒于成都空慧寺。”玄奘道。

参学僧就是游方僧，以到处参学、求证为目的，四方游历，这种僧人一般没有固定的寺院，到了哪里就在哪里挂单，只需出示自己受过具足戒后经国家机关发给的度牒即可。按唐代规定，正式的僧人，也就是受过具足戒的僧人，拥有免除徭役的特权，并授予三十亩口分田。

玄奘以为这位大人在查验自己的资质，回答得甚是详细，没想到马典吏一听就愣了：“你……你是玄奘法师？把江汉群僧辩驳得哑口无言的玄奘？嘿，据说苏州的智琰大法师辩难输了，竟伤心得哭了！这是真的假的？”

玄奘也有些意外，没想到自己的名声居然传到了三晋。他二十一岁出川游历，从荆襄到吴、扬，再到河北，就像一阵龙卷风扫过。佛家各个派别的经论，各大法师的心得，无不被他深究参透，直至最后辩难，连自己的师父也无法回答，才怀着疑惑而去。

相比起来，智琰法师组织江汉群僧与他的一场辩难，在玄奘的经历中，不过是一朵细小的浪花而已。不过一个年轻的僧人对付十几个成名已久的高僧，把他们说得理屈词穷，在外人看来，那是相当传奇的一幕了。

玄奘摇摇头：“智琰法师的悲叹，不是因为不及贫僧，而是因为道之不弘，法理难解。”

马典吏可不大懂什么法理之类，他只知道，眼前这个和尚大大的有名，佛法精深，神通广大。于是更加热情：“呃，法师先别忙着走，在下先带您到一个地方看看。”

玄奘一阵错愕，这马典吏不由分说，命两个差役抬着大书箱，就带着他上了正街。马典吏太过热情，玄奘也不好拒绝，只好跟着他走，也没走多远，朝北绕过了县衙，进入一条横街，走了五六百步就到了一处宅第前。门脸不大，也没有挂牌匾，但门口的两尊抱鼓却说明这户人家乃是有功名的。

“法师，”马典吏介绍，“这里就是县令大人的宅子，前衙后宅，大人的家眷都住在这里。左边是县丞大人的宅子，右边是主簿大人的宅子。你且稍等片刻，我去和夫人说一声。”

玄奘不禁有些发怔，自己明明说要去兴唐寺挂单，这马典吏怎么把自己领到了县令的家里？虽说富裕人家供养佛僧很常见，只要你有钱，请僧人住上几个月些许年也没问题，可县令不在，难道还能住到他家不成？

马典吏叩了叩门环，一个小厮打开角门，见是他，急忙让了进来。马典吏匆匆走了进去，叮嘱那小厮要好好看顾法师。小厮好奇地看着这群人，还没等他说话，就被波罗叶黏上了：“小弟，多大年纪咧？叫啥名捏？家里几口人？阿爹和姆妈做啥的……”

一迭声的问话把小厮闹得发懵。玄奘也无奈，这厮在大唐流浪了两年，别的不学好，却学了一口天南地北的方言，还喜欢掺杂到一块用……

这时，一个相貌平庸的大丫鬟从宅子里走了出来，到了角门，探头看了看玄奘，一脸狐疑：“你就是长安来的僧人？你可通驱鬼辟邪之术？”

听了前一句，玄奘刚要点头，后一句顿时让他无语了，只好硬生生地顿住，苦笑道：“贫僧修的是如来大道，驱鬼辟邪乃是小术，贫僧修道不修术。”

“天奶奶呀！”出乎他意料，这大丫鬟眼睛一亮，平庸的脸上竟露出光彩和姿色，惊叫一声，“驱鬼辟邪还是小术啊？哎呀，可找着高僧啦！大师，请，快请！死球儿，还不开中门？”

玄奘瞠目结舌地看着她，这位大姑娘……理解力也太成问题了吧？

还没等他解释，那个叫“死球儿”的小厮一迭声地跑进去打开了大门，这时候马典吏也出来了，一脸堆笑：“法师，夫人有请，快快随我进来。”

玄奘无奈，只好随着马典吏走进了宅子。后面的波罗叶早就和小厮混熟了，笑嘻嘻地看着他：“我说，你连你，爷爷奶奶的名儿，都告诉，俺了。咋不告诉俺，你叫啥名。原来，你叫，死球儿。”

那小厮一脸涨红，恼道：“我不叫死球儿。”

“那你，叫啥？”波罗叶奇道。

“球儿！”小厮怒目而视。

这座内宅其实是县衙的三堂，和前面通着，县令从自己家穿过小门就可以去二堂办公，不用走大街。内宅也挺宽敞，迎面是一座厅堂，三间宽阔，左右是仆妇下人的耳房，厅堂后是内院，是县令家眷的住处。厅堂侧面还有个月亮门，通向后花园。

马典吏和大丫鬟莫兰陪着玄奘进了会客厅，地上铺着花色羊毛坐毡，莫兰招呼众人坐下。马典吏却让那两个差役放下大书箱，说自己还有公务，不能久留，告罪一声，跟着他们离开。玄奘想要阻止，莫兰却好像巴不得他走，连连摆手，让球儿抬过来一张食床，奉上几样茶点，道："法师先稍等片刻，我家夫人即刻便来。"

玄奘不解地道："女施主，不知马大人将贫僧带到这里，到底有什么事？"

莫兰犹豫了一下，道："马大人是受我所托，找一位高僧来驱邪祟，具体什么情况，他并不知晓。事关县令内眷，他也不方便与闻，因此……还请法师莫怪。"

"袪邪祟？"玄奘哑然失笑，"贫僧已经说过，我修的是佛法，而非法术，佛法经咒是让人明理的，法事也是让众生明理受益的，那种驱鬼神、袪邪祟、呼风唤雨、符箓咒语，不是佛家正法。你还是去找个寺庙，甚或寻个道士好些。"

这大丫鬟显然不信，也怪马典吏把他吹嘘得狠了，长安来的高僧啊！十年游历天下，辩难从无败绩的高僧，怎么可能不懂法术呢？

"法师，我伺候夫人这么多年，见多识广，大多数道士都是骗人的。"莫兰露出些尴尬的表情，"咱们霍邑的兴唐寺虽然灵验，可近在咫尺，有些话不方便让他们知晓……法师来自长安，云游天下……"

她话没说完，玄奘自然也听得出来，敢情是因为自己是个外地僧人，哪怕知道了夫人小姐们的隐私，办完事就走，不会抬头不见低头见的让人尴尬。

他苦笑一声："好，你先说说吧。"

莫兰看了看厅内，除了波罗叶这个粗笨的海外蛮子也没有旁人，当即压低了声音，说道："大约从去年春上开始，我家夫人每每一觉醒来，总会在身上出现一些红痕。夫人也很疑惑，结果没几天就退了。但是过了几天，就又出来了。夫人还以为是斑疹，找大夫用了药，也没什么效果，因为那红痕来得毫无征兆，有时一个多月也不曾有，有时连着几天越发的多。我和夫人、小姐都很疑惑，越来越觉得这县衙鬼气森森的……"

这大丫鬟说着自己也有些怕了，左右偷偷地看，好像有鬼在四周觊觎："县衙阴气重，莫不是真有什么妖邪作祟？"

玄奘皱紧了眉毛："这红痕究竟是什么模样？"

"千差万别。"大丫鬟道，"有些是长条，有些是红斑块，有些甚至青紫。看起来……"她眼里露出一丝恐惧，"看起来就像有鬼拿着指甲狠狠掐的一般。"

"红斑上表皮可有突起如粟米的小颗粒？"玄奘沉思了一番，问道。

莫兰迟疑着摇了摇头："这倒没有。"

"那便不是疹子了。"玄奘喃喃道，他也有些郁闷，自己好好一个研习佛法的僧人，却被人拉来驱邪，"那么，这些瘢痕出现在哪些部位？"

"哦，出现在……"莫兰正要回答，忽然屏风后面脚步声响，环佩叮咚，一缕柔腻的香气飘了进来。

"哎，夫人来了。"大丫鬟说。

一名盛装少妇袅袅婷婷地走了出来，这少妇高髻上插着步摇碧玉簪子，浅紫色的大袖襦裙，白腻的酥胸上还坠着镶蚌团花金钿，一派雍容富贵。人更是明眸皓齿，姿容绝色，尤其是身材，纤秾得益，似乎浑身的弧线都在弹跳着。即使玄奘这个和尚看来，也能感受到一种生命律动之美……与山间勃发的花草树木不相上下。

波罗叶到底是个驯象师，也不知道避视，瞪大印度人种特有的圆咕噜眼珠子，盯着人家夫人看。果然见那夫人的洁白脖颈上有几块红色的瘢痕，团花金钿旁边的酥胸上，还有长长的一条红痕。

“这位便是长安来的高僧吗？”李夫人没注意这天竺人，乍一看见玄奘，不禁一怔，脸上露出一丝异色。

“阿弥陀佛。”玄奘站起来躬身合十。

李夫人呆呆地看着玄奘，明眸之中居然满是骇异，竟一时忘了回礼，好半晌才回过神，惊慌失措地在一旁的坐毡上跪坐，洁白的额头上，竟隐隐渗出冷汗。

玄奘莫名其妙，只好趺坐，一言不发。

“法师来这里，有何贵干？”李夫人凝定心神，脸上勉强露出一丝笑容，问道。

“呃……”玄奘更郁闷了，是你们的典吏把我拉来，丫鬟把我拽来的，干吗问我啊？但又不能不答，“贫僧从长安来，本是为了求见郭大人，问询一些旧事。谁料明府大人巡视汾水去了，恰好，马典吏和莫兰姑娘把贫僧找来，询问些邪祟之事。”

“邪祟？”李夫人倒愣了，转头看着莫兰，“什么邪祟？”

玄奘和波罗叶不禁面面相觑，俩人都有些发呆。

“哦，夫人。”大丫鬟急忙说，“不是您身上的红痕嘛，您常说梦中见到些鬼怪，只怕县衙内不干净，咱们不是想着去兴唐寺做场法事吗？可您又担心这，担心那的，这不，我把法师请到了咱的家里……”

她这么一说，李夫人的脸上霍然变色，狠狠地瞪着她，眸子里恼恨不已。

玄奘也明白了，敢情都是这位大丫鬟自做主张啊？

“莫兰……”李夫人恼怒不堪，却没法当着玄奘的面斥责，重重地一拍食床，“你给我退下！”

莫兰有些摸不着头脑，不知道夫人为何如此发怒，但又不敢违拗，只好撅着嘴跑进了后宅。

“哦……”李夫人面色晕红，更显得美艳如花，不可方物，尴尬地看着玄奘，“让法师见笑了。这婢女从小伺候我，疏了规矩，闺阁玩笑事，竟让她惊扰外人。”

“阿弥陀佛，”玄奘也有些尴尬，“是贫僧孟浪了。”

李夫人叹息了一声，眸子盯紧他，竟然有些失神。玄奘是僧人，自幼修禅，一颗心早修得有如大千微尘，空空如也，面前这美貌的夫人，在他眼中跟红粉骷髅差别不大，自然不会心动，然而却也翻腾出些许怪异：这夫人一直盯着贫僧作甚？

“法师是哪里人氏？”李夫人道。

“贫僧是洛州缑氏县人。”玄奘合十道。

两人似乎有些没话找话的味道。

夫人问：“家里可还有什么人？”

“父母早亡，有三位兄长和一个姐姐。”

“你有兄长啊？”李夫人面露沉思，“你那三位兄长如今都做什么生计？”

“贫僧十岁出家，至今也没回去过。出家前，大兄是县学的博士，那时还是前隋，如今我大唐政律，靠近府城的县，有了府学，不再设县学。缑氏靠近洛州，恐怕早已裁撤了吧！大哥如今在何处，贫僧也不清楚了。”提起亲人，玄奘不禁露出些许黯然，眼眶微微湿了，“三兄务农，有地百顷；大姐嫁与瀛洲张氏。倏忽十七年了，由隋到唐，由乱到治，洛阳一带乱兵洗劫这么多年，家人也不知如何了。”

李夫人想起这场持续了十多年的可怕乱世，也不禁心有触动，叹息不已：“那你二兄呢？”

“二兄陈素，长我十岁，早早的便在洛阳净土寺出家了，法名长捷。”玄奘道。

“长捷……”李夫人喃喃地念叨着。

“贫僧五岁丧母，十岁丧父。是二兄将我带到了净土寺，一开始是童行，十三岁那年剃度，做了小沙弥。”玄奘露出缅怀的神情，显然对自己的二哥有很深的感情，“太上皇灭隋立唐后，洛阳王世充对抗天军，战乱将起，二兄带着我逃难到长安，随后我们又经子午谷到了成都，便在成都长住下来。”

李夫人眸子一闪，急切地道：“那你二哥现在呢？他在何处？”

玄奘一怔，露出迟疑之色，缓缓道："武德四年，贫僧想出川参学，游历天下，哥哥不允。我便留下书信，离开了成都，从此再也没有见过。"

"原来如此……"李夫人感慨不已，"高僧也是个可怜之人啊！"

玄奘默然不语。

"大师，"李夫人咬着嘴唇，显然有一桩难以决断的心事，半晌才道，"妾身有句话想奉劝。"

"阿弥陀佛，夫人请讲。"

李夫人美眸中闪过一丝凝重，一字一句道："大师可否即刻离开霍邑，离开河东道？"

玄奘愕然："夫人这是何意？"

李夫人却不回答，双眸似乎笼上了一层雾气，只是痴痴地望着对面墙上挂着的一幅仕女图，边上题着诗句。那仕女图细笔勾勒，极为生动，画中少女嫣然而笑，裙裾飞扬，直欲从画中走出来。看那眉眼，跟眼前的李夫人一模一样。

李夫人看得痴了，似乎忘了玄奘在场，喃喃地念着："莫道妆成断客肠，粉胸绵手白莲香。烟分顶上三层绿，剑截眸中一寸光。舞胜柳枝腰更软，歌嫌珠贯曲犹长。虽然不似王孙女，解爱临邛卖赋郎。锦里芬芳少佩兰，风流全占似君难。心迷晓梦窗犹暗，粉落香肌汗未干。两脸夭桃从镜发，一眸春水照人寒。自嗟此地非吾土，不得如花岁岁看。"

玄奘默默地听着，他虽然一心参禅，对儒学和诗词文章却并不陌生。事实上这个时代的僧人大都精通儒家经典，甚至还有精研老庄的，诗僧更是多如牛毛。细细听来，这首诗虽然淫靡绮艳，遣词用句却当真是奇绝，如鸾羽凤尾，华美异常。仅仅这"烟分顶上三层绿，剑截眸中一寸光"一句，设喻之奇、用语之美，真令人叹为观止。放到任何一个时代，与任何一个诗人比较，都算是上品。

"既然是配画诗，看来是写赠给这位李夫人的，以李夫人的美貌，倒也配得上这首诗。这诗是何人所作？此人的才华，当真超绝。"玄奘暗暗地想着，虽然念头略有香艳，但他浑然不觉，就仿佛面对着山间的花朵，盛赞生命之美而已，全没半分不洁的念头。

“不得如花岁岁看……”李夫人凄然一笑，这才醒觉过来，脸上露出赧然的羞红，“妾身沉溺往事，慢待了大师，莫要见怪。”

玄奘宽厚地一笑：“世事诸果，皆有诸因。连贫僧自己也在这六道红尘中迷茫，怎么敢怪夫人。”

李夫人黯然点头，振了振精神：“天色已晚，本该招待法师用些斋饭，只是我家大人不在，妾身不好相陪。我已经让马典吏在驿舍给法师安置好了房间饭菜，就请马典吏陪着大人吧！”

玄奘急忙起身：“不敢，贫僧怎么敢叨扰官府，城外有兴唐寺，贫僧去那里挂单即可。”

李夫人点点头，目光闪动，又叮咛一句：“法师切记，即刻离开霍邑。天下之大，以法师的高才，迟早名震大唐，贵不可言，这霍邑……”

她咬咬银牙，却没再说下去。

玄奘合十不语，告辞了出去。李夫人倚门而望，看着玄奘的背影消失在照壁之后，才无力地扶住门框，闭上眸子，喃喃道：“真的好像……”

两人离开后衙，在暮色里走上了正街。

波罗叶方才真是憋坏了，玄奘和李夫人对话，有些他不懂，即使懂了也不敢插嘴，把这个话痨急得抓耳挠腮，所幸食床上的茶点很合他口味，跟着玄奘这个和尚，可没吃过这么好的东西。他吃手抓饭惯了，便只顾往嘴里塞东西，到了饭点也不觉得饿，倾诉欲又上来了。

“法师，法师。”波罗叶一手提着大包，一手掂着玄奘的书箱，追过来兴奋地道，“我知道，那位尊贵的夫人，得了啥子，病了。”

“嗯？”玄奘正在沉思，一时没听懂。

“那……”波罗叶急了，把书箱背到肩上，伸出一只手比划，“那，女奴，不是说，夫人身上，红斑，怀疑是，鬼掐吗？”

玄奘这才想起来，自己起先的使命是给李夫人驱邪来着，结果却让人尴尬，全是这位大丫鬟自作主张，人家夫人根本不领情。他苦笑一声："哦，你知道什么了？"

"那夫人，不是病。是……"波罗叶忽然不知道怎么表达，他汉话的词汇量有限，吭哧半晌，"是，锯刀锋。"

"锯刀锋？"这个词汇蛮新鲜，玄奘笑了，"这是什么意思？"

"锯刀锋，锯子……"波罗叶伸出右手，朝空气中划了两下，急道，"梵语，汉话的意思，该就是这。锯子，刀锋。"

玄奘点头："锯子和刀锋贫僧自然知道，可你这个词是什么意思？"

"就是……"波罗叶想了想，咧开大嘴笑了，"就是，男女欢爱，情浓，欢悦，的时候，痉挛，忘情，用手和嘴，在对方身上留下的，印痕。刺啦——"他五指一抓，口中还模拟，嘴唇一嘟，啵的一声，"你看，皮肤，红色印痕，像是刀锋，划过，锯子锯过。"

玄奘顿时呆滞了。

首先，是被恶心死的，这么个粗笨的黑鬼，龇着白牙做亲吻状，不难受才怪；其次是尴尬死的，自己好歹是佛僧，却稀里糊涂懵懵然地跑到县令内宅里给人家夫人驱"邪"；最后是无奈死的……自己一个和尚怎么能晓得这事儿啊！

其实这事儿还真怪不得玄奘，他自幼出家，女人都没见过几个，除了佛法禅理不理俗事，禅心之固，有如磐石，再美的女人也动不得他半分禅心，对这事儿压根就不知道。而那位肇事者，大丫鬟莫兰，她也没成婚，见了夫人身上的红印大惊小怪，只怕夫人也羞于说出口，这才拿邪祟来当托词，谁料这大丫鬟当了真……

要怪，还得怪这个天竺黑鬼，你知道怎么不早说？不过想想，他当时也没机会说啊，难道他当着人家夫人的面，说你家没鬼，你也没病，这是你跟你相公亲热的痕迹……幸好他没说，否则当场就被人拿着门闩子给抡了出来。

"你……还知道些什么？"玄奘也不敢轻视这家伙了，毕竟人生的另一面是自己完全没接触过的。

“还知道，”波罗叶挠挠头，“县令家，一个夫人，一个小姐，还有，县令，怕老婆。”

玄奘再也忍不住了，呵呵笑起来。这个粗笨的家伙，也太有意思了，这才多大工夫，就把这些情报都摸清楚了。

“法师，”波罗叶迟疑道，“那夫人让，您尽快离开，霍邑。听她的，口气，怕有啥子大危险，您还是……”

玄奘默然片刻，摇了摇头：“这趟来霍邑，贫僧有一桩心愿要了断。参佛之路，本就步步荆棘，如果真有危险，也算是贫僧的一场因果而已。避又能避得过么？”

“可是，怕危及您的，生命。”波罗叶急道。

玄奘不语，他性子柔和，但却坚韧执拗，认准的事百折不挠。波罗叶连连叹气，却也没有办法。

两人走上正街，刚刚在入暮的街市上走了几十步，忽然有人在后面喊：“法师！法师！玄奘法师——”

两人一回头，却见马典吏大呼小叫着从后面追了过来，一脸的亢奋，他身后还跟着一位高大魁梧、六尺①有余的巨人。这巨人身材惊人，倒也罢了，更奇的是，他竟穿着深绿色圆领袍衫，幞头纱帽，腰带也是银带九扣。这分明是六品官员的服饰。

果然，那马典吏跑到玄奘面前，连连拱手，气都喘不匀：“法……法师，幸好找着您了。我家县令大人刚回到县衙，听到您来了，来不及更衣就追了出来……”

玄奘啧啧称奇，这一县之令居然是这么一位天神般的昂藏巨汉，他若穿上甲胄，只怕沙场上也是一员骁将。

这时那位县令郭宰已经到了跟前，看见玄奘的面容，立时就生出欢喜之

---

① 唐时 1 小尺为 30 厘米，1 大尺为 36 厘米，小尺为特殊专用，民间通用大尺。郭宰身高折合现代标准，约为 2.16 米以上。

意,长揖躬身:“法师,宰久闻法师大名,没想到今日大驾竟莅临鄗县,霍邑蓬荜增辉啊！宰劳形案牍,险些错过了法师。”

这位郭宰大人即使躬身,仍旧比玄奘高那么一头半,他只好抬起胳膊托:“大人客气了,贫僧只是一介参学僧,哪里当得起大人如此大礼。”

“当得,当得。”郭宰眉开眼笑。这位巨人的身形虽然粗大,相貌却不粗鄙,谈吐更有几分文绉绉的模样,“天色已晚,高僧如果不嫌弃,可否到下官家里,下官也好听听佛法教化。”

玄奘刚从他家出来,想起李夫人的态度,本不想再去,可耐不住这郭宰苦苦哀求。他为人心软,性子又随和,只好重新往县衙后宅走去。波罗叶一手提着大包裹,背上还扛着书箱,郭宰见了,也不管自己的身份,一手抓起他背上的书箱,像提一只小鸡一般抓在手里,轻如无物。

“好,力气!”波罗叶赞道。

“哈哈,”马典吏得意地道,“我家大人可是在朔州一带和突厥厮杀十几年呢,任定胡县尉六年,突厥人和梁师都不敢窥定胡县一步。”

玄奘点头:“果真是位沙场骁将,大人允文允武,真神人也。”

“哪里,哪里。”郭宰脸上赧然,“下官是一介粗汉,只知道报效国家,管他文官还是武官,朝廷让干啥就干啥。”

玄奘笑了:“看大人取的名,取的字,颇有儒家先贤之风。看来大人志向高洁,在庙堂之上啊!”

玄奘听马典吏说过,郭宰,字子予。孔子有个弟子就叫宰予,字子我,为人舌辩无双,排名还在子贡前面,是“孔门十哲”之一。因此玄奘才有这话。

郭宰微黑的老脸顿时通红,讷讷道:“法师取笑了。下官只粗通文墨,哪有什么儒家风范。下官祖居边境,幼年时父母宗族为突厥人所杀,心里恨突厥人,就给自己起名叫宰,是宰杀突厥人的意思……”

玄奘不禁莞尔,马典吏也呵呵笑了。

“没想到,当了官之后,同僚们都说我这名字好,我请教了一位先生,才知道还有这档子事。”郭宰不好意思地道,“后来先生便帮我取字,叫子予。

说你既然当了官了,就去去名字里的血腥气吧!我寻思着,先生取的字那自然是极好的,后来知道子予是啥意思了,还纳闷,这咋从宰突厥人变成宰我自己了?"

众人顿时捧腹,玄奘也忍不住大笑,只觉这位县令大人实在童真烂漫,心中顿时肃然起敬,在官场沙场厮混几十年,居然能保持这颗纯真之心,此人大有佛性。

几个人一路谈笑着,又回到了郭宰的家中。

李夫人没想到玄奘又回来了,知道是郭宰请回来的,也无可奈何。

"优娘,绿萝呢?"郭宰问,"让绿萝出来给法师见礼。"

李夫人闺名优娘,见丈夫问,答道:"绿萝申时去了周夫人家学习丝竹,还没回来。"

郭宰见女儿不在家,只好命莫兰去做了素斋,大家先吃饭再说。初唐官民皆不丰裕,宴席也挺简单,两种饼,胡饼、蒸饼,四种糕点,杂果子、七返糕、水晶龙凤糕、雨露团,以及几种素淡的菜肴。放在食床上,抬进来放在客厅中间,大伙儿席地跪坐。郭宰嗜酒,当着玄奘的面也没敢喝,只是象征性地上了一坛子果酒。这果酒虽然寡淡,也含有酒精,玄奘自然不喝,却也不忌讳别人喝,当下三个大男人你一碗我一碗地喝起来。

李夫人则跪坐在丈夫身边,随身伺酒,举止虽然从容,神情却颇为忧郁。她并没有待多久,象征性地给客人们添了酒之后,就回了内院。

吃完了斋饭,天色已晚,马典吏告辞,玄奘也站起身来辞谢,打算先找个客栈休息。不料郭宰不允:"法师,您怎么能走呢?下官还想多留您住几天,来做一场法事。"

"哪一类法事?"玄奘问。

"驱邪辟祟。"郭宰叹息道,"衙门阴气重,这一年来内宅不宁,夫人夜里难以安寝,每每凌晨起来,身上便会出现些红痕。下官怀疑这宅中不干净,法师既然来了,不如替下官驱驱邪吧!"

玄奘顿时呆住了,与波罗叶彼此对视,眼睛里都看出一丝怪异。

第二章
锯刀锋，闺阁事

玄奘心中真是叫苦不迭，按波罗叶的说法，李夫人身上的“锯刀锋”，那是与相公亲热时所致，问题是……她自家相公却以为有鬼，这不分明有鬼么？

要说这唐代，女性地位颇高，贞洁观相对淡薄，男子可以休妻，女子也可以因为生活不和谐提出离婚，改嫁。唐律明文规定：若夫妻不相安谐而和离者，不坐。双方同时愿意离婚，称为“放妻”；妻子主动提出离婚，称为“弃夫”。有些放妻文书上，还写有“愿妻娘子相离之后，重梳蝉鬓，选聘高官之主。一别两宽，各生欢喜”的字样。

女子婚前失贞不罕见，婚后或者寡后偷情的事更是屡见不鲜。

但问题是……自己是个和尚，无缘无故地掺和这事儿作甚？

玄奘左右推脱，但郭宰这人实心眼儿，认定是高僧，怎么也不放，先把马典吏撵走，跟着大门一关，就给他和波罗叶安排住处。玄奘算彻底无奈了。他极为喜爱这个巨人县令的淳朴，心想，若是以佛法点化他一番，哪怕此事日后被他知道，若是能够平心静气来处理，也是一桩功德。因此也不再坚持。郭宰大喜过望，急忙命球儿将客房腾出来两间，给玄奘和波罗叶居住。

此时才是戌时，华灯初上，距离睡觉还早，两人重新在大厅摆上香茶，对坐晤谈。郭宰开始详细讲述自己夫人身上发生的“怪事”，与莫兰讲述的大

差不差，玄奘心中悲哀，怜悯地望着他，也不知该说些什么。

“唉，能娶到优娘，乃是我郭宰一生的福分。”郭宰提起自己的妻子，当真是眉飞色舞，“优娘的美貌自是不必说了，您看看这墙上的仕女图，那便是优娘出阁前的模样。还有那首诗，更是把优娘写得跟天仙一般，嗯，就是天仙。”

玄奘顺着郭宰的手指望去，还是日间看到的那幅画，不禁有些惊奇，试探着问：“大人，这诗中的意蕴，您可明了么？”

“当然。”郭宰笃定地道，“就是夸优娘美貌嘛。”

玄奘不禁有些崩溃。

“优娘不但美貌，更有才学，诗画琴棋，无不精通，更难得的，女红做的还好。”郭宰洋洋得意地拍打着自己的官服，“我这袍子，就是优娘做的。针脚细密，很是合体，就下官这粗笨的身材穿上去，也清爽了许多呢。”

玄奘一时也不知该怎么跟这位大人对话，只好一言不发，听他夸耀。郭宰兴致勃勃说了半天，见玄奘不说话，不禁有些自责：“哎哟，对了，下官想起来了，法师您千里迢迢从长安来到霍邑，是寻下官有事的，回来时听马典吏讲过，这一激动，给忘了。”

说起此事，玄奘心中一沉，脸色渐渐肃然起来：“阿弥陀佛，贫僧来拜访大人，的确有事。”

“啥事，您说。”郭宰拍着胸膛道，“只要下官能做到的，无论如何都不会让法师失望。”

“贫僧来，是为了查寻一桩旧案。”玄奘缓缓道，“武德六年，当时的县令是叫崔珏吧？”

一听“崔珏”，郭宰的脸上一阵愕然，随即有些难堪，点点头，“没错，崔珏是上一任县令，下官就是接了他的任。”

“据说崔珏是死在了霍邑县令的任上？”玄奘看着郭宰的脸色，心中疑团涌起，也不知其中有什么忌讳，但此事过于重大，由不得他不问，“当时有个僧人来县衙找到崔县令，两人谈完话的当夜，崔县令就自缢而死？”

郭宰端起面前的茶盏，慢慢呷了一口，朝厅外瞥了一眼，眸子不禁一缩："的确如此。当时下官还在定胡县任县尉，是崔大人去世后才右迁到此，因此事情并未亲眼见着。不过下官到任后，听衙门里的同僚私下里讲过，高主簿、许县丞他们都亲口跟我说起，想来不会有假。法师请看，"郭宰站起身来，指着庭院中的一棵梧桐树，"崔大人就是自缢在这棵树下！"

玄奘大吃一惊，站起身走到廊下观看，果然院子西侧，有一棵梧桐树，树冠宽大，几乎覆盖了小半个院落。

"向东伸出来的那根横枝，就是系白绫之处了。"郭宰站在他身后，语气沉重地道。

遥想七年前，一个县令就在自己眼前的树上缢死，而这个地方现在成了自己的家，他的官位现在是自己坐着，郭宰心里自然有阴影。

玄奘默默地看着那棵树，也不回头，低声问："当时，那个僧人和崔县令谈话的内容，有人知道吗？"

郭宰想了想："这个下官就不太清楚了，也不曾听到人说起。正六品的县令①自缢，这么大的一桩事，如果有人知道他们谈话的内容，必定会在衙门里传开的。据说当时的刺史大人曾派别驾下来详查崔县令自缢一案，提取了不少人证。若是有人知道，当时就会交代的。既然从州里到县里都不曾说起，估计就没人知道了。"

"那么，那个僧人后来如何了？"玄奘心中开始紧张。

"那个僧人？"郭宰愕然，思忖半晌，终于摇头，"那妖僧来历古怪，自从那日在县衙出现过之后，就再也没有人见过他。刺史大人还曾派人缉拿，但那妖僧不知来自何处，也不知去往何处，最终也不了了之。"

玄奘一脸凄然，低声道："连他法号也不知道吗？"

"不知道。"郭宰断然摇头，"若是知道，怎会缉拿不到？下官做县尉多年，捕盗拿贼也不知道有多少，最怕的就是这种没来历、没名姓的嫌犯。"

---

① 唐制，霍邑县为上县，上县县令为正六品。

“当时县衙应该有人见过他吧?”玄奘仍不死心,追问道。

郭宰点点头:“自然,那和尚来的时候,门口有两个差役在,还有个司户的佐吏也见过他。不过那佐吏年纪大了,武德九年回了家乡;两个差役,一个病死了,另一个……怎的好多年没见他了?”

郭宰拍了拍脑袋,忽然拍手道:“对了,法师,下官忽然想起来了,州里为了缉拿,当时还画出了那僧人的图像。虽然年代久远,估摸着还能找到。下官这就给您找找去。”

这郭宰为人热心无比,也不问其中的缘由,当即让玄奘现在厅中坐着,自己就奔前衙去了。

县衙晚上自然不上班,不过有人值守,郭宰也不怕麻烦,当即到西侧院的吏舍,找着值班的书吏。见是县太爷亲自前来,虽然有些晚,书吏也不敢怠慢,听了郭宰的要求,就开始在存放档案的房子里找了起来。

这等陈年旧卷宗,可不是一时半会儿能找着的。玄奘独自一人趺坐在客厅里,闭目垂眉,捻着手上的念珠,口中默念《往生净土神咒》。这咒据说念三十万遍就能亲自看见阿弥陀佛,玄奘念了九十七遍时,忽然听到门外院子里响起脚步声,然后莫兰的声音响了起来:“小姐,您可终于回来了。夫人都念叨过好多遍了,您要再不回来,就要派我去周夫人家接您了。”

一个少女慵懒的声音道:“学得累了,在那儿歇了会儿。周家公子弄来一个胡人的奇巧玩意儿,回头带你瞅瞅去。”

脚步声到了厅堂外,少女看见房中有人,奇道:“这是谁在客厅?大人呢?”

“今日长安来了个高僧,大人请在家中奉养。”莫兰道,“方才也不知道有什么急事,大人去衙门里了。”

“唔。”少女并不在意,但也没经过客厅,从侧门绕了过去,进了后宅。

想来这少女便是郭县令的女儿绿萝了。玄奘没有在意,继续念咒,念到一百五十三遍的时候,沉重的脚步声传来——一听就知道是郭宰,其他人无论如何也没法把地面踩得像擂鼓一般。

“哈哈,法师,法师。”郭宰兴高采烈地走了进来,扬起手中一卷发黄的卷轴,笑道,“找着了,还真找着了。”

玄奘心中一跳,急忙睁开眼睛,从郭宰手里接过来卷轴,手都不禁有些颤抖。郭宰心中惊讶,于是不再做声,默默地看着他。

玄奘努力平抑心神,禅心稳定,有如大江明月,石头落入,溅起微微涟漪,随即四散全无。他从容地翻开卷轴,里面是一幅粗笔勾勒的肖像,画着一个僧人。画工很粗糙,又是根据别人的描绘画出来的,和真人差得很远,只是轮廓略有相似。给人的印象就是,眼睛长而有神,额头宽大,高鼻方口。从相术上看,这几处的特征最容易遗传,看来官府这样画还是有些道理的。

玄奘痴痴地看着这画,眼眶渐渐红了,刹那间禅心失守,心中如江海般涌动。

“法师,”郭宰无比诧异,侧过头看了看那画,忽然一愣,“倒跟法师略有些相似。”说完立刻知道失言。哪有把声誉满长安的玄奘大师和一介妖僧相提并论的?

哪知道玄奘轻轻一叹,居然平静地道:“大人说的没错,这个被缉拿的僧人,像极了贫僧的二兄,长捷。”

郭宰霍然一惊,眼睛立刻瞪大了,半晌才喃喃地道:“法师,这事儿可开不得玩笑。”他顿了顿,沉声道,“您定然是认错人了,这僧人是官府缉拿的嫌犯,您是誉满长安的‘佛门千里驹’,怎能相提并论。您德望日卓,可千万别因一些小的瑕疵授人口柄啊!”

郭宰这话绝对是好意。别说是不是自己的二哥,玄奘也仅是猜测而已,即便是,入了佛门四大皆空,俗家的亲情远远比不上修禅来得重要。何苦为了一个还弄不清身份的嫌犯,毁了自己的修行大道?

玄奘却缓缓摇头:“贫僧当沙弥的时候,见山只是山,见水只是水,大千世界,并无什么不同;在空慧寺修禅,忽然一日,见山不是山,见水不是水;然后参学天下,行走十年,到头来发现,见山仍是山,见水仍是水,俗家的哥哥,与童稚之时,并无什么不同。”

郭宰见玄奘开始说禅,急忙躬身跪坐,表情肃穆。

“世人都以为,修行大道,取之于外,《往生咒》日夜各诵念二十一遍,能灭五逆、十恶、谤法;念三十万遍能见阿弥陀佛。立寺修塔,斋僧布施,写经造像,虽然可积下业德,又怎么能比得上明性见佛?修禅即是修心。”玄奘道,“每个人的修行之路都千差万别,如恒河里的沙砾,如菩提树上的叶子,没有一粒一片是相同的,可是成就果位者,不胜凡几,这说明,每一条路都可以证道。谁又知道,我这趟霍邑之行,是否便是证道途中的必经之路呢?谁又知道,二兄长捷犯下这桩罪孽,是否也是他必定要征服的魔障呢?”

“所以,”玄奘笑了,“看见亲人在涉水,就不敢相认,那不是没有看清他的人,而是没有看清楚自己的心。”

郭宰听得如痴如醉,眼睛里都涌出了泪水,哽咽着叩头:“下官……呃,不,弟子明白了。”

玄奘对这个淳朴的县令没有丝毫隐瞒,原原本本地讲述了自己来霍邑的目的——寻找二哥长捷。

自从十岁那年,玄奘被哥哥带到净土寺出家后,兄弟俩就相依为命,形影不离。一则身处乱世,一旦离开就再难相见,二则弟弟还年幼,哥哥也是为了更好地照顾弟弟。洛阳战乱后,兄弟俩逃难到长安,后来又一起去成都待了五年。武德四年的春天,玄奘觉得成都的高僧再也无法解答自己修禅中的疑惑,就向哥哥提出两人一起游历天下,拜访名师,尤其要到赵州去寻道深法师学习《成实论》。

可那段时间,长捷一直忙碌个不停,也不晓得在做什么,死活不愿意离开成都。另外,长捷也担心他的安全,当时仍旧处于战乱,大唐实行关禁政策,行人往来过关隘会查验过所,就是通行证。没有过所私自闯关,属于违法行为,徒刑一年。

长捷一再告诫他,玄奘决心已定,只好留下一封书信,自己孤身上路,私闯关隘离开了四川。这一走就是数年。随着他的参学,名望日隆,所过之处无不传诵着一个天才僧人的传说。武德八年,玄奘到了长安,跟法雅、法琳、道岳、僧辩、玄会等佛门高僧交往多了，尤其是受邀开讲《杂心论》声名鹊起，被誉为“佛门千里驹”之后，才忽然听到了自己哥哥的消息。

他这才知道，自己的哥哥，居然犯下惊天血案，成了官府通缉的要犯！武德四年，哥哥在成都空慧寺，斩下了自己师父玄成法师的头颅，然后畏罪潜逃！

玄奘惊骇之下，伤心欲绝。玄成法师是深受他敬仰的高僧，自己一到成都就居住在空慧寺，受到玄成法师的教导。这个高僧心地慈善，当时中原战乱，成都安定，无数的僧人都逃难到这里，空慧寺虽然也不宽裕，但玄成法师敞开大门，来者皆纳，庇护了无数的僧侣。他对长捷和玄奘极为喜爱，甚至将长捷定为自己的衣钵传人，赞誉兄弟俩为“陈门双骥”。

玄奘甚至一度怀疑，哥哥不跟着自己游历参学，是不是惦记着玄成法师的衣钵，舍不得走。没想到，仅仅四年的时间，居然发生了这么大的惨剧！

他曾在长安城里详细打听，不过长安的僧人都是听人相传，也不太清楚其中的内情。后来玄奘遇见一个在成都时认识的僧人，这才问出了详细的经过——所谓详细，也就是官府介入后的过程，对长捷为何杀师，又逃向了哪里，其中有什么隐情，却说不上来了。

玄奘当即赶往成都，走访了昔日旧识。当地的佛门僧徒深恨长捷，对玄奘倒没有太大的怨恨，但他也没了解到更多的内情，他甚至拜访了官府，才知道官府对长捷杀师一案也没个头绪，根本找不到任何动机。玄成法师的衣钵并没人跟长捷争，那几年玄成法师身体不好，空慧寺又有钱，占地数千顷，大小事务都是长捷一言而决。益州路总管酇国公窦轨对他又赏识，长捷地位显赫富贵，怎么会做出这种丧心病狂的举动呢？

玄奘百思不得其解，怏怏地回了长安。

可去年，却忽然听人谈起发生在河东道的一桩旧案，说是一个僧人，无名无姓，不知是什么来历，闯入了霍山县衙，与县令谈了一席话，居然让堂堂县令自缢而死。若是这县令做了什么贪污不法的事情还好说，可晋州刺史调查之后，这个县令为官清正廉洁，政绩卓著，口碑之好，整个河东道都是有名的。这样一个前途远大的县令，居然被一个和尚给说死，实在不可思议。

玄奘详细打听，发觉这个和尚跟自己的哥哥年纪相仿，身高也相仿，他不禁开始怀疑，那是不是自己的哥哥长捷。

从贞观元年，玄奘在长安见过天竺来的高僧波颇蜜多罗之后，就动了西游天竺的心思，这波颇蜜多罗是中天竺高僧戒贤法师的弟子，佛法禅理既然如此透彻深厚，那他师父又是何等高僧？若是自己去天竺，能受到这位高僧的亲自指点，岂非是一大幸事？

这么多年来，玄奘游历天下，名气越来越大，对禅理却越来越困惑，因此便下定了西游的决心。然而茫茫西天路，数万里之遥，其间隔着大漠雪山，又有无数异族，这一去，十有八九会死在半路，能够抵达的机会极为渺茫，能够返回大唐的机会更是万中无一。

可是自己的哥哥身负杀师的罪孽和官府的通缉，至今下落不明，若不能查个清楚，只怕会变成心中永远的魔障，再无解脱之日。

玄奘于是发下宏愿，一定要找到哥哥，查清其中的内情，然后就踏上西天路，走上那没有归途的求佛之旅。

听玄奘说完，郭宰陷入沉默，看着玄奘的神情颇有点复杂，半晌才低声道："法师的心愿，下官深感钦佩。若能够有所帮助，下官必定尽全力，只是……"他犹豫了一番，颓然道，"对这个和尚，实在没有半点眉目，说句不恭的话，下官是县尉出身，若是有这个和尚的下落，早就将他缉捕归案了。"

"贫僧自然明白大人的心思。"玄奘道，"贫僧来找二兄，并非是要洗脱他的罪名，世上自有法理，杀人偿命，这既是天理，也是人道，贫僧怎么敢违背。只是想寻到二兄的下落，问明其中因由罢了。"

郭宰点点头，皱着眉头想了想："法师，对这和尚，下官不清楚，可是对前任县令崔珏，倒是有些耳闻，非常的奇异。"

"奇异？"玄奘惊讶道，"这话怎么讲？"

"县令崔珏，字梦之，别号凤子。据说前庭这棵梧桐树就是他亲手移栽，可能就是凤非梧桐不栖的意思吧！这人从武德元年就担任霍邑县令，文采出众，即便我世世代代居住在晋北，也很早就知道他的大名。这人不但文采好，还通兵法战略，据说当年太上皇反隋，在霍邑被宋老生所阻，就是他献策击破了宋老生。后来宋金刚犯境，他率领一些民军就敢夜袭宋金刚的大营，守将寻相投敌，他怀揣利刃，竟然跑到寻相府上刺杀。这人有文略、有武略、有胆略，还有政略，自从任霍邑县令以来，把霍邑治理得井井有条，深受百姓爱戴。武德六年，他自缢之后，当地人就有一种传说，很是奇诡。”

“哦，如何奇诡？”

“这霍邑百姓，都传说崔县令死后，入了泥犁狱。”郭宰沉声道，“当了炎魔罗王手下的判官，掌管泥犁狱生死轮回，审判人间善恶。”

“泥犁狱？”玄奘怔住了。

身为佛门僧人，他自然对泥犁狱不会陌生。这泥犁狱的概念，从西汉佛教传入中国就有了，东汉时，曾是安息国太子的高僧安世高来到中国，翻译佛经，便译有《佛说十八泥犁经》。不过佛家对泥犁狱的说法各有分歧，民间传说更是多种多样，名目繁多，具体泥犁狱究竟如何，是什么模样，八重还是十八重，佛僧们自己也说不清楚。南朝时的僧人僧祐作了一部《出三藏记集》，所记载失译的“泥犁经”多达十余种。

“是的。”郭宰苦笑着点头，“传说……咳咳，才七年，居然成了传说了……崔县令‘昼理阳间事，夜断阴府冤，发摘人鬼，胜似神明’。这县里就有不少崔县令断案的故事，有一桩‘明断恶虎伤人案’颇离奇。说是霍山上常有猛兽出没。一日，一个樵夫上山砍柴被猛虎吃掉，其寡母痛不欲生，上堂喊冤，崔县令即刻发牌，差衙役持符牒上山拘虎。差役在山神庙前将符牒诵读后供在神案，随即有一头猛虎从庙后蹿出，衔着符到了差役面前，任他用铁链绑缚。恶虎被拘至县衙，崔县令立刻升堂审讯。堂上，崔县令历数恶虎伤人之罪，恶虎连连点头。最后判决：啖食人命，罪当不赦。那虎便触阶而死。”

“着实离奇。”玄奘叹息不已，“往事烟雨，转头皆空，成了众口相传的传说。”

“这不是传说。”郭宰的脸色无比难看，“衙门里……有这桩案子的卷宗！”

“什么？”玄奘怔住了。

“的确有。”郭宰深深吸了口气，“下官接任了县令之后，心里也对这位崔县令极为好奇，下官在沙场征杀惯了，听到这些传说更加不信，于是就询问同僚，查看卷宗。没想到……果然都有。这桩‘明断恶虎伤人案’就详详细细记录在案，甚至那名去霍山拘虎的差役也有名姓，叫孟宪，的确是衙门里的差役，后来下乡催粮，河水暴涨，跌入河中淹死了。这是武德四年的事。如今，记录那些卷宗、参与过审案的一些人还在，他们亲眼目睹！”

玄奘这次真的吃惊了，虽然他信佛，但一心追求如来大道，对法术、占卜、异术之类却并不在意，认为那是等而下之的末节，崇拜过甚就会动摇禅心。没想到今日却听到这种奇闻。

“还不止这些。”郭宰道，“崔县令死后，传说他入了泥犁狱，做了判官，当地百姓感念他的恩德，就在霍山上起了一座祠堂，称为判官庙，平日香火不断。老百姓有了什么冤屈和不幸，就去进香祷告，结果……那崔县令……哦，应该叫崔判官了，”郭宰苦笑道，“居然应验无比！”

“怎么个应验法？”玄奘奇道。

“下官举几个例子吧。”郭宰道，“武德八年，东沟村的金老汉夫妻，年逾七十，家中只有一个儿子，跟随一帮茶商到江西收茶贩卖，结果一去不回。这么多年了，也不知道儿子是死是活，金老太思念儿子，哭瞎了双眼，于是老夫妻听得判官庙灵验，就跋涉几十里，爬上霍山，到判官庙祷告。说崔判官啊，如果我这儿子是死，您就让他给我托个梦吧，哪怕真死了我也没念想了；如果没死，你就让他赶紧回来吧，再晚两年，只怕我夫妻两个暴死家中无人收敛……”

玄奘静静地听着，郭宰道：“说来也奇，他们回到家的当晚，崔判官就显灵了，出现在他们的梦中，说你儿子没死，如今流落岭南。我已经通知他了，让他即日回乡。老夫妻第二日醒来将信将疑，不料四个月后，他儿子果然从岭南回来了。说自己在江西收茶,被人骗光了积蓄,无颜回乡,就跟着一群商人到岭南贩茶。结果四个月前却梦到一个身穿官服的男子,自称崔判官,说老父老母思念,让其速归……”

“阿弥陀佛。”玄奘合十感慨,“人间亲情能感动鬼判,何其诚挚。”

“是啊!还有很多灵异之事。”郭宰道,“崔判官的灵异不止在霍邑,还传遍了河东道。前些年,汾州平遥县时常有人口失踪,其中有一家姓赵,家中只有独子,也失踪了,好几年不见踪影。听得判官庙灵验,他母亲赵氏跋涉几百里跪在庙里苦苦哀求,求判官点化她儿子的下落。结果她回家之后就梦见了崔判官,说你儿子早已死去,尸体掩埋在某地。赵氏赶到某地掘开坟茔,果然看见了一具枯骨,虽然无法辨认,但那枯骨的脖子上却挂着一副长命锁,正是自己儿子的。”

寂静的幽夜,百年深宅,听着郭宰讲述他前任县令死后的灵异,这种感受当真难以述说。尤其是,那位县令就是吊死在旁边不远处的树上……

便在此时,两人忽然听见一阵若有若无的脚步声渐渐接近,他俩正在谈论鬼事,这突如其来的脚步声顿时让人汗毛直竖。郭宰正要喝问,忽听得屏风后面响起一声惊叫:“啊——”

随即是啪啦一声脆响,静夜里无比清晰。

“谁?”郭宰急忙站了起来,喝问道。

这时大丫鬟莫兰急匆匆从屏风后面走了出来,涨红着脸道:“是小姐。夫人让小姐送夜宵,不料失手打碎了碗。”

“哦。”郭宰一笑作罢。

不料刚坐下来,又听得后院里啪啦一声,郭宰皱眉:“又怎么了?”

莫兰急匆匆跑过去,随即又回来道:“是……是一只猫,打碎了您的紫花玉颈掐金瓶……”

郭宰脸一哆嗦,勉强笑道:“没事,打了就打了吧。”

又过了一会儿,后院又传来啪啦一声,郭宰急了:“这又怎么了?”

大丫鬟哭丧着脸回去,半晌战战兢兢地来了:“是……是猫……呃……”

可能自己也觉得圆不过谎,只好如实说了,“是小姐失手,打碎了您那只西汉瓦当……”

郭宰的脸顿时绿了,好半晌肌肉才恢复正常,笑道:“没事,没事,让小姐小心一点。”

郭宰当然知道自己家的小姐在发脾气,他不知缘由,但陪着玄奘却不好追问,不料话音未落,稀里哗啦又是一声,大丫鬟这次不等大人问,自己先跑了。好半晌才鬼鬼祟祟地探头看,郭宰叹了口气:“这次又打碎了什么?”

“没……没打碎……”大丫鬟几乎要哭了,“是撕碎了……您那幅……顾恺之的云溪行吟图……”

“啊……”郭宰跌坐在地,做声不得,身子几乎软了。

“然后……然后小姐一不留神,头碰在了你那只东汉陶罐上……”大丫鬟道。

“哎哟!”郭宰顿时惊叫一声,一跃而起,“小姐怎么样?有没有事?”说完就朝内院冲过去,冲了几步又顿住,冲着玄奘尴尬地道,“法师,惭愧,小女可能受了伤,下官先告退一下。”

玄奘哑然失笑,点了点头。郭宰也顾不得礼数,急匆匆地跑了。

玄奘感慨不已,这么粗笨高大的一个巨人,爱女儿爱成了这个样子,倒也难得。

这一夜,玄奘便歇在了郭宰的家中。前院东西两侧都是厢房,他和波罗叶歇在东厢房,在床榻上趺坐了良久,思绪仍旧纷乱。二兄究竟为何杀了师父玄成法师?他如今又在哪里?他又为何来到霍邑县,逼死了崔县令?更奇怪的是这崔县令,死后怎么成了泥犁狱中的判官?

月在中天,照下来梧桐树的树影,洒在窗棂上,枝条有如虬龙一般——只怕就是这根枝条,昔日把崔判官挂在上面吧?

窗棂上枝条暗影在风中摇晃,就仿佛下面挂着一个自缢者,尸体一摇,一晃,一摇,一晃……

随后几日，玄奘就住在郭宰家里。郭宰让他做场法事给优娘驱邪，玄奘既然知道李夫人身上的“锯刀锋”是怎么回事，如何还肯做法事，这不分明就是欺骗吗？于是百般推脱，只说县衙是数百年的旧宅，聚阴之地，只消晨昏诵经念佛，加持一下即可。郭宰也不好过于勉强，只好同意，但要求多奉养玄奘几日，以尽敬佛之心。

奉养佛僧的事情太过寻常，玄奘不好削了他的热心，只好在他家里住了下来。郭宰衙门里还有公务，不能时时陪伴，就让自己夫人招待他。李优娘对玄奘的态度颇为冷淡，一向敬而远之，除了必要的时候，也不见人影。玄奘倒也不介意，每日除了趺坐念经，就拿出自己书箱里的佛经仔细研读。

这可乐坏了波罗叶，这厮算是找着用武之地了。他追随玄奘几个月，大都是在赶路，风餐露宿的，如今生活“安定”下来，让他很是满意。这厮开始发挥话痨的威力，每日里和莫兰还有球儿斗嘴，两天下来居然熟稔无比，连球儿的父母是小时候订的娃娃亲都打探了出来。

这一日午时，玄奘正在翻阅道深法师注解的《成实论》，波罗叶蹑手蹑脚一脸鬼祟地走了进来。玄奘看了看他，低下头继续翻阅。波罗叶上了玄奘的床榻，一脸诡秘地道：“法师，弟子，打听到一个，秘密。很，重大的，秘密。”

“哦？”玄奘抬起眼睛，“什么秘密？”

波罗叶朝门外看了看，低声道：“您知道，县令家的小姐，叫啥，名字吗？”

玄奘想了想：“仿佛叫绿萝吧？曾听郭明府说起过。”

“呃……不是，名字。”波罗叶拍了拍脑袋，“是姓氏。”

这个天竺人对大唐如此多的姓氏一直搞不清楚，也难以想象为何连贫民都有自己的姓氏，这在天竺是不可思议的。

“姓氏？”玄奘笑了，“定然是姓郭。”

“不是，不是。”波罗叶露出得意之色，“她偏不，姓郭，而是，姓崔！”

玄奘顿时愣了。这怎么可能？女儿不随父姓？除非郭宰是入赘到女方家里，不过看来也不像啊！堂堂一个县令……早先是县尉，就算是县尉，入赘也不可思议啊！

波罗叶也不故作高深了:“法师,我打听,出来了。这位,小姐,的确姓崔,她,并不是,郭县令的,亲生女儿。郭县令,发妻,儿子,好多年前,被,突厥人,杀了。李夫人,是带着女儿,寡居,后来嫁给,郭县令。”

“哦。”玄奘点点头,并没有太在意,毕竟隋末大乱,无数家庭离散,眼下乱世平定,家庭重组也是平常事,“这是他人隐私,不可贸然打听。知道吗?”

波罗叶不以为然:“县里人,都知道,不是,隐私。”他脸上现出凝重之色,“可是,法师,您知道,李夫人的,前夫,是谁,吗?”

“是谁?”玄奘见他如此郑重,倒有些好奇了。

“前任县令,崔珏!”波罗叶指了指窗外,“在,树上,吊死的,那个。”

第三章
大麻与曼陀罗

这一句话,猛然便在玄奘心中引发了滔天骇浪。

李夫人的前夫是崔珏?崔珏死后,她又嫁给了继任的县令?也就是说,这郭宰,接任了崔珏的官位,接任了崔珏的宅子,还接任了崔珏的老婆和女儿?也就是说,这李夫人,前夫吊死在这个院子里,她改嫁之后居然还住在这院子里,甚至还睡着从前和前夫睡过的床,用着和前夫用过的家什,每日里从前夫自缢的树下走过……

玄奘猛地感觉到一股毛骨悚然。

怪不得当日提起崔珏,郭宰的表情那么难看,那么尴尬;怪不得他对崔珏的灵异之举详细查访,调看了每一个卷宗。郭宰当时说他对崔珏的情况所知不多,只怕有推却的意思了。不过想想也正常,你来调查人家老婆的前夫,难道他还把自己老婆找来让你详细地盘问?

如果说之前玄奘对二兄和崔珏之间的事是迷惑难解,那么从这一刻开始,他就如同坠入了百丈浓雾之中,突然失去了方向。

他微微闭上双眼,仔细思考这件事,立刻便明白了为何李夫人对自己的态度如此冷淡。自己与二兄的长相依稀相似,李夫人一见自己的面就露出惊愕怪异之色,随即详细地盘问自己的来历,那么,她极有可能当时见过二兄长捷。

长捷逼死了她丈夫,七年后,一个与长捷长相相似的僧人来到她面前,只怕换作任何人都要盘问一番的。那么,她对自己冷淡,也就不奇怪了,毕竟是自己的哥哥逼死了人家丈夫,她对自己不怀恨在心,已经极为难得了。

“波罗叶,”玄奘睁开眼,沉声道,“你去禀告夫人,就说玄奘求见。”

“啊,您要,见她?”波罗叶对玄奘来这里的目的自然清楚,愣了愣,连忙答应,跳下床榻奔了出去。

玄奘缓缓放下《成实论》,细细梳理着心里的思绪,陷入沉默之中。

过了片刻,波罗叶跑过来道:“法师,李夫人,在前厅,等您。”

从厢房到前厅没几步路,一出门就看见李优娘站在台阶上。她面容平静,窈窕的身子宛如孤单的莲花。见玄奘过来,她点点头:“法师请陪我走一走。”

两人一前一后,慢慢走过西面的月亮门,就到了县衙的后花园。花园占地五亩,中间是一座两亩大小的池塘,睡莲平铺在水面,刚从冬天的淤泥里钻出来的小青蛙趴在莲叶上,一动不动。塘中有岛,岛上有亭,一座石桥连接到岛上。

李优娘走上石桥,忽然停了下来,望着满目青翠,喃喃道:“我在这座县衙,已经住了十二年了。这里的一草一木,就像是我身体的一部分,法师你说,这一刻我踩上石桥,感受到的是熟悉还是陌生?”

“阿弥陀佛。”玄奘一时不知道该怎么回答。

“你的左手摸你的右手,是一种什么感觉?”李优娘凄然一笑,“没有感觉。没有麻木,也没有惊喜,你会知道它存在着,如此而已。这里就像我的左手,是我身体的一部分,你划它一刀,我会疼,割断它,会让我撕心裂肺。可是看在眼里,摸在手里,你却偏偏没有丝毫感觉。”

玄奘叹息道:“恰恰用心时,恰恰无心用。曲谭名相劳,直说无繁重。夫人正因为用心太重,才使得无心可用。一真一切真,一假一切假。夫人所执著的是否是虚妄,连自己也不知,又怎么会有感觉?”

“法师果然禅理深厚,怪不得有如此大的名声。”李优娘诧异地看了看他，沉吟道，“法师找我的目的，妾身已经很清楚了。自从看见你那一天，我就知道，你总有一天会来找我。”

“一切诸果，皆从因起。贫僧和夫人一样，谁也逃不开。”玄奘道。

“是啊！”李优娘叹了口气，“法师有什么疑惑，这便问吧。”

“贫僧只想知道，贫僧的二兄长捷，和崔县令到底是什么关系？他如今又在哪里？”

既然抛开了心理负担，李优娘也就不再隐瞒，坦然道：“他们二人全无关系。昔年，崔郎隐居山中的时候，我们已经成婚，那时候天下大乱，山中岁月寂寞，极少和人来往；后来到了这霍邑县，崔郎所结交的大多是朝廷里的人，当时他筹建兴唐寺，和佛僧的接触自然不少，但大多数都是兴唐寺的和尚，外来的并不多。你二哥长捷也算是有名望的僧人，他们有接触，我必定知道。仅仅是那一夜，长捷来到县衙，匆匆而来，匆匆而去，带走了我夫君的性命。当时我听说来了个奇僧在和夫君谈禅，就带着女儿在屏风后面偷看，那人的形貌……”李优娘咬了咬嘴唇，“我真是刻骨铭心。前几日见到了你，才发觉你们两人相似。”

玄奘默默不语，颇有些失落：“夫人可知道崔县令去世后的一桩桩奇闻吗？”

“又怎么会不知道。”李优娘喃喃道，“我又不是傻子。我们在成都偶遇，我便义无反顾跟着他来到河东，成婚十年，除了住在山里的时候朝夕相处，他成了县令之后，宵衣旰食，劳碌政务，陪着同僚的时间，竟比陪我的时间还多；用在全县百姓身上的心思，比用在我和女儿身上的还要多。你能想像吗？从内宅到衙门几步路，他能够三天三夜都不回家，在二堂上批阅公文。甚至死了，他也活在百姓的生活中。他能够进入那么多百姓的梦中，却偏不曾进入我的梦中……”

对这种闺阁中的怨尤，玄奘自然没什么体会，他皱皱眉：“夫人可曾到过霍山上的判官庙吗？”

“我去那里作甚？”李优娘冷冷地道，“他不来我的梦中，我却偏要去看望他不成?”

玄奘对女人的心事真是一窍不通,顿时有些奇怪:“夫人既然对崔县令颇有怨恨之意,怎么仍旧住在这宅子里?”

李优娘沉默半晌,走到凉亭的石鼓旁坐下,曼妙的身姿倚着栏杆,幽幽道:“山中何所有,岭上多白云。只可自怡悦,不堪持寄君。”

这是南朝陶弘景的诗。南朝大家陶弘景隐居山中,人称“山中宰相”,齐高帝萧道成下诏请他出山,说山里面有啥可留恋的?他回了这首诗。李优娘的意思就是说,这里面的滋味,我自己看得分明,也乐在其中,却没法让别人明白。

见玄奘默然,李优娘摇摇头,叹息道:“崔郎一直志在天下,没有什么积蓄,当了霍邑县令以后,月俸两贯一百钱,也只是够勉强度日罢了,死后更是身无余财,所幸官府分了三十亩永业田,能够让我娘儿俩糊口。郭相公见我可怜,不嫌弃我寡居之身,娶我为妻,我便又住进了这座县衙后宅中。平日里睹物思人,又怎么会不伤感,只是这里的每一寸地方都留着崔郎的影子,有时候,我在这庭院里走,就仿佛崔郎还在我身边一般……”

说到这里,李优娘的脸上居然荡漾出一丝喜悦,看得玄奘暗暗惊心。听她口气,称自己如今的丈夫为“郭相公”,只怕心里对郭宰也没有多深的夫妻之情吧?玄奘不禁为郭宰感到悲哀,郭宰这么高大剽悍的一个人,对这位夫人宠爱有加,言听计从,甚至对妻子前夫的女儿也是宠爱得要命。他何尝知道,自己七尺的身躯,在夫人眼里有如空气,而那个已经死去的人,却萦绕在她眼前不散。

“夫人将那仕女图挂在墙上,不怕郭大人心里难过么?”玄奘低声道。他是什么学问,自然知道这仕女图上配的诗不仅仅是称赞李优娘花容月貌的,“心迷晓梦窗犹暗,粉落香肌汗未干”一句,分明就是云雨后的描绘,“自嗟此地非吾土,不得如花岁岁看”一句,就更有偷情的嫌疑了。

李优娘脸一红,眸子里露出迷茫:“我如今的相公是个老实人,没读过几天书,每日在北疆和突厥人厮杀,做了县令之后,倒开始学风雅了。他的人极好，心胸宽广，颇为善待我们母女，也欣赏崔郎的才学，平日里我也不用避讳。在他心里，其实也明白，他在我心中是比不了崔郎的。”

见李夫人这种心态，玄奘也不好说什么，只是摇头不语，心道：“知道郭宰是好人，你还与人私通，羞辱于他。真是不可理喻。”

不过这话就不便说了，半晌，才问道：“在夫人心里，不怨恨贫僧吗？”

李优娘盯着他，淡淡地道：“一饮一啄，皆有天命。崔郎若不想死，谁能逼他死？他自己想死，抛下我们母女，我又怎么怪得了别人？何况，你只是长捷的弟弟。”

“阿弥陀佛，谢夫人宽宏大量。”玄奘合十道谢。

就在此时，忽然听见嘣的一声，两人抬头一看，眼前白光一闪，一支箭镞划过池塘，有如雷轰电掣般朝着玄奘射了过来！

“法师小心——”李优娘大惊失色。

这箭镞来得太快太急，玄奘只来得及一侧身，就听见耳边一声呼啸，夺的一声，箭镞贴着耳边掠过，插在了凉亭的木柱上！箭杆嗡嗡嗡地震动了半晌才停下，可见这一箭有多大的力道了。

玄奘的额头霎时间全是冷汗。两人呆了半晌，才晓得朝对面看去。对面就是后宅门口的横街，街上有一排大槐树，枝干茂密，一根树枝还在剧烈地摇晃着。看来方才有人是躲在树上朝后花园里射来这一箭。

两人不敢在花园里待，匆匆回到院里，李优娘立刻命球儿去把郭宰叫来。波罗叶听说玄奘遇到刺杀，也吓了一大跳，跑到后花园把箭拔了下来，翻来覆去地看。

郭宰一听到消息，立刻放下手里的公务，带着两名县尉①匆匆赶了过来，见玄奘安然无事，这才长出一口气，随即怒不可遏，命一名姓朱的县尉立刻查访凶手。

“大人，”旁边一名姓刘的县尉声音有些颤抖，捧着那根箭走了过来，脸

---

① 霍邑县属于上县，按例配县尉两名。

色异常难看,“大人,这支箭……是兵箭。”

玄奘和李优娘没什么奇怪的,可郭宰的脸色顿时大变:“兵箭?”他一把抓了过来,翻来覆去地看,这支箭长两尺,腊木杆,箭羽是三片白色鹅羽,刀刃长而且厚,竟然是钢制的,穿透力极强,可以射穿甲胄。郭宰在军中厮杀这么多年,对这种箭太熟悉了,这是大唐军中的制式羽箭,兵箭!

他一言不发,冲到后花园的凉亭中细细观看柱子上的痕迹,又目测了一下到墙外树上的距离,低声道:“两位大人,如果本官没猜错的话,这支箭应该是一把角弓射出来的。”

“没错。”刘县尉也压低了声音,“从这根柱子到那棵树,足有一百二十步①,这么远距离,只有军中的步兵长弓和骑兵用的角弓才能射到,而且入柱一寸。”

郭宰摇摇头:“那棵树枝干茂密,长弓大,携带上去根本拉不开。角弓小,才能灵活使用,而且一定是复合角弓。不过复合弓射出来的兵箭,足能在一百五十步外射穿甲胄,这一箭的力度并不强。看来,不是因为枝杈所阻无法拉满,就是那人臂力弱。”

刘县尉脸色仍旧有些发白,急道:“大人,卑职的意思,不是讨论这拉弓人……这是军中的制式弓箭啊!这个杀手若是涉及军中,那可就……”

郭宰一瞪眼睛:“你记住,第一,战乱这么多年,这种制式弓箭民间不知藏有多少,本官自己家里就有,未必会涉及军中;第二,即使涉及军中,本官也要查个水落石出,玄奘法师乃是一代高僧,本官绝不允许他在我眼皮子底下被人刺杀!明白吗?”

郭宰身形有如巨人,在夫人女儿面前唯唯诺诺,在玄奘面前毕恭毕敬,在下属面前却有无上的威仪。他在沙场厮杀多年,这么身子一板,脸一横,那股剽悍的威势顿时让县尉有些紧张,只好耷拉着脸称是。

---

① 唐代一步合 1.514 米,据传是李世民以自己左右脚各走一步所定的长度单位。三百步为一里,一里为现代的 454.2 米。

“你记住了，弓箭和玄奘法师遇刺的事情不准外传。”郭宰又叮咛了一番。

“遵命！”刘县尉这次异常爽快。心道，你让我说我也不说，谁知道这里有没有什么大麻烦。哪怕不是军中派来的人刺杀，可军中的制式弓箭，你以为家家户户都有呀？便是有，也只有那些权贵家才有。

这时，派出去追查刺客的朱县尉回来了，他细细勘察过，那刺客的确是在墙外的槐树上放箭的，却没有留下任何痕迹。那里距离正街太近，刺客只需眨眼的工夫就能跑到街上，消失在熙熙攘攘的人流中。

郭宰让两人从县衙的差役里调来六名身手好的，分别把守大门、后门，另外两名则换成便装在门外的横街上逡巡，把整个宅子严密地保护起来。

但李优娘仍旧不放心：“相公，这刺客有弓箭，远距离杀人，你这么安排行不行呀？万一法师有个三长两短……”

“夫人放心。”郭宰知道她今天受了惊吓，心疼无比，温柔地看着她，“我自有分寸。咱们宅子外面适合放箭的制高点，我会派人盯着，一旦有动静，马上就能调集弓弩手射杀他。”他见李优娘不信，解释道：“咱们霍邑是要塞，衙门里有五十张伏远弩，三百步之内可以射穿两层厚牛皮，我在衙门的哨楼上安排四张弩，贼人一旦敢来，就是血溅三尺。”

李优娘知道夫君精通战阵，这才微微放下了心，低声道：“绝不能让玄奘法师死在咱们家里，否则佛祖怪罪，可是天大的灾祸。相公还是劝劝法师，尽量早些送他离开霍邑吧！”

“玄奘法师在霍邑有要事要做，他不会走的。嗯，我会看护好他的。”郭宰叹了口气，他以为李优娘不知道玄奘来这里的目的，便也没有细说。嘴上虽硬，心里却揪得紧紧的。怎么会有人刺杀玄奘法师？这个僧人一向游历天下，与人无仇无怨，怎么会用刺杀这种极端的手段对付他？

这一夜，月光仍旧将梧桐树的影子洒在窗棂上，玄奘也在翻来覆去地思考这个问题。

自己的一生，平静而无所争执，除了成都和长安，基本上没有在任何一个地方待到一年以上，每到一地，几乎都是陌生人。怎么来到霍邑才几天，就有人想杀掉自己？

玄奘并不怕死，白天的刺杀也并没有让他惊慌失措，惶惶不安。但他有一个毛病，心里不能有疑团，碰到不解之事，总喜欢追根溯源，一定要穷究到极致才会畅快。对佛法如此，对日常之事也是如此，也正因为这样，不解的禅理太多，他才做了参学僧游历天下，拜访名师。名师解不了更多的疑惑，才发下宏愿到天竺求法。或许在他内心，万事万物无不是禅理，一点一滴无不是法诀，真正的佛法并不在于皓首研经，而是要掌握天道世道和人道的韵律。

“杀我，只有一个原因。”玄奘暗道，“长捷的下落。长捷的下落必定牵连到重大的干系，我来寻找长捷，会引起一些人的恐慌。而且，只有我目前的寻找已经触及到了这些人，他们怕我继续走下去，才想刺杀我。那么，我究竟在哪里触及到了他们呢？”

玄奘拿出推索经论的缜密思维，一点点穷究着，很快，疑点就锁定在一个人的身上——李夫人！

他到霍邑县没几天，除了县衙里的马典吏和郭宰一家人，几乎没有人知道他来了霍邑。而对长捷的下落进行追索，也只是通过询问郭宰和李夫人，马典吏很明显是局外人，郭宰性子质朴，想阻挠自己，何必把自己迎到家里，让自己接触到和长捷有所牵连的李优娘呢？他更没有必要深更半夜到衙门里寻来七年前通缉长捷的画像。

可疑的只有李优娘了。长捷逼死了崔珏，崔珏是她的前夫。如果长捷牵涉到什么秘密，极有可能她也是知情人，那么，自己与她在后花园谈话，如果当时有人监视，极有可能被人认为是在密谈，怕李优娘泄露出什么机密之事。这才不择手段，企图杀掉自己。

这个女人身上充满了秘密。她与人私通，私通者是谁？和崔珏之死、长捷的失踪，究竟有没有关系？

玄奘趺坐在床榻上，冥思的久了，脑袋有些发胀。波罗叶在外屋睡得正香，呼噜声震得地动山摇。空气里散发着淡淡的甜香，也不知是什么花开了，悠远无比。这时候，玄奘忽然感觉身体一阵麻木，浑身无力。他心中凛然，想睁开眼睛，但眼皮却有千万斤重，勉强睁开一条缝，脑袋里轰然一声，思维散作满天繁星，空空如也……

在外屋睡觉的波罗叶，呼噜声也陡然停止。

……八百里流沙、三千里雪山尽数抛在了身后，眼前景致一变，一座雄伟巍峨的圣山耸立在身前，竟然便是那雷音古刹，方寸灵山！

只见那雷音古刹：顶摩霄汉中，根接须弥脉。巧峰排列，怪石参差。悬崖下瑶草琪花，曲径旁紫芝香蕙。天王殿上放霞光，护法堂前喷紫焰。浮屠塔显，优钵花香、正是地胜疑天别，云闲觉昼长。红尘不到诸缘尽，万劫无亏大法堂。

念念在心求正果，今朝始得见如来。

玄奘心中激动，到大雄宝殿殿前，对如来倒身下拜，启上道："弟子玄奘，奉东土大唐皇帝旨意，遥诣宝山，拜求真经，以济众生。望我佛祖垂恩，早赐回国。"

如来开口道："你那东土乃南赡部洲，只因天高地厚，物广人稠，多贪多杀，多淫多诳，多欺多诈；不遵佛教，不向善缘，不敬三光，不重五谷；不忠不孝，不义不仁，瞒心昧己，大斗小秤，害命杀牲。造下无边之孽，罪盈恶满，致有地狱之灾，所以永堕幽冥。我今有经三藏，可以超脱苦恼，解释灾愆。三藏：有法一藏，谈天；有论一藏，说地；有经一藏，度鬼。共计三十五部，该一万五千一百四十四卷。真是修真之径，正善之门，凡天下四大部洲之天文、地理、人物、鸟兽、花木、器用、人事，无般不载。"

玄奘平生志向得酬，心满意足，正要拜谢如来，忽然身上一凉，一股酸辣的味道呛进鼻子，顿时呼吸断绝，整个人憋闷欲死。

他霍然一惊，睁开眼睛，顿时浇了个透心凉——自己竟然置身于水底，正在缓缓下沉！借着水面上的月光，他看见了花木、凉亭、斜桥……自己竟然在县衙后花园的池塘底！

透过水面，一条白色的人影正若隐若现地站在岸上，似乎在盯着自己冷笑。玄奘大骇，拼命惊呼，却张不开嘴，想要挣扎，却浑身无力，只能眼睁睁看着池水从鼻孔、嘴巴灌进自己的肺部、胃里，呛得他剧烈地咳嗽，却只是在水中升腾起滚滚的泡沫……

就在这濒死前的转念中，玄奘忽然明白发生了什么事——自己居然又一次遭到了刺杀！

这刺客也不知怎么潜入了后衙，应该是以迷香之类的药物将自己迷倒，然后从床上拖到了后花园，再扔进水中。

按道理，冷水一激，他的神智应该骤然清醒，但奇的是身体仍旧软绵绵的动弹不得，眼睛能睁开了，被水一逼，本来应该眼皮疼痛，可居然一点感觉都没有。就仿佛这个身体根本不属于自己，连连呛水，却是动弹不得！

好厉害的迷药！

他在水中睁大眼睛，透过水面看着那人的身影，心里却知道，自己此次必死无疑了！

就在这时，忽然看见月亮门里，一条人影踉踉跄跄地奔了过来，那人影玄奘太熟悉了，居然是波罗叶！

波罗叶好像用尽了全身的力气，跑得艰难无比。那人听到脚步声，刚一回头，就被他合身一扑，扑倒在地。两个人在地上翻来滚去，厮打不已。波罗叶身上没有力气，干脆用牙咬，咬得那人扯着嗓子惨叫起来。静夜里，远远地传了出去。

那人疼极了，把波罗叶按在地上狠狠捶了起来。波罗叶发起狠来，背脊一拱，屁股竟然翘上了天空，两只脚诡异地伸到了自己的肩膀，往后一缠，勾住那人的胸口和两臂，两条胳膊一环，又兜住那人的腰。两个人顿时缠成一个大肉球。

这池塘边是斜坡，两个人失去平衡，顿时朝池塘里滚落，扑通一声，落在水中。到了水里，波罗叶的脑袋更清醒了，四肢诡异地曲折，像条四个触须的大章鱼一般，死死把那人缠住。两个人咕嘟咕嘟往湖底沉下去。

这时候玄奘溺水过久，终于脑子一沉，五识皆灭……

波罗叶和那人的厮打声惨叫声早已惊动了宅子里的人，郭宰只穿着中衣，提着一把剑跑了出来。小厮球儿和大丫鬟莫兰也衣衫不整地跑出来。

“怎么回事？”郭宰喝道。

“不知道啊！”球儿一脸惊慌，“我正睡得香，听到有人叫，然后又听见扑通一声……”

郭宰朝玄奘住的厢房一看，见房门大开，冲到房中一看没人，顿时脸色一变，巨大的身躯风一般冲到了后花园。这夜月亮挺好，清晰地看见池塘里沉着一人，僧袍鼓起来老高，飘出了水面。

“法师——”郭宰大叫一声，扔了剑扑通跳进水里。

这池塘近处和远处挖得差不多一般深，足能淹没一个成年人，可郭宰的个头往里一跳，连肩膀都露在外面。他站在淤泥里，双臂一抄，就抓住了玄奘，使劲一提，两膀的腱子肉一根根隆起，竟硬生生把玄奘从水里举出了水面！然后几个大步，爬到了岸上。

这时李夫人也穿好衣袍来到池塘边，一看玄奘溺水，顿时花容失色。郭宰脸色铁青，伸手探了探玄奘的鼻息，发现呼吸竟已停止，幸亏他谨慎，按了按脉搏，还有微弱的跳动。

“快，”郭宰喝道，“牵我的马来！”

“您的马……”球儿哭丧着脸，“您的马在县衙的马房啊！这会儿跑过去牵马，等回来法师早死了。”

郭宰急得一头大汗，看了看周围，忽然抱着玄奘跑到了凉亭中，自己仰面躺在凉亭宽阔的横栏上，让球儿和莫兰两人把玄奘横过来，面朝下，肚子贴着自己的肚子，缓缓按压玄奘的身体。

古代溺水后的急救术有很多种。比较有效的一种就是将溺水的人面朝下，肚子横放在牛背上，两边有人扶着，牵着牛慢慢走，来挤出肚子里的水。这时候没牛，也没有马，郭宰就自己当了一回牛，所幸他肚子高高隆起，比牛背还厚实坚硬。球儿和莫兰按压了玄奘片刻，玄奘哇地喷出来一股又一股的水，终于有了呼吸。

郭宰这才坐起来，把玄奘平放在地上。李优娘急忙跑到厨房，取了一块老姜，缓缓擦拭玄奘的牙齿，刺激他的神智。过了良久，玄奘这才苏醒过来。

“快——”玄奘脸色灰白，勉强抬起手指了指池塘，“波罗叶……”

众人大惊，谁也没想到池塘里还有人。那小厮球儿眼尖，看见池塘中白花花的有一团物事，惊叫道：“在那儿——”

郭宰心中一沉，溺水这么久，只怕早已没有生还的可能了。他重新跳下水，一步步走过去。所幸这池水当初挖的时候深浅差不多，到了正中也没淹没他。靠近水中那团物事，郭宰一伸手拽出水面，然后就往水面上托。

“嘿——”双膀用力，郭宰顿时呆住了，这人怎么这么沉？自己这块头，举起三四百斤也是寻常，怎么这人竟举不起来？

他伸手一摸，却摸到两颗脑袋，顿时大叫起来：“是两个人！”

岸上的众人更呆住了，只觉今夜真是诡异无比。郭宰见这两个人紧紧纠缠在了一起，也没办法分开，只好半托在水面上，把他们送到岸边。岸上的三人帮忙，才死活拽了上来。这一看，顿时瞪大了眼睛。

其中一人自然是波罗叶了，只见波罗叶四肢诡异地曲折着，把另一人的四肢牢牢锁住，自己的身体弯折到了一种不可思议的地步，连带着那人被他团成了一个球，直径不过两尺。也不知人体怎么会弯折成这样。

溺水这么久，绝对已经死透透了，根本没有救活的可能，事实上，被波罗叶锁住的那人，尸体泡得都有些发胀了。但人总得分开，郭宰使劲掰着波罗叶的胳膊腿，偏生这波罗叶锁得太紧，郭宰急了，使劲一掰，不料波罗叶突然睁开眼睛，怒道：“你做，什么？要把，我的，胳膊掰断，啦！”

“啊——”郭宰再胆大也没见过诈尸的，吓得惊叫一声，一屁股坐在了地上。

李优娘、莫兰和球儿更是连连尖叫，玄奘也吃惊地瞪大了眼睛。

波罗叶呸地吐出一口水，松开四肢，恢复了一个正常人的样貌，松弛松弛四肢，慢慢站了起来，一边还喃喃道："你，捏得，我，疼死了。"

这时玄奘也恢复过来，扶着厅柱走了过来，问："这是怎么回事？溺水这么久，你竟然好端端的？"

"这是，天竺的，瑜珈。"波罗叶解释，"我，自小练习。可以，闭住呼吸，埋入地底，几个时辰，不死。"

"哦。"玄奘顿时明白了。他研习佛经和天竺的风土人情，自然知道天竺奇术瑜珈。它事实上是一种修行的法门，很多来东土的天竺僧人都修炼瑜珈，更有一些苦行僧的脑袋能反转过来看到自己的脊梁骨，还有些腿能向后伸出来搭在肩膀上。不过这时候东土并不太了解瑜珈，玄奘就更多地把它看作一种异术，没想到这个波罗叶居然懂得瑜珈术。

郭宰和李优娘等人更是啧啧称奇，倒也不太意外，毕竟在中原人的心目中，异国人和异术是联系在一起的。那些从西域来的人，多少懂得一些很玄妙的东西。尤其是西域来的僧人，往往喜欢用异术引起帝王的兴趣，来获得朝廷的承认。

"法师，这到底是怎么回事？"郭宰不用看地上那人，就知道这人绝对不懂瑜珈，早死得透透了。出了人命案，这可是大事。

玄奘也知道人命关天，脸色凝重起来，将方才的经过讲述了一番。一听到又遇到了刺杀，郭宰的脸色更加难堪，简直就是愤怒了："贼子！这次多亏了波罗叶，否则……真是不堪设想。"

"我也，差点给，迷昏过去。"波罗叶插嘴道，"正睡得，香，忽然，憋得我，难受……"原来，他方才在睡梦中打呼噜，那迷香一起来，顿时一口气喘不上来，呼噜一停，那种窒息般的感觉竟然压过了迷香的效力，人陡然清醒过来。

"一清醒，我感觉神思，飘忽，仿佛，在云端……"波罗叶心有余悸地道，"身体动弹，不得，就知道，大事不好。"

对这个首陀罗时而蠢笨，时而精明，玄奘早已见怪不怪，问道："你到底发现了什么？"

"是……ganjika。"波罗叶脱口说出一句梵语，思索了半晌，才道，"这是一种，可怕的，植物，翻译成，汉人语言，可以叫，大麻。”

这名词玄奘还是第一次听说，详细追问。

波罗叶细细描述了一番，原来这种 ganjika，大麻，在天竺是一种很常见的草，它的韧皮纤维可以用来制造绳索、船帆、衣料。但是天竺人从这大麻草的树脂里，却提炼出了一种药物。这种药物经过服用或吸入，会产生强烈的迷幻效果，整个人飘飘欲仙，似乎灵魂出窍。

因此，天竺的僧人和婆罗门教徒做仪式的时候经常要用到大麻，来提升他们与神灵沟通的能力。而服用大麻之后，整个人会感到特别安定、惬意、轻松愉快，感觉一切都很美好，充满幸福和满足感，天竺人认为这是神灵赐予，对大麻极为崇拜。

波罗叶早年也吸入过大麻，很熟悉那种感觉，因此一下子就警觉起来。“法师，”波罗叶低声道，“大麻不会，让人，四肢无力，躯体僵硬。这迷香里，应该，还掺有，别的东西。”

“哦？掺有什么？”今晚惊悸的同时也让郭宰大开眼界，急忙问道。

“曼陀罗！”波罗叶沉声道，表情凝重无比。

“曼陀罗？”玄奘惊讶地问。他对曼陀罗可不陌生，这是一种植物，更是佛教名词，《法华经》上就记载，在佛说法时，曼陀罗花自天而降，花落如雨。对僧人而言，这佛教中的圣洁灵物，可不仅仅指一种花，而象征着空和无的无上佛理。

“对，”波罗叶道，“曼陀罗花，天竺，遍地都是，种子、果实、叶、花都有，剧毒。我们，天竺人，用来镇痛，麻醉，能让人昏迷，呼吸麻痹。我也，服用过。难以动弹的，感觉，非常相似。”

“啊哦，原来是蒙汗药！”郭宰用自己的理解方式也搞明白了。

玄奘摇摇头，他亲身尝过这迷药的滋味，虽然没见过蒙汗药，但十年游历，见闻广博，自然听说过，被那蒙汗药迷倒，只需要用水一喷就可以醒过来。自己跌到池塘里，神智虽然清醒，身体却丝毫没法动弹。这药的威力，可比蒙汗药强太多了。但谋杀自己的人，为何拥有这种天竺异域特产的奇药?

他没有纠正郭宰的话,也没有顺着这个线索追问下去,只是问:“大人,这人是如何进入院子里的?贫僧记得你在门外派有人守卫啊!那些守卫可千万别因贫僧而遭了什么灾祸。”

郭宰一听也有些担心,亲自提着剑到街上去找,却见那两个差役正忠心耿耿地躲在树后面蹲守。一问,两人赌咒发誓,没有任何人从墙上跳进院中。郭宰正在纳闷,忽然听到家里又传来一声惊叫,赫然是夫人的声音。

他脸色大变,长腿迈开,三步两步冲回去,只见李优娘正急匆匆出来找自己,看样子不像是受到歹人偷袭。

“怎么了?夫人!”郭宰见不得夫人害怕,他自己久经沙场,堆成小山的死尸都不会让他皱眉头,可自家夫人一怕,这心里就哆嗦,顿时脸上冷汗淋漓。

“相公,相公……”李优娘一脸惊骇,一把抱住他,身躯不停抖动。

郭宰太高大,自家夫人只能抵到他的胸口,他一圈胳膊,把李优娘抱在怀里,沉声道:“究竟发生了什么事?”

“那贼人……我认得!”李优娘惊骇地道,身子仍旧抖个不停,像一只小兔子。

郭宰心里一沉,抱着自己的夫人,几乎让她双脚离地,几大步走到月亮门才把她轻轻放下来,柔声道:“我去看看。放心,一切有我。”

这时玄奘等人围在那尸体旁边,都是一脸呆滞。

尸体原本是趴着的,这时被翻了个身,惨白的月光照在惨白的脸上,眼睛像死鱼一般突出来,极为可怕。这人看起来挺年轻,最多不超过二十岁,眉毛挺淡,脸型还算周正。身上穿着白色绣金线的锦袍,衣料考究,此时湿淋淋地摊在了地上。

“是……是他!”郭宰只觉脑袋一阵晕眩,雄伟的身躯晃了晃。

这个刺杀玄奘的贼人,他果然认得,竟是县里豪门周氏的二公子!郭宰在霍邑六年,自然知道周氏这种地方豪门的强大,他们从北魏拓跋氏期间,

就是名门望族，世代为官，前隋时更担任过尚书仆射的高官。虽然经过隋末的乱世，实力大损，但在河东道也是一等一的望族，比起河东第一豪门崔氏，也不差多少。

可如今，他家的二公子居然谋杀玄奘而淹死在了池塘里！

这可是大事，郭宰不敢怠慢，先让自己的夫人回了内宅陪小姐。自己就忙乎开了，守在街上的两个差役早已跟着他进来了，便立刻命令他们去找县里的主簿、县丞和两个县尉，另外把仵作也找来，验尸，填写尸格。

这一夜的郭宅就在纷乱中度过。郭宰让玄奘和波罗叶先回房里，门口还派了差役守着。他再三道歉，说是为了保护法师的安全，不过玄奘也清楚，自己牵涉进了人命案子，恐怕难以善了。

先是马典吏陪着主簿过来取了口供，玄奘和波罗叶原原本本地讲了，在卷宗上按了手印。主簿告辞，马典吏要走，玄奘叫住了他："马大人稍候，贫僧想请教一下。"

马典吏面露难色，迟疑了片刻，终于叹了口气，转回身在外屋的床榻上跪坐下来："法师，实在没想到，竟然发生了这种事情。"

"是啊，"玄奘也叹息，"贫僧也没想到。这死者究竟是什么人？"

"周氏的二公子。"马典吏低声道，把周氏的家世大概说了一番。

玄奘的心情也沉重起来："马大人，现在可查出来，周公子是如何进的郭宅？贫僧记得，白日遇到刺杀的时候，郭大人在宅院四周都安排人守卫着，料来想潜入是比较困难的吧？"

"那六名差役大人已经仔细询问过，没有人擅离职守，也没有发现周公子潜入进来的痕迹。此事还是个疑团。"马典吏对玄奘抱有深深的愧疚，若不是他当初把玄奘拉来郭宅给夫人驱邪，也不会发生这种种事端。

玄奘沉吟了片刻，他一直担心波罗叶，惹上人命，可不是说笑的，便问："那我主仆二人，会有什么麻烦吗？"

"法师放心，虽然是人命案，但基本事实是很清楚的。您是苦主，纵然周家势大，也不敢对您怎么样的。至于波罗叶……"他看了一眼垂头丧气蹲在地上的波罗叶，“按唐律，‘夜无故入人家者，笞四十。主人登时杀者，勿论。’”

马典吏继续解释：“唐律在这一条上规定的很细，只要是夜里闯入他人宅院，被主人格杀，不论罪，何况这周二公子进入郭宅是为了行刺杀人，人证物证俱在，就算是周家权势再大，他也翻不过天去。”

玄奘这才略微放下心来，想了想，又问：“马大人，周公子和郭大人、李夫人很熟吗？”

“呃……”马典吏顿时有些无语，脸上表情很是凝重，沉思了良久，才诚恳地道，“法师，本来这话不应该由在下说，只是……您受这灾祸全是因为我……唉，”他苦恼地叹了口气，“郭大人家和周氏的关系非比寻常，准确地说，是李夫人和周氏关系密切。想必法师也知道，李夫人有个女儿，名唤绿萝，年方二八。周夫人很喜欢绿萝小姐，尤其是这位二公子，对绿萝小姐如痴如醉，央人来提过亲，郭大人和李夫人也都有意，不过绿萝小姐却给拒绝了，这周二公子仍不死心。恰好周夫人精通琴技，就设法使绿萝上门学琴，慢慢磨她的性子。据说这段时日绿萝小姐越学越上瘾，两家都以为佳事可期，没想到……”

玄奘的心慢慢沉了下去，没想到死者居然是郭宰的准女婿！怪不得方才郭宰和李优娘那么大的反应，这也实在是太惊人了。

玄奘一时心乱如麻，却忽然想起一事：“方才看清楚死者的样貌，李夫人险些昏厥过去，郭大人也惊骇交加，可是这位小姐，却连面都没露。这里面有什么内情，马大人知道吗？”

“有这事？”马典吏也诧异起来，沉吟道，“绿萝小姐我并不太了解，平素见的也少。法师只怕已经知道李夫人是夫死再嫁吧？”

玄奘点点头：“知道。还知道她原配丈夫便是崔珏大人。”

马典吏露出苦涩的笑容：“没错，在下听说过关于绿萝小姐的两个传闻，一个是李夫人再嫁给郭大人之后，她矢志不改自己的姓氏，坚持姓崔；另一桩，据说直到现在她都不称呼郭大人为父亲，见面只叫大人。呵呵，这前一

桩嘛,郭大人也无可奈何,后一桩,他却死也不承认,只说称父亲为大人,是绿萝家乡的叫法。咳咳,前些年可笑煞了一众同僚。不过郭大人依旧对这位女儿疼爱有加,简直当她是掌上明珠,心尖上的肉,只要是绿萝小姐的要求,甚至比夫人的话还管用,郭大人马不停蹄就办。”

两人又闲聊片刻,天光已经大亮了,马典吏打着呵欠告辞。

郭宰等人忙碌了一夜,天亮了反而更忙了。周老爷知道自己的儿子死了,还担着杀人的罪名,顿时怒火攻心,险些昏厥,带着人闯入县衙不依不饶。但大唐初立,吏治清明,任他财雄势大,但面对着天衣无缝的人证物证,也是无法可施。

现在的疑点,一是周公子是怎么潜入郭府的?二是,他为何要刺杀玄奘?三是,他从哪儿弄来这么可怕的迷香?

第一点郭宰等人也疑惑不解,这周公子倒说不上手无缚鸡之力,身经乱世,怎么都能骑烈马,拉硬弓,问题是让他翻过两丈五尺高的县衙大墙,那就绝无可能了。

第二点莫说郭宰等人不解,玄奘自己也摸不着头脑。他跟一个素不相识的豪门公子有什么仇怨?假设果真和这周公子有仇,凭周公子的财势,拿出几十贯钱买凶杀人,不是更稳当吗?犯得上夜闯县衙,亲自动手杀人?

第三点那就更没有法子追查了,人死了,又在水里泡过,就是有线香也被泡散了,根本就没有实物。

此案还没有查,就这样成了悬案。果真如马典吏说的,玄奘并没有受到影响,波罗叶也只是录了口供就被释放,县衙要求他们此案未经审结,不得擅自离开霍邑县,离开前要向衙门报备。

第四章
判官庙,判官语

经过这一案,玄奘没法再住在郭宰家了,毕竟一个是牵连了命案的,一个是县令大老爷,需要避嫌。玄奘便向郭宰告辞,前去城东的兴唐寺挂单。

一个和尚,一个天竺流浪汉,就在一个太阳初起的凌晨,离开了霍邑县城,一步步朝城东的霍山走去。玄奘仍旧背着他那口巨大的书箱,波罗叶扛着两人的换洗衣物和日常用具,两人顺着城东的小道,前往霍山。

霍山在隋唐可是大大有名气,在历史名山的序列中,与五岳齐名的还有五镇之山,其中霍山号称"中镇",地位和后来的中岳嵩山差不多。唐人还给霍山的山神立传,说他"总领海内名山",可见这霍山的地位。开皇十四年,隋文帝下诏敕建中镇庙,规模宏大,到了武德四年,裴寂上表,说当初陛下起兵时,被宋老生阻在霍邑,经霍山之神指点才破了宋老生,定鼎大唐,请陛下在当初破宋老生的地方修筑寺庙,礼敬佛祖。

李渊大喜,当即下诏修建,并赐名"兴唐寺"。其实他很明白,当初受阻霍邑,自己原本是想退回太原的,是李世民采纳了崔珏的计策,力主出战,这才破了宋老生,打下了这至关重要的一战。不过这个却是不能承认的,自己怎么会想退却?恰好裴寂这老伙计知道自己心思,说是霍山之神的指点,这就对了嘛,自己是受了神灵指点,神灵是辅佑大唐的!

可下了诏书之后，工部尚书武士彟来上表，说民部[1]不给钱。民部尚书萧瑀则叫苦说没钱，说臣被称为佞佛，连自己家的宅院都舍了作佛寺，若民部有钱，敢不给吗？实在是没钱啊！

李渊无奈，此事只好虎头蛇尾了。

这件事当时在僧人们中间流传甚广，直到四年后玄奘去了长安，还曾听人提起过。后来据说兴唐寺算是修起来了，只是如何修的玄奘就不大关心了。估计随着大唐国力日渐强盛，李家天子也终究要还了霍山之神的人情吧！

出城十里，就进了山，山路蜿蜒，盘盘绕绕，但并不狭窄，可容两辆大车并行。一路上沟涧纵横，河流奔涌，四周山峰壁立，雄奇峭拔。路上有不少行人，大都是到兴唐寺进香的，还有人是去判官庙的，两人走得累了，见不远处的山道边有茶肆，一群香客正在喝茶，就走了过去。

在佛寺周边，僧人的地位是非常高的，一则是因为周边大都是信民，更重要的是，佛寺拥有大量的土地。唐代非但赐给寺庙土地，还赐给每个僧人口分田，玄奘在成都就拥有三十亩地。另外贵族、官员甚至平民还把大量土地施舍给寺院，就以这兴唐寺来说，立寺仅六年，已经占地上万亩，周围几十里方圆，绝大多数农户都是耕种寺院的土地。

开茶肆的茶房是一对老夫妻，玄奘还没到茶肆前，那老茶房就殷勤地迎了出来："法师，一路辛苦，请里边坐。小人有好茶伺候。"说着朝里面喊，"老婆子，快上好茶——"

这茶肆很简陋，在山壁和一棵柳树中间搭了一张篷子，摆放十几张杌子，然后搬来七八块表面平滑的石头当案几。老婆子在后面烧茶，老汉当茶房。

正在喝茶的十几个香客一看见来了和尚，还有头裹白布的胡人，都站起来施礼。玄奘合十道谢，放下大书箱，和波罗叶在杌子上坐了下来。老茶房

---

① 唐高宗继位后，避唐太宗李世民讳，改户部，后世相袭不革。

上了一壶茶,瞅了瞅玄奘的书箱,笑道:“法师是远道而来的吗?”

“贫僧自长安来。”玄奘道,“到兴唐寺参学。”

“哎哟,长安来的高僧啊!”十几个香客顿时兴奋了起来。

“老丈,兴唐寺怎么走?”玄奘看了看,这里有两条岔路,顺着山脉一条向北,一条往南。

“哦,法师一直朝北,走上十里就到了。”老茶房道,指了指,“往南是去判官庙的。”

“判官庙?”玄奘有些诧异,判官庙原来也在这一带啊!

众人以为玄奘不知道,当即有个香客就说了起来:“法师,这判官庙可灵验哪!庙里供奉的咱霍邑县的上一任县令,崔珏大人。”

“这崔大人可真是百姓的父母官啊!”另一个香客道,“据说他天生有阴阳眼,夜审阴,日断阳。把霍邑治理得路不拾遗,夜不闭户,奸邪小人没有敢作奸犯科的。死后成了泥犁狱里的判官,只要是百姓有冤情苦难,有求必应!”

“还不止呢!”另一个老年香客插嘴,“连这兴唐寺都是崔大人出资修的,老汉有个侄子当年在工地做账房,据说花了三万贯的钱粮!法师您看遍了天下寺院,这兴唐寺只怕在全天下都是数得着的。”

这个消息令玄奘吃惊起来:“兴唐寺是崔大人出资修的?贫僧在长安时,听说是朝廷下诏修建的啊!”

那老香客道:“朝廷想修,可没钱哪。让河东道拿钱,那阵子突厥和梁师都侵扰不断,河东道也没钱,于是崔大人就自己出资,在晋州征调了十万民夫,耗费三年方才落成。唉,可惜了,寺庙才建成,崔大人就去世了。”

波罗叶听得异常专注,低声在玄奘耳边道:“法师,这三万贯,钱粮,抵得上,晋州八县,一州,全年的,税收。崔珏这个,县令,月俸,两贯一百钱,他,哪来的,巨额财产,修建寺庙?”

波罗叶的质疑不无道理,三万贯的开元通宝,十个钱一两重,按现代重量,一贯就是六斤二两,换成纯铜就有十八万六千斤。初唐刚立,国力匮乏,

除了无主荒地多，什么都缺，更别说以铜为货币的钱了。想想崔珏的月俸才两贯零一百钱，就知道这三万贯是多么大的巨额数字了。

玄奘目光一闪，脸上露出笑容："你觉得呢？"

"我……"波罗叶挠挠头皮，"这事，蹊跷。"

玄奘一笑不答，转头问那老茶房："老丈，如今兴唐寺的住持是哪位法师？"

"哦，是空乘法师。"老茶房恭恭敬敬地道，脸上现出崇敬之色，"这位大法师，可是高僧啊！您知道他的师父是谁吗？"

玄奘想了想，对这个名字并没有太深的印象，只好摇头。

"是法雅圣僧啊！"老茶房脸上光辉灿烂，"这位圣僧，那可是天上下来的仙佛，能撒豆成兵，镇妖伏魔，前知一千年，后知五百载！好多年前就预言前隋要灭，出山辅佐唐王，奠定这大唐江山！"

周围香客看来都知道法雅，立时议论纷纷。

玄奘不禁哑然而笑。空乘他不知道，对法雅却还是比较熟悉的，法琳、法雅、道岳、僧辩、玄会是长安五大名僧，其中法琳的名气和地位还在法雅之上。玄奘在长安待了五年，和五大名僧来往密切。

前隋时，法雅是河东道的僧人，"修长姣好，黠慧过人"，他为人机敏聪慧，所学庞杂，佛道儒无不精通，三教九流无所不识，什么琴棋书画，诗文歌赋，医卜星相，就没有不会的。玄奘对这个人印象深刻就是因为这，他和天下高僧辩难十年，几乎从无败绩，不过面对这法雅却有些束手束脚，并不是法雅对佛理的理解比他更强，而是这人旁征博引，舌灿莲花，你思路清晰，他给你搅混了，你思路不清晰，他给你搅晕了。

此人更厉害的，是精通战阵！

这可了不得，一个僧人，从没上过沙场，从没做过官员，但居然对排兵布阵行军打仗了如指掌，也不知他从哪儿学的。大业十一年，李渊还是山西河东抚慰大使的时候，偶然在街市上和法雅相遇，法雅就断言李渊将来必定大贵。

李渊也惊叹此人学识广博，极为钦佩，于是把他请回府邸，让李建成、李世民和李元吉等儿子们来参拜。从此法雅就私下里奔走，为李渊起兵反隋做筹划。李渊起兵后，又让法雅参与机要，言听计从，可谓权倾左右。李渊立唐后，想让他还俗封官，法雅不愿，于是李渊就任命他为归化寺的住持。不过他这个住持与寻常僧人不一样，拥有极大的特权，可以随时出入禁宫。玄武门兵变后，李渊退位，李世民登基，就取消了法雅出入禁宫的特权，这和尚近年来也不再热心政事，而是安于佛事，平日里和玄奘谈禅，也甚是相得。

至于什么撒豆成兵，镇妖伏魔，玄奘可没见过，法雅本人也没说过，想来都是山野乡民的传说吧。

不过兴唐寺的住持是法雅的弟子，对玄奘也算是个好消息，起码算是熟人了。

又和众香客闲聊几句，喝了几碗茶水，吃了波罗叶带的胡饼，玄奘起身告辞，让波罗叶从包裹里拿出一文钱递给老茶房。老茶房一看，顿时吓了一跳："哎哟，开通元宝啊……几碗茶能值啥钱，老汉当作供奉还羞惭，哪里敢要您的钱……还是开通元宝！老汉万万不敢收。"

"是开元通宝。"玄奘笑了。西汉之后、唐之前的七百年，中国通行的钱币都是五铢钱，李渊立唐后，另铸了一种新钱，钱文是"开元通宝"。不过铸钱的民部忽略了一个问题，此前的五铢或者几铢，钱币上只有两个字，一左一右，或者一上一下，读起来都不会有问题。可这"开元通宝"，开元两个字要从上往下读，通宝两个字要从右往左读……虽然符合古汉语书写的习惯，问题是对老百姓而言就太复杂了。一拿到钱，老百姓习惯转圈读，就成了"开通元宝"。人人都把这新钱叫做"元宝"，再连朝廷也无奈了，再铸钱，钱币上的文字就干脆叫"元宝"。

"老丈，拿着吧。"玄奘硬将钱塞进他手里。周围的香客也脸上变色，这和尚，太大方了。也难怪老茶房不敢要，这时候，民间一斗米才三四个钱……

离开茶肆，继续往北走，不到一个时辰，转过一座山峰，眼前霍然开朗，就看见重重叠叠的庙宇铺展在远处的山腰上,太阳的映照之下,金碧辉煌,宛如整座山岭都铺上了青砖红瓦。两人顿时瞠目结舌,怔怔地看了半晌,这庙宇的规模也太宏大了,依着霍山层层叠叠,也不知道有多少个大殿,多少进院落。

“这,三万贯,没白花。”波罗叶喃喃地道。

玄奘不答,他心里忽然涌出一个模模糊糊的想法,却不敢宣于口,只好勉强压抑下来,默不做声地朝着兴唐寺走去。

黄昏时分,终于到了兴唐寺的山门前。天色已晚,香客大都离去,山门前挺安静,有两名沙弥不紧不慢地拿着扫帚洒扫。见玄奘过来,其中一人走过来合十:“法师来自何处?可是要挂单吗?”

玄奘放下书箱,从里面拿出度牒递给他:“贫僧玄奘,自长安来,慕名前来参访善知识。”

那沙弥急忙放下扫帚,道:“法师请随我来,先到云水堂去见职事僧师兄。”

这名沙弥领着玄奘进了山门,并没有走天王殿,而是向左进了侧门,穿过一重院落,到了一座占地两亩大小的禅堂外。禅堂外有参头僧,沙弥把玄奘交给他,自己离开。玄奘这十多年一直挂单,自然很熟悉规矩,当即在房门右侧站定,参头僧见有僧人来挂单,朝着禅房内喊:“暂到相看——”

禅房内的知客僧便知道有僧人来挂单了,一名笑容可掬的知客僧从房内出来迎接:“哎哟,阿弥陀佛,师兄远来辛苦,快请进。”

玄奘燃香敬佛后,两人在蒲团上坐下,知客僧命小沙弥送上茶点,开始询问来历。这都是挂单的手续,玄奘一丝不苟,递过度牒,详细说了自己的来历。

“阿弥陀佛,哎哟,”这知客僧看看度牒,听了玄奘的自述,当即惊叹。他这两句口头禅不分前后,反正每句都有,“从成都到长安,从长安到霍邑,师兄这一路可真是不近啊!走了多久?”

玄奘愕然,这怎么回答?他想了想,如实道:“贫僧走了十年。”

“哎哟……”知客僧呆滞了,半晌才想起来下一句,“阿弥陀佛……”

虽然是感叹的语气,不过这僧人心里依然认定眼前这和尚有毛病,就有些冷淡,也不再多说,取出票单,写上玄奘的姓名籍贯等资料,命小沙弥给住持送过去。游方僧想挂单,必须要礼拜寺里的住持,礼拜之前,要先通过知客僧禀报,如获依允,才可礼拜。而住持一般是要等到游方僧凑到一定数目,才会一起接见,否则有些寺庙游方僧众多,来一个见一个,住持净干这事儿了。

玄奘很明白,到现在,挂单的手续已经形成了一种固定程序,等到参头率游方僧们见过住持,住持送出众人两三步,再由参头僧率游方僧们回身,禀告道:“某等生死事大,无常迅速,以闻道风,特来依附,伏望慈悲收录。”禀告后不等住持应允,先施礼一拜道:“谢和尚挂单。”

可见,僧人们吃人家一口饭也不容易。待住持应允,还要施礼再拜,向住持乞求“帖子”,就是挂单的“单”,才能正式办理挂单手续。

这知客僧看在玄奘从长安来的分上,多少陪他有一搭没一搭地聊了两句,但表情颇为冷淡,正在这时,那个沙弥急匆匆地跑了进来:“师兄,师兄,住持来了!”

知客僧吃了一惊:“哎哟,阿弥陀……”

“佛”字还没出来,院子里响起咚咚的脚步声,一名披着袈裟、年约五旬的和尚大步跑了进来。旁边还跟着两名中年僧人。刚到禅院里,那和尚便高声喊道:“慧觉,慧觉,长安来的玄奘法师在何处?”

知客僧慧觉怪异地看了玄奘一眼,噌地跳起来迎了出去:“师父,法师在禅堂里。”

“快请……哦,我自己进去。”老和尚撩着袈裟,一路跑进禅堂,看见玄奘,顿时大笑,“阿弥陀佛,玄奘法师!”

玄奘急忙站起来合十躬身:“阿弥陀佛,贫僧玄奘。可是住持大师?”

“贫僧空乘。”空乘哈哈笑着和玄奘见了礼,“上个月,收到我师父法雅大师的书信,说到玄奘法师去年离开长安,到河东一带游历,着贫僧留意些。

贫僧还盼望着，若是法师能来到敝寺多好，尚可请教佛法，参详疑典。没想到佛祖安排，竟然真叫贫僧见着法师了。”

“哎哟，阿……那个弥……”玄奘还没说话，慧觉呆滞了，亮铮铮的脑门上一头冷汗。他可没想到这个僧人这么大的来头，让自家住持亲自出迎，还这么恭敬。想起自己对他冷淡的接待，顿时有些紧张，口头禅也说不囫囵了。

玄奘不禁莞尔，和空乘客套两句，空乘立刻命慧觉亲自去给玄奘办理挂单手续。慧觉很乖觉，兴奋地答应，正要跑，又被空乘叫住：“慧觉，不用让法师住在云水堂了，你去……”他想了想，“你去把我以前住过的菩提院收拾一下，就让玄奘法师在那里休息吧！”

慧觉脸上的肉一哆嗦，这菩提院是住持早先住的院子，几乎是寺里最幽静、最别致的一处禅院。后来尚书右仆射裴寂大人巡视河东道，来到兴唐寺，住持为了接待裴寂，才把这座院落腾了出来，没有再搬回去。

“这和尚啥来头？住持竟然这般看重他？”慧觉心里纳闷，一溜烟地去了。

空乘又命两个沙弥把玄奘的书箱和包袱扛到菩提院，这才带着他去自己的禅房。

玄奘终于算是开了眼，这兴唐寺的规模之大，真是超乎想象。除了中轴线上的天王殿、大雄宝殿、法堂、藏经阁等为每座寺院皆有，这里的规模更大了一倍有余之外，两侧更是连绵的禅院，仅仅一座供游方僧们居住的云水堂，就有上百个房间。

他跟着空乘左转右转，几乎转得晕头转向，走了半个时辰，才算到了空乘居住的禅院。这里是一处山崖的边缘，院落正对着山崖，十几棵百年以上的古松盘曲虬结，透出浓浓的禅意，松下有一块白色的巨石，面磨平了，放有一套茶具，周围是四张石鼓。山崖边上是整块岩石形成的平台，外面砌着青石的围栏，山风浩荡，黄昏的悬崖下涌来丝丝缕缕的雾气，犹如仙境。

“曲径通幽，禅房洞天。住持这个院子真不下须弥境界。”玄奘赞道。

“哪里，哪里。”空乘笑道，“老僧早些年从长安来到霍山，一直忙于修建这座寺院，荒废了功课，如今也是寻了这幽僻的地方来补补功课而已，哪里比得上法师游历天下到处辩难那般直通大道。”

波罗叶忽然看见悬崖边有一座小巧玲珑的“房舍”，说是房舍，其实只有五尺高，一个成年人在里面站直身子就会顶到房顶，只能屈身坐着。里面空间也小，只怕顶多能容纳两三人。

“住持，法师，这么个，小房子是，作甚的？”波罗叶好奇道。

玄奘也看见了，空乘呵呵笑了：“老僧叫它‘坐笼’。这些年忙于俗事，荒废了佛法，老和尚便建造了这‘坐笼’砥砺自己。每日总要在里面打坐两个时辰。”

玄奘不禁对这老僧充满了敬意，这老和尚居然能如此苦修，自己倒有些小看了他。

三月底的时光，山里还有些冷，空乘请他到禅房里坐，命随身的沙弥端上来茶水和糕点，两人聊了一会儿。空乘道：“法师，这次能在兴唐寺待多久？”

“说不准。”玄奘摇头，“或者十日八日，或者三两个月。”

空乘点点头，对玄奘的来意问也不问，道：“法师来到敝寺，那是敝寺的大福缘，若是闲暇，不知可否开讲些经论？听说你在长安开讲《杂心论》，无论僧俗还是高官贵族，尽皆倾倒啊！好容易来了，敝寺可不肯错过。”

“全凭住持安排。”玄奘游历的目的就是为了参学，自然不会拒绝这种机会，“不知住持希望贫僧讲些什么？”

“那就讲讲《维摩诘经》吧！”空乘笑道，“待我修书给晋州各佛寺，请大德们一起来兴唐寺，执经辩难，讨论佛学。”

又是要像苏州东寺的智琰法师一样，来一场辩难。玄奘心中苦笑，却不得不应允。

见玄奘答应，空乘非常高兴，这时候慧觉来禀告，说菩提院已经收拾好了，空乘体谅玄奘远道而来，就先让慧觉带他过去洗漱休息。斋饭直接送到菩提院。

跟着慧觉又一次东绕西绕，走了小半个时辰，才到了下榻的菩提院。这处院落果然好，院中居然有温泉。地下的活泉咕嘟嘟地从一座白玉莲花基座下涌出来，从莲心处喷涌出去，然后在周围汇聚成一眼一亩大小的池塘，随着山势而下。温泉蒸腾出连绵的雾气，怡人神魄。

禅院周围寂静无比，离人群聚集的僧房、云水堂和香积厨都有一段距离，古松摇影，泉流铮鸣，西斜的日光照在泉上，荡漾着金色的波纹，翻滚出金色的泉珠，果然是人间佛境。

"这地方……比皇宫还好！"波罗叶总结道。

"你去过皇宫？"玄奘笑道。

波罗叶一僵，尴尬地笑了："去过，天竺国，戒日王的，皇宫。"

玄奘哈哈大笑。

两人赶了一天路，都有些乏了，这一夜就早早休息。菩提院颇大，除了三间正房，左右还有四间厢房，只住了他们两个就显得无比空旷。

夜间愈发的静，松风有如细细的波涛从耳边掠过，点缀着禅院里鸣玉滚珠般的潭水声，便是在梦中也能感受到世界万物的呼吸。

第二日一早，玄奘起来做了早课，香积厨的僧人送来素斋，裹着青菜馅儿的毕罗饼，植物油的油馕，几样糕点，一大罐粟米粥。玄奘吃的不多，波罗叶胃口好，吃饱了还把几张大饼打了包。玄奘看得怜悯，亲手为他盛粥。这个天竺国的首陀罗，驯象师，这辈子就没过过这种丰衣足食、受人尊敬的生活，在天竺国时就不必说了，四大种姓里的底层贱民，到了大唐，主要业务也是流浪，表演杂耍，自从跟了玄奘才安定下来。虽然一直在路上奔波，好歹不用再为衣食操心。

波罗叶笑道："法师，这可不是，我贪吃。跟着您，我摸出，规律了。一赶路，就会误了，饭点，经常，挨饿。"

玄奘笑道："咱们这时是在寺里，怎么会挨饿。"

"说不准。"波罗叶撇撇嘴,"您就,没个消停,的时候。"

玄奘呵呵而笑。吃完了早餐,玄奘便带着波罗叶在寺内拜佛,天王殿、大雄宝殿、观音殿、伽蓝殿……一个不落,恭恭敬敬地上香礼拜。这兴唐寺的规模再一次让玄奘惊叹,他们从山脚下的天王殿拜起,一路向上,到了最后面的藏经阁,竟然到了霍山之巅!从辰时开始,最后竟然拜到了未时,整整四个时辰!

霍山之巅风景绝佳,眼前的兴唐寺层层叠叠的屋宇有如凝固的波涛,奔涌到山下,周围山峰连绵,簇拥着一朵又一朵的苍翠耸立在眼前,让人心怀畅快。不过奇怪的是这山顶却耸立着几十座巨大的风车,每一座风车都张开八只船帆一般的篷布,在轴架周围的八根柱杆上连为一体,走马灯似的转动。四五十座风车在浩荡的山风中转动,气势恢宏。

玄奘心里奇怪,这山上建造这么多风车作甚?见不远处有藏经阁的值守僧人,便走过去询问。那僧人见玄奘气度不凡,还有个胡人随从,不敢怠慢,合十道:"法师,这些风车是为了给寺里从山涧提水。山上缺水,这风车内部有精铁所铸的传动链条,链条一直通往山涧,那里建造有水翻车,链条和水翻车的齿轮卡合在一起,带动水翻车转动,能把水从山涧里提出来。"

"真是神迹啊!"玄奘赞叹不已。旁边的波罗叶更是张口结舌——从山顶靠风力把深涧里的水提到山上?这是什么道理?

那僧人笑道:"其实山涧里的水翻车平时自己就能靠水力提水,不过山里有几个月的枯水季节,这时候就无法再用水力了,恰好枯水季节的山风大。平日里,这风车提供的动力主要是给香积厨磨面的。"

"这等奇思妙想,可大大节约了人力。"玄奘赞道,"究竟是谁想出来的?"

僧人笑道:"其他的并不复杂,风磨和水磨前朝就有,唯一麻烦的是传动链条,东汉时十常侍的毕岚虽然造了出来,可是失传已久。崔珏大人寻着一卷残本,研究了数年才复原,比原物还更胜一筹。"

玄奘顿时一惊:"崔珏?前任的霍邑县令?这是他造出来的?"

“是啊！”那僧人提起崔珏，脸上现出恭敬之色，合十道，“崔施主乃是百年不遇的大才，这兴唐寺就是他主持修建的，修得是尽善尽美，巨细无遗。仅说这上千丈的传动链条，为了不影响地面通行，全都套在陶瓷管道里，深埋地底。可惜，寺庙落成不久，他老人家就撒手西去了。”

玄奘不禁露出古怪的神色，怎么无论到霍邑还是兴唐寺，几乎所有的一切都跟这崔珏有关？

“听说崔大人的祠堂也在这霍山上？”玄奘问道。

“是啊！”那僧人伸手指了指，“就在那面那座山峰的山腰上，离这里不远。法师您走到对面那座山上就能看见有一座庙宇，那就是崔大人的判官庙。”

他这么一说，玄奘对这位造福佛门的大才子愈发好奇起来，原本也想去判官庙看一看，一听不远，就详细问明了路径，带着波罗叶，顺山岭朝判官庙走去。

这霍山无比陡峭，到处都是被山涧切割的悬崖，说是不远，但绕得厉害。走了两个时辰，两人居然摸迷了，东一头西一头在山里撞了起来，一直转到黄昏，两人都有些傻眼了。幸好，波罗叶带了大饼和一皮囊的水，两人不至于挨饿。玄奘真算是佩服这厮了：“你预料的真准啊，怎么就知道贫僧会离开寺院呢？”

“呃……”波罗叶苦笑，“预感。跟着你，挨饿多了，就，提防着。”

玄奘无语。

“唉。”波罗叶却没得意，哀叹道，“还不如，下山，从茶肆，那条路，走呢。”

玄奘也深以为然，不过那僧人说的也不错，认得路的人不远，不认得路的，那可就不是远不远了，而是根本到不了。幸好，他们正兜来兜去的时候，在山里遇到一个采药的老农，一问路，那老农瞪起了眼睛：“法师，您要去判官庙？”

玄奘点点头，老农苦笑：“判官庙就在您脚下啊！您在这山顶上转来转去的，走到明天也到不了啊！”

玄奘和波罗叶顿时无语了。

道谢之后，两人正要走，老农叮嘱道：“山中虎豹豺狼甚多，现在天色已晚，法师看完了可要及早下山。兴唐寺你们怕是赶不回了，老汉姓刘，家在山下不远处的上井村，下山向东六里。若是判官庙住着不便，可以到老汉家。”

玄奘再三致谢，那老汉又不厌其烦地详细指明了路径，这才告辞。

“这大唐，的人情，真是，淳朴。”波罗叶感慨不已，“法师，在天竺国，这种，自耕农也算是，吠舍，第三种姓。见到我这种，首陀罗，是绝不肯，说一句话的，反要，避得，远远的。大唐，虽然，贫富差距，大，阶层隔阂也，大，但并没有，刀尖一样……哦，尖锐的，阶层歧视。士族，骨子里，看不起，寒门，但面子上，却很过得，去。”

“众生平等，生命并不因占据财富的多少而划分尊卑，也不因地位的高下而产生优劣。”玄奘道，“尊卑之别，与其说是为了秩序的需要，不如说是人欲念的需要。极乐净土，先在我心，后在他处。”

波罗叶叹息：“大唐，对我而言，就是，极乐净土。”

那老农说得不错，两人走了一炷香的工夫，绕过一座山岩，果然便看到了判官庙。庙并不大，两进院子，前面是大殿，后面是五六间房舍，供香客休息用。在山上看，庙有些低矮简陋，可是到了它面前，才觉得这判官庙大殿之雄伟，殿门高耸两丈有余，飞檐翘瓦，背靠在一处山壁之上，显得雄浑肃穆。

山里太阳落山早，落日一斜，大山的暗影就覆压过来，有如一片暗夜。殿里早已燃上了灯火，山风催动帷幔，影影绰绰。

“判官庙，这么盛，的香火，看来有，不少人。”波罗叶松了口气，“不用走，夜路，下山了。还能，吃饱饭。”

“应该会有庙祝在。”玄奘点点头，抬脚上了台阶。

殿门关着，两人喊了几声，却不见有人回应，波罗叶奇道：“方才下山，看到，有人影，啊！”

玄奘一直很不适应他这种把叹词单独用的语气，苦笑：“可能回了后院吧！庙祝不在，咱们倒也不好擅闯……”

“我来拍！”波罗叶自告奋勇，冲上来拍门，没想到这么一拍，门吱呀一声开了。

两人深感意外，朝殿内一看，顿时头皮发修，汗毛直竖，几乎一跤跌坐在地——大殿内，赫然到处是人！一眼看去，起码有十几个之多！

这么多人，方才两人又喊又叫居然没人发出丝毫声息！

仔细一看，这些人竟是齐齐整整跪在大殿内的蒲团上，脊背高耸，正磕头行礼。

波罗叶这才松了口气，原来如此，若是人家在祭拜，当然不会有人回应。可是等了半天，这些人仍旧一动不动，也不起身，也不做声，就这么一头磕在地上，仿佛凝固了一般。

“咱们，进去，看看。”波罗叶抬脚就要进去。

玄奘表情凝重，伸手制止了他，情况有些不对，哪有人这般礼拜的？便是再虔诚的佛徒，时间长了也受不了啊！他皱着眉等了片刻，才小心翼翼地走进大殿，这些人竟是没有丝毫反应！玄奘的脸色渐渐变了，轻轻拍了拍跪在后排的一名老者，那老者竟然随手翻倒，身子蜷缩成虾米一般，横躺在地上！

“阿弥陀佛！”玄奘只觉一头冷汗从额头渗了下来。

波罗叶也惊恐不已，两人满含惊惧，对视了一眼，玄奘咬咬牙，又碰了碰另外几人，无一例外，这些人纷纷倒在了地上，竟然整齐划一地保持着跪拜的姿势！就仿佛在跪拜之时躯体忽然凝固！

玄奘心中默念金刚咒，蹲下身探了探这些人的鼻息，还在呼吸，也有脉搏，却是一个个眼睛紧闭，脸上还带着欢悦的笑容，异常古怪。

荒山，古庙，暗夜，灯烛，僵硬的人体，怪异的微笑。

“法师，”波罗叶也有些胆寒了，喃喃道，“这庙里，不干净。”

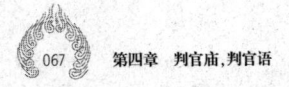

玄奘这时倒凝定了心神，抬头看了看大殿正中供奉的神像，乃是一个白净面孔的书生，身穿大红的披风，头上戴着一种古怪的冠冕。看来是崔珏的塑像，这倒罢了，他是大才子，自然不会丑，问题是，他的座下却是两个浑身青黑、样貌狰狞的夜叉鬼！

这两个夜叉相对跪拜，双臂交叉，形成一张座位，崔珏就坐在其上。他的左右也是两名夜叉，一人持着锁链，一人左手捧着卷宗，右手持笔，卷宗略微朝下，借着大殿的灯烛，隐约可见上面有一行大字：六道生死。而那根笔的笔杆上也有一行字：三界轮回。

"六道生死簿，三界轮回笔？"玄奘皱起了眉头。

"哎呀，法师，"波罗叶急道，"您别，参研这个了。咱们，快快，离开，吧！"

玄奘摇摇头："你先看看有没有办法救醒他们，贫僧到后院去看看。"

"呃……"波罗叶无语，瞅了瞅地上的"僵尸"，只感觉心胆俱寒，见玄奘走向后面，急忙追了过去。

第二进院落并不大，两人在各个房间逡巡了一遍，没有人，也没有什么异样，灶台上还烧着饭，只是灶膛里的柴禾已然熄灭，余烬仍旧热不可当。饭已经快熟了。想来是正在做晚饭的时候，这些人不知为何忽然聚集到大殿里跪拜，然后就成了雕塑。

玄奘仍旧回到大殿，看着满殿的人发愁，这些人有男有女，大多数都是年老体衰者，就这么躺在地上僵硬一夜，哪怕能救治过来，也会损伤了身体。

看着面前的崔珏神像，玄奘不禁喃喃自语："崔大人，你既然身为泥犁狱判官，怎会容妖邪作祟……"

"呵呵呵呵——"大殿里忽然响起沉闷古怪的笑声，"玄奘法师安好！"

玄奘和波罗叶身子一颤，脸上同时变色，波罗叶大喝："谁？出来！"

"本君不就在你们面前吗？何故见我而不识我耶？"那笑声一沉，化作冷飕飕的语调。

两人骇然抬头，恰好看见面前的崔判官像，这面皮白净、温文尔雅的崔判官,竟似乎有些狰狞之色,眼眸里也阴森森的显出一缕血色。难道竟然是崔珏在说话?

“那声音,的确,好像,是从……神像传来的。”波罗叶喃喃地道。

玄奘闭目凝思片刻,合十躬身:“阿弥陀佛,原来是崔使君显灵。敢问使君,这些人都是您的信徒,为何会这般虐待?”

崔判官像的脸上仿佛露出怪异的微笑:“知道法师前来,本君极想和法师一晤。这些人,碍手碍脚,唧唧咋咋,怎能清净?所以本君暂时摄了他们的魂魄,让他们安静片刻而已。本君身为泥犁狱判,如何敢逆天改命,擅定人间生死?这点请法师放心。”

“如此,贫僧就放心了。不知道使君想与贫僧聊些什么?”玄奘合十点头,另一只手却在波罗叶的背上写了一个字:查。

波罗叶会意,悄悄挪了开去。

“你的生死!”崔判官哈哈大笑起来,“你虽是僧人,想跳出六道欲界,解脱肉身,不生不灭,可你今世却仍在这人间道中轮回,你的名字自然写在这六道生死簿之上。玄奘,你可知道自己何时魂入泥犁狱吗?”

第五章
玄奘，泥犁狱再见！

佛家六道，上三道指的是天道、阿修罗道、人道，下三道指的是畜生道、饿鬼道、地狱道。唐代以前，地狱大多译为泥犁，也就是崔珏所说的泥犁狱。一切众生，生死轮转，恰如车轮之回转，永无止境，故称轮回。只有佛、菩萨、罗汉才能够跳出三界，超脱轮回。

按民间传说，人死之后会变成鬼，其实不然，重生在上三道还是下三道，是根据人自身的业力大小而有所不同，此生良善，业力薄，就会投生在上三道，此生作恶多端，业力薄，就会投生成畜生、饿鬼甚至进入泥犁狱受那无穷无尽的苦。饿鬼道的痛苦比泥犁狱少，但比畜生道大，进入泥犁狱是最痛苦的事。

至于业力多还是少，自然便是由这位崔判官根据生死簿来判定了。玄奘终生修禅，吃斋念佛，即便今世修不到罗汉果位，脱不了六道轮回，起码也能进入上三道，可如今崔珏居然说玄奘死后将进入泥犁狱！

玄奘脸上却丝毫也不惊讶，平静道："使君为何这般笃定贫僧会进入泥犁狱？"

"因为，你有恶业未消！"崔判官道。

"哦？贫僧有何恶业？"玄奘问。

"哼，"崔判官忽然冷笑，"玄奘，你的仆从可曾查出来了吗？看来你仍旧不信本君显灵啊!"

玄奘一看,却见波罗叶正趴在崔珏神像的旁边,撅着屁股,撩开他的大红披风,在里面抠摸。听见崔判官的话,波罗叶屁股一颤,忙不迭地跳了下来,一脸惨白,朝着玄奘摇摇头,示意没有发现。

"人皆有好奇之心罢了。"玄奘淡淡地应道,"且说说贫僧的恶业吧!"

"哼,"崔判官冷笑,"你的恶业不在自身,而在长捷!"

玄奘合十:"请使君详细讲来。"

"你难道不清楚吗?长捷只是为你承担了罪孽!"崔判官道,"你此次来到霍邑,急急忙忙地寻他,难道你的心中便没有亏欠?"

玄奘默然不语,崔判官哈哈大笑:"你真的想知道长捷的下落?"

玄奘一震,急忙合十施礼:"请使君告知。"

"也罢,本君这次显灵,就是为了让你和长捷见面,详细对质,生死簿上些许不清不楚之事,本君也得记录得详细些才是。"崔判官哈哈笑道,"你出大殿二十步,左走三十步,静默不动。长捷自然会出现。"

"多谢使君。"玄奘深施一礼,毫不犹豫转身出了大殿。身后,崔判官轰隆隆的长笑连绵不绝。

"长捷法师,真的会,出现吗?"波罗叶追过来,急急忙忙地问。

"反正也没几步路,看看便是。"玄奘表情凝定,仿佛丝毫没有怀疑。

他走出庙门,夜色更加浓密了,只有借着大殿里的烛光才能略微看清脚下的路,山间颇为寒冷,夜风呼啸,肌肤冰凉。按着崔珏的指示,他向前走了二十步,然后左转,又走了三十步,才发现自己竟然到了悬崖边。

这悬崖也不知道多高,深不见底,阴冷的风从地下灌上来,僧袍猎猎飞舞。波罗叶追过来站在他身边,向前方眺望片刻,嘟囔道:"什么也看不见啊!"

"注意身后。"玄奘低声道。

波罗叶吃了一惊,这才醒悟,两人站在悬崖边上,若是有人从后面悄无声息地过来,伸手一推,自己俩人可要变成肉饼了。他出了一头冷汗,转身戒备地看着后面。大殿雄伟地耸立，灯火通明，殿前面的空地上没有丝毫异样。

猛然间，夜色里响起一声轻笑："玄奘，泥犁狱再见！"

玄奘心中剧震，还没来得及动作，忽然脚下嘎巴一声响，随即一空，身子朝悬崖下呼地坠落，耳边响起波罗叶的狂吼，竟然也坠了下来……

就在坠落的一瞬间，玄奘心中闪过一丝懊悔，大意了，只注意身后了，却没想到真正的陷阱在自己脚下。他们虽然站在悬崖边，但踩着的，根本不是山石，而是拼合在一起的木板！

"法师，抓住我——"耳边响起波罗叶的吼叫。

与此同时，玄奘只听叮的一声，眼前光芒一闪。黑暗中，这星火乍现的光芒极为刺眼，只看见波罗叶手中握着一把短刀，狠狠地插在了岩石缝里。也不知他有多大的力气，短刀竟然深深地刺入岩石，然后滑了出来。波罗叶再狠狠插了一刀，金器和岩石剧烈摩擦，刺啦啦的刺耳声中带出一溜火光……

两人几乎是挤成一团跌落，玄奘惊慌之下，一把便扯住了波罗叶的衣服，刺啦一声，波罗叶身上的袍子被撕裂，他的手一抓挠，却揪住了波罗叶的腰带，猛然间，身子一震，竟然硬生生地止住了下坠之势！

玄奘一手揪着他的腰带，一手抱着他的大腿，感觉到波罗叶浑身的肌肉都隆了起来，身子颤抖不已。他两只脚左右乱蹬，想在这种无力的状态中找到一丝可以借力的地方，左脚忽然踩到一块坚硬的凸起，玄奘大喜，伸长了腿脚探索，才发现那是一块凸出来的岩石，只有脚面大小，更让他惊喜的是右脚也在石缝里找到一个凹坑，勉强插进去半个脚掌。他把身子往前一趴，整个人贴在了岩壁上。

这下子，波罗叶的负重大大减轻，左右脚乱蹬，也勉强找到一些可以借力的地方。两人这才长长出了口气："阿弥陀佛。"

两人抬起头看了看，距离悬崖顶上并没有多高，大约一丈而已。也幸亏这么短，波罗叶手疾眼快用短刀插进岩石，否则再坠落几丈，短刀的负重根

本经不起下坠的力量。

“法师，您能支持得住吗？”波罗叶问道。

“没问题，”玄奘喘了口气，“贫僧这里，脚下踩有东西。”

“那好，我上去找个绳索，把您拉上来。”波罗叶道。

玄奘点头，抬头看着他。波罗叶手脚扣着石缝，用短刀插着岩石，像一只壁虎一般，慢慢朝悬崖上攀登。玄奘算开了眼，他整个人有时候借着山石的力量，竟能弓成个球形，把屁股挪到手所在的位置。这就是天竺的瑜珈吧？玄奘心里胡思乱想。

一丈的距离，波罗叶足足攀爬了半炷香的工夫才差不多到了悬崖顶，手指啪地扣住崖顶的岩石，波罗叶心里一松——总算到了。

正在这时，只听下面的玄奘一声惊呼：“小心——”

波罗叶愕然抬头，心里顿时一沉，面前的悬崖上，静悄悄地站着个人影。那人影整个身体都裹在袍子里，脸上戴着狰狞的鬼怪面具，正冷冷地盯着他。

“嘿，你好……啊！”波罗叶面色难看至极，勉强笑着打个招呼。

那面具人冷冷地看着他，并不做声，脚尖朝前一点，脚掌踩在了他的手背上，狠狠地拧动起来。波罗叶只觉手掌剧痛，手指似乎给踩碎了一般，但他另一只手握着插在岩石里的短刀，根本没法反抗，只好强忍。那人见踩了半天，波罗叶额头渗出冷汗也不撒手，顿时怒了，抬起脚狠狠地朝他的手掌踢了过来。

波罗叶眼中闪过一丝绝望，眼看那只脚踢了过来，忽然虎吼一声，手掌松开崖壁，胳膊突然一阵咯吧吧的脆响，手臂竟然长了三寸，手腕一翻，竟然抓住了那人的脚踝！

那人一声惊呼，没想到居然发生这等怪异的变故，还没反应过来，波罗叶大吼一声，猛力一拽，那人站立不稳，惨叫一声，贴着波罗叶的身体坠了下来……

“法师，贴着崖壁……”波罗叶怕他坠下去砸着玄奘，急忙大叫。

玄奘早看清上面的变故，眼见那人影呼地落了下来，他非但不避，反而双手迎了上去合身朝那人一扑。砰——那人影被玄奘一扑，顿时贴在崖壁上往下滑落。玄奘左腿踩得最实，急忙一弓膝盖，顶了一下，那人一声闷哼，整个人被玄奘牢牢地顶在了悬崖上！

“法师——”波罗叶大吃一惊。

“快上去，找绳索救我们！”玄奘沉声道。

波罗叶不敢怠慢，双手攀上崖顶，一用力，整个人翻了上去，急匆匆向大殿跑去。

“麻烦你自己用些力气可以吗？”玄奘全力托着这个人，浑身汗如雨下，喃喃道，“贫僧……快没力气了。”

他怀里这位这会儿惊魂感才过去，手足乱蹬，居然找到几个支撑点，靠着玄奘膝盖顶着臀部，才把身形稳定。此人险死还生，惊悸之意过去，才冷冷地盯着玄奘，道：“你为何救我？”

声音清脆，娇嫩，竟然是少女的嗓音。玄奘并不惊讶，他此时几乎把这少女拥在怀中，那股体香浸了一鼻子，所接触的地方又是绵软柔腻，自然知道这人是名少女。

“我佛慈悲，飞蛾蝼蚁皆是众生，怎能见死不救。”玄奘道。

“哼。”那少女重重地哼了一声，“哪怕这蝼蚁要你的命，你也救它？”

“阿弥陀佛，”玄奘坦然道，“善恶之报，如影随形，三世因果，循环不失。岂是贫僧所能抗拒？救你，自然是佛祖的安排……姑娘，麻烦你用点力好吗？贫僧的膝盖被你坐得发麻了。”

“我偏要坐！”那姑娘恶狠狠地道，“把你这恶僧坐到悬崖底下才好！”说着，自家臀部倒往上提了提。

玄奘苦笑：“此时贫僧落在你的手中，只要你用用力气，贫僧就真的坠进那泥犁狱中了。姑娘想杀我，何不动手？”

那姑娘一滞，半晌才哼道：“你以为我不想把你踢下去吗？你这和尚好生狡诈，明知道你的仆从在上面，我杀了你他必然不放过我，还跟我争这个口舌。”

玄奘彻底无语了。

这时波罗叶的脑袋从上方探了出来：“法师，您还，在吗？”

“在在。”玄奘急忙道，“找到绳索了？”

“没。”波罗叶道，“不过我，找到几丈长，的幔布，拧成，一股了，我这就，放下来，法师您，可抓紧了。这东西，比不得麻绳，滑。”他顿了顿，怒喝道：“底下那，贼子，法师救了你，是慈悲，让法师，先上来。敢跟法师，抢绳索，我把你抖下去。”

那少女哼了一声，不理会他。

布幔缓缓放了下来，那少女果然不去抢，玄奘想了想，怕这少女先上去再惹出什么事端，便将幔布缠在自己腰间，把自己脚下这块岩石让给她踩牢了，这才让波罗叶把自己拽上去。

到了悬崖顶上，玄奘才觉得手脚无力，一屁股坐在地上，身体抖个不停。

“法师，救不救她？”波罗叶道。

“救！自然救——”玄奘重重喘息了几口，拼命挥手，“快快——”

波罗叶不敢耽搁，急忙把幔布绳索又扔了下去，那女孩儿自己倒乖觉，在腰里缠了，波罗叶用力把她拽了上来。她一上来，波罗叶也一屁股坐倒在地上，喘息不已，这时才发觉浑身是汗，衣服几乎能拧得出水来。

这少女也累坏了，手脚酸软地坐在地上，三个人彼此大眼瞪小眼，一时间谁也无力起身，谁也无力说话。只有山风寂静地吹过，筛动林叶和山间窍孔，发出万籁之声。

“绿萝小姐，你还戴着这面具作甚？扔了吧！”玄奘看着少女脸上的鬼怪面具，不禁叹了口气道。

那少女的身子顿时僵直了。

“绿萝？”波罗叶也呆住了。他这话痨可知道，绿萝乃是崔珏的亲生女儿，郭宰的继女，怎么这要杀他们的少女居然是绿萝？

那少女瞪了玄奘半晌，才伸手解下面具，扬手扔进了悬崖。大殿烛光的照耀下，一张清丽绝伦的面孔出现在两人的眼前。这少女就像荷叶上的一滴露珠，晶莹透彻，纯得不可方物，眼眸、玉肌、琼鼻、雪颈，光洁细腻，整个人看起来宛如一颗珠玉。

可能是还年幼的关系，她身材比李夫人略矮，但纤细柔和，无一处不匀称。便是这么疲累之下跌坐着，也给人一种惊心动魄的视觉冲击。但此时看着玄奘的，却像是一头凶猛的小兽，随时可能跳起来咬人。

"你怎么知道我的身份？"绿萝盯着玄奘，眸子冰冷地道。

"猜的。"玄奘说了一句，随即闭了嘴。

绿萝好奇心给逗了上来，不住口地追问，玄奘却只顾喘息，毫不理会。她急了："恶僧，你到底说不说？"

"阿弥陀佛。"玄奘淡淡道，"要贫僧说也可以，不过你要把大殿里的人救醒了。这些都是年老体衰之人，时间久了，只怕会有危险。"

"好，你说的！"绿萝挣扎着站了起来，身子一趔趄，却是方才崴了脚，这一崴，她才如梦方醒，怒道，"你诈我！你怎么知道大殿里的人是我弄晕的？"

"我诈你作甚？"玄奘道，"你若是有同党，方才自然会来救你；既然没同党，大殿里的人自然是你做的手脚。"

绿萝怒不可遏，哼了一声，倔强地一瘸一拐地去了大殿。玄奘和波罗叶跟在她身后，到了大殿门口，却不进去。绿萝回头瞪了他一眼："怎么不进来？"

"阿弥陀佛，贫僧怕中计。"玄奘老老实实地道，"你那迷香太过厉害，方才来的时候，贫僧若不是闻到味道似曾相识，贸贸然进入大殿，只怕早就和他们一样，任你宰杀了。"

绿萝气得眸子里几乎要喷出火来，这个老实的和尚在绿萝的眼里有如精明的恶魔，愤怒的同时也无比惊惧忌惮，只好一个人进去，重新燃起一根线香。

"法师，这究竟，是怎么，回事？"波罗叶按捺不住心中的好奇，怎么法师竟然能认出这少女便是绿萝？须知他们虽然在郭宰家里住了几日，却并没有见过崔绿萝,更何况方才绿萝还戴着面具,只怕郭宰来了也未必能认出来自己的女儿。

玄奘还没来得及回答,绿萝又一瘸一拐地走了出来,寒着脸道:“一会儿他们就醒过来了,醒来之后完全不记得发生过什么事,也不会有所损害。”

“阿弥陀佛。”玄奘点了点头,“你用这线香已经不是第一次了,自然有把握。”

绿萝的眼里又要喷火,玄奘急忙摆摆手:“小姐,请移步来谈。”

三人到了悬崖边,这回玄奘有了戒备,理所当然地仔细查看地面是岩石还是木板,绿萝又是气得直哼哼。玄奘也不理她,查看完毕,才小心地在一块平滑的石头上坐下。

“说吧,你到底怎么知道是我的?”绿萝不耐烦地道。

“你屡次刺杀贫僧,若贫僧不知道是你,岂非死了还是个冤死的和尚?”玄奘淡淡地笑道。

波罗叶顿时跳了起来,瞪着绿萝大叫:“原来,是你?”

“你——”绿萝的脸色顿时变了,她没理会波罗叶,只是盯着玄奘,满脸惊惧,“你知道是我刺杀你?”

“一开始不知道,后来自然知道。”玄奘怜悯地看着这个珠玉一般晶莹的小女孩,她才十六七岁吧?却有如此心机、如此手段来刺杀一个人,当真可畏可怖。

“自从凉亭遇到那一箭,贫僧一直在思考一个问题。”玄奘露出思索之色,“别人为何会杀我?贫僧思来想去,只可能有两个原因。一是,我来寻找长捷,触动了某些人的利益,引起他们的防范,因此要杀我。二是,和贫僧有什么仇怨,故此来报复。第一个理由,至今贫僧还没有丝毫眉目,暂且不论,可是第二条,却有一些实实在在的理由。贫僧本人从不曾与人结怨,我一路游历天下,所到之处,大都与人素不相识,因此,只能因为其他仇怨,迁怒在贫僧身上。”

绿萝撇着嘴,却是一言不发,听得极为认真。

“这迁怒，最有可能的自然便是贫僧的二兄长捷了。长捷逼死了你的父亲，累得你母亲青春守寡，你幼年丧父，你们母女原本家境殷实，无忧无虑，猛然间便堕落到悲惨的境地，对长捷的憎恨，贫僧自然能够想象得出来。”一句“幼年丧父”顿时让绿萝泪眼盈盈，但这个少女倔强地翻了翻眼珠，把泪水硬生生遮了回去，这般凄楚憔悴之色，倒是无比惹人怜爱。

玄奘继续道：“贫僧也问过李夫人，是否恨我。李夫人答道，一饮一啄，皆有天命。是崔珏自己想死，愿意抛下你们母女，才自缢而死，他若不想死，仅凭一个僧人的几句话就能逼死他么？何况贫僧不是长捷本人，她不至于迁怒到贫僧的身上。贫僧相信她说的是真心话，一个妇人，历经过乱世，看透了世事沉浮，生死离别，自然懂得分辨人间是非。可是她的女儿呢？那时候你才十岁吧？年少不谙世事，父女情深，有如娇宠的小公主，可是因为一个可恶的和尚，一切全都变了。父死母嫁，要向一个高大得如熊虎一般的陌生男人叫父亲，这其中对你伤害有多大，贫僧完全可以想象得出来。在你心中，对长捷的憎恨比李夫人强烈百倍，也不为过吧？”

此言一出，绿萝顿时崩溃了，她再也忍耐不住，泪水哗哗地淌了出来，情绪彻底爆发，嘶声骂道：“你这个恶僧，死和尚，破和尚，贼秃子，我恨死你了，恨死你那妖孽哥哥了。呜呜——”

一边哭，一边随手抓着地上的石块劈头盖脸地朝玄奘砸过去。波罗叶想阻拦，玄奘制止了她，怜悯地注视着这个可怜的少女，任凭那石头砸在脸上、身上，砰砰砰，转瞬间满脸是血，给砸得伤痕累累。

玄奘只是垂眉静坐，双掌合十，口中诵经：“……圣女又问鬼王无毒曰：‘地狱何在？’无毒答曰：‘三海之内，是大地狱，其数百千，各各差别。所谓大者，具有十八。次有五百，苦毒无量。次有千百，亦无量苦。’圣女又问大鬼王曰：‘我母死来未久，不知魂神当至何趣？’鬼王问圣女曰：‘菩萨之母，在生习何行业？’圣女答曰：‘我母邪见，讥毁三宝。设或暂信，旋又不敬。死虽日浅，未知生处。’无毒问曰：‘菩萨之母，姓氏何等？’圣女答曰：‘我父我母，俱婆罗门种，父号尸罗善现，母号悦帝利。’无毒合掌启菩萨曰：‘愿圣者却返本处，无至忧忆悲恋。悦帝利罪女，生天以来，经今三日。云承孝顺之子，为母设供修福，布施觉华定自在王如来塔寺。非唯菩萨之母，得脱地狱，应是无间罪人，此日悉得受乐，俱同生讫。'……"

这是一段《地藏菩萨本愿经》。有一婆罗门女，"其母信邪，常轻三宝"，不久命终，"魂神堕在无间地狱"。婆罗门女知道母亲在地狱受苦，遂变卖家宅，献钱财供养于佛寺。后受觉华定自在王如来指引，梦游地狱，见鬼王无毒，求得母亲得脱地狱。婆罗门女醒来方知梦游，便在自在王如来像前立弘誓愿："愿我尽未来劫，应有罪苦众生，广设方便，使令解脱。"释迦佛告诉文殊说："婆罗门女者，即地藏菩萨是。"就是说，地藏王菩萨前世曾是求母得脱地狱的婆罗门女。

这段经文流传甚广，尤其是民间传说更多，波罗叶和绿萝自然听过，玄奘的意思很明白了，绿萝只是为亡父尽孝道，深合地藏法门，自己又怎么会在意她的辱骂和殴打。

绿萝听完经文，痴痴地坐了片刻，忽然伏在地上大哭了起来。玄奘轻轻叹息，波罗叶走过来默不做声地替他擦拭干净脸上的血痕，从怀中掏出金创药敷上。

这时，庙里忽然嘈杂了起来，窗棂上映出影影绰绰的人影，随即有人听见声音，开门走了出来，一看悬崖边端坐着一个和尚，不禁吓了一大跳。这些香客也是无辜，吸入大麻云里雾里经历了一番快感，被绿萝救醒后一时疑神疑鬼，以为是崔判官显灵，顿时磕头不止。听见外面有人喧闹，才出来察看。

"法师，"这些人一看玄奘满脸是血，却端坐岩石上，面容端庄，有如神佛，不禁慌了起来，"法师怎么坐在这里，还受了伤？"

波罗叶懒洋洋地道："方才，崔使君，显灵，带你们，周游灵界，我家法师，在，替你们，护法。"

这厮的谎话张口即来，没想到正好切中了香客们的心。他们吸入大麻，简直是神魂飘荡，如登极乐，还在疑神疑鬼呢，谁料想还真是崔判官显灵，而且有圣僧在门外帮自己护法!

这真是天大的福缘,香客们感激得无以复加,恭恭敬敬地请三人前往大殿。绿萝还有话要问玄奘,不耐烦和这些香客多说,叫他们尽皆散了,只说这和尚要讲经,不能入第三人之耳,否则神佛会震怒。香客们诚惶诚恐,天色也晚了,纷纷回去休息。庙祝亲自捧上来一壶香茶和几样粗陋的糕点放在大殿中,供圣僧讲经时所用。

波罗叶早饿得狠了,从吃过早餐之后,他们就一直靠大饼充饥,本想着在判官庙能吃一顿热饭,没想到碰上绿萝,险些跌入万丈深渊,真是又惊又怕又累又饿,他张开嘴巴,径直吃了起来。

"和尚,你继续说罢!"绿萝这时也恢复了平静,淡淡地道,"你如何能确定在县衙时,刺杀你的便是我?"

"贫僧不能确定。"玄奘坦然道,"若没有后来种种,贫僧怎么会怀疑一个年方二八的小女孩能做出如此耸人听闻之事?当初贫僧到你家的第一天,与你父亲夜谈时,是你在屏风后面窥视吧?"

绿萝哼了一声:"自然是我。我深夜从周府回来,听说有僧人在客厅,也没多想就回了内宅。我娘也没有和我多说,后来你们谈得太晚,娘让莫兰给你们送夜宵,我一时好奇,就跟着莫兰一起来看看长安来的僧人。没想到……"她深深地吸了口气,仇恨地盯着玄奘,"我从屏风后看见了你,你这张脸,我一辈子也忘不掉!它就如同一把刀刻在我的心里,就如同一根刺,刺在我的肉里,就如同一个恶魔,时时刻刻出现在我的眼前!"

玄奘叹息不已:"你说的是长捷吧?"

"没错,是那个妖僧!"绿萝咬着牙,眼睛里闪过一丝恐惧,"他来到霍邑那一年,我还不满十岁,母亲听说有个奇异的僧人闯入县衙找父亲,一时好奇,就带着我偷偷到二堂观看。那个僧人的模样,从此就刻入我的心中。我只见过他一次,几乎是匆匆一瞥,可是这么多年来,从没有任何一个人的面貌在我心中如此清晰;也从来没有任何一个面孔,能带给我无穷无尽的恐惧。"

玄奘哀悯不已，一夜晤谈，夺走了一个女孩的父亲。这个女孩儿从此把那僧人的模样刻入心底，仇恨在午夜梦回的恐惧中滋长，这么一个柔弱如珠玉般一碰即碎的少女，究竟是怎么熬过这么多年可怕的日日夜夜？

“看见贫僧，你才失手打碎了茶碗吧？”玄奘叹息道。

“不是失手，我是故意。”绿萝扬起了光洁的下巴，冷冷道，“七年前，一个妖僧来见我父亲，夺走了他的生命；七年后，又一个和他一模一样的妖僧，来见我的继父……哼，我绝不容许他再重蹈我父亲的覆辙。不过这人……真是恨人，我把他心爱的东西砸得七零八落，他就是不回来，直到我故意把自己的额头撞破，他才回来。”

绿萝恼恨不已，口中的“他”，自然便是那位金刚巨人般的县令郭宰了。

这个小女孩果然聪慧。玄奘露出笑容：“据说你从来不曾叫郭大人做父亲，为何还如此关切他？”

绿萝脸一红，嚷道：“这是我的家事，干你何事？哼，这个粗笨愚鲁的……我称他父亲作甚？”

玄奘点点头，看来这女孩是嫌弃郭宰军中出身，没有文采。怪不得郭宰附庸风雅，又是收藏古董，又是参禅论佛，看来除了李夫人的影响，也是为讨这小女孩的欢心。这个金刚式的县令，心思倒颇为细腻。

“你不肯改姓，也是这个缘故了？”玄奘道。

“我为何要改姓？”绿萝怒了，“我爹是崔珏，不是那郭宰！那人再讨好我，这生生世世，我也只有崔珏一个爹爹！”说着转头看了一眼崔珏的神像，眼眶禁不住又红了。

玄奘不敢再逗她，急忙道：“好吧，你的家事贫僧且不问了。你那天夜里发脾气，虽然当时贫僧不晓得怎么回事，可是遭遇两次刺杀之后，却不得不怀疑到了你的身上。”

“哦？”绿萝认真起来，“你且说。”

“第一次用弓箭刺杀，你很聪明，成功地将怀疑对象引到了他处。复合角弓，纯钢兵箭，连郭宰自己也以为涉及到了军中。可是他无意中说起来，自己宅子里也有这种弓箭。但当时连贫僧自己，也怀疑是长捷牵涉到了军中的机密，才会引来杀手对付我。”

“没错。”绿萝点点头，“是我从他房中拿出来的。那日你和我娘在花园里谈话，我一看见就气不打一处来，你这妖僧，蛊惑完……郭大人，又来蛊惑我娘，是可忍孰不可忍。我看见院墙外的槐树，便冒出这个念头，到了郭宰的房中取了那张弓，又到库房里寻了一支箭，便出门爬上槐树，射了你一箭。可惜，平素里练习的少，没射死你。”

玄奘苦笑不已：“你不怕郭县令发现箭少了一支，怀疑你吗？杀人未遂，也是重罪。”

“哼，”绿萝不屑地道，“他性子粗疏，丢三落四的，连弓挂在哪儿一时也未必能寻得到，何况在库房里丢了几年的箭支。”

“当时的确没人怀疑你。”玄奘也不得不承认这件事绿萝做得隐秘，谁能想到一个小女孩居然能带着弓箭爬上大树杀人行刺呢？“可是到了第二次刺杀，贫僧就开始怀疑你了。”

“为何？”绿萝满眼不解，“我并未出手啊，是蛊惑周家那傻公子干的，你怎能想到是我？”

“第一，若是外人，在六名差役值守，县衙塔楼上架起伏远弩的情况下，何必冒险刺杀？而且还在当天夜里？谁都知道，白日遇到刺杀，当夜是防守最严密的。贫僧是个和尚，不可能长住县衙，终有出来的一天，他们既然有弓箭，只需耐心点等贫僧离开县衙，走上大街，远远的就可以一击毙命。何苦冒险冲击重弩防守的县衙？”

“有道理。”绿萝认真地点头，这一刻，这漂亮的少女脸上表情严肃，仿佛不是在讨论杀人的可怕之事，而是在向老师学习。

“那么，谁会急不可待，当天夜里就冒险刺杀？”玄奘淡淡道，“自然是县衙里的人了，准确地说是郭宅里的人。因为对他而言，贫僧在郭宅是最佳的刺杀机会，等我一离开，他的机会反而渺茫了。”

绿萝呆住了，大大的眸子翻来覆去地打量玄奘，暗道：“这个僧人傻傻的，和郭宰一般蠢笨，其实却精明得紧啊！本小姐稍不留神只怕会吃大亏，以后还是提防些好。”随后想到自己和对方着了相，暴露了，不禁颓然。

“而且，让这周公子做杀手是个败笔。”玄奘道，“是白天你就把周公子藏在家中吧？”

绿萝点点头，颓然道：“你这和尚好生厉害，都瞒不过你。那周公子喜欢我，平素里我不假辞色，几乎要发疯。那日刺杀失败，我去他家习琴，他见我闷闷不乐，就一直追问。我就说，有个憎恶之人在我家中，我恨不得杀了他。周公子详细追问，我就原原本本地说了，反正我父亲被那僧人逼死，霍邑人都知道，没必要瞒着他。周公子一听，冒了傻气，居然说，我替你出气，藏在他床底下，晚上他睡觉时一刀捅死他！”

玄奘不禁头皮发麻，没想到这世家公子如此漠视人命，为博红颜一笑，竟然不惜杀人。这家伙要真躲在自己床榻底下，晚上捅自己一刀，那可真是再入轮回了。

“当时我被那周公子一撩拨，心也热了。却觉得他想的法子不妥，于是就妥善安排，带着周公子悄悄回了家，让他躲在房中。晚上给了他一根线香，让他先把你迷倒，然后拖到池塘里淹死。”绿萝说得平淡无比，仿佛在说如何宰杀一只鸡，“这样即使怀疑，你没有挣扎的痕迹，也会误认为夜晚到花园散步，跌入水塘中淹死。没想到……”她狠狠瞪了一眼正在大吃大喝的波罗叶，“让这厮坏了事。”

玄奘心中暗叹，周公子为她丢了性命，可从她口中却没有一丝惋惜自责，这个少女当真无情……或者说，对她所爱的人关切深爱，不爱者漠视无情，性子实在极端。

他一直有个疑问，趁机问了出来：“你那线香是从哪里来的？居然掺有大麻和曼陀罗？”

绿萝机警地瞥了他一眼，冷冷道：“买的。”

“在哪里买的？”

“大街上。”

玄奘无语了。

绿萝仍旧戒备地盯着他，见他不问了，才松了口气："你继续说。"

玄奘摇摇头，继续道："对贫僧而言，要判断出来也容易得很，尤其是知道了你和周公子的关系之后。一，凶手是郭宅的人；二，和周公子关系密切；三，对贫僧有强烈的恨意；四，家里出了命案，你仍旧躲着不出来。除了你还有谁？"

绿萝一阵懊恼，原来自己暴露得这么容易。不过这事儿也不怪她，若是周公子得手，逃之夭夭，这桩案子只怕就是无头冤案了，玄奘只好死不瞑目地去见佛祖。可是周公子意外失手，暴露了身份，对玄奘而言那就洞若观火了。

"那你……为何不告发我？"绿萝这时才觉得一身冷汗从背上涌起，顿时阵阵后怕。

"阿弥陀佛，"玄奘合十，神情复杂地看着她，"世俗律法严苛，唐律，谋杀人者徒三年，伤人者，绞。我佛慈悲，草木蝼蚁皆有可敬者。佛法教化在于度人，贫僧如何能送你上那凶杀刑场？"

绿萝松了口气，但对他一直把自己比作蝼蚁心里颇为不爽，哼了一声："难道你不怕我再度刺杀你？"

"怕。贫僧怎能不怕？"玄奘面对这个少女也颇为头疼，苦笑道，"所以贫僧才急急忙忙溜出郭府，躲到这兴唐寺。谁料想还是躲不过你。"

绿萝咬着唇："你这和尚，难道这次我设的局，也是早被你看破了？"

"没有。"玄奘无奈地道，"方才在悬崖下简直生死一瞬，贫僧即使有割肉饲虎之心，也不愿平白无故做了肉泥。只不过，贫僧之前来到判官庙，你在庙里点了线香，想把贫僧给熏倒了吧？"

"又被你看破了。"绿萝涌起无力的感觉，她怎么也不明白，这傻笨和尚怎么会如此精明？

"唉。贫僧已经被你用线香暗算过一次，那味道虽然香甜，对贫僧而言却无疑鸩酒砒霜，怎么还肯进入大殿？"他看了看波罗叶，"波罗叶虽然也被熏过一次，不过他在睡梦中醒来，鼻子早已适应了那股味道，因此并不敏锐，贫僧可是记忆犹新。只好开门通风之后才肯进来。不过……没想到你真正的陷阱却在悬崖边。”

绿萝愤愤地瞪着他，喃喃道：“这让我日后用什么法子才能杀你……”

玄奘顿时头皮满是冷汗，自己被这种暴虐精明的小魔女盯上，这辈子可没个消停了。他想了想，正色道：“绿萝小姐，贫僧奉劝你一次，日后切勿杀人，否则后患无穷。”

“是吗？”绿萝笑吟吟地盯着他。

“正是。”玄奘也不打算用佛法感化她，对这小女孩，就该用实际利害来让她害怕，“你在谋刺贫僧的过程中，累得周公子丧命，你可想过那后果么？”

绿萝瞥了波罗叶一眼：“他又不是我杀的。”

波罗叶顿时僵住了。

“他不是你杀，却是因你而死。”玄奘正色道，“他夜入郭宅杀人，波罗叶出于自卫杀了他，周家人奈何不了他。可是，他们会查自己的儿子为何去杀一个僧人。如果他们知道是被你蛊惑，才丢了性命，你觉得周家会如何对你？”

绿萝的脸色也渐渐变了，半晌，才迟疑道：“他们……不知道吧？这件事我们做得极为隐秘……”

玄奘摇头：“再隐秘也会被人查出来，尤其你和周公子的关系周家人清楚至极，贫僧和他无仇无怨，能让周公子杀我的，只有你。以周家的势力，你想他们一旦查清，会怎么对付你、对付你的母亲，甚至郭县令？”

绿萝呆滞了，精致的小脸上满是恐慌：“这……这可怎么才好？我……”她看着玄奘，眸子忽然闪耀出光芒，“我不回去了，我就跟着你，住到兴唐寺里。周氏再厉害，还敢到兴唐寺捉我？”

这回轮到玄奘呆滞了。这个小魔女……她要跟着我？

第六章
偷情的女子，窃香的和尚

小魔女果然跟定了玄奘。在判官庙休息了一晚，玄奘便回到兴唐寺，绿萝寸步不离，居然跟着他住进了菩提院。玄奘烦恼无比，请空乘过来处理，空乘也有些无奈，温言劝说绿萝，说敝寺有专供女眷休憩的禅院，绿萝毫不理睬，说那所禅院也有温泉吗？

说罢，自顾自地挑选房间，最后看中了波罗叶居住的东禅房，玄奘对居住条件并不讲究，于是波罗叶就挑选了最好的一间，是空乘原先的禅房，里面有温泉浴室。波罗叶欢喜得不亦乐乎，没想到这小魔女一来，把自己给撵了出去。波罗叶敢怒不敢言，灰溜溜地找了个厢房。

空乘也无奈，只好私下找玄奘商量："法师，这女施主是崔珏大人的独女，又是郭县令的继女，贫僧……贫僧也不好强行撵走啊！"

"可是……阿弥陀佛……"玄奘烦恼无比，"佛门清净地，贫僧的院子里住个女施主，这成何体统啊！"

"老僧也无奈啊！"空乘实在没了办法，建议，"要不法师换个禅院？"

玄奘还没回答，绿萝远远地嚷了起来："告诉你，恶僧，你爱换便换，换了本小姐仍旧跟着你。"

两大高僧面面相觑，一起念起了经。

最后，空乘念了几句佛，一溜烟地走了，把玄奘撇到这儿烦恼。

从此以后，玄奘背后就多了条尾巴，这个美貌的小魔女和波罗叶一道，成为玄奘的风景，除了洗澡如厕，基本上走哪儿跟哪儿。玄奘浑身不自在，脊背上有如爬着蚂蚁，倒不仅仅因为被一个少女黏上，他心知肚明，黏上自己的是一把匕首和利箭，说不定什么时候就会被这小魔女一箭穿心。

这个十六岁少女的手段，太让他惊心了。没办法，只好叮嘱波罗叶，你可看好她了，最好别让她携带利器。波罗叶问："法师，我可以，搜她的身，吗？"

玄奘无语。

玄奘所住的是西禅房，和东禅房隔着一座佛堂，晚间，玄奘正在灯烛下研读《维摩诘经》，过几日就是空乘安排的辩难大会，他不敢怠慢，河东道佛教虽然比不过苏州扬州兴盛，可寺庙历史久远，不时有杰出的僧人出现，他可不想到时候被辩驳得灰头土脸。

但是他眼睛看着经卷，耳朵里却是对面小魔女那欢快的哼唱声，搅得他禅心不宁。正在这时，忽然绿萝传出一声惊呼，似乎受到极大的痛楚。

玄奘大吃一惊，急忙跳下床榻，赤足奔出禅房，过了佛堂，站在绿萝的房门外，低声道："绿萝小姐，发生什么事了？"

"呃……等等。"绿萝应了一声，传来窸窸窣窣的声响。过了片刻，打开房门，只见她小脸煞白，龇牙咧嘴，房子里氤氲缭绕，架子上还搭着衣物。

玄奘急忙把眼神收了回来："怎么了？"

"洗澡……蜇了我一下。"绿萝眼泪汪汪的。

"有虫子？"玄奘问。

"不是……"绿萝道，"昨夜坠下悬崖，身上刮伤多处，我想洗澡，一进温泉，蜇疼我了。"说着，撩开袖子，果然嫩白的胳膊上，布满了伤痕，"身上还有……"

这小妮子也没有多少男女之防的观念，居然去撩衣衫，玄奘急忙避开了："阿弥陀佛。你在这儿等着，贫僧去波罗叶那里给你取金创药，你敷上便好。"

绿萝点点头，玄奘回房穿上鞋，去找波罗叶。他的包裹在波罗叶房间里，衣物和药品都在，波罗叶从睡梦中被吵醒，听说取金创药给绿萝用，老大不满，却不敢反驳，愤愤不平地取了一包递给玄奘。

玄奘把药给了绿萝，自己回房继续研读佛经。不料过了片刻，响起敲门声，绿萝哭丧着脸把脑袋探了进来："涂上了药，没法洗澡了。"

玄奘无语。

所幸这天夜里绿萝没有再打搅，第二日做完早课，玄奘先去大雄宝殿拜佛，正跪在如来佛像前诵念，忽然有小沙弥急匆匆地跑了进来，也不敢打扰，等玄奘起身，这才上前合十："法师，住持正在找您。在您禅房里等候多时了。"

玄奘点点头，当即回了菩提院，空乘正带着两个弟子在院子里踱步，一脸焦急之色。见玄奘到了，挥手命两个弟子守在门外，和玄奘进了佛堂，两人在蒲团上坐下。

"师兄有何要事来寻贫僧？"玄奘问。

空乘面色肃然，低声道："昨夜出了大事。"他盯着玄奘，一字一句地道："霍邑县城出了大事！"

玄奘诧异道："什么大事？"

"昨夜，周氏大宅失火，两百亩的宅邸烧成了白地。"空乘道，"周氏一家一百余口，无一生还！"

玄奘的脸色顿时变了："可知道是天灾还是人祸？"

"说不准。"空乘叹了口气，"老僧不敢妄言。说实话，法师来的时候，县里发有公文，说法师和波罗叶与一桩案子有关，如法师离开寺院，须报知官府。今日凌晨，县衙来了差役，询问法师昨夜的去向，可曾离开过寺院，贫僧知道法师昨夜未离开寺院一步，便向那差役做了保。"

这时，东禅房的门吱呀开了，绿萝几步就冲了过来，脸色异常难看："空乘法师，您说的可是真的？那周家真烧成了白地？"

"阿弥陀佛。"空乘没想到有人偷听，面色有些尴尬。

绿萝呆滞了片刻，喃喃道："怎么会发生这等事情？"

空乘看见她，似乎不想多说，和玄奘闲聊几句，便告辞而去。绿萝当即坐在他原先那张蒲团上，抱着膝盖露出深思之色："恶僧，你说说看，这事是不是人为？"

"贫僧不敢妄语。"玄奘道。

"你这和尚，又不是让你出口伤人，猜测一下嘛。"绿萝道，"周家大院我很熟悉，虽然都是木质房屋，可是院落极大，这火哪怕烧得再凶，也不可能一个人也逃不出来啊！"

"贫僧不敢妄语。"

"你这恶僧……"绿萝对他也是头痛无比，嚷嚷了片刻，见玄奘没有丝毫回应的意思，一跺脚站了起来，奔出禅堂。

波罗叶从廊下走了过来，坐到方才绿萝的位置："法师，这可真是，大事。一场，火灾，能烧死，所有人，吗？"

"贫僧不敢妄语。"玄奘依旧道。

波罗叶也受不了了，一跺脚蹦起来蹿了出去。

望着两人的背影，玄奘眼中露出浓浓的不安，口中默默地诵念《金刚般若波罗蜜经》："所有一切众生之类——若卵生、若胎生、若湿生、若化生、若有色、若无色、若有想、若无想、若非有想非无想，我皆令入无余涅槃而灭度之。如是灭度无量无数无边众生，实无众生得灭度者。何以故？须菩提，若菩萨有我相、人相、众生相、寿者相，即非菩萨……"

波罗叶出了禅房，发现绿萝正坐在东侧的松林外，氤氲缭绕的温泉从她脚下流过，她脱了鞋袜，把白嫩嫩的小脚浸在泉中沐浴。人似乎在发呆，大大的眼睛里满是迷茫。

波罗叶挠了挠头皮，走过去坐在她对岸的石头上："绿萝小姐，在，想着，周家火灾，的事情？"

绿萝点了点头，又摇了摇头。

“是,不是?”波罗叶晕了。

绿萝叹了口气:“怎么会死那么多人呢?好好一个大家族,怎么说没就没了?”

“这样,不是,对小姐,很好吗?”波罗叶道,“你指使,周公子杀人,的事,没人,追查了。”

“你怀疑是我做的?”绿萝恼怒起来,狠狠地瞪着他。

“没,没。”波罗叶连连摆手,“你,有心无力。这么大的,案子,你,做不下,来。”

绿萝更恼了,小脚哗地挑起一蓬水,浇在波罗叶的脸上。波罗叶嗷地一声,手忙脚乱抹干净脸,怒道:“你做,什么!”

“让你胡说八道。”绿萝喝道,“周夫人对我呵护备至,我岂能做这种丧心病狂之事!”

波罗叶知道自己说错了话,不禁讪讪的:“周夫人,是想,让你做,她儿媳,吧。你没想,嫁过去?听他们说,周家很,有财势,地道的,士族。在天竺,就是,高贵的,刹帝利。”

绿萝摇了摇头:“周公子为人轻浮,没有丝毫男儿气概,岂是我的良配。”

“那你,喜欢,哪一种,公子?”波罗叶的癖好又涌了上来,好奇地问。

“我嘛,”绿萝侧着头想了想,“稳重,那是必须的;成熟,也是首要的;才华出众,更是第一的。最重要的,是对我呵护关爱,一定要疼着我,宠着我。”

波罗叶点点头:“原来,你是,想找,瓦特萨亚那,那样的,公子。”

“瓦……什么傻子哑巴的?”绿萝奇怪地道。

“不是……傻子,哑巴……”波罗叶崩溃了,“是我们,天竺国,几百年前的,圣人。他写了,一部,《伽摩经》,讲的,就是你,喜欢的,男人,追求,少女。”

“哦?”绿萝来了兴致,“你们天竺还有讲如何追求女子的佛经?”

“不……不是……”波罗叶结结巴巴地道,“不是,佛经。”

“说说看啊!”绿萝托起脸蛋,认真地道。

波罗叶无奈，只好道："《伽摩经》里讲道，假如你，热恋的人儿，十分固执，那你就，让步，由着她的意；这样，最终你，一定能够，将她征服。只是，无论她，要求你，做什么事，你务必要，把事情做好。她责备，什么，你就，责备什么；她喜欢，什么，你就也，跟着，去喜欢。讲她，愿意讲的，话；否定，她执意要，否定的，事。她欢笑，的时候，你就，陪着她欢笑；她悲伤，垂泪，的时候，你就，也让泪水，潸然而下。总而言之，你要，依照，她的情绪来，设计，你自己，的情绪……"

波罗叶汉话太差，一边要回忆《伽摩经》的原文，一边还要翻译，讲得磕磕巴巴，但绿萝却听得极为入神，托着腮，仿佛痴了。

"真的有人会为了我那么做么？"她喃喃地道，"我欢笑的时候，他就陪着我欢笑；我悲伤的时候，他就陪着我悲伤；我垂泪的时候，他也会潸然泪下……"

波罗叶一直讲了半天，才勉强讲了一个章节的内容，绿萝却是越听越痴迷。大唐的男人哪里会有这种奔放无忌的爱，哪里会因为一个女人而委曲求全、低三下四？纵然有那种海枯石烂般的爱情传说，也只不过是女子表达得更为激烈，男子在撕心裂肺的痛苦中，仍旧温文尔雅，保持体面。

"会有这样的人吗？"绿萝呆呆地念诵，"……在户外，你一定要为她打着遮阳伞；如果她被挤在了人群当中，你要为她闯开一条通道来。当她准备上床时，你要拿一把凳子给她，并扶她上去，要有眼色地给她将鞋儿脱下或穿到她的纤足上。另外，即使你自己冻得发僵，你也要把情人的冰冷的手儿暖在你怀里。用你的手像奴隶似的举起她的镜子供她照……"

十六岁少女的芳心，彻底被这个来自天竺异域的家伙给搅乱了。

波罗叶的眼中，却闪烁着诡异的笑意。

"波罗叶，"绿萝道，"以后，你每日都要和我讲这《伽摩经》。"

空乘大张旗鼓筹备的辩难法会已经通知到了三晋各大佛寺，晋阳大佛寺、平遥双林寺、恒山悬空寺、蒲州普救寺、五台山诸寺的僧人们陆续来到兴唐寺,连晋州左近的豪门高官也纷纷到来,和僧人们谈禅。这一场法会,一下子成了晋州百年难得一遇的盛会。

玄奘一下子忙碌了起来,正式的辩难还没开始,僧人们就谈禅悟道,热闹非凡,这一日和几位高僧谈禅到深夜,波罗叶早回去休息了,连形影不离的小魔女也熬不住,早早回了菩提院。玄奘离开的时候已然是丑时,疲累至极,一个小沙弥打着灯笼送他回到菩提院,便告辞回去。

天上有明月朗照,院内的石龛内燃有气死风灯,倒也不暗,玄奘路过厢房,便听见波罗叶的呼噜声此起彼伏,有如滚滚波涛。他无奈地一笑,和这厮一起生活了这么久,早就习惯了。到了禅堂,正要往自己的西禅房去,忽然听见东禅房内传来绿萝惊悸的叫声!

玄奘大吃一惊,疾步走到房门口,低声道:“绿萝小姐!绿萝小姐?”

房子内无人回答,玄奘想了想,正要离开,房中突然又传来一声惊叫:“不要——”

他大吃一惊,伸手一推门,门居然吱呀一声开了,这一惊非同小可,几步冲到房内,不禁怔住了。借着窗外明月和灯光,只见房中并无他人,绿萝好端端地在床榻上睡得正香!

这小妮子睡相不好,把被子卷成一团压在身子底下,一条腿还蜷着,怀里抱着一只黄杨木枕。被子一敞开,大片雪腻的肌肤露在外面,月光下散发出柔腻的莹光。

“阿弥陀佛。”玄奘尴尬无比,原来这小魔女在梦呓。

他转身刚要离开,绿萝又叫了起来:“爹爹,爹爹,我怕!他要杀我……杀我……”

玄奘的身子顿时僵硬了,一股浓浓的哀悯涌上心头。这小魔女,白日间如此刁顽任性,杀人不眨眼,却终究还是个孩子啊!

他叹息着,却不便在房中久留,出门轻轻带上房门,却又迟疑了——绿萝没插上门闩,门没法锁住。这孩子,孤身在外居然不闩上门,若有歹人或者邪祟该如何是好?

“阿弥陀佛。”玄奘叹了口气，趺坐在佛堂的蒲团上，闭目垂眉，念起了《大悲咒》。这一坐便是一夜，直到东方既亮，树间鸟鸣，玄奘才缓缓睁开眼睛。

忽然，眼前一花，吱呀的门响中，绿萝睡眼惺忪地走了出来，一看见玄奘趺坐在佛堂上，不禁怔住了：“你这恶僧，起得好早。”

玄奘淡淡一笑：“小姐昨夜睡得还好么？”

“好！”绿萝翻了翻眼睛，“当然好。”

“小姐平日里还是舒心静气好些，若是烦闷焦虑，可到山间多走动走动，或者在空旷无人的山野大声吼上几声，心中焦虑紧张便可消散些许。”玄奘静静地盯着她道。

“嗯？”绿萝奇道，“你这恶僧，大清早的说什么呢？本小姐何时烦闷焦虑了？”

玄奘摇摇头：“夜间磨牙，主人之内心焦虑难安，过于紧张，长此以往，对身体大有妨碍。”

“你……”绿萝满脸绯红，刚要气恼，忽又愕然，“你在这里坐了一夜？”

玄奘默然。

绿萝张张嘴，刚要说什么，忽然眼圈一红，奔了出去。

香积厨着人送来斋饭之后，空乘派了弟子来找玄奘，说明日就是法会的正日子，要和法师商量下具体事宜。玄奘匆匆吃完早膳赶到空乘的禅院，几个外寺的僧人也都来齐了，大家商议了一番，做出具体章程。

到了午时，整个寺庙热闹起来，无数的百姓纷纷而来，有霍邑的，也有晋州各县的，甚至还有蒲、绛、汾、沁诸州的，最远的，居然来自京畿道的云阳。也不知他们怎么会得知这里有法会，如此短的时间赶了过来。

规模庞大的兴唐寺很快就拥挤起来，空乘顿时措手不及，他可没想过举办一场水陆大法会，本意只是想集合左近诸僧，来一场辩难法会，没想到消息居然传得这么广，善男信女来的这么多，把僧舍腾出来也不够住，还是西北紧邻的中镇庙主动分担了部分香客，才略微缓解了窘境，至于更多的，就只好住进霍邑县城了。

第二日辰时,法会正式开始。

就在大雄宝殿前的广场上,搭上高篷,殿前是诸高僧的狮子座,下面是寺里的僧众,后面则是黑压压的善男信女,挤满了广场,甚至一直绵延到山门。玄奘取出自己受具足戒时赐的木兰色袈裟披在身上,他为人整洁,虽然常年奔波,缁衣破损得厉害,但每逢到了集镇,总要仔细浆洗,一丝不苟。今天这种正日子,只有脚下的草鞋不能穿,便穿了一双从来舍不得穿的崭新僧鞋。他样貌周正,仪表堂堂,多年来风雪磨砺,更有一股与众不同的精气神,在袈裟的映衬下,微黑的脸上似乎荡漾着一层佛光,摄人心魄。

众僧先在大雄宝殿中做了仪式,然后升狮子座,兴唐寺三百僧众讽诵经典,信徒随众礼拜,接着开始考察合格的沙弥,受具足戒,现场有管理僧籍的晋州功曹和僧正,进行检验考核,发给衣钵、度牒,登记造册。

一应仪式结束,用过斋饭,下午便是各地来的高僧开讲,讲示佛法。玄奘是讲解《维摩诘经》,这部经他十岁就开始参,浸淫二十年,扎实无比。一开讲,就令诸僧震惊。

"苏扬流行参禅,从古以来许多禅宗的祖师都是从缘起上悟道的,不是理上悟入。有丢一块石子开悟的,有看到花开悟了,就是由缘起而悟入。有高僧道:'从缘悟达,永无退失',就是说从因缘上悟道才不会退掉,光是从定力上参出来还不对。这是一种说法,可是贫僧反对这个说法,从缘入者,反而容易退失,偶尔开悟,身心便一下空了,进入空性,虽然定在空性,若这个色身、业力、习气一切都还没有转,还是要退转的。所以法显法师悟道之后,仍行脚天下参善知识,因为此心不稳。大乘的缘起性空,性空缘起,如果没有真修实证,尽管理论上讲得缘起性空,性空缘起,中观正见,那只是口头佛法,甚至是邪见。所以经文说一切菩萨要'深入缘起,断诸邪见'……"

僧众和香客都被这大胆的论调震惊了,上千人的广场,竟然鸦雀无声,只有玄奘的声音回荡在禅林古刹之中。这个年近三十的僧人宝相庄严,端坐狮子座,阳光照耀在他脸上,令人不可仰视。

僧人们听得认真，但绿萝却百无聊赖，她不懂得什么佛法，最多也就是听过几个佛经故事而已，今天起得早，和尚们也不午睡，跑来参禅，耽误本小姐的休息。但她既然发誓要跟这个和尚闹到底，就绝不肯有丝毫妥协，无论这个恶僧在做什么！

正在打呵欠，眼光忽然一瞥，不禁一怔。

她站在台阶上，看得远，就见人群外，一个头上戴着帷帽、身穿湖水色襦裙的女子正从墙边急匆匆地走过，进入西侧的院落。

绿萝不禁瞪大了眼睛，这女子带着的帷帽四周垂有白色面纱，看不清容貌，但那背影她实在太熟悉了，隐隐约约，竟像是自己的母亲！

"难道她知道我在兴唐寺，来寻我了吗？"绿萝不禁狐疑起来。

"是了，我虽然离家不曾跟母亲说过，但兴唐寺和娘的渊源甚深，只怕空乘会派人告知她。"绿萝暗暗叫苦，但想了一想，自己离家这么久，不曾打个招呼，让娘亲担忧多日，也不禁心虚。

"还是……跟她说一声吧！"绿萝无奈地摇头，悄悄离开身边的波罗叶，向那女子追了过去。

大雄宝殿西侧是一座幽僻的禅院，松柏如荫，绿萝好容易才挤出人群，到了院中，只见远处人影一闪而逝。她紧紧追了过去，一边还想着怎么跟娘亲解释："嗯，说要杀这个恶僧是肯定不行的，那……说我参研佛法？娘亲根本就不信呀！哎，对了，就说我来给爹爹上香祷告，她肯定高兴。"

想到了理由，绿萝大大的眼睛眯成了一双月牙，脸上露出狡黠的笑容，可是娘亲的背影她却怎么也追不上，有时候略一疏神，居然会跟丢。而那女子仿佛目的非常明确，一路毫不停息，也不辨认方向，略低着头，径直朝寺院深处走去。

"这怎么可能？"绿萝惊讶起来，"娘怎么会对兴唐寺如此熟悉？"

那女子对兴唐寺果然熟悉，东一绕，西一绕，越走越高，居然到了半山处，这里已经是寺院僧众的生活区，再往上行，更是到了寺内高僧们的禅院群附近。绿萝狐疑起来，此人若真是她娘亲，就绝不可能对寺院这般熟悉，因为自父亲死后，她从未来过兴唐寺。便是父亲造寺的时候，她偶然来过，也只是在中轴线上的佛殿上香，绝不会对其他区域也了如指掌。

“难道不是我娘？只是身材相似？”绿萝奇怪起来。一个女子，在寺内僧人讲经说法的时候，居然深入寺院，这本身也过于奇怪，她好奇心给引了起来，蹑手蹑脚地跟在那女子身后，看看她到底要往何处去。

过了僧舍，那女子突然折向东行，不久就到了一处偏僻的大殿旁。寂静的院落中空无一人，今日盛会，几乎所有的僧众都在大雄宝殿前的广场上，连大殿里都没有值守的僧人。绿萝看着那女子进了大殿，悄悄走到廊下，顺着殿门朝里面看，那细碎的脚步声回荡在殿内，虽然轻柔，却清晰可闻。

她不敢紧跟，直到脚步声消失，才小心翼翼地到了殿内。这殿内供的是观世音，应该是一座观音殿。巍峨的大殿空空荡荡，根本藏不住人，她急忙走到观音像的后面，一看，不禁愣了，后面是一处院子，一处禅堂。院子没有门，可禅堂的门却是上了锁！

也就是说，这女子到了观音殿内，竟然凭空消失！

一瞬间，绿萝汗毛直竖，出了一身冷汗。难道自己见了鬼？

随即就觉得这个念头荒诞不经，鬼虽然可能有，可堂堂佛寺中哪个鬼敢进来？观音像前，哪个鬼敢猖狂？

那么，不是鬼，就肯定是人了！

绿萝是个胆大包天的丫头，杀人在她眼中如捻虫蚁，她害怕鬼，却对人没有任何畏惧。既然是人那就好说了，人不可能凭空在观音殿中消失，若是消失，只有一个解释，这殿内有密道！

大户人家为了避难，家中时常建有密道，尤其是乱世，几乎家家户户都有。一旦有贼匪洗劫或者乱军入城，就阖家钻进密道，或者逃生，或者在密道中住些时日，等局势平定再出来。崔珏是河东第一世家崔氏的子弟，虽然是旁支，但绿萝也算出身大户人家，对这点并不陌生。

小魔女机敏无比，当即细细地在观音殿内查验起来。

这座观音殿内并不复杂，四壁空空，地上铺着青砖。她先在四壁举起小拳头敲了敲,墙体沉闷,不像有暗门。又溜着地面跺了一遍,震得小脚生疼,也没有发现空空的回声。然后她把目光投向了大殿正中的观音像,凭目测,这座观音像应该是陶土烧制,腹内该是空的。不过她可不敢去敲观音的身体,这等渎神的举动,纵然她胆大,也不敢做出来。

"我不敢做,难道修建密道的人就敢么?"绿萝的眼睛又得意地眯成了一双月牙,笑吟吟地背负双手,绕着观音像踱了一圈,眼睛盯着观音像的基座。基座却是整块的岩石雕刻,层层莲花,足有九层,雕工细腻,惟妙惟肖。她一路抠摸过去,蹲在地上一点点地查看莲花基座。

到了观音像正背后,她的目光停住不动了,基座的莲花虽然没有任何异样,但一朵莲花瓣上,却残留一点嫣红。绿萝怔怔地盯着,小心地伸出指甲挑出来一点,凑到鼻子边闻了闻,脸色顿时变了:"凤鹊眼!"

绿萝的心缓缓沉了下去,至此,她已经完全可以确定,自己一直跟踪的,就是自己的母亲,李优娘。

这个基座的莲花瓣上沾染的嫣红,她再熟悉不过,乃是自己和母亲一起制作的染甲露!

染甲这个时尚物在武德年间才开始出现在宫中,但甫一出现,便风靡天下深闺,从黄河两岸到长江两岸,豪门深闺中的贵妇少女无不趋之若鹜。她们根据从宫中流传出来的方子,把凤仙花的花和叶子放在小钵中捣碎,加入明矾,就制成了红艳艳的染甲露。凤仙花的腐蚀性强,抹到指甲上可以数月不退色。

唐代女性有个毛病,喜欢追求时髦和新潮,宫中一有什么流传出来,民间就争先效仿。过了两年,原本单一红色的染甲露就更新换代了,宫中的贵人把各种色料捣入凤仙花的花汁中,把指甲染成五颜六色。

绿萝爱新鲜,李优娘更是热衷,母女俩就自己研究,用蓼蓝的叶子制成蓝靛,加入水银捣碎。这样的色料涂抹在指甲上,居然成了红色底子,透出蓝色和银色的点点星光。母女俩当时乐不可支,把它取名"凤鹊眼"。这种染甲露,绝对是母女俩所独有,世上任何地方都不可能存在。可是,如今的莲花瓣上，却出现了残留的“凤鹊眼”。

绿萝忽然涌出一种恐惧，她定了定神，慢慢在莲花瓣上摸索，忽然看到旁边的一朵莲花有些光洁，伸手攥住，左右拧动，果然如螺旋般开始转动！

绿萝额头汗水涔涔，左拧右拧，忽然基座内部传来轻微的震动声，她吓了一跳，急忙闪开，一屁股坐到了地上，随后，就目瞪口呆——基座的整个背面无声无息地陷了下去，眼前现出一个深不可测的幽暗洞穴！

绿萝坐了好半天，心一横，从靴筒里掏出一把短刀，她为了刺杀玄奘，时时刻刻把匕首藏在身上。然后看了看四周，蹲下身钻了进去。一进去，背后又开始震动，那块两寸厚的石板缓缓上升，严丝合缝，周围顿时一片漆黑！

小魔女的心咚咚乱跳，洞穴里静谧无比，她甚至能听见自己的心跳声。脚下是台阶，小心地一步步走下去，绕了个弯儿，眼前慢慢有光明出现，地道的墙壁上居然出现了一个人影！

“啊——”绿萝一声惊叫，匕首险些落地。

结果那人影一动不动，她壮着胆子，慢慢挨过去，才发现是石壁上凿着石龛，里面雕刻着一座狰狞的夜叉像，夜叉的手中托着一盏油灯。

“吓死我了。”绿萝使劲儿拍着胸口，喃喃地道。台阶一路向下，估摸下来，深入地面达两丈，洞壁都覆盖着一层水汽，每隔十丈，就会出现一座石雕夜叉像，造像惟妙惟肖，阴森凶恶，但每一尊的姿势都不同。到了最下方，地道又朝上延伸开去，也不知走了多久，终于到了尽头，绿萝却是呆了。

尽头却没有洞口，而是一尊夜叉雕像！

绿萝奇怪无比，怎么可能？明明没有岔路。她心中一闪，伸手在夜叉身上摸索起来，果然看见夜叉胸口有一朵古怪的花，有些新鲜的痕迹。按照以前的法子，左右一拧，开始转动，左三右四，脚下发出震动声，夜叉缓缓地陷了下去。眼前霍然一亮，露出一股股新鲜的空气，仿佛还有枝叶婆娑。

绿萝低头钻了出来，身边哗啦啦一阵竹叶的声响，背后的夜叉像重新升上来。这面却是一堵墙，墙上是一块巨大的佛字石刻。石刻的外面是一片竹林，竹叶扶疏，摇荡在暮色之中。只有微风掠过发出的沙沙轻响。

天色已经晚了。

“我这是到了哪里？”绿萝有些发懵，张望了一番，才发现自己置身于一座禅院。禅院不大，只有三间正房，院中布局也很简单，院子正中间只有一座达摩面壁的雕塑，连高大的树木都没有。

这座院子看来在霍山的高处，朝南眺望，可以看到远处大殿的屋顶，层层叠叠。晚风中，绿萝浑身的冷汗被猛地一吹，不禁哆嗦了一下。她转头看看禅房，房子里亮着灯火，影影绰绰有人影晃动。

“难道我娘进了禅房？”绿萝心中涌起古怪的感觉，蹑手蹑脚地走过去，到了廊下，便隐约有女人压抑的呻吟声传来。绿萝一怔，只觉这声音异常古怪，似乎很舒服，又似乎在经历着什么痛苦。绿萝茫然不解，只是听着听着，却觉得心里烦躁无比，一双腿也渐渐有些发软。

只是那声音过于怪异，还伴随着剧烈的喘息，杂乱无比，她一时也听不出是不是自己母亲的声音。这心里就开始嘀咕，不行，得搞清楚发生了什么事，若是母亲被歹人挟持折磨，那我定要救她出来。

听声音是左侧的房间里传出来的，绿萝想了想，悄悄用匕首割破了一小截窗棂纸，露出指头肚大的一条缝，睁大眼睛朝里面窥视，顿时就目瞪口呆。

靠近窗子是衣架，胡乱扔着几条衣物，旁边是一张床榻，帷幔高张，一双赤裸的躯体正在床上纠缠，很容易看出来是一男一女，女的青丝如瀑，男的却是个光头和尚。两个人都在剧烈地耸动，赤裸的躯体上汗津津的，不时发出沉闷压抑的呻吟声。

绿萝呆若木鸡，提着匕首缓缓滑坐在了地上。她虽然少不更事，却不意味着什么都不懂，这男女偷情在街头巷尾也听得多了，一些优戏中还曾上演过这种剧目。

那个女人，真是自己的母亲吗？绿萝想也不敢想，自己端庄贤淑的母亲，会有这般放荡的时候，而且……而且是和寺庙里的和尚……

也不知过了多久，就在绿萝的大脑一片空白的时候，房间里的剧目已经谢幕，响起一阵窃窃私语的声音，这时绿萝听得真切了，那女子即使压的声音再低，她也能听出来，那就是自己的母亲，李优娘！

无穷无尽的羞耻臊得她浑身发抖，她也不知该怎么面对，只是双手抱着膝盖坐在地上，瞪大眼睛望着布满暮色的天空呆呆出神，眼中不知何时涌出大股大股的泪珠……

“晚上还有要事，我去更衣，你先走吧。”耳中响起那个男子隐约的声音。

“嗯。”李优娘乖顺地答应了一声，随即响起脚步声。

绿萝吓了一跳，哧溜钻进了竹林，悄悄地躲在一蓬花树的后面，不敢作声。开门的声音响起，李优娘重新戴着帷帽，轻轻闪出门外，左右看了看，却没有再回到竹林进入地道，而是径直朝庭院的大门走去。

绿萝长出了一口气，呆坐了片刻，这时又听见禅房里响起脚步声，看来那个僧人要出门了。她顿时暴怒起来，银牙紧紧咬着嘴唇，血丝都渗了出来："恶僧，不管我娘是自愿还是被逼，就凭你让我受到这奇耻大辱，就凭你让我的继父受到这奇耻大辱，我就绝不能留你活在这世上！"

眼看那僧人要出来了，她溜着墙角到了门口，眼中喷出火一般的光芒。门吱呀一声响，那个僧人缓步走了出来，绿萝手疾眼快，合身扑了上去，手中的匕首噗地刺进了那僧人的胸口！

“啊——”那僧人发出一声短促的惨叫，随即就瞪大了眼睛，傻傻地盯着面前的这个小女孩。

绿萝恶狠狠地抬起头看着他，顿时，呆若木鸡。

——这个与母亲偷情的僧人，居然是兴唐寺的住持，空乘！

第七章
死去，活来

这把匕首是郭宰在她十五岁生日时送的，冷锻钢质，锋锐无比，插进空乘的胸口，就如同插进一块豆腐之中，甚至连血都没来得及渗出来。

空乘瞪大眼珠，难以置信地捂住胸口，片刻之后，一股股的鲜血从他指缝里奔涌而出。他抬起一只手指着绿萝，口中嗬嗬地想说什么，却吐出了大口大口的血沫子。

“呵呵……贫僧……怎的……死在你的手中……”空乘惨然一笑，扑通一跤跌坐在了地上。头颅抵在门框上，眼睛无神地凝望着天空。

绿萝浑身颤抖，想惊叫，嗓子里纠结成了一团，居然连声音都发不出来。这个小女孩虽然凶狠，至今为止却还没杀过人——不是她不想杀，杀了好几次没杀死。然而这种近距离的杀人所造成的恐怖却远远超出她的心理预期，它完全不像自己想象中，有如杀死一只鸭子或猪狗的感觉。

人命关天！

空乘惨死的一刻，她才感受到了这四个字的分量，身子哆嗦着往后一退，从台阶上跌了下来，随即连滚带爬地跳起来，发出一声撕心裂肺的惨叫，踉踉跄跄地跑出了禅院……

寂静的寺院中，少女的尖叫有如划过天空的哨子，凄厉至极。绿萝有如一只没头的苍蝇般乱撞，路过的僧人们一个个惊诧无比，看着这位发了疯的小美女瞠目结舌。也不知跑了多久，混乱中，面前似乎站着一个熟悉的身影。

玄奘静悄悄地站在她面前。

绿萝狂奔着一头扎进他的怀里，喃喃地道："我杀人了……"眼睛一翻，顿时昏厥过去。

玄奘大吃一惊，急忙托住她的身体，波罗叶从后面钻了出来："法师，绿萝小姐，怎么了？"

"不知道，先带她回菩提院。"玄奘摇摇头。

"她方才说什么？"波罗叶奇道。

玄奘沉吟片刻，淡淡地道："等她醒来再说。"

玄奘和波罗叶参加完辩难会，和诸位高僧一起用过了晚膳，回禅院的途中碰到这个小魔女。此处已经是祖师殿一带，比较寂静，僧人们大都在用晚膳，周围没几个人，玄奘只好和波罗叶两人连背带扛，把绿萝弄回了菩提院。

两人把绿萝放在床榻上，玄奘忽然看见她的脸颊和衣服上沾了几滴鲜血，心中不禁一沉，但脸上却不动声色，撩开被子盖在她身上。

"波罗叶，去沏一壶浓茶。"玄奘吩咐了一声。

波罗叶应了一声，跑了出去。玄奘坐在床边，思绪反复，平静的脸上露出浓浓的忧色。绿萝只是因为心情过于紧张，奔跑得太急，血气不济造成的短暂性昏厥，平躺了一会儿，便幽幽地醒了过来。

"好些了吗？"玄奘柔声道。

绿萝发了阵子呆，忽然一头扑到玄奘怀里，呜呜地哭了起来。玄奘身子一僵，顿时瞪大了眼睛，恰好波罗叶提着茶壶进来，一瞥眼，哧溜又退了出去。

玄奘尴尬无比，双手扶住她的肩膀，轻轻把她推开："阿弥陀佛，绿萝小姐，到底发生了什么事？"

绿萝惊恐地望着玄奘，呆滞地道："我……杀人了……"

玄奘皱了皱眉头："你把谁杀了？"

“空……空乘!”绿萝咬牙道。

玄奘顿时呆住了,在禅房外偷听的波罗叶也呆住了,几步冲进房中,愕然看着她,仿佛见了鬼。绿萝身子颤抖,看见他们的表情更是惶然不安:“你……我就知道你们不会帮我!我杀了人,怎么办?怎么办啊!”

“你确定你杀了空乘法师?”玄奘回过神来,眸子里闪出疑惑。

绿萝坐起身,抱着膝盖,呆滞地点头。

“在哪里?”

“后山……的一座禅院里。”绿萝双手捂住脸,呜呜地哭,“我用匕首刺进了他胸口。”

“什么时候?”

“就在方才……”绿萝抬起头,看了看天色,喃喃道,“大概有小半个时辰。你……你会怪我吗?”她可怜兮兮地盯着玄奘,“我杀他……是因为……”

忽然咬住了嘴唇,不再说话。

玄奘摇了摇头,怜悯地看着她:“绿萝,空乘法师好好地活着。”

“啊——”绿萝瞪大了眼睛。

便在这时,禅房外响起杂沓的脚步声,一个苍老的声音传过来:“法师,绿萝小姐回来了吗?”

绿萝的脸顿时煞白,大叫一声:“他来啦!他来索我的命了——”呼地掀起被子钻进去,娇小的身躯瑟瑟发抖。

那声音,竟然是空乘法师!

空乘步履匆忙,带着两名弟子来到房内,玄奘和波罗叶睁大眼睛盯紧他看,这老僧身体健康,气色红润,哪里像挨过一刀的模样?两人不禁面面相觑。

见玄奘和波罗叶都在,却不见绿萝,空乘不禁奇了:“咦,法师,绿萝小姐呢?贫僧方才听沙弥说她昏厥在路上,不会有什么闪失吧?她人呢?”

波罗叶侧侧脑袋:“那里。”

空乘见床榻上的被子高拱,像个小山丘一般,还在抖个不停,不禁哑然:“这……这绿萝小姐怎么了?”

“见鬼了。”波罗叶悻悻地道。

玄奘叹了口气,柔声道:“绿萝,出来吧!你看空乘法师好端端的。碰到你之前,我们在一起用晚膳,法师从未离开过,你认错人了。”

“我不会认错人的!”被子呼地掀开,绿萝满脸泪痕,冲着他大声吼道,然后一转头,看见了空乘,又呆滞了。空乘迷惑不解,朝她笑了一笑,这一笑在绿萝看来比鬼还恐怖,哇呀一声又钻进被子里。

众人好说歹说,才让绿萝相信面前站着的老和尚不是鬼,勉强从被子里钻了出来。她在被子里拱来拱去,头发蓬乱,满脸泪痕,眸子里满是惊悸,瞧得众人又好气又好笑。空乘忍不住道:“这到底怎么回事?”

“也没,什么。”波罗叶笑嘻嘻地道,“只不过,绿萝小姐,杀了,个人,而已。”

“啊——”空乘惊呆了,“她……杀了人?杀了谁?”

波罗叶指着他的鼻子:“你。”

空乘愕然:“老僧……”

“波罗叶,不得放肆。”玄奘喝止他,朝着空乘合十,“师兄,方才贫僧回禅院的路上,遇到绿萝小姐跌跌撞撞而来,说杀了个人,贫僧问她杀了谁,她说杀了师兄你。她用一把匕首刺进了你的胸口。此事……贫僧也……”

玄奘一时不知该怎么说,众人面面相觑。

“我就是杀了你!”绿萝嘶声道,“你们都不相信我,我就是以匕首刺进了他的胸口!”

空乘皱了皱眉头,和玄奘交换了下眼色,笑容可掬地道:“绿萝小姐,你看老僧是人是鬼?”

“是……人。”绿萝迟疑地道。

“那么你将匕首刺进老僧的胸口,老和尚为何不死?”空乘道。

绿萝瞪了他半晌,最终茫然摇头:“可是我真的杀了你,在山顶那座禅院里。”

“哪座禅院?”空乘问。

“我也说不出名字,在半山高处。”绿萝的确没注意那禅院的名字。

“你既然不知道禅院的名字,如何去了那里?”空乘问。

“我是——”绿萝几乎要脱口而出,忍了半天,才勉强咽了回去,额头冷汗涔涔,讷讷地道,“我是跟着一个女子去的!”

空乘的脸色顿时冷冽起来,沉声道:“女施主,请慎言！佛门清净地,不容施主玷污!”

“我怎么?”绿萝愤怒至极,掀起被子从床榻上跳将下来,叉着腰道,“难道我说谎么? 我跟着那女子,进了一座观音殿,观音殿的基座里有密道,我跟着她进入密道,从出口出来,就到了那禅院……”

这番话一说,所有人都脸上变色,寺院里藏有女人已然令人震惊,佛像下有密道,更是耸人听闻!

空乘脸色难看:“这几日寺中做法会,也有女施主莅临,但都在前院与家人一起安歇,后院绝对禁止女施主入内。我兴唐寺中,更无密道可言,想必你是精神恍惚,陷入幻觉了吧?”

“你不信我?”绿萝恼了,“我这就带你们去看看！你可别后悔!”

“施主请!”空乘毫不示弱,低声告诉两名弟子,“你们两个跟随我一同前去,此事切勿声张。”

两名弟子合十称是。

“这便心虚了?”绿萝冷笑,瞅了瞅玄奘,却有些怕他责备,低声道,“人家没有撒谎。”

玄奘表情平淡:“看看不就清楚了。”

当下一行六人离开菩提院,跟着绿萝去寻找那观音殿。寺内殿阁林立,数不胜数,夜色中绿萝怕摸错了,就走白日间走过的路,东一绕,西一绕,在佛寺中穿行。她身后的几人默不做声,偶尔碰上有僧人来往,见后院居然有女施主光临,不禁愕然。

空乘的弟子道:“这位女施主在寻找紧要的物事,切勿声张。”

僧人们问:“可是白天丢了的?”

绿萝冷着脸点头,自顾自朝前走。僧人们释然,夜色昏暗,寺中更是阴森无比,有勤快的去找了几盏灯笼,两名弟子打上,又塞给波罗叶一盏,三盏灯笼的照耀下,绿萝倒也不虞摸迷了方向。

她记性挺好,居然真找到了那座偏僻的观音殿。

看着熟悉的大殿,绿萝得意起来,翘着嘴角得意洋洋:“老和尚,待会儿就让你哑口无言!”说着就雄赳赳地走进大殿。

空乘和玄奘对视一眼,彼此摇头,跟着她走进大殿。殿中有值守的僧人,急忙迎了上来:“弟子彗行,见过住持。”

“罢了。”空乘道,“把大殿里的灯烛统统点燃。”

彗行急忙把大殿内的蜡烛、油灯全部点燃,这座大殿除了正中供奉的观音像,别无他物,殿中豁亮无比。绿萝点了点头:“就是这里。”

熟门熟路地绕到观音像后面,绿萝蹲下了身子:“过来,过来,都过来。本小姐让你们见识一番。”

众人好奇地围上去,绿萝笑吟吟地看了看基座上栩栩如生的莲花瓣,伸手揪住一拧,不禁怔住了,这浮雕莲花瓣纹丝不动!

“呃……”绿萝干笑一声,“莫不是摸错了?”

她又试了试其他几个,可无论怎么拧,这些莲花瓣都一动不动。玄奘蹲下身仔细看了看,皱眉道:“绿萝,这些莲花瓣乃是和基座连为一体的,是整座岩石雕刻而成。”

“不是!”绿萝怒道,“白天我明明拧开了。”

波罗叶也上前试了试,点点头:“确实,是整块。”

绿萝傻了。空乘看了看彗行:“彗行,下午你可是一直在这座殿中?”

彗行合十:“住持有旨,命各殿需留一人值守,弟子不敢须臾或离。”

“嗯,你可见过这位女施主?”空乘问。

彗行看了看绿萝,茫然摇头。

玄奘叹了口气："绿萝，咱们走吧！"

"你——"绿萝气得双眼通红，"你也信不过我？"

"非是贫僧不信你，只是……"玄奘看了看基座，摇头不已。

"哼！"绿萝恼了，大声道，"这是机关！自然可以锁闭，锁住了自然拧不动，有甚好奇怪的？波罗叶，你给我找一把锤子，把这基座砸开！"

波罗叶和空乘等人都吓了一跳，玄奘皱眉道："绿萝，菩萨面前，休得无礼！"

绿萝也不知是顾忌玄奘还是菩萨，跺了跺脚，打消了砸基座的念头，叫道："还有那座禅院！我一定能找到它，老和尚，你的尸体还在呢！"

空乘苦笑不已。

大伙儿只好又跟着她四处乱找起来，绿萝回忆自己碰到玄奘的地方，来到祖师殿后面，想了想，顺着跑出来的路径走。寂静的幽野里，月光朗照，树影婆娑，一行人默不作声，跟着这个豆蔻少女转悠了足足一个多时辰。

"是这里！"绿萝忽然大叫一声，急匆匆跑过去。

她苦寻了半晌，但苦于没有看那禅院的名字，一时也摸不着，这时路过一座名为婆娑院的地方，忽然看见门外的青石台阶，第二阶有一块缺损，她顿时精神大振："是这里，我记得我出门之后，这台阶缺损了一截，绊得我一个趔趄，险些摔倒。就是它！"

绿萝终于长出一口气，挑战地看着空乘："进这门里，院子正中是一座达摩面壁的雕像。禅堂有三间，左侧的院墙上有佛字的浮雕。浮雕后面便是地道的入口，那浮雕会陷入地底。只是不知道，老和尚的尸体还在不在！"

空乘无言以对，只好道："阿弥陀佛。"然后命弟子打开门。

门上有锁，玄奘盯着那锁若有所思。一名弟子开了锁，打着灯笼先走进去，空乘朝玄奘道："这婆娑院平日无人，乃是犯了戒的法师闭关的地方，也有僧人参悟佛法，嫌禅院难以安静，就来此处闭关。"

几个人走了进去，果然看见院子正中是一座达摩面壁的雕塑。绿萝欢呼一声，猛然又想起台阶上还趴着一具尸体，不禁又胆寒起来。朝着玄奘努努嘴,示意他先去看看。玄奘一笑,从容地走过去,却见台阶上空空如也。

"绿萝,尸体在何处呢?"玄奘问。

绿萝从雕塑后面探出头来:"没尸体?"这才慢慢地凑过来,果然,光洁的台阶上干干净净,灰尘不少,别说尸体,连血迹都没有。绿萝瞪大了眼睛:"不可能啊!就算搬走,也清扫不了这么干净啊!"

"没有清扫过。"玄奘淡淡道,"地上灰尘很厚。"

绿萝挪开脚一看,果然如此,灯笼照耀下,自己的鞋子在条石上踩出一个清晰的脚印。她从波罗叶手里夺过灯笼,钻进竹林,竹林的白墙上,果然有一面佛字浮雕:"啊哈,这里有浮雕!"

她伸出小拳头砸了砸,发出沉闷的声响。

"施主说的地道,就在这浮雕后面么?"空乘笑道。

"没错。"绿萝理直气壮。

"法师请看,"空乘把玄奘拉过来,指着墙壁,"这处墙壁厚不过一尺,如何能掏空做地道口?女施主,莫非要把这墙破开了才算明白么?"

绿萝顿时呆住了,这墙和浮雕与自己所见一模一样,厚度的确不会超过一尺,可是……我明明就是从墙里面钻出来的啊!

她茫然看了看院子,是的,一模一样,分毫不差,连竹林里唯一的那棵花树都不差。可是地道口呢?她走回台阶,空乘示意弟子开门,绿萝推开门,灯笼的照耀下,禅房内陈设很简单,中间是阿弥陀佛的像,左右两侧堆满了蒲团,没有床榻,没有衣物架子……

她又回到窗外,窗棂上也没有刀子捅出来的小洞,整个窗棂纸不是新糊的,陈旧且积满了灰尘……

众人怜悯地看着她,一言不发。只有微微的夜风吹拂竹林,沙沙作响,只有明月留下斑驳的影子,在脚下不停晃动。

"我……我……"绿萝忽然怒气攻心,身子一软,当场栽倒。

禅堂草木,佛影青灯。月光在庭前屋后,氤氲在轮回梦里。

少女浑身热汗，不安地在睡梦中挣扎。玄奘坐在床榻边，拿着湿毛巾给她擦拭额头的汗水，一盆水早已经凉了，波罗叶端出去哗地倒在庭院里，明月便在地面上荡漾。

"恶僧……你这坏人，为何不相信我……我没有骗你……"

绿萝双眼紧闭，在梦中兀自是咬牙切齿的模样，但语调却透出无比的轻柔之意。玄奘怔了怔，眉头深锁，悠悠一声叹息。

"玄奘……玄奘哥哥……别走，有鬼，有鬼……咬我……"绿萝惊悸地挺直了身子，浑身僵硬，仿佛经受了极大的痛苦。

玄奘呆住了，静静地凝视着少女潮红的面颊，古井无波的禅海深处，似乎有些东西微微一动。他微微闭住双眸，随即就散了，四大皆空，空空如也，便如这历经亿万劫的佛，也逃不过灰飞烟灭的命运。佛到了至境，终归是一个无。

他缓缓伸出一只手掌，按在绿萝的额头，单掌合十，低声诵念《大悲咒》。低沉而富于穿透力的声音震荡在禅房，震荡在少女的耳鼓，心海，灵台。

通天彻地的，一念大悲咒，天上的天神，都要恭恭敬敬地来听你诵咒，一切鬼，都要合起掌来，跪在那儿静听你诵大悲咒。在地狱里，有一个孽镜台，你一生所造的孽，到那儿都显现出来。诵了大悲咒，他可以用孽镜给你一照，你的孽都消灭了，所造的业都没有了。那么在地狱里，就给你挂上一块招牌，说："名唤绿萝的少女啊，你们一切鬼神都要恭敬她，都要去尊重她，她是一个受持大悲咒的人。"

绿萝渐渐恢复了平静，口中呢喃着，缓缓沉睡。

波罗叶长叹了一声："今天的，事情，有些，诡异。"

"何来的诡异？"玄奘淡淡道，"道家养空，虚若浮舟；佛法云空，观空入门。世事万象，皆是表象而已。"

"法师这话，来得，深奥。"波罗叶挠挠头皮，"咱，不懂。法师，你觉得，这事是，绿萝小姐的，幻觉？"

"不是。"玄奘道。

“哦？”波罗叶精神一振，“为何？”

“她身上有血。”

“那是，寺庙里，真的，有密道？空乘，真的，被她，杀死了？那活着的，空乘，是谁？死了的，空乘，是谁？为何，那禅房，没有，任何线索？”波罗叶一迭声地问。

玄奘不答，露出浓浓的忧虑。

“法师，我有，大胆的，推测。”波罗叶道，“会不会，您的兄长，长捷，根本没有，离开，霍邑。他就在，这寺里？”

玄奘长叹一声：“贫僧还没有长出一双能够看透纷纭浮世的眼。”

但波罗叶见他听了自己大胆的推测毫不惊异，显然心里也想过这种可能，不禁大感振奋：“法师，要不要，我，查查？去，观音殿，婆娑院？”

“不用查。”玄奘摇摇头。

“为啥？”波罗叶急了，“您来，不就是，找长捷，吗？整日在这，禅房，打坐，念经，长捷他，能自动，出现，吗？”

玄奘看了他一眼：“一瓢水中有浮游三千，一粒沙里有无穷世界，这兴唐寺就仿佛一片龟裂的大地，裂纹纵横交织，沟壑遍地。我只要站在这里，这裂纹里的风，沟壑中的影，就会传入我的脚下。禅心如明镜之台，本无裂痕，如今既然生了，只会越来越大，迟早要将我的脚陷进去，何必要费心寻找？”

“我还是，不懂。”波罗叶摇摇头，“您就，不能不，打机锋？”

玄奘笑了：“参佛久了才能顿悟，你不参，自然悟不了。”

波罗叶终于受不了了，疯狂地揉着头，烦躁地跑了。

这一夜，霍邑县的后衙也是灯火通明，郭宰和李夫人对坐在坐毡上，空气沉闷。

“夫人，早些去休息吧！火灾的勘察和尸体勘验都需要耗费时日，虽然今晚结果能出来，却不知要等到什么时候了。”郭宰怜惜地看着李优娘。

“妾身怎么能睡得着？”李优娘哀叹一声，“这事也太过蹊跷，一百多口子人,说没就没了,偌大的世家,根居然一夜之间断了。我这心里……”

郭宰摇摇头:“夫人,你想这些也没用。来,喝口茶提提神。”他起身斟了一杯茶,送到李优娘手边,见她慢慢喝了下去,才略微安心。“这几天你太过焦虑了,你也莫要担心。晋州刺史赵元楷大人虽然发下公文下令严查,但是天灾还是人祸谁也说不准,对我也没有特别大的压力。嗯,一切有我。”

李优娘勉强笑了笑,握住他的手,眸子里尽是柔情。郭宰顷刻间醉了,为了这个女人和这个女儿,再难不都为这醉人的一笑么?

“大人,”正在这时,客厅外响起匆忙的脚步声,马典吏带着两名差役抱着一大摞公文走了进来,到门口放下灯笼,进了客厅。

郭宰霍然站了起来:“都勘验完了么?”

“是,大人。”马典吏把一尺多高的公文放在地上,跪坐在坐毡上,擦了擦汗,道,“两名县尉带着仵作还在收拾,一百二十三具尸体,每一具都填写了尸格,有详细的勘验记录。另外附有卷宗,对尸体勘验结果进行了综合,供大人过目。”

郭宰看了看厚厚的尸格和卷宗,心里忽然便是一悸,这每一张纸,都是一条人命!

他颓然坐下,摆了摆手:“罢了,本官不看了,你且说说吧!你们两个也辛苦了,”他朝两名差役摆了摆手,“本官备了点心,在旁边的食床上,自已取了吃吧!这都三更了,不让你们吃饱,回去还把婆娘们叫起来做饭么?”

两个差役笑了:“谢大人赏。”

“大人。”马典吏却顾不上吃,拿过卷宗翻起来,“经勘验,除了三十五具尸体烧成焦炭难以辨认,五十九具尸体的口鼻之内皆是烟灰,深入气管,双手双脚皆蜷缩,可以确定是活着被烧死或者呛死,并非被杀后放火。大半尸体表面除了烧伤,没有别的伤痕,更无利刃损伤,剩下的尸体因为房屋倒塌被砸压,头颅破损,肋骨及四肢折断,亦造成致命伤。”

阴森的夜晚,沉黯的县衙,一百多具尸体的勘验,即使说起来也是阴风阵阵,令人脊背生寒,可郭宰浑然不觉,皱眉道:“那就是说,这些人的死亡都是因为这场大火了？没有其他人为的痕迹？”

“不好说。”马典吏道，“有些尸体很怪异，确切地说是被烧死的尸体很怪异，要说人身处火场，浑身起火，剧痛之下势必翻滚挣扎，这样会导致身体各处都被烧伤，且伤势大体均匀，最终死亡之后身子不动弹，火势才会在其中一面烧得最旺。”

“对，常理的确如此。”郭宰想了想，“这些尸体里有古怪？”

“有。被烧死的不少都是胸腹处被烧伤严重，几乎成了焦炭，但脊背处的肌肤却没有遭到一点火烧的痕迹。”马典吏道，“这种情况在四十七具尸体身上都有。”

“这是什么缘故？”郭宰骇然色变，他看了夫人一眼，李优娘的眼中也骇异无比，“难道说，这些人是躺着被火活活烧死，一动都不动弹？”

马典吏脸上露出凝重之色：“没错，从道理上判断，的确如此。他们就那么躺着，被火烧死，连身子都不曾翻过。”

“即使在睡梦中也不可能啊！”郭宰喃喃道，“难道是这些人在起火时都处于昏迷状态？”

“朱、刘两位县尉大人推断了一下，说是有两种可能。”这点太重要，马典吏不敢自己作出结论，引用县尉大人的话，“要么这些人死前已经被浓烟呛晕，活活被烧死；要么是中了迷药，于沉睡中被烧死。第一点是常有的事，至于第二点，两位大人和仵作还有争议，因为至今为止，没有任何一种迷药能让人在烈火焚烧的时候仍旧沉睡不醒。”

“没有么？”郭宰喃喃地道，和李优娘对视了一眼，都看到了彼此眼睛里的恐惧。

“还有什么？”郭宰强打精神问。

马典吏翻阅着卷宗，也不抬头，说道：“还有一点，现场勘察，周宅储水防火的大缸里，水依旧是满的，也就是说，火起之后，周家竟没有任何人想着去提水灭火。盆，桶，罐，都在原地，没有人动用。邻居也没有人听见周宅内有人示警和惊叫、惨叫，这点大人之前已经查访过，不过两位县尉大人认为这是最值得怀疑的一点。难道这些人就一言不发,眼睁睁地看着自己被火烧死?”

“本官知道,当初向州里递送的案卷中也详细写明了。”郭宰看来疲惫无比,小山般的身躯软绵绵的。他打了个呵欠:“太晚了,今日劳烦你们到这个时辰,本官也深感惭愧,早些休息吧!这些尸格你还是带了回去,卷宗留着,明日本官带到衙门即可。”

马典吏等人急忙起身,客气了几句,抱着厚厚的尸格走了。

大厅里一片寂静,夫妻两人对坐无语。李优娘垂着头,一缕青丝散在额头,看起来憔悴无比。郭宰心疼了,替她撩起头发,喃喃道:“夫人……没事,一切有我。”

李优娘凄然一笑:“相公,你不必瞒我。你心里已经有了计较,对不对?”

郭宰愕然片刻,脸上露出一丝哀痛:“你在说甚呢?别胡思乱想了。”

“别人不知道,你不会不知道,这个世上,当真有那能够令人火烧水淹也无法挣扎的迷药。”李优娘凝视着他,“当初玄奘法师中了迷药,险些在水中淹死,波罗叶说得明明白白,你是在场的!”

郭宰脸上的肌肉抖动了片刻,叹息道:“第一,现在还无法证明周家是被迷倒,然后被火烧死;第二,纵是真的如此,也还没有证明迷昏了周家一百多口的药物,和玄奘法师中的是同一种。”

“可是那能够扯得脱吗?”李优娘精神几乎要崩溃了,嘶声道,“你做了十几年的县尉,查案你再清楚不过!到底和绿萝有没有关系,难道你心里真的不知吗?”

“优娘!”郭宰板起脸喝道,“你昏了头么?”

这嗓音颇大,郭宰见夫人的身子一抖,心里又歉疚起来,这么多年来,自己可从不曾这般疾言厉色地和夫人说过话,他急忙告罪:“夫人,是我不好,不该这么和你说话。可这事你怎么能和绿萝扯上关系呢?如果让外人听见,咱们撇也撇不清!”

“你以为在外人眼里,绿萝便能撇得清么?”李优娘凄然道,“先是周公子刺杀玄奘，意外淹死；随后周家大宅失火，全家灭绝。周公子和玄奘有什么冤仇？他为何要刺杀一个素不相识的僧人？这在外人看来处处疑点，联系到周夫人和周公子一向喜欢绿萝，咱们家，真能撇得清么？几日前，周老爷还来咱们家不依不饶，要求见绿萝，她倒好，躲到兴唐寺连面都不露，这本就授人以柄。结果……结果周家居然尽数死绝了……这盆污水泼到她头上，如何能洗得清？”

郭宰默默地听着，见夫人说完，才道：“这一点我并不是没想过，所以事发当日，我就派了差役前去兴唐寺，取了空乘法师的证词，证明无论绿萝还是玄奘，都不曾离开寺里半步。我保证，这件事不会牵涉到绿萝的！夫人，”郭宰温和地道，“我以一个父亲的名誉保证，绿萝绝不会有事！”

李优娘呆呆地看着他，忽然伏到他怀里失声大哭。

郭宰内心揪得发疼，大手拍着夫人的脊背，喃喃道：“夫人莫怕，一切有我。”

他眼睛望向墙边架子上的双刃陌刀，宽厚的刀刃闪耀着蓝汪汪的光芒，这把五十斤的陌刀已经多年未曾动用了，遥想当年，自己手持陌刀杀伐疆场，连人带马高达两丈，有如战场上的巨神，即使面临最凶悍的突厥骑兵，一刀下去对方也是人马俱碎。那时候杀人如麻，九死一生，却何曾有过畏惧。然而此时，郭宰的心头却涌出了浓浓的恐惧，这个家，贤惠的妻子，可爱的女儿，这是上苍赐给自己的最珍贵的东西，我能够保护她们吗？

“死便死吧，反正我什么也没有，只有她们了……”郭宰喃喃地道，脸上不知何时已经泪流满面。

夫妻俩就这样相拥而卧，仿佛凝固了一般。

天没多久就亮了，莫兰和球儿做了早膳，夫妻俩用完早膳，郭宰叮嘱优娘回房休息一会儿，自己还得去衙门点卯。正要走，忽然门外响起咚咚咚的拍门声，在寂静的凌晨分外清晰。

球儿兼任厨子和门子的差事，跑过去开了门，只见门口是一个胖胖的僧人，那僧人合十：“哎哟，阿弥陀佛，原来是球儿施主，大人在家吗？”

“在在。”球儿认得他，是兴唐寺里的知客僧，慧觉。

慧觉进了院子，郭宰正在廊下准备去衙门，一见他，顿时愣了：“慧觉师父来了？有事吗？”

“阿弥陀佛，哎哟……”慧觉道，“大人，住持派小僧来给大人传讯，说是绿萝小姐病了。”

“什么？”郭宰吓了一跳，“什么病？找大夫诊治过了没有？重不重？”

“哎哟，阿弥……那个陀佛……”慧觉摇摇头，“住持并未跟小僧详细说，只说请大人尽快将小姐接回来，好好诊治。”

“阿弥陀佛……”郭宰被他的口头禅唬得不轻，额头的汗顿时就下来了，无力地摆了摆手，“你……你先回寺里吧！本官马上就去。”

慧觉点点头，转身走了。

郭宰迟疑了片刻，本想悄悄地去把绿萝接回来，却终究不敢瞒着夫人，只好回内宅说了。李优娘一听也急了：“赶紧去……我，我也去。”

“不用，夫人，你一夜没睡，还是好好休息一下。我骑着马快，到了寺里再雇一顶轿子。如今寺里有法会，轿夫肯定多，你乘着轿子去一来一回，还不知要耽搁多久。”郭宰道。

李优娘一想，的确如此，女儿的病情可耽搁不得，只好应允。

不料正要出门，又有衙门里的差役过来了：“大人，县衙里来了钦差。”

“钦差？”郭宰怔住了。这时候也来不及多问，急急忙忙地赶到衙门。

果然，在二堂上，县丞和主簿正在陪着晋州僧正园驰法师和一名身穿青色圆领袍服、软翅襆头的中年男子说话。

园驰法师也是熟人了，身为晋州僧正，负责晋州境内寺院的管理和僧人剃度，这几日就一直在兴唐寺，怎么一大早和这位钦差坐在一起？

郭宰心里纳闷，县丞见县令来了，急忙起身迎接并介绍：“大人，这位乃是来自京城的钦差，鸿胪寺崇元署的主事，许文谈许大人。”

鸿胪寺崇元署？鸿胪寺是掌管四方使节事务的，怎么跑到霍邑县来传旨了？郭宰有些纳闷，却不敢怠慢，急忙见礼：“许大人，是否需要下官摆上香案跪迎?”

许主事一怔,笑了:“不必,不必,郭大人,这个是我崇元署的任命告身,可不是传给您的。下官只是到了霍邑,来跟您这父母官打个招呼而已。”

“大人,”园驰法师笑道,“圣旨是皇上传给玄奘法师的,因此老僧才来县里迎接上差。大人有所不知,崇元署是专门管理佛家事务的衙门,皇上给僧人们下的旨意,大都通过崇元署来传达。”

“哦。”郭宰这才明白。

自北魏以来,历代都为管理全国佛教事务设置有官吏和机构,佛教事务一般由接待宾客朝觐的鸿胪寺掌管。后来北齐开始建立僧官制度,让名望高的僧人担任职务,管理佛教事务。唐代沿袭隋制,天下僧尼隶属鸿胪寺,中央设置有昭玄大统等僧官,州里则设置僧正,管理各地的寺院和僧尼。

对郭宰这种由军职入文职的雄壮武夫而言,也只是知道个大概,一时好奇起来:“许大人,不知陛下有什么旨意要传给玄奘法师?”

“这可说不得。”许主事哈哈大笑,“下官哪里敢私自瞧陛下的圣旨。”

郭宰哈哈大笑。这许主事虽然是长安里的官员,但品级比郭宰要低得多,只不过是鸿胪寺的八品主事,面对一县父母官,也不至于太过放肆。双方谈笑几句,郭宰也正要去接女儿回家,一行人便浩浩荡荡直奔兴唐寺。

到了寺里已经是午时,人山人海,法会还在继续。郭宰令差役们在香客中挤开一条道,空乘早就听说长安来了钦差,急忙领着玄奘等人出来迎接。

许主事见周围人太多,皱了皱眉,让空乘找一座僻静的大殿。空乘急忙把大雄宝殿里腾了一下,让钦差传旨。许主事也是信佛的,见是大雄宝殿,急忙先在如来的佛像前叩拜上香,礼毕,才打开圣旨。

圣旨这玩意儿众人也难得一见,连郭宰都没见过,一时瞪大了眼睛。只见这圣旨是双层的丝绸卷轴,长达五尺,精美无比,宫中自产的丝绸民间可织不出来。

众人跪下听旨,许主事高声道:“门下,朕闻善知识玄奘法师者,法门之善知识也。幼怀贞敏,早悟三空之心,长契神情,先包四忍之行。松风水月未足比其清华，仙露明珠不能方其朗润，故以智通无累，神测未形，超六尘而迥出……今，庄严寺住持慧因法师圆寂，经尚书右仆射、魏国公裴寂表奏，敕命玄奘为庄严寺住持，望其探求妙门，精穷奥业……”

前半截文风古奥，听得绝大多数人云里雾里，但后面最关键的一句话众人都听懂了：皇帝亲自任命玄奘为长安庄严寺的住持！众人又是羡慕又是崇敬，庄严寺乃是大寺，而且位于帝京，皇帝居然亲自下旨任命，这可是古往今来罕见的殊荣啊！

尤其是空乘，激动得满面红光，佛门又要出一位大德高僧了。

“阿弥陀佛，贫僧拜谢圣恩。”玄奘叩拜。

许主事笑吟吟地道：“恭喜法师，接旨吧！”

玄奘站起了身子，沉吟片刻，却摇了摇头：“大人，贫僧不能接旨。”

“呃——”许主事当即哑巴了。

人群顿时大哗，空乘、郭宰等人脸色大变，露出惊恐的神色——这和尚疯了。且不说这种天大的好事居然不要的愚蠢行为，单单是抗旨，就能让他丢了性命。皇上好心好意敕封他为庄严寺住持，这和尚居然不知好歹，拒绝了皇帝。伸手还不打笑脸人呢！

“法师——”郭宰急得一头冷汗，捅了捅玄奘的腰眼。

玄奘淡淡地一笑：“阿弥陀佛，主事大人，请您回京禀奏皇上，贫僧将上表备述详情。”

“备述？”许主事脸色难看至极，冷冷道，“有什么理由能让法师抗旨？且说说看！”

“贫僧的志向，不在一寺一地，而在三千大世界。贫僧自二十一岁起便参学四方，穷究奥义，至今已经有十年。然而我东土宗派甚多，各有师承，意见纷纭，莫知所从。贫僧志在阔源清流，重理传承，不敢窃居佛寺，白首皓经。”

“好……好志向，可是法师难道不知道抗了陛下的旨意是什么后果吗？”许主事一直做的就是僧尼的工作，这时见到一个这么不开窍的和尚，心中恼火得很，一想到自己的差事办不成回到京里还不知会受到什么责难，额头也是汗如雨下，语气更强硬了。

玄奘默然不语，他看了看众人担忧的脸，叹道："贫僧的生命与理想，岂能受这皮囊所限制？若因为抗旨而获罪，也是无可奈何之事，让诸位挂心了。贫僧这就去修表章，劳烦大人带回。"

说完，合了合十，转身离去。

大雄宝殿里鸦雀无声，许主事跺了跺脚，大声道："今日之事诸位高僧也是看见了的，陛下对佛门爱护如此之深，可这和尚却不领情，他日陛下雷霆震怒，诸位也别怪了。"说完，气哼哼地走了。

空乘等人急忙跟了出去好言抚慰，其实许主事不拿着玄奘的表章也不敢走远，在众人的劝慰下，就在禅院里候着。

郭宰紧紧跟了玄奘出来，一路苦劝："法师啊，您不可如此啊！您这番得罪了陛下，如果真的有什么闪失，这几十年的修行，岂不是毁于一旦了吗？"

玄奘也叹息不已，但他禅心牢固，有如磐石，性子坚韧无比，一旦确立了西游的志向，哪怕是雷轰电掣、刀劈火烧也不会动摇。两人一路回到菩提院，郭宰急忙去看女儿，波罗叶在一旁照顾，这时候绿萝的意识仍旧是昏昏沉沉，额头发着高烧。

郭宰不禁傻了眼："怎么会这样？"

这么粗壮的汉子，心痛之下，几乎掉了泪。

因为绿萝对兴唐寺的指控涉及到佛门声誉，玄奘也不好明说，就看绿萝自己吧！她清醒过来，若是愿意说，大可以说得明明白白，当下打了个含糊略了过去。

郭宰急不可待："不行，不行，下官得把小女接到县里诊治。法师，您的事情下官就不多问了，只是希望法师自己再考虑考虑，莫要误了自家性命。"

"贫僧晓得。"玄奘道。

郭宰也不再多说，低声在绿萝耳边道："绿萝，咱们回家。"

绿萝昏迷之中仍在梦呓："爹爹……爹爹……"

郭宰身子一颤，环眼之中顿时热泪纵横，几乎要哭出来。把女儿裹在被子里，环臂一抱，居然连人带被子抱了个严严实实。绿萝本来就娇小，给这两米一的巨人一抱，几乎就是抱着一只小狗。郭宰怕她见风，连脑袋都给蒙住，告罪一声，大踏步走了出去。

玄奘默默地站在台阶上，双掌合十："绿萝小姐，一路走好。愿你再莫踏进这是非地。"

"哈哈，是与非，不是佛家菩提。"忽然有一人接口道。

第八章
魏道士，杜刺史

玄奘转头一看，只见空乘笑吟吟地从侧门里走了出来。也许是被盛大的法会刺激，这个老和尚一扫往日的奄奄样，精气神十足，满是皱纹的脸上看不到丝毫与年龄相关的衰老。

“师兄此言何解?”玄奘笑道。

“世事变迁轮回，往复不息，佛家是不会以世事作为依据来判断善恶是非的。”空乘道，“识心便是妄心，才会引来生死轮回，为何？因为它会分别人我是非，生贪嗔痴爱，起惑造业。所以，对破除妄心的佛家而言，宇宙间是没有什么对错与善恶的，无论善人还是恶人都能成佛。”

“师兄说的是。”玄奘点头。

空乘也不走近他身边，就那么倚在古松之下，盯着他道：“识心就是妄想与执著。只有妄想与执著断尽，法师才能与诸佛如来一样，不生、不灭、不衰、不老、不病。如今法师为了心中执著，而违逆了天子诏书，岂非不智?”

玄奘知道他的来意，沉吟片刻，笑了：“释迦为何要坐在菩提树下成佛?”

空乘愕然，想了想：“菩提乃是觉悟之意，见菩提树如见佛。”

“错了。”玄奘摇头，“因为菩提树枝叶大，可以遮阴挡雨。”

空乘无语。

“师兄你看，世间众生既然平等，为何释迦不坐在竹子下、野草下？生命对释迦而言,并无高低贵贱之别,可他偏偏要坐在菩提树下。那是因为功用不同,菩提树可以遮阴挡雨,对释迦而言,如此而已。四大皆空,菩提也只是空。”玄奘道,“对我而言,庄严寺的住持,只不过是释迦走向菩提树时路经的一棵竹子。至于违逆诏书之类,更是妄心中的一种,何必放在心上?”

“好吧,好吧。”空乘无奈了,“师弟辩才无碍,老和尚不是对手。但我今天却要和你说一桩大事。”

两人重新在院中的条石上坐下,空乘道:“你知道这次任命你做庄严寺住持,是谁的提议么?”

“右仆射裴寂大人。”玄奘道。

空乘点点头:“裴寂大人是太上皇的心腹,也是朝中第一宰相,他和太常寺少卿萧瑀,是我佛家在朝中最强有力的支持者。这样的大人物,亲自举荐你,你可知道其中有何深意吗?”

玄奘摇摇头,空乘问:“如今天子姓甚?”

“李。”

“道家始祖姓甚?”

“李……”玄奘霍然明白了。

“师弟啊,大唐天子自认是道祖李耳的后裔,这对我佛家而言意味着什么?”空乘沉痛地道,“武德四年,大唐立足未稳,太史令傅弈就上疏辟佛,说佛家蛊惑人心,盘剥民财,消耗国库,请求沙汰僧尼。十一条罪状,字字惊心啊!当时太上皇在位,下诏质问僧徒:‘弃父母须发,去君臣之章服,利在何门之中?益在何情之外?’指责佛僧们无君无父,下令减省寺塔、裁汰僧尼。当时法琳法师做《破邪论》,多次护法,与一众道徒展开激烈的争论。所幸当时大唐立国未稳,我佛家损伤不大。”

武德四年,玄奘刚刚离开成都,还在漫游的路上,对此略有耳闻,内心的冲击显然没有空乘这般深刻。

“武德七年,傅弈再次上疏,说佛法害国,六朝国运之所以短,都是因为信佛,梁武帝、齐襄帝足为明镜。这就牵涉到大唐的国运了,直指帝王心中的要害。当时还是内史令①的萧瑀和傅弈激烈争辩，但终究敌不过皇帝心中的那个结。”

“武德八年，太上皇宣布三教国策：老教孔教此土先宗，释教后兴，宜崇客礼，令道教居先，儒教位次，释教最后。这就是说，大唐定下了国策，无论我佛家再怎么兴盛，也只能是居于末座，排在道家、儒家之后。非但如此，太上皇还下诏沙汰全国的僧尼，京城保留佛寺三所，各州各留一所，其余都废除。”

这段历史玄奘很熟悉，因为当时他就在长安，当时佛教徒的确压力极大，而且道士们还趁机发难，李仲卿写了一卷《十异九迷论》，刘进喜则写了《显正论》，猛烈抨击佛教。法雅、法琳、道岳、智实等僧人展开了一场场辩论，法琳则写了一卷《辨正论》进行顽强抗击。

玄奘点了点头：“也幸好第二年太上皇就退位，如今的贞观朝倒没有发生大规模的辟佛事件。武德朝那些大规模沙汰僧尼的诏令，还没来得及实行就被新皇废除了，看来日后佛教兴旺可期。”

“并非如此，并非如此啊！”空乘连连冷笑，“咱们这个新陛下，内心刚硬，看似仁厚，实际无情，照老和尚看，他根本没有任何信仰！对他而言，信仰只有一个——大唐江山！一个连亲兄长亲弟弟都敢杀、父亲都敢驱逐的皇帝，你认为他会真心去兴盛佛教吗？老子后裔，对他而言是个绝佳的招牌，只怕在贞观朝，我教地位更加不堪。”

玄奘淡淡地道：“师兄，贫僧有一事不解，我佛家为何要与道家争那谁先谁后？”

“当然要争！”空乘瞪眼道，“如果被道家居于第一，如何谈兴盛佛教？”

玄奘摇头：“贫僧不敢苟同。首先，道祖姓李，大唐天子姓李，道家的这个优势无论如何也是改变不了的，无论哪个皇帝在位，也要尊奉道家。第

---

① 唐高祖武德年间，沿袭前隋旧制，设内史省，长官为内史令，唐太宗贞观年间改称中书省，长官改称中书令。

二,这个第一,真的有必要争吗?如果佛法不彰,失去了信众,就是皇帝敕封你为第一,难道天下人就皈依你了吗?第三,我佛家之所以兴盛,皇帝的扶持虽然很关键,却并不是最根本的。"

空乘被震动了:"哦,师弟接着说,有什么东西比皇帝的扶持还重要吗?"

"有。"玄奘断然道,"那就是我佛家对皇权、对百姓的影响。若是佛家能使皇权稳固,百姓信奉,不论哪一朝皇帝都会尊奉,这是不以他个人的好恶为转移的。哪怕他个人向道,这朝廷,这天下,也必定会崇佛。若是佛家没有这个功效,就算偶尔有一二帝王尊奉,这个帝王崩后,也会重新湮灭。世俗有云,人在政在,人亡政息,为何?因为这个政策,只是他一人的好恶。"

空乘悚然一惊,犹如醍醐灌顶,喃喃道:"师弟说的是……那么你看我佛家目前该如何是好呢?按照裴寂大人的意思,就是希望你入主庄严寺。如今佛家在京城的日子不好过,师弟你十年辩难,辩才无碍,声誉鹊起,你到了长安,就可以狠狠地杀一杀那帮道士的气焰。"

"原来如此。"玄奘这才明白为何裴寂举荐自己为庄严寺的住持,不过他另有想法,"师兄,武德朝沙汰僧尼,争论最剧烈的时候,贫僧就在长安,却没有参与任何一场争辩。师兄可知道为何吗?"

"为何?"空乘惊讶地问。

"因为,我们僧侣自己都搞不明真正的经义,自从魏晋以来,佛门内部宗派重重,派别之争让我们自己都陷入分歧,如何能说服信众?又如何能说服天子?贫僧十年游历,遍查各派,才发现造成不同派别争论的因素又在于教义阐发的不一致。在佛理上站得住,就要我们内部没有歧义纷争,而要内部没有纷争,就要统一派别,要统一派别,就要寻找教义源流!"玄奘肃然道。

空乘倒吸了一口冷气:"师弟好宏伟的志向,那么,要如何寻找教义源流呢?"

"就要西游天竺!"玄奘眸子里散发出璀璨的光彩,"到那棵菩提树下,给孤独园中,求得如来真法,大乘教义!贫僧正是有意西游天竺,才不能接受这庄严寺的住持之位。"

空乘整个人都呆住了，喃喃道："师弟这是要把自己置于九死一生的境地啊！"

从大唐到天竺，理论上说有三条路：一条是海路，远涉重洋，浮海数月。但这条水路实在危险，航海技术有限，走海路极少；一条是从吐蕃经过骠国（缅甸）、尼波罗国（尼泊尔）辗转到天竺；第三条就是"丝绸之路"，从长安出发，经过陇右、碛西①，越过葱岭，进入中亚诸国，再由兴都库什山的山口，到达北天竺，其间要越过流沙千里的大沙漠，随时会丢掉性命。

空乘很清楚，目下西游天竺，基本上绝无可能。

一来是因为路途上过于险恶，更重要的，东突厥雄踞大漠，铁骑时常入侵北方与河西，朝廷严禁出关，没有朝廷颁发的"过所"和"通关文牒"，私自越过关隘，以通敌论。事实上玄奘自己也知道，早在贞观元年，他就上表申请，结果被严厉驳回。

"何谓生死？花开花谢。何谓死生，暮鼓晨钟。"玄奘喃喃地道。

空乘神色复杂地看着这个天才横溢的年轻僧人，长久不语，半晌才道："师弟既然有这般大心愿，为何不立即去？反而要在这里延宕时日？"

"贫僧有家兄，法名长捷，如今不知下落。此去黄沙万里，未必能回，贫僧希望能找到家兄，了却心事。"玄奘道。

空乘沉默，对长捷杀死玄成法师的事情他自然知道，却不知该怎么说才好，只好叹息半晌，神情间很是忧郁。

河东道，蒲州城。

蒲州乃是大唐重镇，地处长安、洛阳、晋阳"天下三都"之要会，总控黄河漕运，又是长安、洛阳通往太原以及边疆的必经之路，市面上的繁华可谓冠绝河东。

蒲州刺史杜楚客的府上，如今来了一位贵人，杜刺史正亲自陪坐在花园

---

① 唐朝对西域的称呼，碛指莫贺延碛，位于今哈密和敦煌之间的哈顺沙漠。

的凉亭之中，两人面前摆着一副棋枰，正执着黑白子对弈。

杜楚客是李世民的核心幕僚、左仆射杜如晦的亲弟弟。此人有大才，志向高洁，原本隐居在嵩山，李世民念及他的才华，征召出山。当时李世民还给他做了一番思想工作："听说你志意甚高，说如果不是当宰相，就绝不出山。这是什么道理？你走远路必定起步于眼前，登高必定开始于脚下，当官这个事儿，只要百姓同僚赞许，就是功绩，何必抱怨官不大呢？"

杜楚客觉得此言有理，于是出仕。李世民倒也给他的官不小，一出手就是蒲州刺史，掌管重镇要埠。

杜楚客是标准的美男子，年有三旬，丰神朗姿。而他对面这人年约五旬，身上穿着布袍，三绺黑髯，一张脸棱角分明，精气神很足，意态更是从容，杜楚客棋艺很高，可在这人的面前却束手束脚，施展不开。

"罢了，罢了。"杜楚客一推棋枰，讪讪地笑道，"谁不知道你魏道士棋艺高，跟你对弈，我纯粹找不自在。"

"魏道士"哈哈一笑："小杜，你的棋艺比起你哥哥老杜可好得多了，他呀，看见我就跑。"

杜楚客嘿嘿笑着转移话题："秘书监大人，皇上让你巡视河东，你可倒好，到了我的蒲州居然不走了。算算，待了有七八日了吧？好歹你也是'参预朝政'，还不尽快北上办了皇上的差事，干吗一直待在我家赢我的棋？"

秘书省是内廷六省之一，长官称为秘书监，主要分管朝廷的档案资料和重要文件，对国家大政虽然没有直接的干预权，却也是直接接触朝廷中枢的重要职能部门。这个身穿布袍的"魏道士"居然是官身，而且是从三品大员！

更重要的，这位秘书监还有个头衔"参预朝政"，这可了不得。在唐朝初年，百官只有担任了尚书左右仆射、侍中、中书令这几个职务当中的一个，才算真的做了宰相。李世民登基不久，为了让更多的重臣参与朝廷大事，给一些亲信大臣加上了诸如"参预朝政"、"参议得失"、"参知政事"之类的头衔，使他们能进入政事堂，列席宰相会议，并发表看法。冠上这几个头衔，就相当于大唐宰执中的一员了。

这个身穿布衣的大唐宰执，居然躲在蒲州城中，一连数日和刺史下棋！

“老道我神机妙算，等到我要的消息从霍邑传过来，就该我上路啦！”这“魏道士”哈哈大笑，“你信不信，老道我数三声，我要的消息就会来了。”

“三声？不信。”杜楚客摇头，“你在我宅里住了好几个三天了，我就不信能这么巧。”

“嘿嘿，”魏道士掐指算了算，口中道，“一！二！三——”

话音未落，一名家僮跑了过来，进入凉亭，躬身道：“魏大人，老爷，许主事从霍邑回来了，求见魏大人。”

杜楚客呆若木鸡。

魏道士得意无比，摆摆手：“让他进来。”

过了不久，那家僮领着鸿胪寺的主事许文谈走进花园，许主事一看见魏道士，脸上现出惶恐之色，恭恭敬敬地道：“下官许文谈，见过大人。”

“嗯，”魏道士拈起一枚棋子，淡淡地道，“到兴唐寺了？见过玄奘没？”

“见了。”许主事低着头道，“下官已经向他传了陛下的旨意。”

“哦，玄奘怎么说？”魏道士问。

“他……”许主事艰难地道，“他拒绝了。”

“什么？”魏道士愕然望着他，“拒绝了？什么意思？”

“拒绝了就是……抗了旨。”许主事仿佛对这魏道士极为惧怕，身躯颤抖地道，“他不做那庄严寺的住持。”

魏道士哑然，和杜楚客两人面面相觑。杜楚客忽然哈哈大笑：“都说你算计之精准，有如半仙，如今可算差了吧？”

魏道士一脸尴尬，盯着那许主事：“把你去的经过详细说说，一字不漏。”

“是。”许主事把自己见着玄奘宣旨的经过述说了一番，真是不厌其详，连玄奘什么表情什么措辞都没有遗漏，最后道，“大人，他给陛下上的表章还在下官身上，要不要给您看看？”

“胡闹！”魏道士冷冷地道，“身为臣子，怎能私下里翻看给陛下的表章！你按程序递上去吧，本官自然看得着。”

“是。”许主事不敢再说。

“你下去吧!”魏道士眉头紧皱,挥了挥手,“回京复命吧! 来这里见本官的事情,不必对任何人说起。”

许主事连连点头,擦了擦额头的冷汗,转身退了下去。

“阔源清流,重理传承!”魏道士一拍桌案,长叹一声,“这和尚,好大的志气,好大的气魄!”

“看来你还是小瞧了他呀!”杜楚客喃喃地道。

魏道士苦笑:“何止我小瞧了他,那位当朝宰相也看走了眼,玄奘不愧佛门千里驹,区区一寺,岂能羁縻之。我魏征生平从不服人,今日却服了这个和尚呀!”

这位“魏道士”,居然便是大唐初年的传奇人物,魏征!

魏征,字玄成,魏州曲城人,早年当过道士,人称“魏道士”。他这一生极为传奇,先是在大隋做郡中小吏,后来投降了李密,李密降唐,他跟着李密降唐,被太子李建成引用为东宫僚属。李建成和李世民矛盾日深,魏征屡次劝说李建成先发制人,诛杀李世民。奈何李建成过于仁厚,不听,日后果然在玄武门被李世民射杀。

魏征乃是李世民心中的大敌,当即抓起来亲自讯问:“为何离间我们兄弟?”

魏征坦然道:“太子若早听我的话,也不会死于今日之祸。”

李世民赞赏其节操,下令释放,不久便提拔为谏议大夫,几个月后升任尚书左丞,又两年,便担任秘书监,参预朝政,成为心腹重臣。

杜楚客思忖半晌,道:“霍邑之事既然脱离了裴寂他们的预测,恐怕事情和你预料的有所变化啊! 那你还北上吗?”

魏征摇头:“霍邑县已经成了虎穴之地,何必蹈险。陛下交给我的使命是巡查河东道民生,何必理会这等大祸事。眼下裴寂等人对玄奘判断失误,他肯定要调整计划,老道我还是等等吧,后发制人。”

“可是……”杜楚客神情凝重,“对方已然布局这么多年,可谓根深蒂固，眼下这一触即发的局面，如果你不去，还有谁能跟那人的智慧匹敌？若事到临头，咱们岂非是束手束脚，全无反抗之力？”

“哼。”魏征冷笑，“棋子究竟执在谁的手中，只怕那谋僧也算度不尽吧！有人想要玄奘走，老夫却偏要他留下，看看这兴唐寺的水，究竟有多深！”

“话虽如此，你也不可不防。”杜楚客还是神情担忧，“此事实在太大，对方一旦发动，只怕会是天崩地裂，大唐江山震颤，影响百年国运。裴寂倒还罢了，那谋僧的手段你也清楚，可称得上神手妙笔，深沉若海，号称算尽三千世界不差一毫。你虽然精通术数阴阳，但万一有个闪失，只怕悔之莫及。”

“老道自然晓得。”魏征也有些丧气，“这个谋僧，还真让人头皮发麻。咱们耗费了偌大的人力物力，居然直到现在还不晓得他葫芦里卖什么药。唉。”

他面色颇为颓废，没想到杜楚客一看倒笑了：“好啊，好啊！又看到你这赖相了，每次你一示弱，必定有后手。我哥哥吃你的亏可不少啦！”

魏征顿时哑然，喃喃地道：“原来老道还有这毛病？日后可得留神了。咳咳，小杜，不瞒你，老道我的确有后手，正插在那谋僧的命门上，至于能起多大作用，就不得而知了。”

“快说说看！”杜楚客拍手笑道。

魏征一脸正色：“佛曰，不可说；老子曰，不可名。两个圣人都不让我说，老道我敢说么？”

杜楚客哑然。

“这样吧，”魏征想了想，道，“既然因为玄奘，这个谋僧算度失误，陷入手忙脚乱的当口，那老道我不妨再给他烧把火，你把消息传出去，刺激他们一下。”

“什么消息？”杜楚客问。

“天子下月巡狩河东的消息。”魏征冷冷地道，“我就不信他们不动。”

天子即将巡狩河东的消息，有如长了翅膀一般，短短几日内传遍了河东道的官场，本来各级官员还将信将疑，又过了几日，礼部发文，说四月初八日，皇帝将启程巡狩河东道，令沿途各级官员做好接待准备。公文后面还特意注上皇帝的原话："一应事宜切以简朴为上，莫要奢靡，更勿扰民。"

话虽这般说，但河东道的各级官员哪里敢怠慢，这可是新皇继位以来第一次巡狩河东，河东是龙兴之地，太原更是王业所基、国之根本，号称"北都"，皇上巡狩北都，那意义何等深重？

尤其是晋州刺史赵元楷，他所在的晋州是去太原的必经之路，治下的洪洞、赵城、霍邑三县都得接驾，这可就是一桩大学问了。赵刺史连连发公文给三地县令，命令他们做好迎接圣驾的准备，并将具体措施上报。

迎接圣驾可不是接三两个人的事，皇上一离京，起码有上百名大臣跟随，十六卫的禁军估计五六千，说不定还带着乐坊宫女。这种接待强度可想而知。这一来，三个县顿时鸡飞狗跳，三位县令顿时头痛欲裂，尤其是霍邑县的郭宰大人，这位从军中悍将变成负责地方治安的县尉，再由县尉升任县宰的大人，对这种接驾礼仪简直两眼一抹黑，几日间，活生生把金刚巨人愁白了头。

所幸这几日绿萝的病情渐渐康复，热烧早退，只是整个人却有些呆滞，常常睁大眼睛，视线没有一个焦点，一出神便是半晌。郭宰心疼得难受，但自己事务繁多，只好让优娘多陪着女儿。

这一日，郭宰匆匆忙忙去了衙门之后，李优娘来到女儿房中，见绿萝屈膝坐在床榻上，小小的身子抱成一团，呆滞地看着帷幔上的一条蝴蝶结。她幽幽叹了口气，端过几案上的一碗药走过去坐在床边，柔声道："绿萝，喝了药吧！"

绿萝木木地转过脸看着自己的母亲，仿佛面对着一个陌生人。

李优娘心中一颤，一蓬药汤哗地洒在了锦被上。

"那个人是谁？"绿萝喃喃地道。

"哪个人？"李优娘勉强笑了笑，手忙脚乱地去擦拭药汤。低下头，不敢看女儿的脸。

“你还要瞒着我?”绿萝咬牙道,“兴唐寺,婆娑院中的那个僧人!你的那个姘头!”

“绿萝——”李优娘脸色煞白,虽然惊恐,但眼神中居然是愤怒的神色居多,“不许你侮辱他!”

“侮辱他?”绿萝嘲弄地看着母亲,“我不但要侮辱他,而且还杀了他!”

李优娘的身体僵硬了。

绿萝眯着眼睛,宛如猎食的猫一般凝望着母亲:“看来你已经知道了呀?可惜我杀他的时候你没看到,我一刀捅进了他的心脏,他捂着胸口,连喊都喊不出来,因为他的嘴里到处都是血沫。他望着我,那肮脏的血一股一股地从他的手指缝里渗出来。然后,他跟我说了一句话……你想知道吗?”

李优娘悲哀地望着女儿,眼圈通红,却只是泪珠萦绕,整个人麻木了一般。

“他说,没想到,我会死在你的手上。”绿萝的眸子宛如刀锋一般,“他没有想到吗?他是僧人,却没想过因果循环,报应不爽?你既然这般庇护他,看来是自愿了,你丢下自己的名节于不顾,我也没什么好说。可是,你知不知道……”她一字字地道,“你们羞辱了我的父亲!羞辱了我那傻笨的继父!也羞辱了我——”

最后一句简直是撕心裂肺吼出来的,眼泪瞬间奔涌而出,再难自抑。

李优娘也是泪如泉涌,这个优雅美丽的夫人在女儿面前失声痛哭,再也不顾形象,仿佛要把无穷无尽的委屈和痛苦发泄出来。

哭了半晌,李优娘停止哭泣,拿出丝帕拭了拭眼泪,喃喃道:“事情不是你想象的那样,为娘……也有不得已的苦衷。”

“我没有想象,我是亲眼目睹。”绿萝冷冷地道,“你的事我现在一个字都不想知道,恶心!我只问你一句,那恶僧究竟是谁?我杀死的那人,和兴唐寺住持,到底哪一个才是空乘?”

李优娘不答。

“不回答我?”绿萝怒气勃发,嘶声叫道,“他到底有什么好?值得你抛下与父亲恩爱之情，抛下与郭宰的夫妻之义，抛下我这个做女儿的尊严，去与他私通？即便他死了，你也要对他百般维护，连他的身份都不肯说出来？”

李优娘一生活在优雅之中，未出阁时便以才女著称，两任夫君都对她爱护有加，连重一点的话都没说过，今日却被自己的亲生女儿这般辱骂，心中的痛苦简直难以言喻。可是她仍旧摇着头，喃喃道：“我不能告诉你……不能告诉你……”

“你不告诉我……好，好，你不告诉我……”绿萝气急，“难道我自己便查不出来吗？他的尸体我找不到，难道那个院子我也找不到？那个地道我也找不到？不过，他们的善后天衣无缝，我也不知道他们怎么做的，可是我相信，一切人为的都会有破绽。我能找出来！”

“还有！”绿萝喝道，“莫要把我逼急了，否则我告诉郭宰！告诉河东崔氏家族！我倒要看看堂堂县宰还要不要脸面，看看号称河东第一世家的崔氏要不要脸面！”

李优娘脸色惨白如纸，听了这话却反而笑了，虽然是凄凉，眼中却露出一抹柔情，缓缓道：“你不会说的。”

“你怎知我不会说？”绿萝怒道。

“因为，你姓崔，你爱这个姓氏甚于你的生命；更因为，你对郭宰这个继父内心有愧，别看平日里你对他横挑鼻子竖挑眼，可你知道他疼你，甚于疼他自己的性命，你不敢面对他。”

“你……”绿萝怒不可遏。

“你是我的女儿，我一手养大的，我了解你，甚于了解自己。”李优娘低声道。

“住口！住口——”绿萝劈手夺过药碗，狠狠地摔在了地上。

母女俩在房中大吵，虽然莫兰和球儿被李优娘支使得远远的，也听到了碗碟破碎的声响，急急忙忙地跑了过来。李优娘叹了口气：“你好好休息吧！等你平静了，咱们再谈。”

说完轻轻拭了拭眼角，莲步轻移，出了房门。

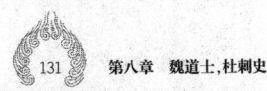

郭宰晚上回来，先到绿萝房中看了看自己的宝贝女儿。绿萝白日间发了脾气，病倒好了，独自气闷闷地躺在床榻上，继父来了也不理会。郭宰详细问了莫兰，知道小姐无恙，倒也放了心，他在绿萝面前吃瘪也习惯了，毫不在意，乐呵呵地回了自己房中。

一进屋，见优娘也面朝里躺在床榻上，顿时一怔："这母女俩今天怎么了？连睡觉都是一个姿势。"

"夫人，我回来了。"郭宰轻声道，"可有哪里不舒服？"

"没有。"李优娘下了床，给他宽衣，把官服叠好了搭在衣架上，"相公这几天为何这么忙碌？这都快戌时了。"

"唉！"一提这事，郭宰在绿萝那里得到的好心情顿时荡然无存，一屁股坐在床榻上，喃喃道，"愁白了头啊！"

"到底怎么回事？"李优娘上了榻，跪在他背后缓缓揉捏着他的肩头。

郭宰很享受这种温馨的感觉，微微闭上了眼睛，叹道："皇上要巡狩河东。"

"巡狩河东干你何事？"李优娘奇道，"你治理这霍邑县有目共睹，百姓安居乐业，皇上看在眼里说不定还会封赏，又发什么愁。"

郭宰苦笑："封赏倒谈不上，河东富庶，这县里的繁华也不是我治理之功。这倒罢了，关键是如何迎驾的问题，霍邑县是前往太原的必经之路，皇上当年随着太上皇兴兵灭隋，大唐龙兴的第一战就是在霍邑打的，肯定要住几天。可……可我让他住哪儿？"

"也是。"李优娘是大户人家出身，在这方面的见识比郭宰这个官场上的武夫强多了，"皇上巡狩，若是从简，护从加上群臣也有五六千人，若是奢靡一点，只怕不下万人，咱们这县城……还真是安排不下。"

"可不是嘛！"郭宰连连叹息，"这几日我和几位同僚一直在想办法，还把县里的大户人家召集了起来，献计献策。其实我的本意是想动员一名大户，让他们把宅子献出来。可咱们这里，山多地少，道路崎岖，即便是大户，家宅可都不大，住个上百口人就算不小的宅子了，哪能安置下皇上？"

“这倒是桩大事。”李优娘喃喃地道。

“别说我，洪洞、赵城两个县令也在头痛呢，不过他们还好，两城距离近，皇上只会在他们中的一家过夜，俩人还能有个商量，可我呢？”郭宰几乎要发狂了。

李优娘忽然一笑：“相公真是当局者迷，难道你忘了那个地方吗？地方够大，风景又佳，住上几千人也不成问题。更重要的是，皇上肯定满意。”

“嗯？”郭宰霍然睁开了眼睛，身子一转，愣愣地盯着夫人，“还有这地方？夫人快说，是哪里？”

“我要是说了，夫君有何奖赏呀？”李优娘柔媚地道。

郭宰心里一酥，魂儿都要飞了：“夫人只要能找到这地方，夫人要什么老郭我就去弄什么！哪怕夫人要天上的月亮都给你摘下来！”

“我要那月亮作甚……”李优娘痴痴地看着他，忽然环臂搂住他的脖子，幽幽道，“有了你，就足够了。”

郭宰骨头酥麻，心中感动，却还没忘了正事，一迭声地催促。李优娘道：“兴唐寺！”

郭宰一呆，随即拍手大笑：“好啊！好啊！夫人真是女中诸葛，县官们都建议县里捐出钱粮，起一座行宫。我心疼那大把大把的开通元宝，舍不得花，没想到夫人竟然一文钱不花就解决了这个大麻烦！没错，没错，兴唐寺啊，地方够大，禅院多，皇上和百十名大臣住进去绰绰有余，山门前的空地还能驻兵……兆头也好啊，兴唐！皇上肯定喜欢！”

“夫君该奖赏我了吧？”李优娘笑道，眼睛深处，却露出一丝深深的痛苦。

“奖！现在就奖！”郭宰丝毫没有留意，哈哈大笑着，一把扯了衣服，把夫人平放在榻上，身躯压了上去。他这身躯过于庞大，顿时把娇小的李夫人遮没了影……

第九章
丈夫在床下，何人在床上

这一夜，玄奘的心里也颇不平静，禅院里少了绿萝叽叽喳喳的声音，虽然清净了，但对这小魔女的病情，他总有几分忧挂。这孩子如此暴戾，看来崔珏自缢，对她刺激很大呀！脑子里整天都想着复仇，如何还能像正常人家的孩子那般长大？

但对于玄奘而言，除了多念些大悲咒，望佛祖保佑她平安，也没有别的办法。

此时已经是深夜，快到子时了，玄奘正在佛堂里打坐，忽然庭院中响起急匆匆的脚步声，波罗叶一头撞了进来："法师，法……法师……"

玄奘见他满头是汗，不禁一怔："你没有在房中休息吗？"

"呃……"波罗叶一愣，这才想起一个多时辰前就告诉他自己睡觉去了，但此时他也顾不得解释，急忙道，"法师，笼子……不见啦！"

"什么笼子？"玄奘一头雾水。

"空乘的……坐笼……"波罗叶跪坐在玄奘面前，低声道，"我……一直觉得，空乘，不妥。绿萝杀的，那人，明明是，空乘，可他，怎么还，活着？必定有，秘密。"

玄奘脸色平静，缓缓道："于是你就去监视他？"

波罗叶一抖，他和绿萝一样最近越发觉得这个看起来傻笨傻笨的年轻和尚城府之深沉、意志之坚韧、目光之敏锐,让人浑身不自在。仿佛在他的面前你根本没有秘密可言,仿佛世上的一切都在他慈悲而平和的双眸之中现形。

玄奘见他不答,摇了摇头,平静地道:“你是从绿萝刺杀空乘那天起就开始监视他的吧?你每夜出去,虽然贫僧不知道,但白天你总是呵欠不断。像你这种修炼瑜珈术,能断绝呼吸几个时辰的人,除非整晚不睡觉才损耗这么大。”

波罗叶低下了头:“一切都,瞒不过,法师。”

“说说吧,发现了什么?”玄奘道。

“法师,还记得,空乘,禅院里那个‘坐笼’,吗?”波罗叶道,“这么多天,我一直,监视空乘,可是,没有异状,今天,却发现,坐笼,不见了。”

玄奘皱紧了眉头,那坐笼他印象很深刻,并不是因为造型的奇异,而是空乘每日在坐笼里打坐修禅。他点点头:“你这几天监视空乘,可发现他每日到坐笼里修禅吗?”

“没有。”波罗叶道,“一次也,没有。每天晚上,他进了,禅房,就不再,出来。”

玄奘脸上凝重起来,站起身道:“带我去看看。”

“好!”波罗叶兴奋起来。

两人离开菩提院,在幽暗的古刹中穿行,月光暗淡,遮没在厚厚的云层中。两人没有打灯笼,不过波罗叶连续跑了好多天,对道路熟悉无比,带着玄奘走了没多久,就来到空乘的禅院外面。

“法师,麻烦您,要爬树了。”波罗叶尴尬地道。

玄奘瞪了他一眼,知道这厮每天夜晚都干这爬树翻墙的勾当。院墙不高,估计郭宰过来蹦一下就能看到院子里。但以两人的身高就算抬起胳膊也够不到墙头。幸好外墙旁边是松林,有一棵古松,枝杈横斜,恰好可以攀援上去。

波罗叶蹲下身,让玄奘踩着自己的肩膀上了松树,踩着手臂粗的松枝,两三步就上了墙头。波罗叶干脆一跃而上，有如猴子般灵敏。两人伏在墙头，波罗叶先跳下去，然后把玄奘接了下来。

院子里黑灯熄火，左右厢房里的弟子们估计也早早睡了。波罗叶熟门熟路地溜着墙边，借着花木做掩护，带着玄奘走到悬崖边，两人顿时呆住了——悬崖下山风呼啸，阵阵阴冷，那个坐笼，却好端端地耸立在悬崖边！

“不可能！不可能——”波罗叶喃喃地道，“法师，明明……它不在的啊！”

玄奘默不做声，走到坐笼边蹲下身，在周围的地面上摸索了片刻，然后打开小小的一扇门，钻了进去。波罗叶也跟着钻了进来：“法师，有发现吗？”

玄奘摇摇头，伸手在坐笼的四壁摸索。这坐笼是木质的，里面很简单，没有任何陈设，只有正中间放着个蒲团，除此以外就是木板，什么都没有。玄奘拿开蒲团，两人隐约看到蒲团下仿佛有东西，似乎是一朵花。

玄奘伸手摸了摸，才知道是一朵木雕的莲花。波罗叶心里奇怪，这老和尚怎么拿个蒲团垫在莲花上？难道他以为这样就可以像观音菩萨啊？

玄奘皱眉思索了片刻，伸手抚摸着莲花瓣，左右拧动，果然，那木雕莲花竟然微微动了起来。两人顿时一震，对视一眼，都露出惊惧之意。玄奘一咬牙，按照绿萝此前说过的，左三右四，使劲一拧。

两人的脚下忽然传来轻微的震颤，整座房舍竟然晃动起来。两人站立不稳，跌成了一团，心里头顿时惊骇无比——这可是悬崖边啊！

正害怕的当口，两人惊异地发现，这座房舍竟然开始缓缓移动！波罗叶正要说话，玄奘一把捂住他的嘴巴，肃然地摇头。两人安静下来，看着这座房舍几乎是悄无声息地在悬崖边滑动，玄奘甚至还把房舍的门关了。波罗叶顿时头皮发麻，这位看起来文弱，可真是胆大包天，这要是冲进悬崖，连逃都来不及。

但玄奘表情却是很沉凝。房舍开始以飞快的速度朝一旁的耸立的崖壁冲过去，两人都有些紧张，只见房舍在瞬息间撞上了崖壁，两人眼睛一闭，以为要撞墙的时候，这座房舍却呼地陷入了岩石之中！

两人顿时瞪大了眼睛，这才发现，这座石壁上竟然有个暗门，房舍一到，暗门打开，恰好和房舍一般大小，把它吞入其中。

还没从惊异中回过味来，只听顶上咔哒一声，随即一股强烈的失重感传了过来，有如忽然跌进了万丈深渊！两人再胆大这时也骇得面无血色，只听到耳边风声呼啸，整座房舍朝深渊中坠了下去……

“死了，死了……”波罗叶喃喃道。

玄奘狠狠地掐了他的大腿一下，厉声道：“看清了！”

波罗叶睁开眼睛，顿时目瞪口呆，原来他们竟是贴着悬崖斜斜地坠落，而且速度远没有直接坠落那般可怖。周围的山石与黑暗扑面而来，呼呼呼地从眼前掠过……

“这房舍有机关。”玄奘低声道，“若是贫僧没料错，房顶应该有挂钩，刚才咔哒的一声就是沟槽扣住的声音。而且悬崖上应该有一条铁索，房舍应该是挂在铁索上向下滑行。”

波罗叶擦了擦额头的冷汗，喃喃地道：“那会，到哪里，才停下？”

“不知道。”玄奘淡淡地道，“到了地方，肯定会有减速装置，否则就是这种速度也会把人撞死。一旦开始减速，咱们就该留意了。”

他说得轻松，其实心头很是沉重。倒不是担忧自己的安危，而是对空乘的叹息，身为名僧法雅的弟子，他也算是法林里有德行的僧人，为何做事却这般诡异？自己的禅院里居然安装有这等匪夷所思的机关？

房舍在轻微的嘎嘎声中飞速滑行，这悬崖深不可测，坠了半炷香的工夫居然还不到尽头。波罗叶奇怪起来：“悬崖……不可能有，这么深，啊！”

玄奘点点头：“悬崖自然不会有这么深，但咱们肯定是在铁索轨道的控制下去一个地方。”

“什么地方？”波罗叶问。

“空乘方才去的地方。”玄奘解释，“你最初看的时候，房舍不在原地，可咱们来的时候它却在。这房舍其实就是一种隐秘的交通工具，这说明有人曾经乘着房舍出去了一趟，又回来了。这房舍内的莲花机关并不是很隐秘，看来住在空乘禅院中的弟子应该也知道，所以咱们没法判断是谁乘着它出去了。”

正在这时，眼前隐约有灯火闪烁。周围的悬崖深渊黑隆隆的，这点灯火看起来醒目无比，两人对视一眼，开始紧张起来。有灯火，就意味着有人！如果这下面真是个秘密巢穴，两人这么坐着便捷特快大摇大摆地过去，可是自投罗网了。

这时候，两人才觉得这房舍快车的速度真是……太快，太快了。

眼下那点光明逐渐放大，从高空望下去，才发现是一座依山建起的农家院。说是农家院，也是前后两进，青瓦铺顶，颜色看起来倒跟岩石差不多，极为隐秘。房舍开始减速，咔咔的摩擦声响起，夹杂着哗啦啦的机械声响，速度慢慢降低，贴着悬崖的岩壁，轻轻地滑进了最后那座院落和山壁间的夹层中。

玄奘在波罗叶耳边低声说了几句，波罗叶兴奋地道：“明白，法师。”

这时候房舍平稳地落在了地上，两人打开门，正要出去，后院的人听到响声，急匆匆地跑了过来，却是一名樵夫模样的中年男子。玄奘挡在波罗叶面前迎了上去，四周过于黑暗，那樵夫并未看清他的模样，只看到光铮铮的脑袋。

“师兄呢？”玄奘合十问。

“去马厩牵了匹马，朝县城方向走了。”那樵夫随口答道，忽然看见玄奘模样陌生，不禁奇道，“您是哪位师兄，以前怎的没见过？”

玄奘笑了，波罗叶陡然如一缕轻烟般闪了出来，一掌劈在他后颈，那人愕然睁大眼睛，软软地倒下。玄奘皱眉，低声道：“出手这么重，不会伤了他性命吧？”

“在您的，面前，我哪里敢，杀生。”波罗叶摇头，“过三五个‘时辰’就醒过来了。”

两人悄悄地顺着小门进入第二进院落，忽然听到扑棱扑棱的声响，借着房内微弱的光芒，才发现墙边居然是一排整齐的鸽笼，里面养了二十多只白色的鸽子。

"应该是信鸽,用于传递讯息。"玄奘暗道。

再往前走,却闻到浓重的马粪味道,居然是一座马厩,里面有十多匹高大的马匹,正在安静地休息,时而噗噗打个响鼻。马鞍都卸了下来,整整齐齐地堆在旁边的木架上。玄奘内心更加疑惑,后院有三间房舍,只有靠近马厩的这间有灯,其他两间黑灯瞎火,屋里传来此起彼伏的呼噜声。

波罗叶低声道:"法师,听呼吸声,这两间屋子里的人,只怕有七八个。亮灯的这间,里面只有一个人。"

玄奘点点头,轻轻走到窗户边,点破窗棂纸朝里面看。波罗叶在后面暗中称赞:"法师可真了不起,不但佛法高深,连这等江湖手段都这般熟悉……"

房子里只有一个二十多岁的男子,普通百姓打扮,正趴在桌上打呵欠。桌上还放着两碟小菜,一壶老酒。这人还喃喃地念叨着:"这家伙,怎么还不回来?"

玄奘朝波罗叶招了招手,两人缓缓推开房门,那人头也不抬:"怎么才来?下来的是哪位师兄?"

耳边却没人回答,他诧异地直起身子,猛然间看到面前的玄奘和波罗叶,立刻便呆住了。

波罗叶正要出手,那人忽然朝着玄奘恭恭敬敬地施礼:"原来是大法师!小人徐三拜见大法师。"

玄奘怔住了,给波罗叶使了个眼色,迟疑道:"你认识贫僧?"

"六年前小人有幸,远远见过大法师的风采。"那人脸上充满了崇敬,"没想到这么多年,大法师依然风貌依旧。"

玄奘心里顿时一沉,他认错人了,能使别人认错的人,只有自己的哥哥,长捷!玄奘心中悲苦,看来长捷真是参与了这等可怖诡异的事情,他到底在哪里?又在做什么机密之事?

心中凄然,但他脸上却不动分毫,淡淡地点了点头:"哦,贫僧倒不记得了。你叫徐三？是什么时候调来此处的？职司是做什么？”

“回大法师，”徐三道，“小人五年前来这飞羽院，职司是养马。”

“原来这地方叫飞羽院。”玄奘心中盘算了片刻，问，“你此前是做什么的？”

“小人是石匠。”徐三道，“曾参与建造兴唐寺，后来空乘法师知道小人曾经给突厥人养过马，就招纳小人来了此处。”

玄奘又旁敲侧击了解了一番，才知道这个飞羽院养有快马和信鸽，是一座专门负责通讯的秘密基地，算是个讯息的中转枢纽，主要负责兴唐寺和外围的联络。从此处到兴唐寺内的核心禅院，建有钢索通道，利用坐笼可以往返，不但可以秘密运人，还能运送些不便从正门走的大宗物件。

这个徐三只负责外围的工作，更多的情况就不了解了。

玄奘点了点头：“贫僧有要事寻空乘师兄，可他不在禅院。方才贫僧见坐笼启用过，以为他下了山，就追过来问问。”

“哦，回大法师，空乘法师方才的确乘着坐笼下来了，随后命我们送了些东西回禅院，然后他自己牵了匹马，急急忙忙走了。”徐三道。

“没回寺里？那他去了何处你知道吗？贫僧有大事，一定要尽快找到他。”玄奘道。

“嗯……”徐三想了想，“空乘法师去哪里、办什么事自然不会跟我们这些下人讲的，不过，小人听他马蹄声，应该是朝县城的方向走的。”

玄奘怕露出破绽，不敢再详细追问，当下点了点头：“给贫僧牵两匹马。”

“是。”看来长捷的地位非常高，足以调动这飞羽院的资源，那徐三毫不犹豫地答应，然后去马槽里牵了两匹马。

这时波罗叶笑嘻嘻地过来了，朝他招了招手：“你，过来。”

徐三纳闷地走过来瞧着这个西域人，波罗叶笑道：“咱们，大法师的，行踪，是绝对的，机密。你们这些，人，不能知道。”

徐三想起组织里严厉的手段，当即面色发白，扑通跪了下来，险些大哭：“法师，大法师，饶命啊！”

波罗叶把他拽了起来："你，不要怕。法师慈悲，不杀人。让我，打晕你，醒来后，你就当作，啥都，不知道。明白？"

"明白，明白。"徐三汗如雨下，主动把脑袋伸过去让波罗叶打。

波罗叶刚要打，玄奘道："后院还有个人被我的护卫打晕了，醒来后你和他解释清楚，让他莫要声张。"

"小人明白，小人明白，"徐三磕头不已，"多谢法师饶命。"

波罗叶不等他说完，一掌拍晕了他，然后把他和后院那位一起扛到了屋里扔在床上。熄了灯，和玄奘悄悄拉着马匹出了飞羽院。

这座飞羽院隐秘无比，背靠悬崖，前面是一座山丘，山丘四周树木丛生，即使走到树林里也看不见这座院子。林间有小道，两人策马而行，波罗叶问："法师，咱们，去哪儿？"

"县城。这座飞羽院里的人只是下人，不了解核心机密，要找出真相，只有追查空乘。"玄奘淡淡地道，一抖缰绳，快马飞奔起来。

马蹄敲打着地面的山石，清脆无比，一轮冷月掩藏在云层中，路径模糊难辨，四周的山峰簇拥起巨大的暗影，覆压在两人的头上。时而有豺狼之声在夜色中传来，凄凉，幽深，惊怖。

这里是一座山谷，倒也不虞走岔了路，两人并辔而行，夜风在耳边呼啸而过，蹄声忽而沉闷，忽而清脆，奔驰了小半个时辰，才算出了霍山，距离县城不到二十里。放眼望去，四野如墨，只有近处的树木在模糊的月影中摇曳。

两人分辨着路径，很快就走上半个月前来时的道路，这才敢策马狂奔，又跑了半个时辰，才算到了县城外。霍邑县以险峻著称，当年李渊灭隋，宋老生据城而守，李渊数万大军也无可奈何，若非设计诱出了宋老生，只怕这天下归属就会改写。

夜色中，霍邑县巍峨的城墙有如一团浓云耸立在眼前，黑压压覆盖了半片天空。这时已经是子夜，城门落锁，吊桥高悬，护城河足有两三丈宽，两人看着都有些发怔。

“法师，城门，早关了，这空乘，不可能，进城呀！”波罗叶道。

玄奘皱着眉，看了看四周，这里是东门，很是荒凉，寥落的几户人家，也都一片漆黑，没有灯火。

霍邑是军事重镇，盘踞朔州的刘武周败亡前，一直向南进攻，最严重的一次曾经攻陷了太原，占据河东道大部分地区，因此武德三年刘武周败亡之前，县城外很少有人家居住。这六年来河东道民生渐渐恢复，开始有贫民聚居在城外，不过以城北和城南这两处沟通南北的大道两侧居住，城东只能去霍山，一出城就是旷野。

玄奘在马上直起身子张望，忽然看到偏北不远处似乎有一座黑漆漆的庙宇，他朝波罗叶打了个手势，两人策马缓行，悄悄朝那里奔了过去。到了那处，果然是一座土地庙，大约是前隋的建筑，经过兵乱，早已经荒废，连庙门都没了，前面的屋顶破了个大洞，黑漆漆的。

两人对视一眼，摇了摇头，正要走，忽然听到隐约的马匹喷鼻声。玄奘目光一闪，向波罗叶打了个手势，把两匹马拴在庙前的一棵老榆树上，悄悄摸了进去。

庙里漆黑无比，一片腐烂的气息。正殿上的土地像也残缺了一半，蜘蛛网布满了全身。两人一进门，扑楞楞有蝙蝠飞起，从耳边刷地掠过，吓得两人一身冷汗。两人绕着神像转了一圈，没什么发现，顺着后殿的门进了后院，后院更荒废，两间厢房早塌了大半边，另一边也摇摇欲坠。

然而，就在院里墙角的一棵老榆树上，却拴着一匹马！

那马看见两人，噗地打了个响鼻，然后侧头继续嚼吃树上的榆叶。玄奘走到它旁边，摸了摸马背，背上汗水还未干，马鞍的褥子上似乎还残留着一丝余热。玄奘悚然一惊，面色凝重地查看四周，但奇的是周围只有这匹马，再无可疑之物，更别说人了。

波罗叶低声道：“法师，看情况，这应该是，空乘的，马。他刚到，这里，不久。马拴在，这里，说明人，没有，走远。”

玄奘盯着四周，半晌才缓缓摇头，低声道：“这里很偏僻，周围四五里内几乎没有住户，空乘不大可能步行走出去。贫僧所料不错的话，这里应该有密道！”

“密道？”波罗叶惊呆了。

玄奘点头，眺望着远处黑魆魆的城墙：“通往城内的密道。乱世之中，朝不保夕，整个家族都在城内，一旦敌军围城，岂非就是全族覆灭的下场？因此，一些高官甚至大户人家私下里打通一条通往城外的密道，并不稀奇。”

波罗叶对东方的历史风土并不了解，这里和天竺差别太大了，一座州府，规模就比天竺的曲女城、华氏城还要大。听玄奘这么说，想起绿萝曾经讲过的密道，心也热了起来，两人便在土地庙之内细细搜索。

重点是大殿，残缺的土地像似乎藏不住什么密道，后院的破烂房子更不可能，两人找了半天，忽然在后院的角落里发现一口深井。这井口直径大约两尺，并不算宽，玄奘趴在井口向下望，波罗叶从怀中掏出一根火折子，擦亮递给他。玄奘没想到他居然带着这东西，却也没说什么，拿着火折子在四壁照耀了片刻，这井的四壁都是青砖砌成，年深日久，布满了青苔，还有些残缺。

玄奘默默地盯着，招手让波罗叶看：“你看这几块缺损的青砖，是否恰好可以容一个人攀援？”

波罗叶趴下来看了看，点头：“法师，要不，我先下去，看看？”

玄奘点头，给他打着火折子，波罗叶敏捷地下了井，两只手抠住砖缝，两只脚轮替向下，果然，那些缺损的青砖恰好可以供人攀爬。向下大约两丈，早已经看不见波罗叶的影子，火折子微弱的光芒下一团漆黑。

玄奘怕他失手掉进去，正在紧张，忽听地下传出嗡嗡的声响：“法师，您老，神机妙算！井壁上，果然有通道！”

玄奘大喜，低声道：“你先进去等着我，我这就下来。”

说完熄灭火折子，向下攀爬。所幸他身子骨还算强壮，多年来漫游的经历使他比那些长居寺庙的僧人体质好得多，这才有惊无险地下了深井。下了两丈，井壁上果然有一条两尺高下的通道，波罗叶趴在洞口，伸手抓住他，小心翼翼地把他拽了进来。

两人重新晃亮火折子，就发现一条狭窄幽深的地道在眼前绵延而去，深不可测。两人对视一眼，心都提了起来——地道的尽头，究竟会有什么惊心的发现？

庭院深深，夜如死墨。

霍邑县的正街上传来清晰的更鼓之声，已经是深夜丑时，狂欢后的卧房静寂无比，郭宰与李优娘睡得正香，沉重的呼噜声震耳欲聋。就在他们床边，一条黑如墨色的人影悄然而立，与房中的寂静黑暗融为一体，只有一双眸子闪烁着火焰。

那人影仿佛对房中布局极为熟悉，轻轻走到烛台旁边，竟然嚓嚓地打起了火折子，石火电光照见一副阴森森的狰狞面具，忽隐忽现。过了片刻，火折子亮了起来，烛台上有蜡烛，他轻轻地点上，顿时室内烛光跃动。

那人走到床边，看着郭宰粗黑胖大的身子赤裸裸地躺在边上，胯下只穿着一条犊鼻短裤，而李优娘身上也只穿了一条抹胸，下身的亵衣连臀部和大腿都遮不住，雪白的身子大片露在外面，一片旖旎。

那人眸子似乎要喷出火来，他从怀中掏出一个白瓷瓶子，打开，在指甲上挑了一点碧绿色的药膏，轻轻凑到李优娘的鼻端。李优娘忽地打了个喷嚏，缓缓睁开了眼睛。

看见这人，她竟然没有吃惊和害怕，忽然发现自己几乎是赤裸着身子，这才低声惊呼，扯过被子把自己盖住。

“不要装了，你不是故意让我看见的么？”那人冷冷道。

李优娘一滞，忽然笑了，优雅地把被子掀了开来，让自己美妙的胴体暴露在那人眼中，柔腻地道：“自然是要让你看的，难道对你我还需要遮掩不成？”

那人的面具里响起嘎嘣一声，似乎在咬牙，嘿然笑道：“你是故意在刺激我！”

"是呀!"李优娘就这么赤裸着坐起来,伸展伸展双臂,玲珑的曲线怒张,"你还怕我刺激吗?你修行了那么久,心如枯井,佛法精深,我在你眼里不过是一红粉骷髅罢了。"

那人面具遮住的头皮上,光秃秃的,竟然是一名和尚!

"你明知道不是!"那人怒道。

"不是为何不带我走?"李优娘毫不退让,冷冷地道,"你能眼睁睁看着我在这人身下承欢,成了郭家媳妇,却视若无睹,你还有什么刺激受不得?"

"我……"那人恼怒无比,噌地跳上床榻,砰地一脚踢在郭宰的背上。郭宰竟然仍旧打着呼噜,熟睡如死。但他身子太过巨大,颤了一颤,竟不曾动弹。那人恨极,砰砰又踢了两脚,然后蹲下来使劲把他往地上推。

李优娘冷冷地看着,一动不动。

那人呼哧呼哧费了半天力气,才把郭宰推到床沿,又狠狠地踹了两脚,郭宰才扑通滚下了床榻,轰地砸在了地上。

这般动静,他竟然仍旧呼呼大睡。

那人转回头,狰狞地看着李优娘,猛地扑到她身上,嗤嗤两声,把抹胸和亵衣尽数撕落。解开自己的衣袍,狠命地折辱起来。李优娘一动不动,宛如尸体般躺着,任那人在身上耸动,眼角却淌出两滴晶莹的泪珠。

"你……"那人扫兴地爬了起来。

李优娘挪了挪身子,缩到了床榻里头,抱着膝盖,雪白的身子缩成了一团。这个姿势,竟与绿萝一模一样。

两人沉默地坐了片刻,那人道:"我交代你的可曾跟郭宰说了吗?"

李优娘木然点头,那人急道:"他可答应了?"

"怎么会不答应?"李优娘脸上现出嘲讽之色,"你是何人?算计的乃是天下,何况这个在你眼里又蠢又脏的猪!你抛出兴唐寺这个大诱饵,他正走投无路,怎么都会吞的。"

"很好,很好。"那人声音里现出兴奋之意,"只要皇上住进兴唐寺,我的计划就彻底成功了。到时候我就带你远走高飞,过神仙般的日子!"

李优娘脸色平淡:“修佛这么多年,你是有道高僧,也羡慕神仙?带着我这个肮脏不洁的女人,会阻碍了大师你成就罗汉的。”

那人恼怒道:“我怎么跟你解释你都不听?筹谋这么多年,成功就在几日之间,你都等不及了?好啦,好啦!别耍小孩子脾气,我还要去办一桩大事,无法在这里久留。”

“你想知道的消息也知道了,想发泄的也发泄了,自然该走了。”李优娘道。

“你……”那人心中恼怒,却是无可奈何,“对了,我提醒你一件事,我送你的五识香你可要藏仔细了。都怪你不留神,让绿萝发现这个东西,险些酿出一场大祸事。”

李优娘瞥了他一眼:“对你来说,那算什么大祸事,轻而易举就被你消除得干干净净。一百多口人而已,你又不是没杀过。”

“你……”那人当真无语了,“好,好,不跟你说了。那小妮子渐渐大了,鬼精着呢,别让她看出什么,你平日小心点。对了,我去看看绿萝,这丫头片子,上次可真把我吓坏了,居然躲在门口杀我,险些死在她手里。”

“你……”李优娘神色一惊,“你不要去了。”

“没事。这宅子里每个人都睡得死死的,不会被人发现。”那人毫不在意。

“不行!”李优娘神色严肃,“我不允许你见她!办完了事,就赶快离开我家!”

那人怒不可遏:“你疯了!你可知道你在跟谁说话?”

李优娘坚决无比,冷冷地盯着他,毫不示弱。那人最终败下阵来,哼了一声,转身就走。

“等等!”李优娘忽然道。

“又做什么?”那人不耐烦地道。

“把他抬上来。”李优娘指了指地上的郭宰,一脸嘲弄地望着他,“难道你让我一个人把他扛起来?”

那人无语了。

郭宰的体重只怕有三百多斤，两个人费尽九牛二虎之力，又是抱又是扛，才勉强把他给弄上床榻，到头来累得浑身是汗。那人喃喃道："真是何苦来哉。"

说完看也不看李优娘，转身朝门口走去，李优娘顿时吃了一惊："你去哪里？"

"去看看绿萝。这小妮子最近杀心太重，难免惹出事来，我得想个法子。"那人说着，伸手拉开了门闩。

"不行。"李优娘急忙从床上跳了起来，这时才晓得自己没穿衣服，急急忙忙从衣架上取下一件外袍披上，追了出去。

那人熟门熟路直接走到绿萝的房外，从怀中掏出一把薄如蝉翼的匕首，插入门缝，轻轻一拨，房门便开了。这时李优娘也急急忙忙地追了过来，两人在房门外推攘了片刻，忽然房内一声呓语，两人顿时都僵了。

竟是绿萝在说话！

那人露出怪异的神色，把耳朵贴在门框上听了片刻，才发觉原来是在梦呓。

"五识香对这小妮子效果怎么这么差？"那人喃喃地道，随即瞪了一眼李优娘，低声道，"都是你，五识香被她偷偷拿了去乱用，只怕连解药这小妮子都有了。"

李优娘分辩："她就是有解药也不会每天晚上自己服用后再睡……"

那人的眼中仿佛要喷出火来，厉声道："你懂什么？解药用的多了，即使不用也会对五识香拥有抵抗力。日后一定要收好了。"

李优娘默默无语，那人推开门走了进去，即使绿萝昏迷的程度浅，他也不虞惊醒了她，当即点燃了烛火。五识香乃是极为可怕的迷香，五识即眼识、耳识、鼻识、舌识、身识，一旦中了迷香，眼不能见，耳不能听，舌不能辨，身不能觉，这香中还掺杂了大麻，吸入迷香之后一切外在感觉尽数消失，但意识却会陷入极乐的迷离中，自己心底最隐秘的愿望有如真实发生一般，在虚幻中上演。

当日玄奘中了迷香，居然梦见自己在觐见如来佛祖；而判官庙的几十个香客，更是经历了一场黄粱大梦；至于郭宰更是三番五次地进入极乐世界，在妻子偷情的当口自己做着极乐之梦。

那人擎着灯烛走近床榻，绿萝正在沉睡中，浑身是汗，面色潮红，小巧玲珑的身子绞着锦被，嘴角挂着笑，正在喃喃自语。

"玄奘哥哥，不要走，再陪我一会儿好吗……唔，你在念经呀，给我念念《伽摩经》好么……如果一个女人总是回绝恋人的求爱，那么即使春天的鸟儿也会停止歌唱，夏天的知了也会缄默无声。你以为她是不想屈服吗？错啦！在她的内心，其实她早已暗暗愿意了。"

两人顿时面面相觑，一起呆滞了。

"是的，由于羞耻心禁止女人主动地抚爱男人，所以当男人采取主动，先去抚爱女人的时候，那女人是非常喜欢的。在爱情这件事上，应当是男人开始的，应当是他先向女人祈求；而对于男人的祈求，女人是会很好地倾听，并快活地领受的。"

"玄奘哥哥，你听，《伽摩经》上讲的多好呀！你读了那么多的经书，为何不能把《伽摩经》在我的耳边读一读呢？"

少女娇媚的脸上挂着笑靥，嘴里喃喃自语，眼角仿佛还噙着泪花，也不知梦中是旖旎还是哀伤。

"天——"李优娘惊骇地掩住了嘴，眸子大睁望着那人，"绿萝她……她她……竟然爱上了玄奘……"

那人面色铁青，眼中露出火焰般的色彩，重重地哼了一声，把灯烛往李优娘手里一塞，一言不发，转身走了出去。

李优娘痴痴地看着他的背影，又呆滞地望着女儿梦中的模样，娇弱的身子再也支撑不住，缓缓蹲在了地上，双手捂着嘴，无声地哭泣了起来。

第十章
天竺人的身份，老和尚的秘密

“阿弥陀佛……快些……”幽深的地道内，传来玄奘焦急的呼喝。

两人猫着腰在狭窄逼仄的地道内飞跑，不是朝里跑，而是朝外跑。

半个时辰前，他们顺着这条密道潜入了县衙内宅。地道开得极为隐秘，从地底穿到了山墙的墙角。山墙是承重墙，一般比较厚，然而这座山墙距离地面一尺的墙体，却是活动的。在内部有机关控制，横柄一拉，这面一尺高、一尺半宽的墙体就会无声无息地陷入地底，敞开洞口。

但玄奘却不敢拉，他全然没想到尽头处居然是县衙的内宅卧房！听着卧房内香艳旖旎而又惊悚可怖的对话，玄奘忽然间热汗涔涔，握着横柄的手竟然轻轻颤抖，前尘往事有如云烟般在眼前缭绕而过，他忽然明白了这一切的根源……

“法师，”波罗叶也满头是汗，喃喃道，“房间里，没人了，咱们，出去？”

玄奘默默地摇头：“回去。”

“什么？”波罗叶以为自己没听清。

“回去，回兴唐寺。”玄奘喃喃道，“所有的谜底都在兴唐寺，怪不得贫僧初到霍邑，李夫人屡次要我离开，这一场阴谋之大，只怕你我无法想象。”

“到底，有什么，阴谋？”波罗叶忍不住道，“法师您，查明白，了？”

黑暗中，波罗叶看不到玄奘的脸，但仍旧能感觉到面前的那双眸子烫得怕人，仿佛灼烧着自己的脸。他此时还如坠雾中，越接近越有种看不明白的感觉，但庞大而可怕的压力也让他遍体滚烫。

“兴唐寺内，机关，迷雾，陷阱重重。而皇上若是住进这座寺院……”玄奘的身体忍不住颤抖起来，“这个后果，郭宰承受不起，我们佛门承受不起，大唐也承受不起。”

波罗叶的身体也颤抖起来，地道内静得吓人，只有两人沉重的喘息声有如拉风箱一般。

“走！回兴唐寺！”玄奘咬牙道，“咱们一定要把这场阴谋的核心机密探听出来，阻止他们！”

两个人不敢再耽搁，飞快地朝来的方向跑去，简直是手足并用，爬了半个时辰才顺着土地庙的井口回到了地面。一到地面，立刻解开马匹的缰绳，双腿一夹马腹，沉闷的蹄声在夜色中响起，顺着来路疾驰而去。

一路上两人都是沉默无言，各怀心思。

“法师，”波罗叶终于憋不住了，冲上来和他并辔而行，讷讷地道，“如果……我说，如果，空乘的，阴谋是，对付皇帝，他会，得到，什么惩罚？”

“什么惩罚……”玄奘苦笑不已，“在我朝，这几乎是谋逆，还会有什么惩罚？这种谋逆罪追究到什么程度其实是看皇上的心情。轻的话主犯斩首，重的话全家连坐、株连九族……佛门更会面临大浩劫。”

“那……你哥哥，牵涉其中，你出家后，算不算，他的，家人？”波罗叶问。

玄奘怔住了。按照佛典，僧人出家就是断绝尘缘，和世俗家庭的关系也就不复存在，唐律就规定，“入道，谓为道士、女官，若僧、尼……自道士以下，若犯谋反、大逆，并无缘坐，故曰止坐其身。”也就是说，本家有罪，僧尼不予连坐。

可问题是，隋唐以来，僧人宣扬孝道，和本家在实际关系上并未完全断绝，有些反而非常密切。因此这个问题有些矛盾，处置起来差别也非常大。

玄奘默默地叹息，一言不发，波罗叶知道自己这话让他很烦恼，也不禁讪讪的，两人不再说话，使劲夹着马腹，蹄声卷动，回到了悬崖下的飞羽院。

“法师,咱们,还从这里,上去?”波罗叶问。

玄奘点头:“寺门已经关闭,只能走这里。马匹也得还回去。”

“那两个,人,怎么办?”波罗叶低声道,“您虽然,告诫他们,不要透露,可是,稍有,闪失,咱们的,身份,就会暴露。”

玄奘皱了皱眉,半晌才道:“赌一赌吧!”

飞羽院仍旧一片寂静,并无其他人走动,两人牵着马进了院子,波罗叶将马匹牵到马厩里拴好,眼中精光一闪,低声道:“法师,我还觉得,不妥。咱们要做,的事情,多重大?岂能因,这个破绽,而,功亏,一篑?”

“你有什么建议?”玄奘平静地看着他。

波罗叶伸出手掌,狠狠地做了个下劈的动作。玄奘冷冷地道:“禁杀生,乃是佛门第一戒律。我身为僧人,若破了此戒,死后必下阿鼻地狱!”

“可……”波罗叶急了,“咱们,是为了,挽救,佛门,挽救无数人的,生命!甚至,是在,救皇帝!”

玄奘不为所动,淡淡道:“杀一人而救万人,英雄可为,贫僧不做。至于皇帝和仆役,在贫僧眼里更无两样。此事三分在人,七分在天。你造了杀孽,神佛不佑,如何还能破掉这桩惊天大事?”

波罗叶无可奈何,想了想,嘟囔道:“那,我去房中,看看,他俩。再补上,一巴掌,让他们,睡得,更久。”

玄奘平静地盯着他:“人做事,天在看。你休想在贫僧眼前杀人!”

波罗叶呆滞了,一种无力的挫败感油然而生——这和尚,怎么这般精明?竟似乎能看到人的心底去,自己的小聪明小动作在他面前简直一戳即破。

他只好怏怏地跟随玄奘回到后院的缆架旁,那间坐笼还在。两人坐了上去,玄奘摸索了片刻,发现坐笼停靠处旁边有一根横辕,他伸手一扳,坐笼微微一震,缆车架子发出嘎嘎的声响,上面两只巨大的齿轮啮合在了一起,开始缓缓转动,坐笼竟然慢慢升起,在头顶钢缆的带动下向上运行。

“这等机关器械真是巧夺天工啊!”玄奘喃喃地赞叹,“竟然能将这么重的坐笼运到百丈高的山顶。”

“这动力,应该是,来自山顶,的风车吧?”波罗叶也赞叹不绝。

玄奘点头:“还有山涧里的激流。当初听藏经阁那僧人讲,贫僧还疑惑,这么大规模的风车仅仅给香积厨来磨面未免太浪费了,原来暗地里竟然是为了给这坐笼提供动力。如此大的手笔,如此深的谋略,看来空乘所谋不小啊!”

“他们是,要刺杀,皇帝?”波罗叶问。

玄奘慢慢摇头:“不好说,这也是咱们需要弄清楚的地方,看看他们的目的是什么,有什么布置,再相机而动。但是有一样,”玄奘凝望着他,眼睛里满是严厉,“贫僧不管你是什么身份,也不管你抱有什么样的目的,有一条戒律你一定要记住——不准杀人!”

“法……法师……”波罗叶惊呆了,宽厚的嘴唇大张着,怎么也合不拢。

“阿弥陀佛,”玄奘淡淡地道,“《金刚经》上说,客尘如刀,你在这尘世中打滚,无论沾染了什么都不要紧,一年前你假意跟着贫僧,无论有什么目的也不打紧,可是,不要杀人,这是贫僧的底线。”

波罗叶额头渗出了汗水,不是因为高悬半空的惊怖,也不是因为这段幽暗漫长的悬崖之旅,而是因为面前这个目光澄澈、神情平和的僧人!

“法师从什么时候发现了我的秘密?”波罗叶神情镇定了下来,憨厚诚朴的脸上居然出现一丝冷厉,连说话也不再结结巴巴了,而是流利无比。

“很早。”玄奘笑了笑,“从你一开始跟着我,贫僧就有了怀疑。对天竺国的风情,贫僧虽然不大了解,却也知道在四大种姓中,首陀罗的地位之低下,与奴隶并无二致。对天竺国而言,并没有富裕和开明到连奴隶都读书识字,通晓经论,而且能修炼高深的瑜珈术吧?你给绿萝念《伽摩经》,连那么繁奥的经文都会背诵,唉,你自己也太不小心了。”

波罗叶的厚嘴唇一抖,露出一丝苦笑:“什么也瞒不过法师的慧眼。只是你要跟着我学习梵语,我又有什么办法?想伪装也没法在这方面伪装,我如果一窍不通,你不带着我怎么办?”

玄奘哑然失笑："没错，这对你来说，的确很烦恼。"

"还有呢？"波罗叶冷冷地道。

"还有，在判官庙摔下悬崖的时候，你喊我，说话突然很流利。"玄奘认真地道，"虽然只有一句你自己就换回了结结巴巴的口吻，但那一句已经足以将你暴露了。"

"呃……"波罗叶回想了一下，连连摇头，"没想到在那时的危急状况下，法师还能注意到这点小细节。还有吗？"

"还有。那迷香何等厉害。贫僧当时如登极乐，偏生你就能挣脱出来，而且能辨认出其中的曼陀罗和大麻成分。这等人物，又岂会是一个逃奴？"玄奘笑了笑，"最大的破绽，在霍山下的茶肆，你听说盖兴唐寺花了三万贯之后，告诉我，三万贯能抵得上晋州八县一州全年的税收。难道你没想过么，一个在大唐的土地上流浪的天竺逃奴，怎么可能知道一个州的年税是多少？你还准确地告诉我，县令崔珏的月俸是两贯零一百个大钱，若非贫僧从李夫人那里听说过，连我都不大清楚。"

波罗叶瞠目结舌，半晌才喃喃道："看样子太重视使命也不好，都怪我把功课做得太足了……"

"其实你的破绽真的很多。"玄奘道，"譬如你每夜都偷偷出去，你对我说是监视空乘。可是这与你的身份太不相匹配了，你只是一个为了混口饭吃的天竺逃奴，即使空乘身上疑点再多，跟你有什么关系？"

"可是我表现得一向很好奇啊！"波罗叶不认输地道。

"可是有些晚上空乘在我的房中谈禅。"玄奘道。

波罗叶不说话了。

坐笼发出嘎嘎的摩擦声，在黑暗的悬崖中缓缓上升，时而有山谷里的阴风吹来，笼子一阵摇晃，几乎要撞到山壁上。这木质的坐笼一旦碰撞，就会稀里哗啦地碎裂，两个人就会随着纷飞的木片坠入无穷无尽的黑暗。可是两人谁也没有在意，紧紧抓着四壁的把手，目光灼灼地盯着对方。

"现在可以说了吧？"玄奘道，"你究竟是什么人？负有什么样的使命？

为何要跟着我？"

波罗叶沉默半天，却反问："法师，我能不能问你一个问题。为何你知道我的身份复杂，目的不纯，仍旧让我跟着？"

"见色闻声世本常，一重雪上一重霜。"玄奘叹息道，"活在这个世上，谁没有目的？谁没有不可对人言之事？贫僧自己就有，二兄长捷乃是我心中一道魔障，我来寻找他，又如何能说给他人知道？一道山泉，自山上奔涌而下，直入江河，它的目的是江河湖海，却并不介意顺带滋润流过的土地，和土地上因它而活的虫蚁。"

波罗叶心中忽然涌出一丝感动，喃喃道："可是法师，难道不怕我对你不利吗？"

"贫僧也想过，我身无余财，又不曾做过恶事，不怕你对我不利。"玄奘坦然道，"我最怀疑的就是你的目的也是寻找长捷，或因私仇，或因官事。若是私仇，贫僧也无法阻止，因果循环，报应不爽，长捷也该当面对；若是官事，那就更没什么，长捷犯下罪孽，自然要受人间律法的惩处。贫僧断不敢因为私情毁了天道人伦。"

波罗叶脸上肃然，双手合十："法师的心如光风霁月，磊落坦荡，令小人无地自容。我的确负有使命，我的身份也的确另有秘密，可是……却不可与法师言。待到使命完成，小人必定和盘托出，不会有丝毫隐瞒。"

玄奘点了点头："既然如此，贫僧也不逼你了。对了，你不杀我了么？"

"怎么会？"波罗叶瞪大眼睛。

"你刀鞘半出，小心割伤了自己。"玄奘指了指他的怀中。

波罗叶一转头，顿时尴尬不已，方才过于紧张，手不自觉地把怀中的短刀抽出来一半，他急忙推回去，不料动作大了，一股风吹来，坐笼一晃，顿时跌作一团。

波罗叶尴尬地起身，两人相视一笑，然后不约而同地摇头叹气。

"法师，"波罗叶肃然道，"小人向你保证，绝不杀一人！"

"我信你。"玄奘简短地道。

这时坐笼稳稳地停在了空乘的禅院边上。这时已经是寅卯时分，弯月西斜，遮没在云层和山峦间，四下里更加幽暗凄凉。禅院里悄然无声，空乘没有回来，弟子们都已经熟睡，两人溜着墙边走，甚至听到了房中隐约传来的呼噜声。

“法师，趁着空乘没有回来，咱们去他房中探探如何？”波罗叶忽然涌起一个胆大的念头。

玄奘看了他一眼，心中颇为意动，空乘的禅房，定然是机密中的机密，说不定里面会有整个内幕的周详方案。两人低声商议了片刻，悄悄溜着厢房的窗边到了空乘的禅房外，听呼吸声，两侧厢房内睡有四名弟子，可正房却悄无声息。

屋里没人，却从里面上着门闩。波罗叶从怀中掏出短刀，这短刀造型奇异，表面花纹有如丝绸纹织，刀身薄如纸片。他将短刀插入门缝，轻轻一推，门闩嘎嗒一声开了，他推开一条缝闪身进去，玄奘也跟着他钻了进来。

两人轻轻掩住门，屋里漆黑一团，两人也不敢打火折子，只好在黑暗中摸索。所幸这座禅堂布置和菩提院差不多，中间是佛堂，供着释迦牟尼像，右侧以一扇屏风隔开，似乎是书房，摆放着无数经卷。左侧便是空乘的卧房，陈设很是简陋，里面是一副床榻，挂着幔布。

玄奘拿手指比划了一下，示意波罗叶去卧房，分工合作，波罗叶点头去了。玄奘在书房翻看了片刻，不禁有些发愁，这架子上一卷一卷都是书卷，只怕有上千卷，上面套着布套。虽然隋朝已经发明了雕版印刷，却并未大规模普及，此时的书卷经文绝大多数都是手抄，有些字迹潦草，这房子里幽暗，上面的字迹根本看不清。

玄奘一点点地翻检着，到了窗边，忽然看见一副书卷的布套上隐约有“兴唐寺”几个字。他心中一动，急忙拿起来，凑到窗边瞪大眼睛看，只见上面是一行大字“敕建兴唐寺始末”。他解开封套，里面是卷轴式的手抄文书，纸是上好的成都麻纸，洁白光滑，细薄坚韧，那手感玄奘很熟悉，一摸都能摸出来。

可是屋里太暗，上面的字一个都看不清，只能看到一道道黑色的竖条。玄奘一阵郁闷，信手展开，忽然心中一动，却见这卷轴中居然还夹着一张纸！

他急忙把那张纸抽出来，纸有两尺来长，上面没多少字，而是绘制了密密麻麻的线图。有线条，有方块，有虚线，有圆点，结构繁复。

"难道这便是兴唐寺的全图？"他忽然便想起绿萝曾经说过的密道，心里一时间怦怦乱跳。

正在这时，波罗叶低低的声音传来："法师，有发现！"

那声音都有些颤抖。玄奘来不及多想，把那张纸一卷，塞进怀中。然后将书卷裹好，套上书套，放回原地，这才小心翼翼地来到卧房："什么发现？"

波罗叶的身子从空乘的床榻里钻了出来，一双大眼珠里满是惊惧："我偶然打开了一个暗门，床榻内侧的墙壁是活动的，这里有个暗室。"

玄奘愣了愣，抬脚上了床榻，果然床里面墙壁的位置露出一个漆黑的地道。波罗叶带着他小心翼翼地走进来："里面很浅，应该更深，可是我找不到机关。"

两人顺着台阶向下，不多久就到了底。四壁漆黑一团，伸手不见五指，也难怪他找不到机关，两人顺着墙壁摸索，结果转了一圈都是墙，玄奘正要说话，忽然脚下一绊，扑通摔倒在地，趴在了一个人身上。

"法师——"波罗叶的惊叫声却从另一个方向传来。

这里有人！

玄奘顿时汗毛倒竖，汗水有如喷泉般哗地就涌了一身。他手忙脚乱地从那人身上爬起来，喝道："什么人？"

波罗叶也吓坏了，两人屏息凝神，半晌也不见有人回应。

"打亮火折子。"玄奘沉声道，"这里是地道，外面看不见光亮。"

波罗叶掏出火折子，咔咔打亮，微弱的光芒顿时照见了四壁，两人低头一看，顿时身子一颤，几乎跌倒——地上，果然伏着一个人！

这人身上穿着僧袍，脑袋铮亮，看来是个和尚。波罗叶壮起胆子轻轻踢了一脚，那人没有丝毫反应。玄奘蹲下身，拽着肩膀把他扳了过来，只觉这人身子僵硬,冷得跟岩石差不多。那人身子一翻,面容露了出来,清癯瘦削,满脸皱纹——竟然便是兴唐寺住持,空乘!

两人虽然早从绿萝口中得知她刺死了空乘,可随后空乘几乎日日和他们在一起,吃饭,谈禅,开法会,于是两人心里也对绿萝的话感到疑惑。此时此刻,忽然看到白天还在一起的老和尚,浑身僵硬地死在这间密室,受到的震撼当真无以言喻。

两人下意识地看了看,空乘的胸口一片殷红,果然是被绿萝给刺死的。玄奘摸了摸他的脸皮,触手冰凉,又扯了扯,并没有戴着面具,看来此人是真正的空乘无疑了。

可那个日日和他们在一起的空乘是谁?

这个念头一旦浮上来,两人不禁打了个寒战。

便在这时,静静的院子里忽然响起轻微的嘎嘎声,玄奘脸色一变:"不好,坐笼又启动了。那人要回来!"

两人忙不迭地把空乘的尸体摆放成原来的姿势,熄灭火折子,出了地道,波罗叶把密室的机关启动,一堵墙壁缓缓从地下升起,严丝合缝地和墙体结合在一处。玄奘细心地把床榻整理干净,两人悄悄溜出了禅房,顺着来路翻墙而过。

直到此时,一颗心才算跌回了肚子里。

菩提院中,月落影深,林木摇曳。温泉水咕嘟嘟的涌起声平添了几丝寂寞。

这一夜,两人先是经历了一回紧张刺激的悬崖之旅,而后有月夜追踪,继而在密道里弯弯曲曲偷入霍邑县衙后宅……心情大起大落,种种诡异之事在几个时辰里领略了一番,一旦放松下来,顿时疲累欲死。休息了半个时辰才缓过劲来,看看天色,已经微微亮了。

波罗叶去烧了一壶水,给玄奘沏了茶。这厮在天竺时只喝生水,这时也习惯了大唐人的享受,伸着腿坐在蒲团上,问:"法师,你在书房有没有发现?”

玄奘点点头,从怀中掏出那卷图纸。波罗叶精神一振,凑过来观看,这图纸的线条密密麻麻,画满了两尺长的卷面,左首写着一行字:兴唐寺考工法要。

后面是数百字的备注,枢、纽、机、制、括、链等等名词各有图示,然后加以标注。整个图的正中间是一个圆形类似齿轮状物体,左右围绕了十八个不规则圆,彼此有直线、虚线、锯齿线连接,四周又有无数的线条向外辐射,这些线条还标有长度、高度。

可能是局限于纸面的大小,这些图上基本没有文字名称,只用甲乙丙丁、子丑寅卯等加以标示。两人看得一头雾水,看样子这玩意必定还有对照的书卷来看才能明白,玄奘顿时后悔不迭,早知道把那本《敕建兴唐寺始末》也顺来多好!

正在此时,忽然门外响起一声冷笑:“想不到堂堂玄奘法师,居然做起了窃贼的勾当!”

两人大吃一惊,转身望去,只见一名老僧正昂然站在门口,背负双手,冷笑地看着他们——竟然是空乘!

两人知道真正的空乘已经死了,此人是个假冒货,问题是从空乘被绿萝刺死到现在,将近半个月的时间,两人竟没有从他身上发现丝毫破绽。无论是姿势动作还是口音,此人模仿得惟妙惟肖,连平日谈禅时那等深厚的禅法修为都丝毫不差。

要知道,模仿空乘的语言和动作倒也罢了,有那种人才,在一个人身边待久了模仿起来如出一辙。可是那等禅学法理呢?空乘浸淫佛法几十年,造诣之深厚可不是浪得虚名,此人竟然能够在玄奘面前侃侃而谈,并且主持前几日的法会,这才能当真可畏可怖。

这人到底是谁?

玄奘沉静无比,缓缓将《考工法要》卷起来收入袖筒,起身施礼:“阿弥陀佛,原来是师兄。为何这么早来寻贫僧?”

波罗叶面色紧张,右手伸入怀中,握住刀柄,朝门外张望。空乘不屑地看了他一眼:“门外无人。贫僧来寻玄奘师弟,还需要前呼后拥么?”

波罗叶松了口气,讪讪地松开了手。

空乘抬脚进了房,大剌剌地走到二人面前,盘膝在蒲团上坐下,三人成品字形对坐。

“师弟,自从你来到兴唐寺,老和尚待你如何?”空乘冷冷地道,“礼敬之尊,便是佛门大德也不过如此吧?为了弘扬师弟的名声,老和尚还广开法会,聚集三晋名僧来辩难,数日之间,三晋佛寺,谁不晓得玄奘法师的名字?可你呢?又是怎么对待老和尚的?半夜偷窥,还乘着我的坐笼观瞻游览,甚至跟着老和尚去县城,嘿嘿,回来之后还顺手牵羊去老和尚的房里偷了这卷《考工法要》!五戒十善,不偷盗乃是要义,师弟令老和尚我好生失望啊!”

玄奘轻轻捻着手上的念珠,叹道:“师兄,事情到了这等地步,何必再妄语呢?世上有尘垢,然后有拂尘;身外有不舍,然后有失落。贫僧拿了你的图卷,只因要探查师兄犯下的孽,而今你五戒皆犯,还算得佛门中人吗?”

“哦?”空乘咬着牙笑,瞧起来竟阴森森的,“老和尚居然五戒都犯了?说来听听?”

“第一戒,不杀生,师兄做到了吗?”玄奘目光灼灼地盯着他,“周氏满门一百二十三口,死于谁的手?师兄要我说吗?”

波罗叶大吃一惊,周氏一夜灭绝,一直是个悬案,难道竟然是这老僧所为?但看着空乘默然的模样,仿佛玄奘的话并不虚。

“第二戒,不偷盗,盖这兴唐寺所耗费钱粮只怕三万贯也下不来吧?钱从哪里来贫僧不敢妄言,但师兄偷入他人宅第,所行何事,也不用贫僧来说吧?”玄奘盯着他道,“至于第三戒,不淫邪,师兄自己心知肚明。第四戒,不妄语,师兄披着这面具走在阳光之下,日日以空乘自居,也不怕佛光百丈,照见你的污秽么?”

空乘无言地看着他,默默点头:“看来师弟了解的很透彻啊!嘿,那么第五戒呢?老和尚可从不饮酒。”

"师兄偏执了。"玄奘笑了,"为何不可饮酒？只因酒能刺激心神,乱人心魄,故此对佛家而言,一切使人丧失理智,败坏德行之物,都是要禁用的。师兄以大麻和曼陀罗制作迷香,惑人神智,做下种种恶事,却还不晓得自己犯戒了吗？"

空乘哑口无言。

波罗叶知道此时双方已经到了图穷匕首见的关口,一言不慎就是血溅三尺、尸横就地的结局,可这两个僧人言刀辞剑,攻守杀伐,竟然不带丝毫烟火气,瞧起来竟像是两个亲密老友对坐品茗,悠然无比。

"原来大唐真正的高人对决竟然是这个样子的,可比我们天竺砍来杀去优雅多了。"波罗叶暗想。

"你知道我不是空乘了？"老和尚幽幽长叹。

玄奘默然点头。

"那老和尚是谁？"空乘眼睛里露出戏谑之色,"猜猜看！"

"崔使君,为何要屡屡作出这种把天下人玩弄于股掌之间的感觉？"玄奘神色平静,"昔日的三晋才子,后来的霍邑县令,今日的泥犁狱判官,当真好大的手笔！"

"什么？他是崔珏？"波罗叶傻了。

"没错,他就是崔珏！"玄奘紧紧地盯着他。

空乘怔住了,好半晌才哈哈大笑："果然不愧佛门千里驹,目光如炬啊！有时候老和尚倒怀疑你是否开通了天眼。"

说罢双手轻轻抓住自己的脖颈,在颈部揉来揉去,伸手捏住了一块皮,慢慢撕起。两人看得目瞪口呆,饶是玄奘早料到了他的身份,也没想到世上居然有这般精妙的易容术——准确地说是面具。

从颈部到头顶,整块皮竟然被完整地揭了起来,薄如蝉翼,柔若胶漆,连头顶带面部整个都被面具覆盖,只有耳朵是从耳根掏了个孔。森寒的暗夜,看着一个人缓缓将脸皮整张揭下来,这种感觉惊心动魄,骇人至极。

但此人却动作优雅,轻轻柔柔的,仿佛在给娘子画眉。面皮揭开,露出一张丰盈如神的面孔，虽然没有头发，头顶光秃秃的，可是相貌俊朗，神情雍容，当真是一等一的美男子。尤其那目光，更是一扫假扮空乘时的苍老浑浊，两只眼炯炯有神，幽深如潭水。只是肤色极其苍白，仿佛经年不见太阳。

“崔使君。”玄奘低头合十。

“玄奘法师名不虚传，”崔珏笑吟吟地道，嗓音也和空乘截然不同，带着浓浓的磁性，不用费力就能穿透人的耳鼓，“在下隐姓埋名，易容假扮，七年来毫无破绽，不想才短短几日，竟然被法师识破。”

“世事本虚妄，使君迷失在这客尘中，即使掩饰得再巧妙，也只是一粒红尘罢了。”玄奘道。

“一粒红尘……”崔珏略微有些失神，凝望着窗外，喃喃道，“天亮了，昨夜红尘在树，可是叶落了，下一刻，那风会卷着我飘向哪里？”

“自嗟此地非吾土，不得如花岁岁看。”玄奘居然引用了一句崔珏的诗，“微尘自然落向他命中注定的地方，有风来了，你强自在树上挣扎不去，即使能多看那花儿一眼，又能停留到几时？”

崔珏眸子一闪，露出一丝迷离，低声道：“锦里芬芳少佩兰，风流全占似君难。心迷晓梦窗犹暗，粉落香肌汗未干。两脸夭桃从镜发，一眸春水照人寒。七年了，还是第一次听人吟起我的诗句。少年时，我携着娇妻美眷，隐居晋阳龙山，以凤子自诩，与诗友唱和，每一日啊，酒醉之后，怀里夹着一坛酒，在风雪中爬上龙山之巅，一碗敬天，一碗敬地，另一碗敬我自己。哈哈，那种快意呀，当真如如来佛祖所说，天上地下，唯我独尊，每个人都是佛，我就是自己的佛，自己的神……”

他喃喃地说着，忽然敲着茶碗，吟唱起来：“我有诗文三百篇，骑乘迎风入霄汉……处处星光皆文字，天下十斗我占三……”

歌声凄凉动听，这位大才子居然生得一副好歌喉，就着茶碗，敲着节拍，竟唱出人生无常、悲欢幻灭之意。唱着唱着，崔珏的眼中居然热泪长流，俊美的脸上露出无限的凄凉。

波罗叶早看得傻了，玄奘幽幽叹息：“优娘夫人曾送我一首诗。山中何所有,岭上多白云。只可自怡悦,不堪持寄君。使君若是明智,就做那山中宰相如何?何苦涉入这万丈红尘,自找磨难?"

"山中宰相?"崔珏脸色一沉,脸上顿时充满了暴戾之气,"想我崔珏,才华满腹,二十年苦读,难道竟是为了老死山中吗?前朝只推崇谢灵运,若非他是王谢子弟,一篇篇诗文也只配烧了柴火,填了灶膛!我崔珏虽然是河东崔氏的旁系,家境贫寒,可上天赐我才华,若不能在这人间留名,我就算是死后堕入这泥犁狱中永不超生,也会咬牙切齿,怒骂这上天的不公!"

玄奘没想到崔珏心中的怨愤竟如此强烈,不由惋惜无比,此人才华无双,然而心智一旦堕入魔道,却比普通人作恶更加可怕。他缓缓地念道:"'烟分顶上三层绿,剑截眸中一寸光。'设喻之奇,真是天人绝句。'松风千里摆不断,竹泉泻入于僧厨。'境界空明,佛性十足。'今来古往人满地,劳生未了归丘墟。'看透红尘百丈,实有慧眼。'银瓶贮泉水一掬,松雨声来乳花熟。朱唇啜破绿云时,咽入香喉爽红玉。'摹人写态,如在眼前。'一楼春雪和尘落,午夜寒泉带雨流。'歌喉天籁,如在耳边。"

玄奘悲悯地注视着他:"如此高才,却入了魔道,是天之错,还是地之错,抑或人之错?"

崔珏愕然,吟着自己的诗句,神态慢慢平复了下来,叹道:"没想到法师竟然看过我这么多诗文。"

"贫僧住在县衙后宅时,闲来无事,从李夫人处找了你的旧卷翻看了一些。"玄奘道。

"惭愧,涂鸦之作,不敢入法师的慧眼。"崔珏谈起自己心爱的诗句,脸上文雅了许多,暴戾之气烟消云散,口中虽然谦虚,脸上却洋洋自得,"不瞒法师说,我入山之时,就从未想过此生终老荒山。因此隋末大乱,才应了太上皇的邀请出山相助,当时只是想着,造反就造反吧,大丈夫生不能五鼎食,也当五鼎烹,没想到……"他苦笑一声,"造化弄人,也不知我犯了什么霉运,莫说五鼎食做不到,连五鼎烹也是奢望,唐军打下霍邑,太上皇让我担任县令留守,就像把我忘了一般。那时候的同僚,裴寂已经是首席宰辅,窦琮封了谯国公，殷开山封了陈郡公，连刘世龙、张平高、李思行这些人也都成了元谋功臣，可我呢？”

崔珏又愤怒起来：“当日他李渊被宋老生挡在霍邑，进退不得，若非我献策诱敌出城，前后夹击，破了宋老生，他李渊早缩头逃回太原了，哪来的大唐帝国？哪来的无穷富贵？可是我，这个最大的功臣，却被他丢在霍邑置之不理！老子当了皇帝不理我，儿子当了皇帝不理我……”

玄奘急忙打断了他：“你在武德六年自缢，那时候现如今的皇帝还没有即位。”

“没有就没有吧！”崔珏恼怒地一挥手，“追谥！他不懂得追封我吗？窦琮死后还追赠左卫大将军！这样我还可以封妻荫子，留个身后名。我死了，他李渊、他李世民可有什么表示？仅仅是州里行文缉拿凶手！我呸，杀我的是我自己，缉拿个屁！”

玄奘只好苦笑，这人谈起诗文时儒雅从容，风采逼人，可一说起官运，就简直是换了个人，无名业火要从头顶烧起来。

“于是你就诈死潜伏，修了这兴唐寺，打算刺杀皇帝？”波罗叶冷冷道。

崔珏脸上露出古怪的神色：“刺杀他？哼，你这厮懂得什么，我要做的不是刺杀一个帝王，而是造就一个辉煌盛世！”

第十一章
凿穿九泉三十丈

“疯了,你这厮疯了!”波罗叶不住地摇头。

玄奘也有同感,面对这崔珏,就仿佛面对着截然不同的两个人,一个谈笑间可以将一个庞大家族连根拔起,一百多口人烧成灰烬,甚至以变态的方式去凌辱一个曾经是他妻子的女人;另一个却是温文尔雅,才华满腹,谈诗论文字字珠玑。

“波罗叶,休要废话,去烧茶。”玄奘急忙撵开了波罗叶。

波罗叶不敢违拗,却也不想离开,干脆就把那只红泥小火炉搬了过来放在三人中间。崔珏倒不以为意,动作优雅地向两人展示了一番高深的茶艺。

唐初,北方人饮茶并不多,直到开元年间才普及起来,但崔珏显然深通茶道,一边煮茶,一边道:“法师啊,平日供奉给你喝的这福州露牙,可是我千辛万苦才弄来的,今年总共才两斤。碾成茶末之后,色如黄金,嫩如松花。你看这茶汤,世人都说扬子江的南零水最好,那也无非是江心中的冷泉而已,清冽纯净,可是我喝茶用的水,乃是从地心百丈处取来,用来煮茶,绝对胜过那南零水三分!”

玄奘并不懂品茶,不过喝的多了,倒也知道好坏,崔珏将一壶茶汤分了三碗,慢慢喝了,果真滋味无穷,比平日波罗叶毛手毛脚煮的简直是天上地下。

这时，天仍旧昏暗，禅房外一片沉寂，连鸟鸣都没有。玄奘觉得奇怪，待了这么久，按说早该天亮了，他心中太多疑团要问，也来不及深思，凝望着崔珏道："如果贫僧所料不错，你耗费巨资修建这兴唐寺，就是为了对付皇上吧？"

"没错。"崔珏不以为意，又把壶中的茶汤分了两碗，望着波罗叶抱歉地道，"一釜茶只能分三碗，多了就没味道了，只好少你一碗。"

波罗叶哪里顾得上这，哼了一声没回答。

"这是一个庞大的计划，"玄奘沉吟道，"如果说为了弑君，贫僧也不大敢相信，毕竟要弑君，比在远离京城的地方修一座寺院有效的方法有很多。你到底是什么目的？"

"佛曰，不可说。"崔珏笑了笑。

"无论你有什么目的，能够自缢假死，抛妻弃女，隐姓埋名，暗中潜伏七年，眼睁睁看着妻子改了嫁，女儿认了他人为父，这份坚韧，这份心志，这份执著，不得不让贫僧佩服得五体投地啊！"

"砰——"茶碗在崔珏手中捏得粉碎，他脸色忽然变得铁青，眸子里发出森寒的光芒，冷冷盯着玄奘，"你在笑话我么？"

"贫僧乃是肺腑之言。"

"哼，"崔珏撩起僧袍，擦了擦手指上的鲜血，冷冷地道，"我知道你是想骂我，可是我容易吗？为了胸中的大计，我抛下县令之尊，易容假死，一个人躲藏在冰冷的地下，终年不见太阳，整整七年时间，没有人说话，没有人交流，一个人孤零零地苦熬着。我们本来的计划是为了对付李渊，策划好武德七年李渊巡狩河东之时就要发动，可偏巧那一年突厥人南侵，打到了长安城外，渭水桥边，李渊焦头烂额，放弃了巡狩。于是我们又等，本来确定武德八年发动，没想到他妈的李世民和李建成为了夺位，闹得不可开交，李渊根本没有来河东的心思，到了武德九年，李世民突然发动玄武门兵变，李渊竟然退位了……"

崔珏哈哈惨笑，眼中泪水横流："我呀，就在这兴唐寺的地底下等呀，等呀，等了一年，一年，又一年。等了一个皇帝，又一个皇帝……你想想，我抛弃了人世间的一切，就是为了发动这个计划，博一个青史留名，可为何就那么难？活着无法封王封侯倒也罢了，连死了都完不成自己的心愿吗？那时候，我彻底绝望了，几乎想一头撞死在地底的岩石上，皇帝换成了李世民，我们原本的计划完全作废，面对着一个陌生的、我们完全无法掌控的皇帝，这个计划毫无疑问是要作废了。我这么多年的心血，我付出了这么惨重的代价，换来了什么？连相濡以沫的妻子都做了他人妇，日日夜夜被那个粗笨愚蠢的肥猪凌辱，我心爱的女儿爹死娘改嫁，昔日令她自豪的崔氏家族从此与她再无瓜葛，每日没人疼，没人爱，我心中是什么感受啊？"

"终于有一天，我再也忍不住了，那时候我每天自残，用利刃把自己的身体割得鲜血淋漓……"他呆呆地撸起袖子，玄奘和波罗叶吓了一跳，只见他的胳膊上到处都是伤痕，纵横交错，宛如丑陋的蚯蚓。看那伤痕的长度和深度，这崔珏当时只怕死的心都有，割得真是够狠的。

"如果我再不出去，再不见我的爱妻爱女，只怕会活生生地死在地底。"崔珏平静了一下，慢慢地道，"终于有一天，我离开兴唐寺，从土地庙的地道潜入了县衙后宅……"他横了玄奘一眼，"那条道你们知道，今夜刚刚跟踪我去了一趟。"

玄奘抱歉地一笑。

"那条地道是我在武德元年修建的。当时的目的并不是为了逃跑，而是为了反击围城的敌军，那时候大唐刚刚建立，可李渊起家的河东并不平静，刘武周占据河东道北部的马邑，时时刻刻想着南下，霍邑是南下的必经之路。为了防止宋老生事件重演，我就在霍邑修筑了地道，县衙内有三处可以通到城外，如果城池被敌军围困，我就可以从地道出奇兵，打对方一个措手不及。"崔珏笑了笑，"这条地道作为军事用途我只用了一次，宋金刚犯境那次，我率领三百民军发动夜袭，杀了他上千人。宋金刚号称无敌，却看着我大摇大摆地带领全县的百姓撤入霍山也不敢追击。"

"乱世之中活无数人性命，使君功莫大焉。"玄奘合十赞赏。

“大个屁!”崔珏恶狠狠地道,“刘武周、宋金刚南侵那次,几乎打下了大半个河东,李元吉丢了太原狼狈而逃,照样是齐王;裴寂在度索原大败,依然被宠信;姜宝谊兵败后被杀,还追封为左卫大将军。我呢,虽然丢了城池,却打败了宋金刚,全县百姓无一死亡。最后怎么样呢?功过相抵,依然是霍邑县令!哈哈哈——”

玄奘默然,李渊用人唯亲是出了名的,就像崔珏说的那次,裴寂打了败仗,几乎丢了整个河东道,结果李渊对他更好了,有人诬告他谋反,李渊竟派了自己的贵妃去裴寂家中慰问。武德六年,裴寂要告老还乡,李渊不但不准,还派了尚书员外郎每天去裴寂家里值守,怕他走了。

可为何他就对崔珏这般苛待呢,把这个才华满腹的年轻人丢在霍邑,让他老死任上?

“唉,昔日干城,谁能想到后来会成了我与优娘偷情的捷径呢?”崔珏苦笑不已,“可是我心中实在受不了那种煎熬,如果不去见见优娘,不去见见绿萝,我真的会自杀的。于是在一年前,我在一个深夜,从密道进了后衙,我用五识香迷倒了所有的人,进了她的卧房。郭宰那个死猪就睡在她的身边,我当时又嫉又恨,又是后悔,恨不得一剑杀了他……十几年前,我们在成都锦里相遇,那时候她还是个豆蔻未开的小姑娘,在一次宴饮中,我的那篇诗文牵动了她的芳心,从此她义无反顾,跟着我来到河东,居住在山中,生儿育女,洗衣做饭……”

崔珏忽然呜咽了起来,泪痕满面,眼中尽是浓浓的柔情:“可是我却为了自己的事业抛弃了她,让她孤儿寡母衣食无着,孤零零地活在这世上。她改嫁,我不恨她,真的,纵令树下能攀折,白发如丝心似灰。可是我却受不了那个死胖子睡在她的身边!我几度提剑想杀了他,可是……一想起我已经不是她们在这个世上的依靠,我是个必死无疑的人,这个死胖子死了,她们从此就孤苦伶仃,饥寒交迫,我就下不了手!法师,你说,我是个懦弱的人么?”

玄奘合十道:“使君心中自有佛性,能克制嗔毒,怎么谈得上懦弱?”

“你这个和尚太有趣了。”崔珏凄凉地一笑,“不知怎么回事,我就是喜欢和你聊天。你虽然是个和尚，却并不迂腐，洞彻世事人心，和你聊，我很放松。”

玄奘却叹道：“可是使君，你害了自己便罢了，何苦又去干扰李夫人和绿萝小姐平静的生活？你可知道你这么一出现，对她们而言意味着什么吗？”

“和尚，你骂得对。”崔珏老老实实地承认，“那夜，优娘见了我简直跟见了鬼一般，还以为是在做梦，我千方百计向她解释，甚至让她掐我，把我的肌肤掐出了血，她才肯信我是人，不是鬼。”

“贫僧不是说这。”玄奘厉声道，“从此之后，你便经常往她房中去，把郭宰迷晕了，扔到地上，然后你和李夫人夜夜春宵？哼，贫僧刚来霍邑时，李夫人的婢女请我去驱邪，她身上的红痕便是你的杰作吧？但你可知道，她虽然曾经是你的妻子，如今却是郭家的夫人，在名分上与你再无瓜葛，她与你幽会，便是私通！你让一个女人的名节丢到哪里？”

崔珏一脸愤怒，大声道：“和尚，你这话我不爱听！她曾经是我的妻子，就永远是我的妻子，我不曾写过休书，我又没有真个死去，为何不能夫妻恩爱？”

“可你对世人而言，早就死了！”玄奘也大声道。

“可我明明没死，那是诈死！”崔珏声音更大了。

“可李优娘知道么？”玄奘喝道。

“她……”崔珏无语了，半晌才道，“她自然不知道。”

“是啊！她不知道你没死，事实上无论在任何人的眼里你都是死人了，那么你们的婚约就算终止了。她另外嫁人，便受这律法的庇护，也受这律法的约束。从身份上，她已经不是崔氏妇，而是郭家妇。你偷入她的闺阁，与她私通，难道不违礼法么？”

“那……”崔珏烦恼地拍打着自己光洁的头皮，哑口无言。

“贫僧再问你，与你私通，李夫人当真心中无愧么？”玄奘冷笑。

“她……”崔珏就像瘪了的气球，喃喃道，“她当然心中有愧，我知道。事实上我们的第一夜，她是有一种失而复得的喜悦，和我恩爱缠绵，可是第二夜她便不允许我再近她的身子。后来还是我按捺不住心中的痛苦,向她讲述了我在兴唐寺地底六七年的潜伏,她才原谅了我,允许我和她恩爱。可是我知道,她心里是抗拒的。"

"她也是爱你的。"玄奘叹道。

"是啊!"崔珏呆滞地道。

"正是因为你重新出现,才让她心里充满了痛苦,充满了矛盾,她一方面要恪守妇道,一方面却对自己的前夫怜爱心疼,你让她在这场挣扎中如何抉择?"玄奘缓缓道,"如果你真的爱自己的妻女,就应该让她们以为你真的死了,不要再干扰她们的生活,让她们习惯自己如今的身份,平静地活着。贫僧不相信你无法离开一个女人,事实上你潜伏了六年,就从来不曾去看过她们,只是因为你实在受不了那种煎熬,内心后悔了,才把自己承受的痛苦转嫁到她们身上。"

"不是!和尚,你莫要污蔑我!"崔珏大声道。

"是贫僧污蔑你了么?"玄奘淡淡地道,"莫把是非来辨我,浮世穿凿不相关。你如今别说是非,连自己的心也看不清了。"

崔珏博学多才,怎能不理解玄奘的意思,顿时脸色涨红,却是无言以对。

"你太过自私,只晓得为自己寻个避风的怀抱,可非但是李夫人,连绿萝小姐也被你害了。"玄奘悠悠叹息。

"胡说八道。绿萝是我的女儿,我怎么可能害她?"崔珏冷笑,"你道我躲在这兴唐寺七年,就对她们毫不关心么?我的能量可以搅动这大唐天下,何况一座小小的霍邑县?这么多年来她们生活平静,我并非没有付出心力。绿萝因为要刺杀你,连累了周家的二公子丧命,那周家发下大量人手追查真相,隐约已经知道了是绿萝指使,竟然图谋要报复绿萝。嘿嘿,他周家豪门又如何?敢碰我的女儿,我要他死无葬身之地!我一夜间将他周家连根拔起,给绿萝彻底绝了后患……"

玄奘悲哀地看着他,心道这人当真疯了。为了保护自己的女儿不受牵连,居然丧心病狂杀了一百二十三口人,还仍然沾沾自喜。

“是用五识香吗?”玄奘问。

崔珏点头:“这香你亲身尝过,我也不瞒你。我先用香迷倒了他们,然后放火,哼,这种香就算是火烧水淹,他们也醒不过来,只怕死的时候还在做着极乐之梦。”

玄奘摇头不已,不过对这个性格扭曲的家伙,他可不指望单纯的佛法让他幡然悔悟浪子回头:“那么她杀了空乘呢?”

“那没什么大不了的。”崔珏不以为然,“除了给我造成大麻烦,她自己不会有任何伤害。为了弥补她杀人的过失,我甚至连现场都给她遮掩了,或许对她而言,那是一个很离奇的梦境吧!”

“贫僧一直很好奇,你到底是怎么掩盖的现场?”玄奘这回真是不解了,“那短短的时间内,空乘的尸体当然可以运走,血迹也可以洗干净,可台阶上的灰尘呢?还有窗棂纸上的洞呢?贫僧看,那窗棂纸绝对不是刚换的,上面积满了灰尘,你究竟怎么做到的?还有,绿萝明明是从墙里的密道钻出来的,可那堵墙那么薄,怎么可能有密道?”

“你很快就明白了。”崔珏露出诡谲的笑容。

见他不说,玄奘也无可奈何,问道:“照贫僧的推测,这个计划肯定不是你一个人在执行,空乘也参与其中了吧?你是从他死后开始假冒他的?又为何模仿得这般相似?”

“他死后……”崔珏哑然失笑,“好教法师得知,从武德六年,我自缢假死之后就开始冒充他了。我们两个人的身份过于特殊,私下里又有很多见不得人的事情要做,而我,又是个见不得光的人,因此我们便互相制作了面具,他外出时,我便来冒充他,我不在时,他则冒充我。”

“你不在时?”玄奘惊奇地道,“你还有公开的身份吗?”

崔珏一愣,忽然指着他哈哈大笑:“法师啊,看你面相老实,却是如此狡诈,险些就被你套进去了。嗯,透露给你一些也无妨,我和空乘各自负责各自的一摊事儿,他在明处,我在暗中。山下的飞羽院你也见到了,那是属于我的系统,除了我之外,他们谁都不认识,除了我之外,他们不听任何人的命令。可惜呀,空乘居然被我的宝贝女儿一刀杀了,事情已经到了最紧要的关头,逼得我不得不每日假扮空乘。”

玄奘这才恍然,怪不得自己和假空乘朝夕相处,却发现不了破绽。

“但是贫僧却有一个疑点,”玄奘慢慢道,“当日绿萝小姐乃是追踪李夫人,发现了李夫人与人私通,才一时气愤,失手杀了那个私通者。如今看来,那日与李夫人幽会的人自然是你了,为何死的却是空乘?”

“这个嘛,”崔珏想了想,“有个偶然性。当日的确是我在房中和优娘幽会,她那日来寺里找我,是因为绿萝跟着你住到了寺院,优娘不放心,让我妥善照顾。我们在房中幽会,没想到这小妮子认得优娘的背影,悄悄跟了来。优娘走了后,空乘急匆匆地从密道里来找我,有一桩大事等着我处理,于是我就从密道走了。空乘老了,腰腿不好,在自家寺院,当然没必要偷偷摸摸弯着腰钻地道,自己开了门光明正大走出去了。没想到……”崔珏也忍不住苦笑,“绿萝二话不说当胸就给了他一刀。真是佛祖保佑啊,当时若非他来找我处理急事,我真从门口出去,只怕这小妮子就杀了她亲爹爹了。”

“佛祖恐怕不见得会保佑你吧?”玄奘心里暗想。

“好吧,好吧,”波罗叶听着两人絮絮叨叨地说,早就不耐烦了,敲了敲茶釜,“聊了这么久了,该说说你的目的了。你既然不是为了刺杀皇上,为何却让李夫人向郭宰献策,蛊惑皇上入住兴唐寺?快坦白交代,否则我只好拿你去见官了,到了刑部大牢,可容不得你不开口!”

他这么一说,两人的面色都古怪起来。玄奘诧异道:“原来你是官家的人?”

崔珏哈哈大笑:“法师啊,你还被这个胡人蒙在鼓里呢?我还以为这世上没有人能骗得过你!”

波罗叶哼了一声,不予理会。

崔珏望着玄奘道:“法师,这人的身份可了不得,他是朝廷的不良人。”

玄奘显然没听说过“不良人”这个名字,一脸茫然,可波罗叶却脸色大变,右手探入怀中,握紧了刀柄,沉声道:“你早就知道?”

“知道。”崔珏不以为意，朝玄奘道，“这个不良人是李世民亲自成立的一个组织，隶属内廷，职责是缉事、刺杀、安插密谍、刺探情报。他们的首领称为贼帅，这些番役来自各行各业，每个人都有一技之长，故此称为不良人。成员也很复杂，胡汉都有，沙陀人、突厥人、龟兹人，甚至还有西方的大食人。这个波罗叶祖籍北天竺，他父亲是个吠舍，大商人，往来西域商路。后来得罪了戒日王，家产被抄没，他父亲带着唯一的儿子波罗叶逃到了龟兹国。父亲死后，波罗叶辗转来到大唐，李世民早就有野心重开西域，正在收集西域的情报。这波罗叶行走数万里，历经数十国，见闻广博，于是就被吸收进了不良人组织。”

“你……”波罗叶额头冷汗涔涔，“你怎么知道得这么清楚？”

“因为李世民即位这三年来，朝廷已经向兴唐寺派了九名密谍！”崔珏冷冷地道，“你是第十个。”

“这些密谍呢？”波罗叶骇异地问。

“刺探到机密的六名都死了，其余三名被我好好地安置着，因为他们比较笨。”崔珏脸上浮起了笑容，“我还知道，指使这些密谍的人是魏道士魏征。这老家伙谋算精妙，见我这兴唐寺水泼不进，居然别出机杼，派了个天竺胡人跟着玄奘法师偷偷进来。嘿嘿，我也不瞒你，虽然魏道士谋略一等一的高，可他却不知道，这些不良人的档案我都可以随意调阅。法师，你想西行天竺的计划朝廷是否知道？”

“知道。”玄奘点点头，“贫僧在贞观元年曾经上表申请，被驳回。”

“这就是了。”崔珏点点头，“魏征是给你量身打造的波罗叶啊，不怕你不让他跟着。”

玄奘苦笑不已，谁曾想到，自己寻找哥哥之旅，竟成了朝廷中博弈的棋子呢？

波罗叶脸色变了：“你们在朝廷有内奸！”

“没错啊，”崔珏淡淡地笑，“而且地位比魏征高得多，任他再厉害，又怎么可能躲过我们在朝廷里编织了这么多年的网？”

波罗叶深深吸了一口气:“在朝廷里,地位比魏征高的人屈指可数,这个人只怕咱俩谁都能猜得出来,更别说陛下了。你不怕我逃出去,把这个消息报给魏大人吗?”

忽然间,波罗叶心中一动,像豹子般扑起,短刀顶到了崔珏的脖颈,喝道:“为什么外面的天色还是黑的?”

玄奘这时候也注意到了,他们回到菩提院时已经过了卯时,休息了半个时辰,按道理已经到了辰时,这时候天就应该蒙蒙亮了。这崔珏过来足足谈了一个多时辰,只怕香积厨的僧人们都该送早饭了。

怎么天还没亮?

两人望了望四周,窗户外漆黑一团,门外悄无声息,连温泉水咕嘟咕嘟的声音都没有,风吹,鸟鸣,天籁无声,一切都仿佛死绝了。

“到底怎么回事?”玄奘沉声道。

“你开门看看嘛。”崔珏不以为意地道。

波罗叶拿刀顶着他的喉咙,不敢稍离,玄奘起身打开了门,这一看,顿时目瞪口呆,波罗叶更是嘴巴张得老大,眼珠子瞪得溜圆——门外,居然是一堵厚厚的石壁!

“怎么回事?”波罗叶大叫了一声,也顾不得崔珏,扑过去砰砰砰地把所有的窗户都打开,窗外,黑漆漆的石壁触手冰凉,似乎还滴着水。

他连捅了好几刀,这上好乌兹钢打造的弯刀削铁如泥,如今插在石壁上却是叮叮叮直响,火星迸发。

“别费工夫了。”崔珏呷了口冷茶,懒洋洋地道,“如今我们在三十丈深的地底,你就是喊破了喉咙也没人听见,你就是拿一把铁铲也挖不透这厚厚的岩石。”

“三十丈深……地底……”两人都呆滞了,怎么可能,方才他们还在菩提院,一直都没动地方,喝着茶,聊着天,怎么就到了三十丈深的地底?

“没什么好奇怪的。”崔珏笑道,“你不是一直想知道婆娑院中,我怎么把杀人现场处理得毫无破绽吗?你看,我在你眼前重演了一番你还是看不破。法师啊，你的智慧看来也是有极限的呀！”

玄奘面色铁青，走到门口摸着面前的石壁，石壁凹凸不平，上面布满了刻挖的痕迹，整体虽然算光滑，却显然不是天然生成。他想了想，道：“难道，这座房子竟然整个沉入了地底？”

“着啊！”崔珏一拍手，一脸激赏，“法师到底名不虚传！没错，这座禅房的地底已经被我整个掏空，装上了机栝滑轮，只要触动机关，它就会整个沉下去，到了平行轨道上，就往侧面滑开，然后一座一模一样的禅房缓缓上升，最后耸立在菩提院中。诺，绿萝杀死空乘的婆娑院也是这般，你不是奇怪台阶上没有血迹，灰尘遍布，窗棂纸完好无损吗？就是这个样子啰！”

崔珏说得简单，但两人的眼中却露出骇异之色，这么庞大的机关，能将整座房子下陷抬升，这需要多大的工程？多精密的机械？尤其是在一座山上掏挖出几十丈的深坑……这可不是平地，而是山上，到处都是岩石！这人怎么办到的？

“没你想象的那么复杂，”崔珏看出玄奘眼中的疑惑，解释道，“这座山腹里布满了岩洞，还有无数的暗流，我也只是因地制宜。大部分用的都不是人力，而是风力和水力，你在山顶看到的风车只不过能提供一小部分能量，大部分动力是靠山间和地下急湍的暗流转动水车，以齿轮和动力链条传递到各处枢纽。唉，说来简单，这个活我干了五六年啊，从武德四年开始动工，到了武德六年地面建筑才算完工，然后我就潜入地底开始建造地底下的工程，到如今已经九个年头了，才完成了八成。嗯，不过已经够用了。”

“好大的手笔啊！”玄奘这回真算是叹服了。

“没错。”崔珏的脸上也露出一丝得意，“耗资规模太大，建三十座寺院的钱也不够用。正是因为当初花钱太多，才引起了朝廷的注意，派人秘密调查我的账目。当时我不死也不行呀，明面上，盖这座兴唐寺花了三万贯，可地下的部分足足花了三十万贯。一旦真把我抓起来，问我钱从哪里来，我怎么回答？倾晋州一州之力也没这么多钱啊！所以，对我而言，最佳的办法就是人死账销。”

两人恍然,原来崔珏假装自缢还有这种情势。

“其实,朝廷一开始并没有怀疑什么。”波罗叶叹息道,“毕竟修建兴唐寺是太上皇的旨意。唯一奇怪的是,你到底从哪里弄了那么多钱？国库没有拨给一个子儿,你崔县令居然筹到三万贯,你到底哪来这么大的能量？如今看来,你总共动用的资金,只怕十个二十个三万贯都不止了,只怕此事传出,举国震惊。”

崔珏笑吟吟的,转头问玄奘:“法师,他不知道我哪来的钱,你应该知道吧?”

“贫僧怎么会知道?”玄奘一头雾水。

崔珏只是笑,看着他一言不发。

玄奘心中忽然一动,脱口道:“佛门——”

崔珏哈哈大笑:“法师果然聪明,眼下这世上,最有钱的不是朝廷,也不是富豪官绅,而是佛门。”

玄奘默然,知道他这话不假。隋朝虽然只延续了三十七年,却是强盛一时,杨坚和杨广都崇尚佛教,仅仅开皇年间,杨坚下令建造的寺院共有三千七百九十二所。而杨广即位后,广设道场,度化僧尼,当时江南兵灾连连,佛寺焚毁无数,如今江南的佛寺几乎是杨广一手扶植起来的。佛寺在隋朝积累了庞大的根基。

隋末动乱十几年,百姓易子相食,民不聊生,官员被杀,贵族被灭,良田荒芜,直到大唐建立七八年后,仍旧是经济凋敝,黄河下游“茫茫千里,人烟断绝,鸡犬不闻”。可是佛门的根基却并没有受到大的动荡,上百年间积累的财富短短几年里就几乎恢复,一座寺院往往占地百里,纵然是王侯之家也有所不及。

尤其是从南北朝以来,佛寺流行放“印子钱”。一开始主要因为佛寺中花销不大,朝廷和富人们施舍的钱也用不完,就拿出来低息或无息借贷给一些贫民。这个动机虽然很好,问题是钱这个魔鬼一旦释放出来,就不是任何人能掌控得了。到了后来,印子钱的规模越放越大,借贷的对象从贫民扩展到了缺钱的富豪官绅,利息也越来越高。有些急于拆借的商人开始把不动产等物件典当给佛寺换钱周转。经过百余年的发展,几乎每个佛寺都开始做印子钱和典当业的生意,获利丰厚,财帛堆满了寺院。

比起朝廷空荡荡的国库,说佛寺富可敌国毫不夸张。玄奘在空慧寺待了那么久,长捷还继承了玄成法师的衣钵,对这些当然清楚得很。

玄奘并不想多谈这个话题,转头问道:"如今你几乎将所有的秘密和盘托出了,你打算怎么处置我们?"

"他处置我们?"波罗叶一脸不忿,大声嚷嚷着,把弯刀又压在了崔珏的脖子上,"虽然被困在地底,哼,我就不信你不出去。你能出去我们也能出去。"

玄奘苦笑,凭崔珏的深沉和智谋,哪里有这么简单。

崔珏看也不看波罗叶,含笑盯着玄奘:"你们俩嘛,波罗叶是必死无疑的,他是不良人,我总不能让他给魏征去通风报信。至于法师你嘛……你不应该死在我的手里。"

"哦,为何?"玄奘笑了,"杀一人是杀,两人也是杀,为何不能杀贫僧?"

"因为我答应了一个人,不能杀你。"崔珏叹了口气,"我总要遵守诺言吧?"

玄奘心神一动,急忙道:"难道是长捷?"

"我呸!"崔珏忽然大怒,"别在我面前提这个名字!这个败类、懦夫、无耻之尤成事不足败事有余的家伙!他跟那个人比起来连提鞋都不配,当初我们也算瞎了眼睛,千人万人里居然选了长捷这个王八蛋!"

听着他大骂长捷,玄奘的脸上也不好看。毕竟一母同胞,你骂他王八蛋,贫僧我算什么?不过他对崔珏这么恨长捷倒有些惊奇,两人间到底发生了什么事?

"长捷可还活着?"他急切地道。

"活着!"崔珏恨恨地道,"怎么没活着。好人不长命,祸害遗千年。这厮的日子舒坦着呢。算了,不说他了……"崔珏意兴阑珊地摆了摆手,直视着玄奘，“你还是会死的，只不过杀你的另有其人。”

“是谁？”玄奘神色不动。

崔珏不答，可惜地看着他，喃喃道：“前途无限，何苦犯戒？”

玄奘一头雾水，我犯戒？这怎么讲？

“言尽于此，杀你的人不日即来，法师准备好了。”崔珏笑了笑，忽然抱拳，“告辞。”

“哪里走！”波罗叶的刀还压在他脖子上，见他想走，不由冷笑。

崔珏淡淡地一笑，忽然伸手在地上一拍，啪的一声响，佛堂正中的地面忽然露出一个大洞，崔珏连人带蒲团还带着火炉、茶碗、茶釜之类哗啦啦地跌了下去。顷刻间人消失在了洞中。

波罗叶猝不及防，险些栽进去，百忙中伸手按住另一边的洞壁，才没落进去。可想了想，忽然又醒悟，朝着玄奘叫道：“法师，追——”

手一松，身子呼地落了进去。

玄奘一看，明白了波罗叶的想法，眼下两人被困在地底，可谓走投无路，还不如顺着这条洞好歹有个出路。若是能抓住崔珏，那就更好了。他毫不迟疑，奔过来纵身跳了进去。

耳边尽是呼啸的风声，眼睛里一团漆黑，身子无休无止地往下坠落。也不知落了多久，忽然砰地一声砸在了一个人的身上，那人闷哼一声，随即似乎又有东西一弹，玄奘又弹了起来，然后重重地砸下，砰地一声又砸在了那人身上，接着又弹起……

“法师……”下面传来一声呻吟，“你砸得我好痛，轻点……”

话音未落，玄奘又砸在了他的身上，那人惨叫一声，险些昏厥。但玄奘好歹是落稳了，脚一蹬地，不料蹬了个空，两条腿仿佛绊进了网中，缠着无法动弹。

“你是波罗叶？”玄奘摸了摸身下。

“可不是我……唉唉，轻点，你刚踹了我裆部，怎么又来摸……”波罗叶大声呻吟着，“咱们中了这小子的奸计，这底下是个网兜……”

玄奘呆住了，忙不迭地缩手。

波罗叶强忍疼痛，从怀中掏出火折子打亮，微弱的光芒照见几尺的空间，这里果然是个巨大的洞穴，四周是深不可测的黑暗，中间挂着一张巨网，两人仿佛苍蝇一般给兜在网里……

第十二章
官司缠身幽冥中

绛州与晋州交界,太平关。

夜幕轻垂,群山间笼罩上一层朦胧的薄雾,日光掩没在黄河之外,空荡荡的荒野中一片萧瑟。太平关是从河东通往黄河龙门渡口的要道,向来是兵家必争之地,无数次的战争,这座堡垒早已破败不堪,女墙残破,城墙剥落,缺口处可以让一条狗轻轻松松地跳进去。

而如今,这片大地上的至尊王者,正轻袍缓带,慢慢行走在残破的城墙上。李世民,这个一手缔造了大唐帝国的马上皇帝今年才三十一岁,只比玄奘大了一岁,正处于一生中的黄金时期。他穿着一身紫红色的圆领缺胯袍,带着黑色软翅襆头,脚下也是黑色的长靴。他相貌英俊,唇上生着两撇尖翘的髭须,更显得英武决断,整个人有如一杆挺拔的标枪。早年的戎马生涯将他锻炼得孔武有力,手臂甚至脸上的肌肉都充满了力量。

不远处,右仆射裴寂、左仆射杜如晦、吏部尚书长孙无忌、秘书监魏征等重臣随行在侧,看着他在城头上漫步。裴寂的身边还站着一名身披红色袈裟的老和尚。城下是右武卫大将军、吴国公尉迟敬德率领的十六卫禁军,一千多人将太平关保护得水泄不通。

关墙下三里远,便是李世民的行营,营帐连绵,人喊马嘶。李世民也无奈,倒不是他愿意住在荒郊野地,这次巡狩河东道,他带了五千禁军,加上随身的太监、宫女，还有皇亲贵戚、朝中大臣和他们的仆从、州县供应的仆役，人马浩浩荡荡足有七八千人。离开绛州之后，到最近的晋州城足有一百六七十里，路上并没有什么大的城邑可以容纳他这么多的人马，到了两州交界，李世民一时心动，想起不远处有座太平关，就命令在关下扎营。

“朕如今拥有四海，但午夜梦回，却常常置身于昔日铁马秋风的岁月啊！”李世民感慨不已，“众卿看看，这座太平关还留着朕昔日的痕迹呀！”

裴寂笑道：“陛下说的可是当日攻打太平关，突破龙门渡口直入关中之事？”

裴寂今年五十九岁，面容富态，笑容可掬，是大唐朝第一任宰相，虽然中间屡次换人，但不久之后就又会当宰相。无他，因为唐朝刚立，缺钱、缺粮食、缺战马、缺布帛，什么都缺，而裴寂最大的能耐就是理财，从武德年间到贞观年间，把不富裕的家底打理得井井有条。李渊和他是发小，离不开他，李世民即位后让长孙无忌当过一阵宰相，可发觉满朝文武，搞钱粮的本事谁也敌不过裴寂，于是又把他提拔了上来。

“是呀！”李世民笑道，指了指不远处一块缺口，“还记得吗？这块缺口就是当年朕指挥投石车给撞毁的，然后第一个从缺口跳进了城内。对了，无忌，紧跟着朕的是你吧？”

长孙无忌是李世民的小舅子，比李世民大两岁，两人从小一块长大，感情莫逆。他笑了笑：“臣是第三个，紧跟着您的是刘弘基。”

李世民愕然片刻，忽然指着他哈哈大笑：“无忌啊，也不知道你是老实还是狡诈，居然跟朕玩这心眼。”

众臣心下明白，一时心都悬了起来。那老和尚微微一皱眉，却是不言不语。

刘弘基是李世民的心腹爱将，李世民还是太原留守的二公子时，就和刘弘基亲热到“出则连骑，入同卧起”的地步。贞观元年，李世民刚刚即位，义安郡王李孝常叛乱，刘弘基平日和李孝常来往密切，给牵扯了进去，李世民火速平定了李孝常，却对刘弘基恼怒无比，下令撤职除名。

“陛下，”魏征忽然正色道，“我朝年号贞观，何谓贞观？天地常垂象以示人，故曰贞观。陛下即位三年，自然当澄清天下，恢弘正道。从大业七年到如今，十七年乱世，天地有如洪炉，淘汰了多少英雄人杰，有些固然是罪无可恕，有些却是适逢其会。陛下改元贞观，自然当开张圣听，对人物功过重新臧否。臣以为，刘弘基被褫夺爵位，并非是因为他罪大，而是因为陛下待他情深，恨之情切。仁君治天下，不重法度，而耿耿于私情，可乎？”

李世民哑然。

刘弘基其实并没有犯多大的罪，只不过玄武门之变后，义安郡王李孝常怒骂李世民是谋朝窃位，起兵造反，令他极为震怒。私下里就对刘弘基觉得不满，你我感情如此之深，你却私下里和这个反贼结交，一时恼怒，才处置了刘弘基。

但魏征这么一说，想起平日里刘弘基的好，李世民也不禁幽幽而叹，摆了摆手：“玄成说的是，让弘基官复原职吧！”他轻轻抚摸着城墙，“朕看到这城墙，就想起当日和太上皇并肩作战，直渡龙门的往事，那些人，那些事，有如走马灯一般在朕的眼前转。是啊，玄成说的是，贞观便是澄清天下，恢弘正道。这样吧，回京之后，把那些犯了事的臣僚的罪名重新议一议，力图不掩其功，尤其那些曾经为我大唐天下出过力的将士，能给他们留个身后名是最好。”

“陛下仁慈。”长孙无忌和魏征一起躬身施礼。

裴寂的心里却猛地打了个突，还没回过味来，李世民含笑问他：“裴卿，朕记得当年你没有随朕走龙门这条线吧？”

“是呀。”裴寂无奈地道，“臣当年和刘文静一起率军围困蒲州城，牵制屈突通呢。正是蒲州城太过牢固，一直打不下来，陛下才献策分兵，和太上皇一起从龙门渡过黄河，进入长安。”

一听“刘文静”这个名字，杜如晦、长孙无忌和魏征都沉默了。

李世民若有所思地点了点头：“刘文静……多少年没听过这个名字了，此人功劳盖天，罪也难恕，回去……也议一议吧！”

裴寂的脸色顿时惨白如纸，这满天满地的山河一瞬间失去了颜色，心中只是翻来覆去转着一个念头："陛下……好狠。他提起刘弘基的用意原来在此……他终于要对我动手了……"

群臣一片漠然，或是怜悯、或是嘲讽地看着他，都是一言不发。裴寂乞怜地看了那老和尚一眼，老和尚面容不变，嘴角似乎带着一丝笑意。

刘文静，在裴寂的心里绝对是一根插入骨髓的刺，他生前如此，死后更是如此。李渊任太原留守时，刘文静是晋阳县令，和裴寂相交莫逆，两人共同策划了李渊反隋的大事。所不同者，刘文静是李世民的死党，而裴寂是李渊的发小。

李渊当了皇帝之后，论功劳，以裴寂为第一，刘文静为第二。刘文静才华高迈，但心胸并不宽广，对裴寂地位在自己之上大为不服，每次廷议大事，裴寂说是，他偏要说非，裴寂说非，他就一定说是。两人的隔阂越来越深，直到有一次，刘文静和他的弟弟刘文起喝酒，都喝醉了，拔刀斫柱，大叫："必当斩裴寂耳！"

这下裴寂恼了，知道两人间已经是不死不休的结局。其时刘文起家中闹鬼，刘文起请来巫师，夜间披发衔刀，作法驱除妖孽。裴寂便收买了刘文静一个失宠小妾的哥哥，状告刘文静蓄养死士谋反。

李渊下令审讯，刘文静居然大模大样地说："起义之初，我为司马，如今裴寂已官至仆射，臣的官爵赏赐和众人无异。东征西讨，家口无托，确实有不满之心。"

李渊大怒，说："刘文静此言，反心甚明。"

当时朝中大臣普遍认为刘文静只是发牢骚，李世民也力保他，最后裴寂说了一句话："刘文静的才能谋略确实在众人之上，但生性猜忌阴险，忿不顾难，其丑言怪节已经显露。当今天下未定，外有劲敌，今若赦他，必遗后患。"

李渊于是下了决心，斩杀了刘文静和刘文起。

这是裴寂心中最大的一根刺，他知道，李渊是看在他的面子上才杀的刘文静，朝中大臣并不服，尤其是李世民。当年李世民是秦王时，自己并不需

要在意他,可如今这李二郎已经是皇帝了……

他如果要替刘文静翻案,那将置自己于何方?

裴寂身上的寒意越来越重,透彻肌肤,直入骨髓,浑身都冰凉。

就在他恍恍惚惚的当口,李世民已经下了城墙,在尉迟敬德的保护下,缓缓向大营走去。荒山郊野,冷月照着青暗的山峰,远处传来山中野兽的嘶吼,风吹长草,发出刷刷的声响。

远处的大营逐渐开始平静,忙碌了一日,军卒和随军的众人大都早早地安寝,只有值守的巡防队迈着整齐的步伐在营门口交叉而过,响起铁甲铮鸣声。

裴寂跟在后面,几步撵上那老和尚,低声道:“法雅师傅,你可要救救老夫啊!”

这老和尚竟然是空乘的师父,法雅。法雅笑了笑:“今时今日,大人在玄武门兵变那一刻不是早就料到了吗?既然定下了大计,何必事到临头却惊慌失措?”

裴寂抹了抹额头的汗,低声道:“这个计划能否成功尚在两可呀!即使能成,又能救我的命吗?”

法雅淡淡地道:“这一局已经进入残局收官阶段了,世上再无一人能够破掉。老和尚保大人不死。”

裴寂这才略微安定了些,风一吹,发觉前胸后背已经尽皆湿透。

正在这时,走在前面的李世民一怔,忽然指着东面的天空道:“众卿,那是什么?”

众人惊讶地抬头,只见幽暗的天空中,冷月斜照,群山匍匐,半空中却有两盏灯火般的东西缓缓飘了过来,看上去竟如同移动的星辰!

“莫不是流星?”长孙无忌道。

“不会。”杜如晦摇头,“流星的速度倏忽即逝,哪有这么慢的,或许是哪里的人家放的孔明灯吧?”

李世民笑了:“这又不是除夕夜、元宵节,放孔明灯作甚?来,咱们看看。”

众人一起仰着脖子观看。那两盏幽火看起来甚远，却飘飘扬扬御风而行，竟朝着众人直接飞了过来，等到近了，众人顿时头皮发麻，汗毛倒竖——这哪里是灯火，分明是两个人！

“保护陛下！”尉迟敬德大喝一声，从背上掣出钢鞭，两侧的禁军呼啦啦地涌了上来，将众人围得里三层外三层，第一排手持陌刀，第二排绞起了臂张弩，第三排则是复合体长弓，钢刃兵箭搭在了弦上。这次随驾出来的禁军是以最精锐的骁骑卫为主体，尉迟敬德又从其他十五卫中抽调出精锐组成，可以说是这世上最精锐的军队，几个呼吸间，严密完整的防御阵势已经形成。

“别忙着动，且看看。”李世民到底经历过大风大浪，沉静无比，摆手制止了尉迟敬德。

这时天上行走的两人距离他们已经不到一里，这两人诡异无比，袍裾轻扬，仪态从容，在天空缓步而行，只是不知为何全身笼罩着火焰般的光芒。这两人毫不在意地面上严阵以待的军队，一路飘然而行，转眼到了百丈的距离，这已经是弓箭所及的范围，众人看得越发清晰了，所有人都毛骨悚然。

这两个怪人实在诡异，他们的脸上竟然带着狰狞的鬼怪面具，而眼眶和嘴巴处的开口却是空荡荡的窟窿，里面冒出幽幽的火焰。望着地面的众人，这两人似乎还咧开嘴在笑。

“何方鬼物，敢惊扰圣驾！”尉迟敬德不等李世民发话，暴然喝道，“射——”

第一排的三百架臂张弩嘣地一扣机栝，三百支弩箭有如暴雨般呼啸而去。这种臂张弩射程可达三百步，穿透力极强，嗡嗡的呼啸声一时压住了所有人的耳朵，密集的弩箭也遮没了那两人的身影。

噗噗噗的声音传来，凭目测，起码有三十支弩箭穿透了那两人的身躯，那两人的身影晃了晃，在半空里盘旋了一下，就在众人以为他们要掉下来的时候，居然仍旧大摇大摆地朝前飘行。

这下子所有人都头皮发麻,这两人身上起码插了十七八支弩箭,换作正常人,早死了十七八次了,可……他们竟没有丝毫反应!

李世民也有些惊慌了,转头问众人:“众卿,这……这究竟是怎么回事?这世上怎么还有射不死的人?”

“再射——”尉迟敬德这个铁血将军可不信邪,长弓手一松弦,沉重的钢镞激射而出,噗噗噗地将那两人射了个千疮百孔,可这两人仍旧一言不发,御风而行。

“吴国公且住。”法雅急忙拦住了尉迟敬德,低声对李世民道,“陛下,天上这两个妖物,老僧以为恐怕不是人类!”

“不是人类?”李世民怔住了。

虽然这年头除了太史令傅弈这等狂人,几乎所有人都崇信神佛鬼怪,在场的大臣不少人家中还闹过鬼,可还真没有谁见过鬼怪。

法雅苦笑不已:“老和尚也说不清楚,只感觉到这两人身上鬼气森森,非人间所有。”

李世民等人哑然,心道,这还需要你来说嘛,若是人间所有,早就射杀了。不过法雅从李渊当太原留守的时候就跟随着李家,忠心耿耿,这老和尚智谋深沉,涉猎庞杂,几乎无所不知无所不晓,李世民对他也颇为信赖,当即问:“法师,既然是鬼物,可有驱除之法?”

“有。”法雅道,“只要是三界轮回之物,鬼也好,神也罢,贫僧都有法子镇压了它!”

“那快快的啊!”李世民喜出望外。

“遵旨。”

法雅正要说话,忽然天上那两名鬼物哈哈大笑起来:“大唐天子,吾等自幽冥而来拜谒,迎接吾等的,便是这弓弩箭镞吗?”

说完,这两名鬼物飘悠悠落在了地上,居然有六尺多高,黑袍罩身,脸上覆盖着狰狞的面具,眼眶和嘴巴里喷吐着淡淡的光芒,站在这荒郊野岭上,明月大地间,更显得鬼气森然,令人惊惧。尤其是它们身上还插着十几根箭矢,更让人觉得怪异。

禁军呼啦啦地掩护着李世民退开五十丈的距离,严阵以待。

李世民皱了皱眉,挥手让面前的兵卒散开一条道,在众人的保护下走到前面,拱手道:“两位怎么称呼?从幽冥来见朕,是什么意思?”

“哈哈,”其中一名鬼物笑道,“吾等没有姓名,乃是幽冥泥犁狱炎魔罗王麾下的鬼卒,奉炎魔罗王之命,前来知会大唐天子,泥犁狱中有一桩官司,盼陛下在四月十五日前往泥犁狱折辩。”

“泥犁狱?炎魔罗王?”李世民一头雾水,转头看了看法雅。

法雅自然知道,低声把泥犁狱和炎魔罗王的来历讲述了一番,众人不禁哗然,长孙无忌怒喝道:“好大胆的鬼卒,就算你们炎魔罗王统辖幽冥,可我大唐天子乃是人间至尊,怎么还受你的管辖?”

鬼卒冷笑:“敢问长孙大人,人可有不死者?”

长孙无忌语塞。

“这六道生灵,无论胎生、卵生、湿生,上至凤凰天龙,下至小虫,只要没有修得罗汉果位,死后必入泥犁狱,经六道生死簿审判之后,再分别去往那轮回之所。大唐天子固然是人间至尊,却也没有超脱生老病死,如何不受我王的管辖?”那鬼卒冷冷地道。

李世民眼中阵阵恍惚,只觉这个场景好生怪异,竟如同在梦中一般。他伸手制止了长孙无忌,问道:“依你所说,是泥犁狱中有一桩官司要朕前去折辩?那是什么官司?”

“有故太子建成、齐王元吉者,于武德九年阳寿已尽,死后入泥犁狱,炎魔罗王本欲判再入轮回,此二人不服,说我二人死于非命,阳世间孽缘未尽,就写了一通状纸,把你告到了炎魔罗王案前。因此,炎魔罗王特命吾二人前来传讯陛下,切切要去泥犁狱折辩。”

那鬼卒这话一出口,众人顿时大哗。李建成!李元吉!这两个名字在贞观朝无疑是禁忌,李世民亲手射杀了李建成,李元吉则被尉迟敬德射杀,李建成的六个儿子,除了长子早亡,五个儿子都被李世民斩杀,而李元吉的五个儿子也同时被杀，两个家族的男丁被他斩尽杀绝。李世民自己很清楚，他手下的臣子也很清楚，无论这位君王日后多么伟大，能将天下治理得多么富庶，在人伦天理这一关，他将永世面临自己、他人和历史的拷问。

如果说刘文静是裴寂心中最大的刺，那么建成和元吉就是李世民心中永恒的刺，刺入心肺，刺入骨髓，刺入千百年后的青史。

这一刻，所有人都惊呆了，皇帝，大臣，将军，兵卒……谁也不敢说话，谁也不知道该说些什么，所有人的身体都在颤抖，浓浓的恐惧从心底泛起，只希望从来没有过这一刻，从来没有来过这个恐怖的地方，从来没有听过这么一句恐怖的话。他们宁愿割掉自己的耳朵。

“大胆——”尉迟敬德暴怒至极，手提钢鞭就要奔过去把那两个鬼卒砸个稀巴烂。

“吴国公，不可！”法雅急忙扯住他，低声道，“且看老和尚用佛法来镇了他，您千万不可上前。”

尉迟敬德醒悟过来，这两个鬼物，连弩箭都不怕，还怕自己的钢鞭吗？

“大师当心。”他低声叮嘱道。

“无妨。”法雅抖了抖袈裟，大步向前，到了旷野中盘膝坐下，双掌合十，口中念念有词，陡然间一声大喝，“幽冥人界，道之不同；区区鬼物，还不散去！咄——”

手臂一挥，一道金色的光芒闪过，那两只鬼物顿时浑身起火，高大身躯在烈火中挣扎片刻，发出嘶嘶的鬼叫，随即砰然一声，火焰散去，两只鬼物消失得无影无踪。

尉迟敬德亲自提着钢鞭走过去，只见地上残留着一团纸灰，星星余火仍在燃烧。他用钢鞭挑了挑，一张半残的纸片上写着几个字：……譬如三千大千世界所有草木丛林、稻麻竹苇、山石微尘，一物一数，作一恒河；一恒河沙，一沙一界；一界之内、一尘一劫，一劫之内，所积尘数，尽充为劫……

“陛下……”他回过头，正要说话，却见李世民目光呆滞，凝望着地上的余火仿佛痴了一般。

第二日辰时，仪仗鲜明的队伍拔营出发，路途无比沉闷，所有人都在李世民的沉默下惊悚不安。七八千人的队伍，除了马蹄、脚步和车轱辘的嘎吱声，竟无一人敢大声喧嚣。

河东的道路崎岖难行，道路开凿在汾水河谷之间，远处的汾水奔腾咆哮，似乎冲刷着人群中的不安。前方就是晋州城，区区几十里路，直到黄昏时分才赶到城外。

晋州刺史赵元楷早就率领全城耆老出城三十里迎接。赵元楷是裴寂的女婿，自己也知道老丈人眼下日子不好过，恰好皇帝来了，这次是卯足了劲儿要给皇帝一个惊喜，一举扭转他对自己翁婿的印象。

李世民的车驾缓缓而至，他正在长孙无忌的陪同下坐在车里想心事，忽然听到声势浩大的山呼之声："吾皇万岁，万岁，万万岁——"

李世民吃了一惊，命内侍撩开车帘，顿时便是一怔，只见道路两旁跪着一群头发花白的……黄衣人，足有四五百名。他仔细看了看，才发觉竟然是一群年纪在六七十岁以上的老人，身上穿着黄纱单衣，抖抖索索地跪着，也不知道是体力衰弱还是傍晚的风有些冷。

"这是怎么回事？"李世民问。

内侍立刻传话下去，过了片刻，一名四旬左右、身穿绯色官服、腰上佩着银鱼袋的文官急匆匆来到车驾旁跪倒："臣晋州刺史赵元楷参见吾皇陛下。"

"哦，是赵爱卿呀，起来吧！"李世民知道他是裴寂的女婿，裴寂有三个女儿，二女嫁给了赵元楷，"朕问你，这路边怎么跪着这么多老人？"

赵元楷满脸笑容："这都是我晋州城的耆老，听说陛下巡狩河东，都想着一睹天颜，臣下就自作主张，统一安排他们黄纱单衣，迎谒路左。"

李世民顿时就恼火了，一肚子郁闷正没地方撒，重重一拍车辕，喝道："你身为刺史，代朕守牧一方，平日里就该做些尊老之事。你看看，你看看，这里的老人哪个不是七老八十？都足以当朕的父亲啦，你让他们走三十里，在泥地里跪上半天，就是为了迎接朕？"

赵元楷懵了，扑通跪下，不停地磕头。

李世民越说越火："你父亲呢？你父亲呢？他有没有来跪迎朕？让他走三十里，跪一整天，你忍心吗？老吾老以及人之老，你这么多年的诗书读到哪里去了？"

赵元楷声泪俱下，哭拜不已。

李世民还要发火，长孙无忌急忙劝道："陛下，赵元楷无心之过，略加惩罚便是了，若是责备太过，恐怕裴相和已故的赵公面上不好看。"

李世民强忍怒气，哼了一声："这赵元楷早年何等节烈，连他夫人也是节烈女子，怎么如今竟然昏聩到这等地步？"

长孙无忌默然。赵元楷在唐初官场也是个名人，他乃是士族出身，父亲做过隋朝的仆射，早年娶了河东第一士族崔家的一个女儿。崔氏注重礼仪，赵元楷很敬重崔氏，即使在家里宴饮也不敢随便言笑，进退停步，容饰衣服，都合乎礼仪。

不料隋末大乱，宇文化及造反，赵元楷打算逃回长安，路上遭遇乱匪，崔氏被乱匪掳走。贼首打算纳她为妾，崔氏不从，贼首撕裂她的衣服绑在床上就要施暴。崔氏假意应允，让贼首放开她，崔氏穿好衣服，拿过贼人的佩刀说："想要杀我，任凭刀锯。想要找死，可上来逼我！"贼人大怒，乱箭射死了崔氏。赵元楷后来抓到了杀妻子的贼首，亲自肢解了他，祭奠于崔氏灵前。

裴寂听说了此事，感念崔氏的节烈和赵元楷的情义，将二女儿嫁给了他。

李世民倒也没打算跟赵元楷纠结，挥手让他走开，命他备车将耆老们好好送回去。车驾继续向前，到了城楼，李世民又吃了一惊，只见城楼张灯结彩，用红绸和黄绸装饰得色彩光鲜，绵延二里。

李世民强忍着不悦，进了城，赵元楷早就动员城内的两家大户把宅第腾了出来，两家打通，几百间房子勉强够皇帝下榻。这倒罢了，可是……李世民一路走过，提鼻子一闻，到处是新鲜的油漆味，数百间房子装饰一新，美轮美奂。

李世民又恼了，问："赵元楷呢？"

内侍出去问了问，回来答复："陛下，赵刺史蓄养了几百只羊，几千条鱼，正挨门挨户给皇亲们送呢。"

"砰——"李世民气急，当场把茶杯摔了，喝道，"把他给朕找来！"

这时裴寂等人刚刚安顿，他在李世民身边也有交好的内侍，立刻就把消息送了过来。裴寂当即出了一身冷汗，拉着法雅就往李世民下榻的主宅里跑。路上，赵刺史正一溜小跑地过来，看见裴寂，急忙躬身施礼："元楷拜见岳父大人。"

"罢了，罢了。"裴寂一头毛毛汗，低声道，"你这是作甚？怎么弄得如此隆重？"

赵元楷一脸郁闷："岳父大人，小婿并无失礼之处啊！一应仪式，均是按前朝规制，陛下巡狩，怎可缺了礼数？"

"你……"裴寂仰天长叹，一肚子苦水。

几个人到了正厅，李世民还是怒气冲冲，一见赵元楷就气不打一处来："赵元楷，朕问你，一个月前朕发文至河东道，怎么说的？"

"陛下发文命各地方筹备接驾事宜，一应事宜切以简朴为上，莫要奢靡，更勿扰民。"赵元楷理直气壮道。

"那么你呢？"李世民怒极。

"臣并无逾礼之处。"赵元楷道，"因是我朝两代帝王首次巡狩河东，并无先例可循，一应事宜，臣只好以前朝为准。陛下下令不得扰民，臣也不敢大肆惊扰地方，一切以简朴为上。"

"前朝……"李世民鼻子都气歪了，"你把朕当成了隋炀帝？炀帝南巡，数百万民夫挑挖运河，你是不是也要在这山间凿一条运河给朕来运龙舟啊？炀帝不恤民力，导致天下大乱，你是不是也想劳民伤财，让天下百姓朝着朕的脸上吐口水啊？"

赵元楷没想到皇帝居然开始上纲上线了，当即魂飞魄散，扑通跪倒："臣断无此心！"

裴寂浑身是汗,偏偏当事人是自己的女婿,不好辩解,只好拼命地朝长孙无忌使眼色。长孙无忌叹了口气:“陛下,此事也不完全怪赵刺史,太上皇和陛下都没有巡视过河东,尤其是陛下即位三年,还不曾离开京畿道巡狩,地方官也没有接驾的经验啊!赵刺史为人中正,虽然对礼法遵得有些拘泥,却也不至于敢劳民伤财。”

李世民气哼哼的,指着赵元楷道:“朕巡幸河洛,经过数州,凡有所需,都是官府的物资供应,不敢动用民间一分一毫。你让满州耆老无辜受寒朕就不说你了,你饲养的羊、鱼是从哪里来的?还不是从百姓家中征集的?你雕饰庭院屋宇,花的钱哪来的?不是库银便是民脂民膏!你用来装饰城楼的丝绸绢布和民夫哪来的?你上缴的庸调都有定数,你敢克扣上官?还不是从民间再度征集?此乃亡隋弊俗,我朝怎么能沿袭?”

赵元楷羞惭不已,磕头道:“臣……理会陛下的苦心了。”

李世民随即做出处理,免去赵元楷晋州刺史一职,令官府以原价补偿从民间征集之物,同时命杜如晦发文给沿途州县,以此为鉴。

李世民在晋州待了两日,视察了周围的民生,还算满意,知道这赵元楷倒不是一味昏庸,心里算解了点气,离开晋州之日,特意邀请裴寂和长孙无忌同乘龙辇。

裴寂受宠若惊,再三辞让,这待遇可不是常人能享受。连房玄龄、杜如晦这两个心腹重臣也只是有事商议才会受到同乘龙辇的礼遇,平日里也就长孙无忌能享受到。

李世民命长孙无忌将他拉上来,笑道:“裴卿乃武德朝的第一重臣,无忌也对朕忠心耿耿,同车参乘,除了你,谁还有这资格?”

裴寂的汗又下来了,这回甚至比太平关那次惊怖更甚。李世民这话从字面上理解,是推崇他,可潜台词,裴寂听得很清楚:“你是太上皇的人,无忌是我的人。”

“唉,这次朕处理了元楷,裴卿也莫要往心里去。”李世民叹道,“我朝草创,根基不深,民间凋敝,若是地方官不体恤民力,倾覆之日不远啊!”

"陛下处理的是,臣怎么有丝毫怨言?"裴寂小心道,"臣这些年来深知我朝之艰难,仅仅粮食,若非前隋留下的几座大仓,单靠州县的地租,根本是入不敷出。百姓之力有如火山,一旦逼压过甚,强大如前隋,也是朝夕间覆亡。前车之鉴,臣怎么敢不竭尽小心。"

"裴卿说的好啊!"李世民对裴寂的执政能力一向欣赏,在他看来,宰相这个位置不见得非要你多能干,但一定要能协调好满朝上下的关系,使大伙儿凝成一股绳,裴寂在这方面能力是非同一般,"元楷这人,虽然还是尽忠职守,却有些泥古不化了,受前隋的官风熏陶过甚,朕罢了他,也是让他好好反省一番。朕已经下旨,命蒲州刺史杜楚客来晋州任职。"

"臣一定严加管教。"裴寂点头,这个女婿的毛病他也知道,有些书呆子气,不善于揣摩上司的意图,这回拍在了马蹄上。只要自己不倒,就能让他复起,这次罢官也没什么大不了的。

"哦,裴卿啊,元楷是你的二女之婿吧?"李世民问,"你家中有几个女儿?"

裴寂心里一沉,勉强笑道:"臣家里有三个闺女,二女嫁了元楷。"

"大女儿呢?"李世民笑道。

"大女嫁了段志玄的三儿子。"裴寂道。

段志玄是李世民的心腹大将,死忠于李世民,参与了玄武门之变,贞观元年被封为左骁卫大将军,樊国公。其人治军严谨,李世民评价为"周亚夫无以加焉"。自己的女儿嫁给段志玄的儿子,李世民可能不知道么?裴寂心里掠过一丝不祥。

李世民点点头:"那么三女儿呢?"

"呃……"裴寂顿时脸色涨红,讷讷难言。

"陛下,"长孙无忌低声道,"裴三小姐四年前便下落不明。"

"哦?"李世民挑了挑眉毛,"下落不明?可是遭了什么叵测?"

裴寂无可奈何,他也知道李世民不可能对此不清楚,只好低声道:"臣的三女儿……武德九年,被一个僧人蛊惑,竟然与其私奔……臣曾经派人追查,只是……事关体面,不好与外人言。”

李世民愣了愣,忽然怒道:“哪里来的妖僧,不守清规戒律,居然诱骗官家小姐?”

裴寂满头是汗,老脸通红:“臣也不知道他的法名,当日臣家里做法事,请了庄严寺的僧人,这个僧人也混了进来,也不知怎的……唉。”

他嘴唇颤抖着,不再多说。李世民体谅地点了点头,也没有再追问。

裴寂脸上一副羞怒的表情,心中则是犹如鼓槌狂擂,翻来覆去只是一个念头:“他知道了……他知道了……长捷啊长捷,若是全盘大计因你而毁,老夫非要将你碎尸万段!”

第十三章
君是何物？臣是何物？

罢免赵元楷的公文引起了沿途各州县的震动,李世民再三强调节俭、勿扰民,让一些存了心思拍马屁的官员惊出了一身冷汗。几家欢乐几家愁,霍邑县令郭宰却是眉飞色舞,这日一回到后宅就嚷嚷:“夫人啊,夫人,还是你的主意高啊!”

李优娘正在刺绣,抬起头问他:“相公怎么这般高兴?”

“能不高兴嘛,”郭宰哈哈笑道,“要是依了县里同僚和豪绅们的主意,我这个官就做到头了。陛下崇尚节俭,我这么大张旗鼓地扩街、腾宅,那不正好触了他的霉头嘛!还是你的主意好,让陛下住到兴唐寺,嘿嘿,风水好,环境好,地方宽敞。”

李优娘含笑望着他,心中却是一阵刺痛。自己和崔珏真是命里的孽缘啊,他拆散了自己原来的家,又要拆散自己现在的家,我等于是亲手把这个老实憨厚的男人推进了万劫不复的深渊……

“那不是挺好么?相公也省了心事。”她勉强笑道。

“嗯,夫人,我给你讲一件事。”郭宰坐到了床榻上,压低了声音道,“据说这次陛下在太平关遇到了鬼。”

“鬼?”李优娘愕然。

“对,具体我也不清楚,只是听赵城和洪洞那边的同僚讲的,他们已经接过圣驾，陛下整日阴沉着脸，洪洞县和我交好，特意叮嘱我一定仔细。这次，我把皇帝安排到兴唐寺，肯定能让他龙颜大悦。”郭宰得意无比，却没注意到自己夫人脸色更加惨白，兴奋地道，“圣驾已经到了三十里外，我这就去接驾了。今日恐怕有的忙了，估计好几日都回不了家，你和绿萝可吃好喝好，千万别让我挂心。”

李优娘茫然地点头，郭宰乐滋滋地去了。

郭宰这么一走，县衙仿佛空了一般，还不到晌午，寂静的后衙悄寂无声，空气静得有如一张薄冰，带着冰冷悚然的气氛。李优娘的心中有如野马奔腾，又有如两条绳子紧紧地绞在一块，狠命地拉扯——我该毁了这个家吗？

郭宰虽然不通文墨，相貌粗陋，可是为人朴实、诚恳，待我们母女简直比自己的命还要紧。一个再嫁之妇，能拥有如今的幸福，也算不易。我这就要毁了这个家，毁了郭宰的前途性命么？可想想崔郎，空负才华百丈，却命途多舛，他假装自缢抛弃我们母女，躲在兴唐寺六年都不曾来看望过自己，平日里恨他恨不得撕碎了他，可是一看到这个人，为何仍旧如同少女时那般不顾一切？

李优娘柔肠百转，忽然伏倒枕上呜呜痛哭。哭着哭着，鼻子里忽然闻到一抹甜甜的香气，脑子里倏然一惊，喃喃道：“你又要来了么？”

眼前一昏，顿时沉睡过去。

隔壁的厢房中，绿萝手中把玩着一张角弓，这种复合角弓制作极为繁琐，上好的柘木弓体，弓臂内侧贴着青色的牛角片，外侧贴着牛筋，弓身和角筋则用鹿胶黏合，然后用丝线层层缠绕，密集到连刀都插不进去，最后刷上漆。一张弓的制作往往需要三年才算成品，这张弓大约是前隋大业年间国力鼎盛时期制作，手艺之精良，更胜于武德年间所制，是郭宰最心爱的物品。

这张弓的拉力可达到一百二十斤，绿萝戴上扳指，搭上一支箭，拉到半开手臂已然乏力，森寒的箭镞在手臂间颤抖，只是毫无目的，也不知该射向哪里。

便在这时，门吱呀一声开了，绿萝一转身，箭头对准了门口，却不禁愣住了，门外，竟然站着一个灰色僧袍的老和尚！

这老和尚干瘪清瘦，满脸都是笑容，笑吟吟地看着她手中的弓箭："可是不知该射向何方？"

"你是什么人？"绿萝厉声道。

"阿弥陀佛。"老和尚笑道，"一个指点你迷途之人。"

"我有什么迷途？"绿萝冷笑，长时间拉着弓，手臂有些酸麻，只要一不留神，扳指扣不住，就会一箭射穿这老和尚的咽喉。

老和尚毫不在意，迎着箭头走了过来："你的迷途无非有二。一者，该如何面对优娘夫人；二者，该如何面对玄奘法师。老和尚说得对吗？"

"你——"绿萝身子一抖，颤声道，"你怎么知道？"

"老和尚不但知道，而且无所不知。你生于癸酉年六月初九日戌时，左脚底有一颗红痣。出生时六斤六两，因此你小名便叫六囡。"老和尚笑吟吟的，眸子里透出诡异的光芒。

绿萝越听越骇异，在这个时代，女孩子的生辰绝对是秘密，许配人家看双方生辰时才会出示，更别说自己脚底的红痣了，除了李优娘，只怕这世上无一人知晓。

"老和尚还知道，你的心中，不可遏制地爱上了一个男子。他才华出众，名满天下，他性格仁厚，对所有人都充满了关爱和怜悯。无数的人对他抱有期许，期待着他成为一个伟大的人物。你对他爱得如痴如狂，常常在梦里和他携手共度。只可惜，他是个和尚。"老和尚的眼里充满了怜悯，声音里也满是蛊惑，仿佛带着催眠人心的力量。

绿萝彻底惊呆了，手一颤，利箭脱弦而出，那老和尚毫不躲闪，笑吟吟地看着。所幸绿萝百忙中手一偏，利箭擦着他的肩膀掠过，夺地刺在了门框上。

"你……你到底是什么人？"绿萝心底冒出浓浓的恐惧。

"一个无所不知、无所不能的人。"老和尚缓缓道，"我可以处理你的一切难题，满足你所有愿望。"

绿萝喃喃地道:“我的愿望……是什么……”

“你想和那和尚在一起,你想自己母亲抹去私通的罪孽。”老和尚一字一句地道。

“你住口——”绿萝满脸涨红,厉声叫道,手抖抖索索地摸过来一根利箭搭在了弦上。

“你无法杀我。”老和尚毫不在意,“你心中的死局无人可解,而我,却可以达成你所有的心愿。想不想试一试?”

绿萝胸口起伏不定,充满杀气的眸子里渐渐露出了迷惘。是啊,我心中的纠结是一盘死局,无可解脱。她想了想,问:“你真的有法子?说说看。”

“说不得。”老和尚摇头失笑,“你跟我去兴唐寺,我带你去见一个人,解开你心中第一个难题。”

“兴唐寺?”绿萝沉吟了一下,“你可是要带我去见玄奘?”

“非也。”老和尚摇摇头,“如果你答应,那么闭上眼睛,当你睁开眼睛的时候,你已经到了兴唐寺。”

绿萝一脸不信,目光灼灼地盯着他。老和尚笑道:“信不信在你。不过再晚片刻,皇帝的车驾抵达了兴唐寺之外,你就无法进去了。”

“好吧,”绿萝认命地道,“信了你。”

说完闭上了眼睛,鼻子里忽然闻到一股甜香,脑子一阵眩晕,当即失去了知觉。

……

这一梦也不知多久,绿萝回到了童年时代,晋阳龙山景色旖旎,父母的茅草屋那般亲切,门外的那棵老松树依然披着一身斑驳的皱皮,父亲和母亲含着笑,坐在草地上看她在松下玩耍。可奇怪的是,她手里却牵着一个青梅竹马的玩伴,那个男孩子和她一般大小,极其可爱,头上戴着小小的鹿皮胡帽。

绿萝促狭地一伸手,扯下了他的帽子,却骇然发现,他居然是个光头……

"啊——"绿萝一声惊叫,猛地睁开了眼睛,却发现自己正躺在床榻上,鼻子里是浓浓的佛香味道,手边还放着那把角弓,三根箭镞。她呼地一下坐了起来,自己还穿着原来那身衣衫,却不是躺在自家的床上……黄色的帐幔,古色古香的窗棂,墙边的书架上堆着几卷佛经,内室还有个小门,里面水声哗哗,冒出一股硫磺的气息……怎么这么熟悉?

她跳下床,左右一看,不禁呆住了,外堂竟然是一座熟悉的佛堂,供着阿弥陀佛的像,这明明是兴唐寺菩提院啊!自己原来居住过的房间!

这一瞬间,有如时间倒流,仿佛又回到当日跟着玄奘住进菩提院,把波罗叶撵到厢房的时候。

"玄奘法师……"她惊叫一声,急匆匆地朝西侧玄奘的禅房奔过去,地上的蒲团险些绊了她一跤,也毫无知觉,砰地推开门,禅房内干干净净,连一直放在墙角的大书箱也不见了……

"那个老和尚竟然这般神通广大,皇帝进了霍邑,十六卫禁军接管城防之后,他居然还能把我弄到兴唐寺?"绿萝忽然心中一动,"他说可以解开我心中的死结,或许真的可以?一定要找到那个老和尚!"

她急匆匆地就往门外跑去,院中的温泉水仍在咕嘟嘟地响,充满硫磺味的水雾笼罩在小溪上,蜿蜒而去。而院子外面,却传来一阵杂沓的脚步声,轰隆隆的,仿佛有数百人在同时奔跑。绿萝甚至听到甲片撞击的哗啦哗啦声。

"这是铠甲的声音!"绿萝陡然一惊,经历过乱世的人,自然对这种军队的甲胄叶片碰撞声不陌生,这分明是一支装备精良的甲士急速奔跑时的声音!

"快,大将军有令,半炷香之内赶到山顶布防!山顶共扎营七座,轮值防守!"

远远的传来粗犷的呼喝声,甲胄碰撞的声音更强烈了,沉重的脚步声轰隆隆的有如滚滚闷雷在菩提院旁边滚过去。

"皇帝终于到了兴唐寺了……"绿萝怔怔地想,"可玄奘哥哥去了

哪里?”

与此同时,兴唐寺中,还有一拨人也在搜寻玄奘的下落。

摩诘禅院位于兴唐寺中风景最佳的一处地段,紧靠着李世民下榻的十方台,这里正是秘书监魏征住的院子。皇帝正兴致勃勃地在空乘、郭宰等人的陪同下游览兴唐寺,可作为心腹重臣的魏征,却猫在禅房里,愁眉苦脸地对比着地上摆放的几件破烂货——两根烧焦的竹篾、三片手掌大小的焦黄纸张、一团细细的钢丝、两张残破的羊皮……

“大人,”刚刚从蒲州任上紧急调过来的晋州刺史杜楚客走了进来,一看魏征的模样,不禁摇头,“还没有查出端倪?”

“是啊!”魏征揉了揉太阳穴,烦恼地道,“那两个鬼卒焚烧后,只留下这么点东西,我实在想不通,若是人为,它们怎么能够在半空中行走,又落到指定的位置?”

杜楚客笑了:“你没想过真是幽冥鬼卒?”

魏征看了他一眼:“老道我当了十几年道士,对幽冥之事自然知道很多。我既然查,就是把它当作人为来看待。”

“哈哈。”杜楚客是杜如晦的亲弟弟,跟魏征交情深厚,两人说话随意,当即哂笑,“是不是当道士久了,你自己知道所谓的幽冥都是骗人来着?”

魏征哼了一声:“老道可不会砸自己的饭碗,说不准过几年我致仕,还要重操旧业,给人卜卦算命呢。我是这样想,幽冥之事不管有没有,那绝非人力所能干涉,可我既然干涉了,就得从人为这个角度考虑。排除了人为,其他的就不在咱们掌控之中了。”

“这话不假,无论如何,必须保得陛下安全。”杜楚客也严肃了起来,“你看出什么没?”

“你看这两片纸,上面有字迹。”魏征拈起一片递给他。

“……譬如三千大千世界所有草木丛林、稻麻竹苇、山石微尘,一物一数,作一恒河;一恒河沙,一沙一界;一界之内、一尘一劫,一劫之内,所积尘数,尽充为劫……”杜楚客一字字地念了出来,皱眉道,“有点像是佛经之类。”

“没错。你学的是儒家,对佛教不大涉猎,这是《地藏菩萨本愿经》里的一句经文。佛经中讲,地藏王菩萨本是无量劫以前的一位婆罗门女子,‘其母信邪,常轻三宝’,因此死后堕入泥犁狱受苦,婆罗门女便在如来像前立誓:‘愿我尽未来劫,应有罪苦众生,广设方便,使令解脱。’转世成为菩萨之后,他发下宏愿:‘众生度尽,方证菩提;地狱未空,誓不成佛’。一直在泥犁狱里度化众生。”

“你这道士,对佛家竟了解的不少……”杜楚客喃喃道,“可这纸片又有什么玄机?”

魏征苦恼地道:“老道也是无解啊!综合看来,这两个鬼卒有些像纸扎的冥器,可有几个问题。一,纸扎冥器如何能飞行?二,如何能让它恰好落在指定位置?三,如果说其腹部内有灯火,有些类似孔明灯,为何箭镞射穿之后,却不燃烧或者坠毁?”

“还有一点,它们居然能够说话!”杜楚客补充了一条。

魏征看了他一眼:“这点老道已经解决了。”

“呃……”杜楚客眨眨眼,“怎么说?”

“腹语。”魏征冷笑,“纸扎冥器说话,根本毫无可能,在当时的环境下,唯一的可能就是说话的人藏在我们中间,用腹语来说话。高明的腹语完全可以让人摸不清说话者所在的位置,还以为是这两个鬼卒在说话。”

杜楚客骇然:“你认为是……”

“法雅!”魏征毫不犹豫地道,“这老和尚是千百年难得一见的人物,其博学多才,无所不通,懂个腹语不奇怪。最后他发出的那团金色光芒,类似一种障眼法,借以烧毁冥器。”他似笑非笑地看着杜楚客,“如果从人为的角度来解释,就只有这种法子了。”

杜楚客沉默片刻,喃喃道:“如果真是人谋,这人的谋划简直到了惊天地泣鬼神的地步啊!这么周密的谋划,看来是要咱们一步步坠入陷阱呀!”

魏征哂笑："咱们早就坠进去了，如果老道没猜错，这兴唐寺就是最终的龙潭虎穴，包括那个县令郭宰也甚为可疑，说时值春忙，民力虚乏，县城内狭小逼仄，上表请求陛下入住兴唐寺。看来这份奏表背后有高人指点啊，再加上裴寂在一旁煽风点火，说可以借着兴唐寺的佛气来压制鬼气，陛下就欣欣然地进了人家的套中。"

"我明白了。"杜楚客严肃地点头，"原来你和家兄让陛下把我调到晋州，有这等用意。"

"不错。"魏征点头，"对方经营了这么多年，只怕霍邑、晋州已经是铜墙铁壁，晋州刺史的位置拿在裴寂女婿的手里，我实在不放心，这才趁着陛下发火，把你调过来。你的任务就是坐镇霍邑。霍邑的城防我已经让尉迟敬德安排了两名校尉接手，但民事方面他们不便干涉，你这几日就待在县里，一应调动必须亲自掌控。"

"明白。"杜楚客点头。

"玄奘找到了吗？"魏征问。

杜楚客脸色有些难看，道："我带着人手在寺里找了半晌，没有丝毫消息，连你秘密安插的不良人波罗叶也失踪了。我亲自问过空乘，空乘说，玄奘法师已经于数日前离开了。玄奘曾经居住的院落名叫菩提院，那座院子现在是裴寂居住，在裴寂入住前我亲自进去了一趟，没有任何发现。"

"裴寂……"魏征的眼睛眯了起来，喃喃道，"有意思。"他霍然站了起来，"事不宜迟，既然咱们看不透对方的布置，就绝不能让他们这么优哉游哉地发动。老道去和法雅和尚聊聊天，刺激他几句。"

两人又商议了一番，并肩走出摩诘禅院，这时法雅应该陪同皇帝去了山顶，两人顺着台阶上行。过了大雄宝殿，走了不远，恰好看见法雅从大雄宝殿中走出来。

"阿弥陀佛，原来是魏大人。"法雅老和尚一脸笑容，远远地朝两人施礼。

"嗯？法师，您不曾随着陛下去山顶吗？"魏征有些诧异。

法雅苦笑："老和尚年纪大了，腿脚不好，走到这里，就已经腰酸背痛，只好离开圣驾，去参拜我佛，缓几口气。”

魏征见这老和尚虽然一脸皱皮，可满脸红光，精神矍铄，心里暗骂：“你这老家伙腿脚不好？鬼才信。”脸上却是一副怜悯的模样，“唉，既然如此，法师可千万注意了，兴唐寺中到处坎坷，莫要一不留神摔了跟头。您老这身子，可经不起。”

法雅脸上笑眯眯的：“老和尚六七十岁了，这辈子礼敬我佛，从未作恶，这寺中佛光百丈，哪里会有拦路的小鬼让老和尚摔跟头呢？再说了，天下寺庙，一沟一壑，一砖一瓦，无不在老和尚的脑中，就算闭着眼睛走也无妨。”

杜楚客饶有兴致地看着这两位打机锋，魏征是谋略深沉，法雅更是号称谋僧，曾参与李渊的军政机要，这两人比拼起来，哪里有自己插话的余地。

“唉，法师啊，只礼敬我佛可是不行的，还要礼敬陛下啊！”魏征淡淡地笑道，“人间万世，无不在陛下的掌中；一门一教的兴衰，也是看天子喜怒。出家人虽然无父，切切不可无君。”

法雅的老眼一眯，合掌道：“阿弥陀佛，魏大人，其实以老和尚看，大人您和老和尚倒是一路人啊！”

“这怎么讲？”魏征问。

“无君无父，对于老和尚只不过是身上皮囊所限，而对于大人您，却是铭刻于骨髓。”法雅笑道。

这笑容多少有些尖利，魏征的脸色沉了下来：“法师，这话从何而来？我怎么是无君无父了？”

“大人早年出家为道，与老和尚一般，是弃了尘缘，说是无父并不为过吧？”法雅道。

魏征默然，他从小家境贫寒，父母双亡，后来干脆做了道士。虽然是生活所迫，但从人伦角度而言，的确放弃了对父母和家族的责任。

“在前隋大业年间，大人本是隋朝小吏，炀帝自然是你的君主，大人却降了李密，可谓弃其君；后来又降了唐，再弃其君；大人受隐太子建成厚待，隐太子死后，复又降了秦王，三弃其君。老和尚说大人您是无君之人，大人以为然否?”

这话狠,魏征怒气勃发,冷冷地道:“在法师眼里,魏征竟是这种人么?”

“非也。”法雅正色道,“大人以道入儒,讲究民为重,社稷次之,君为轻。君主为四方之主,臣下为天下之仆,却不是某一个君王之仆。大人做官,为的是天下百姓,君主有选择臣子的权利,臣子同样也有选择君主的权利。在大人的眼中,没有君,只有天下吧?”

魏征怔住了,神色复杂地盯着这个老和尚,心中有如惊涛骇浪般起伏——这个老和尚,竟然是真正懂得自己的人!

只怕到了现在,所有人还都不理解,魏征当年劝谏李建成尽早诛杀李世民,而建成失败后,李世民为何轻松放过了他,反而大力提拔。因为只有李世民、魏征、裴寂、房玄龄这些人,才真正明白当年兄弟之争对刚刚建立的大唐朝意味着什么。

那是一场灾难!

唐朝甫立、民生凋敝,玄武门兵变前又是连续三年的旱灾,朝廷已经到了举步维艰的地步,而鼓励农耕、恢复生产这样的国家大事却始终无法去有效实施,无他,朝廷所有的精力和注意力都被兄弟俩夺位这样的大事所吸引。

在魏征焦虑如焚,提议建成尽快解决李世民,腾出手来稳定民生的时候,房玄龄等人何尝不是也为此焦虑?当时朝廷里,有远见的大臣都倾向尽快解决兄弟争端,哪怕以极端的手段也在所不惜,李世民对此自然知道得清清楚楚。

他明白魏征,在魏征的心中,没有君,只有天下。他可以数度背叛他的主人,因为他心里唯一的主人是天下;他可以劝谏自己的主人杀掉亲生弟弟,因为这样做对天下有利;他可以在自己的主人死后立刻投靠主人的弟弟,因为主人虽然死了,天下却还在。

所以李世民毫不犹豫地提拔魏征,因为他知道,这是一个诤臣,一个良臣,一个洞彻世事人心、纲常伦理的智者。只要自己做得对,他就会忠于自己;哪怕自己做得不对,他也会忠于大唐和自己的后代子孙!

魏征静静地看着眼前这个老僧,两个智者的目光平静地碰撞,冒出耐人寻味的火花。

“老和尚与大人一样,无君无父,却装着天下。”法雅幽幽地叹道,“只不过大人是儒家,讲究修身齐家治国平天下,老和尚却是佛家,以教化人心、使人心向善,民不敢杀生、不敢盗窃、不敢淫邪、不敢恶口、不敢毁谤、不敢瞋恚、不敢饮食无度、不敢悖逆父母,以求世事和谐。”

“那么,君呢?”魏征沉声道。

“君,在你眼中是什么,在老和尚眼中便是什么。”法雅道。

两名智者谈话的同时,就在他们脚下三十丈黑暗洞穴中,暗流涌动,阴风阵阵,玄奘和波罗叶在纵横交错的密道中也不知爬行多久。他们原本被困在一张巨大的绳网中,不过这绳网倒奈何不了波罗叶。他随身带有弯刀,割断网绳,和玄奘爬了出来,然后两人攀绳而上,进入了一座封闭的石室中。

这石室不大,上面开有天窗,从此两人就被困在了此处。所幸崔珏不打算饿死他们,每日都有人送饭,也不知待了多少天。最后还是波罗叶趁着送饭的人疏忽,把吊食盒的绳索悄悄挽了个结,甩上去套住了那人,才攀着绳索爬上天窗。

打晕送饭的人之后,波罗叶把玄奘也吊了上来,两人开始在密密麻麻的洞穴中爬行,这一日忽然感觉前面的洞穴口风声呼啸,急忙钻出来一看,一下子惊呆了——

就在他们面前,是一座高下四五十丈、宽有一二里的巨大洞穴!这座洞穴的四壁奔涌出十几条汹涌的地下暗流,冲进正中间的水潭里。那些地下暗流的河道上,到处都是机械关卡,有的暗流下方是巨大的叶轮,湍流冲刷着叶轮,轴承转动,带动一扇门板那般大的齿轮,而齿轮还连着手臂粗细的铁链,往复运动。这些铁链足有几百条,长达数百丈,纵横交错,延伸到幽暗的地底深处。

他们还见到一座巨大的水磨，安置在几条激流交叉的正中，这水磨上下六层，每一层都有十几张叶轮，在水力带动下旋转的力度各不相同。而水磨中间却是一根巨大的钢柱，足有十几丈高，人站在下面就如同蚂蚁一般。那钢柱穿透顶上的岩石，也不知伸到了哪里，看上去通天彻地。

按他们爬行的距离可以估测，这兴唐寺的地底，已经完全被凿空，尤其是正中间的这座有十几条暗流汇聚的地下洞穴，几乎就是一座大型机械动力中枢。如此庞大的架构，古往今来可谓闻所未闻。

玄奘和波罗叶的心底更是沉重，怪不得崔珏说自己和空乘各自负责一摊，仅仅地下这座工程，就比建造兴唐寺的难度大上百倍不止。如此大的手笔，可知他们的图谋有多大了。

看来这座洞穴的工程早已经完工，不需人力就自动运行，他们在底下待了这么久，也没见到一个人影，只是四周的岩壁上开着栈道，凿有孔洞，手臂粗细的横木插在孔洞中制成阶梯，绕着岩壁盘旋了好几圈。幸好四周的洞壁上开凿着上百座石龛，里面放着陶罐，估计陶罐中是燃油之类，灯芯有儿臂粗细，上百盏灯烛照得整座地下洞穴灯火通明。

两人从一处洞穴跳到栈道上，顺着栈道向上走，走了整整一圈半，距离顶端不到十丈，忽然听到人群的喧闹声隐约传来。波罗叶找了找，才在栈道上方发现一处洞穴，那声音赫然从洞穴中传来。

“法师，怎么办？”波罗叶问。

“只要有人，就能搞清楚这座地下世界的秘密。看看去。”玄奘道。打量了一下，这洞穴高有八尺，两人谁也够不着，最后波罗叶蹲在地上，让玄奘踩着自己的肩膀，先爬进洞穴。玄奘趴在洞穴口把僧袍卷成一股扔了下来，波罗叶拽着僧袍也爬了上来。

洞穴内幽暗无比，人的声音仿佛很远，又仿佛很近，嗡嗡嗡的，根本听不清在说什么。两人不敢打火折子，一点一点顺着洞穴往里面爬行。波罗叶手持弯刀爬在前面，两人累得气喘吁吁，足足爬了半个时辰，眼前忽然现出一抹光明，人声更清晰了。竟似乎有无数人在嗡嗡地说话。

“法师，只怕到了贼巢了。”波罗叶兴奋无比。

“噤声。”玄奘低声喝道。这洞壁这么窄，再小的声音也会被放大，一旦被里面的人觉察，那可就惨了。

两人小心翼翼地向前爬了五六丈，就到了一处“天窗”上，这天窗有三四尺宽，底下似乎是一座巨大的房间，明亮的灯光从里面投射上来，在洞壁的顶上照出一大团光晕。两人悄无声息地爬到“天窗”边缘，探出脑袋一看，顿时惊呆了。

下面竟然是一座巨大的囚牢！

这座囚牢有一亩地大小，中间用粗大的木栅栏分成十几个小隔间，中间是过道，每个隔间里都有七八个人，总共居然有上百人之多。而且分门别类，有些隔间里是男人，有些是女人，还有些是老者，甚至有几处是孩子！

这个“天窗”正底下的隔间或躺或站，有十几个男子，一个个目光呆滞，有气无力，其中几人正蹲在一起说话，听那方言，应该是河东道北部朔州、代州一带。天窗距离地面接近两丈，超过两个成年人的高度，因此牢笼顶上并没有栅栏，从天窗可以直接跳进去。

两个人探头看了片刻，一脸不解，想说话又不敢。犹豫了片刻，玄奘轻轻敲了敲石壁，波波。声音一响，牢笼里的人惊讶地抬起头，一看见顶上多了两个人，顿时喧哗了起来。

“好汉，好汉，快救救我们！”一个中年男子狂喜，朝他们招手大叫。

“嘘——”玄奘低声道，“别说话，低声点！这里是什么地方？你们怎么会在这里？”

“我们也不知道这是哪里，俺老家是代州唐林县，到京畿道做买卖，路上遭了劫，被砸了一棍子昏迷了，醒了就到了这儿。”那个中年人压低了声音道。

“俺也是。”另一个三十来岁的男子道，“俺是岚州静乐人，一次正在家里打谷场睡觉，不知咋的醒了就到这儿了。”

玄奘和波罗叶面面相觑，这也太邪门了。难道是崔珏把这些人掳来的吗？他掳这么多普通的百姓作甚？

“你们还有谁知道这是什么所在？”波罗叶也问。

其中一个衣衫褴褛的汉子懒洋洋地道：“你俩都别问了，这里我估计是地下的山洞，我被囚禁的时间最长，已经一年了都没搞清楚，别人更不知道了。”

“你是什么人？”玄奘问。

那汉子嘿嘿一笑：“我是定扬天子手下的校尉。”

“定扬天子？”玄奘一时没想起来。

“就是刘武周。”那汉子低声笑道。

玄奘这才恍然，刘武周曾经被突厥封为定扬天子，估计他手下就是这么称呼他的，不过除了刘武周自己，隋末的其他反王谁也没拿他这天子当回事。因为突厥封的天子太多了，当时颉利可汗还以为天子是汉人的一个高官，凡是投靠自己的汉人割据势力就封为天子。梁师都、郭子和也都当过突厥的天子，连李渊也险些享受这一待遇。

“十年前我跟着刘武周和宋金刚侵入河东道，没多久就在柏壁被李世民击败，部队溃散，两个王爷逃了，我们有几百个弟兄没法逃，就躲到山里当了山贼，这么多年打家劫舍，过得也算快活。没想到三年前，太原府发兵围剿，都做了俘虏，后来有个大人物把我们买了下来，接着就被五花大绑，黑巾蒙眼，带到这里的地下岩洞修建工程。”这名定扬天子的前校尉、曾经的山大王、后来的苦力、现在的囚徒一脸无所谓的样子，“弟兄们累死、受伤死了上百人，工程修好后，就被囚禁到了这牢笼里。”

“其他人呢？这里还有你的兄弟们吗？”玄奘问。

那汉子仰头看见了他的光头，忽然笑了：“没了，隔三差五就会有士卒来带走几个。原来是个和尚。嗯，和尚啊，我也不知道你怎么到了这里，不过你如果不是他们的人，那就算倒了血霉了。这里的监工他妈的不是人，活生生会折磨死你的。而且这里处于地底，四周封锁严密，密道交织，你根本逃不出去。”

玄奘眉头紧皱，正想再问，忽然身后响起一声冷笑，有人喝道："下去——"

两人魂飞魄散，还没来得及回头，只觉腿脚被人抬了起来，身子嗖地朝天窗跌了下去。两人惨叫一声，拼命抓住天窗，身子悬在了半空，就见背后的洞穴里出现两个戴着面具的黑衣人。

那两个黑衣人愣了愣，可能没想到这俩家伙身手如此敏捷，随即拿脚在他们手上一踹，两人手掌吃痛，闷哼一声，双双跌了进来。下面的人惊叫一声四下躲闪，两人实脱脱地摔在了地上，只觉五脏离位，难受得险些吐血。

那两个面具黑衣人朝下面看了看，忽然惊讶地叫了一声："怎么有个和尚？咦，这个还是个胡人！奇怪，难道有外人潜入？快去禀告大总管！"

两人掉头钻进石洞，向外面爬着走了。

玄奘和波罗叶好半天才回过气，两人面面相觑，都感觉嘴里发苦，怎么没注意身后呢？其实这也怪他们，这么庞大的地下洞穴，动力中枢，两人转悠了半晌没见人影，可真的就没有巡逻队吗？

"两位，恭喜咱们一起做了同僚。"那位前校尉懒洋洋地笑道。

两人爬了起来，均是无言以对。

玄奘看了看周围，隔壁几个牢笼的男男女女都漠然注视着他们，目光里痴呆，麻木，没有丝毫感情。他不禁奇怪："他们抓这么多人关在这里究竟作甚？"

"男人自然是做苦力了。"前校尉哼了一声，"你们想必也看到九龙口的机械枢纽了，那么庞大的工程便是靠我们的白骨堆出来的。"

"原来那个地穴叫九龙口。"玄奘点了点头，"那这些女人和孩子呢？"

前校尉摇头："老子也不知道。只知道那些人隔不多久就会带走一些人，从此一去不回。今天只怕也该来了。"

话音未落，只听远处响起哗啦啦的铁锁声，随即嘎吱一声响，玄奘二人从栅栏里探出半张脸朝过道外侧看，隐约可以看到几百步外有一道铁门打开，门口传来对话："大总管有令，带两名强壮男子。"

一个仿佛是看守的声音道："嗯，验过了。老黄，回头给大总管美言几句，老子都七八天没出去了，好歹让出去透口气啊！"

"好啊，回头你在赌桌上输我三十贯，我就替你美言。"那人笑道。

"屁。老子这个月的差俸都输给你四贯了。还让不让人活？"那看守恼怒不已。

门口响起哄笑声："谁让你把自己的轮值拿来当赌注？你就老老实实地再值守半个月吧！"

波罗叶喃喃道："他们的差俸居然这么高，一个看守，居然比正四品的高官还多。"

"正四品高官月俸多少？"玄奘问。

"四贯二百钱。"波罗叶张口即来。崔珏当初因为建造兴唐寺耗费太大，引起朝廷关注，波罗叶被魏征派来时，特别查询了不同品级官员的俸禄。

玄奘阵阵无语，同时也吃惊，这崔珏到底掌握着多大的财富？连一个普通狱卒的收入都比得上四品高官，只怕他真的比朝廷还富有了。

正在这时，四名戴着獠牙面具的甲士已经到了他们所在的牢笼前，打开栅栏门，其中两人手持长刀警戒，另外两人手里却拿着个长竿，长竿端头是一个绳圈。两人冰冷的目光朝里面扫视一眼，众人畏畏缩缩地躲到了角落里，缩着脖子蹲下。

玄奘和波罗叶傻傻地站在中间，有如鹤立鸡群。

两名面具甲士对视一眼，点了点头，手中长竿一挥，正好套在玄奘和波罗叶的脖子上，使劲一拉，两人的脖子被勒紧，立足不稳，被扯出了牢门。门口的两人咔嚓锁住牢门。那长竿有一丈长，两人伸长胳膊腿也踢打不到对方，但波罗叶怀中藏有弯刀，正要把手伸进去，玄奘狠狠踢了他一脚，拼命眨眼。

波罗叶顿时会意："我们这是要被带去见这里的大总管啊！"

于是不再挣扎，和玄奘老老实实地被那四个人用长竿套着，推搡了出去。一路经过过道，看到左右牢笼里的囚犯，竟有二三百人，玄奘的目光缓缓掠过一群衣衫褴褛、身子瘦弱的孩童，双手合十，心里默默地念起了《地藏菩萨本愿经》。

山腹之中无日月，不知人间变迁，不知日月经行，所有的光明只是靠着山壁上闪耀的火把和油罐，巨大的火焰噗噗地闪着，被拉长的人影剧烈颤动，有如阴司幽冥。

玄奘二人被四个面具甲士押送着出了这座囚牢，外面是一条宽阔的通道，地面和四壁开凿得很是平整，弯弯曲曲走了二里地，到了一处峭壁边上。那峭壁旁放着一座和在空乘禅院里看到的坐笼一般大小的笼子，顶上吊着手臂粗的铁索。

四名甲士用长竿把两人推进笼子，然后松开绳圈，抽回长竿，关闭上了铁门。随后一个人拽过来挂在崖壁上的一根绳子摇了摇，头顶也不知多高的地方隐约传来一声铃铛的鸣响，便听见嘎嘎的锁链绞动声。

两人乘坐坐笼已经有了经验，急忙坐稳，抓住周围的铁栅栏。果然，坐笼一阵摇晃，开始缓缓上升，波罗叶喃喃道："我发誓，这辈子再也不吃鸡了。"

"为何？"玄奘好奇地问。

"您难道没觉得咱们如今就像笼子里的鸡吗？"波罗叶苦笑，"连续乘了两次坐笼，我心里有阴影了。"

玄奘哑然，低头看了看底下，顿时一阵眼晕，只怕已经升起来十几丈高了，他急忙闭上眼睛，喃喃念起了经。波罗叶看得很是佩服，这和尚，当真镇定，这当口居然还能记得清经文。

又过了一炷香工夫，坐笼嘎吱一声停了下来，到了山壁中间的一处洞口。洞口有两名面具甲士，一言不发地将坐笼转了过来，门朝着洞口，拉开铁栅栏门，示意两人出来。玄奘率先钻出坐笼，随即那甲士一扬手，给他套上了头套。眼前一黑，什么也看不见了。脖子上又被套上绳圈，被人用长竿拉着走。两个人谁也没有说话的兴致，默然无声地跟着走，也不知走了多远，拐了多少个弯，只觉眼前异常明亮，隔着头套也能感受到强烈的光明。

“呵呵，玄奘法师，别来无恙？”耳边忽然响起一个苍老的声音。玄奘侧耳听着，只觉这声音竟是如此熟悉。

“怎么敢如此对待法师？”那人呵斥道，“快快摘了头套。”

“是。”身边的甲士恭敬地道，随即呼的一声，头套被摘掉，玄奘的眼前一亮，才赫然发觉，自己竟然置身于一间干净的房间内。这房间有窗户，窗外透出强烈的光亮，看样子竟是到了地面。旁边的波罗叶也被摘掉头套，睁大眼珠子叽里咕噜地打量四周。

地上放着一张坐榻，榻上还摆放着软垫。坐榻中间摆放着一副黑楠木茶几，一壶清茶正散发出幽幽的香雾，旁边的地上还放着一只小火炉，上面咕嘟嘟地烧着一壶水。火炉旁则是一张小小的食床，上面摆着各色精致的点心。

而坐榻的内侧，却趺坐着一个面容瘦削、皱纹堆垒的老和尚。玄奘适应了一下房间里的光亮，这才看清那老僧的模样，不禁大吃一惊：“法雅禅师！”

第十四章
策划者、参与者、主事者

“来来来，玄奘法师可受苦了。是老和尚思虑欠妥，才让法师受了这般折磨。”法雅笑吟吟地朝他招了招手，示意玄奘入座。

玄奘和法雅在长安时颇为熟稔，一个是佛门大德，一个是后起之秀，两人经常一起谈禅辩难，玄奘的口才几乎在长安的僧人圈子里没有对手，也只有在法雅这里才讨不到便宜。因为这老和尚所学太驳杂了。

“你既然来了，那么陛下也定然到了吧？”玄奘苦笑一声，上了坐榻，坐在他对面。波罗叶更不客气，一屁股坐了上来，伸手拿过几样糕点往嘴里狂塞。

“嗯，昨日到的。”法雅笑着替他斟了一杯茶，双手奉上，“和尚老了，一路舟车劳顿，也不知崔珏竟然把法师困到了这里，直到这时才抽出时间来见你，千万恕罪。”

玄奘和波罗叶已经有两天没吃饭了，饿得前胸贴后背，他也不客气，喝了几碗茶，吃了点东西。脑子里却把最近这几天所经历之事理了理，点头道：“其实贫僧早该想到你的。空乘是你的弟子，他住持兴唐寺，这背后自然是你在操纵。何况这么精妙复杂的机械机关，也只有你能设计出来。”

法雅含笑点头：“法师还查出什么了？”

“分工。”玄奘想了想，“如此庞大的手笔，无论空乘还是崔珏，都不可能是幕后的策划者和掌控者，能够策划出这么复杂的计划，能够调动这么庞大的财力，也只有老和尚你了。照贫僧看，佛门对此事应该并未广泛参与，顶多只是暗地里以钱粮支持，那么也只有你的地位能够调动起佛门这个资源；至于在朝廷中，主事的人应该是裴寂大人吧？修建兴唐寺是太上皇的旨意，又发起这么大的场面，朝廷中没有一个强有力的人物支持，绝对无法实行。贫僧本来怀疑是萧瑀，也只有他对佛门的狂热，才会冒着触怒皇帝的风险来支持你。不过，他权位不足，后来贫僧听说裴寂的地位岌岌可危，料来朝廷中的那位贵人应该是他了。”

“没错。”法雅欣赏地看着他，“裴寂大人是太上皇的辅臣，当初限制秦王府、诛杀刘文静，做了不少令陛下反感的事情。陛下登基之后，根基未稳，又格于‘三年无改父之道’的古训，一时间倒没对裴寂下手。不过裴寂自己心知肚明，一直这么被动下去，他的下场恐怕会追随刘文静了。因此才和老衲联手，做了这场局，冒险一搏。”

“贫僧至今未明白你最终的目的是什么，不过以当今天子的雄才大略，你们未必能够如愿。”玄奘摇摇头，“你这个计划很周密，佛门提供资金，朝廷中裴寂提供保护，甚至能出动大军把山贼给抓来干劳役。地方上，则有崔珏全面负责，寺庙里，有你的心腹弟子空乘坐镇。只怕到目前为止，唯一的破绽就是耗资实在巨大，引起了朝廷的注意，派人来查崔珏的账目，逼得崔珏不得不假死，暗中躲藏起来吧？”

法雅沉吟了片刻，摇摇头：“这点算不得破绽。当年的资金并非朝廷提供，而是用崔珏四处募捐的名义，因此账目并不受朝廷支配。朝廷派人来查账目固然麻烦，但崔珏之所以假死，还有个原因是因为地面建筑已经完工，剩下的地下工程需要他日日夜夜监管。于是他这个县令就做不得了，干脆自缢假死，一则人死账销，朝廷没了因由，二来他可以脱身来监督工程。真正最大的破绽，不是崔珏，是长捷。”

“长捷？”玄奘悚然动容，“贫僧的二兄在这里面究竟扮演了什么角色？”

当年长捷杀师逃亡，令玄奘痛苦不堪，发下宏愿一定要找到长捷，昔日婆罗门女因为母亲堕入地狱，愿尽未来劫，使母亲脱离苦海，自小长捷待他如兄如父，做弟弟的岂能看着哥哥沉沦苦海而毫无作为？他这才跋涉数月，满天下的寻找长捷。

"长捷便是这个计划中最容易暴露的一人，联络信使。"法雅叹了口气，"其实无论老和尚我、裴寂大人还是崔珏和空乘，都相对安全，不会引人注意，最容易暴露的人，便是四下里奔走，把各方意志进行传达、协调的那人。当年老衲为了这个人选煞费苦心，这个人长相要普通，不引人注意；但学识要渊博，去各个寺庙能够说服那些住持们；另外还要机警、大胆，对佛门有矢志不移的信念。你知道这个最佳的人选我们一致公认是谁吗？"

他目光灼灼地盯着玄奘，眼睛里是无穷无尽的韵味。

"难道便是长捷？"玄奘皱眉。

"不是长捷，而是你呀！"法雅神情复杂地望着他，"当年仅仅二十一岁的玄奘和尚！"

"我？"玄奘惊呆了。

连波罗叶都忘了吃喝，嘴里塞着一块水晶糕，瞪大眼睛茫然地看着他。

"长相普通，学识渊博，沉着冷静，胆大心细，信念坚毅……"法雅幽幽地叹气，"这些优点，谁能比得过你？"

"没错，没错。"波罗叶含混地赞同，这个和尚的厉害他可真是见识过了，这些优点远远不足以概括他的厉害。

玄奘苦笑不已："为何竟没有人和贫僧谈起过此事？"

"不是老衲我不愿找你，而是空慧寺的住持玄成法师不愿。"法雅无奈地道，"也不知玄成法师为何会对你那般欣赏，竟直接告诉老衲，说你乃是佛门千百年难得一见的杰出人才，甚至有可能使佛门的兴盛达到一个巅峰，他绝不允许老衲把你要了去，当作一颗棋子消耗掉。"

"玄成法师……"玄奘的眼睛湿润了，当年自己兄弟俩逃难到了成都，身处乱世，衣食无着，正是蒙玄成法师收留，言传身教，珍本经书毫不吝啬地赠送，才使玄奘学问大增，在成都闯出了自己的名号。但玄成法师从未对他讲过，他对他的期许竟然这般高！

“后来你一门心思想着外出参学，游历天下，竟留下书信，不告而别，老和尚也没了办法。正在这时，你哥哥长捷主动请求自己担任这个角色，当时玄成想让他做自己的继承人，把衣钵传给他，心中也是犹豫。但长捷坚决要做，老和尚见他意志坚韧，也不比你差，于是就同意了。”法雅道。

玄奘只觉喉头有些哽咽，自己的哥哥……竟是替自己走了这条路啊！

“那他为何杀了玄成法师？”玄奘低声问。

“不得不杀，不能不杀。”法雅的眼睛也湿润了，“老和尚的这桩计划，一旦成，足以保佛运百年不衰，但是一旦露出破绽，就会遭到惨重的打击。非但所有参与的人活不了，就是参与的佛寺，整个佛门，都会有灭顶之灾。长捷既然做了这桩危险的勾当，就要彻底脱离和空慧寺、和整个佛门的关系，甚至成为我们的敌人。于是，玄成法师立志舍身，让长捷一刀斩下了自己的头颅。”

玄奘默默在心中复原着那场血腥的往事，想着玄成法师的惨烈悲壮，哥哥长捷内心的煎熬和痛苦，他无论如何也想不到，自己要寻找的亲人，竟然是这场神秘计划中的一个殉难者。

“那么长捷现在何处？”玄奘充满期待地问。

法雅苦笑：“他在哪里，这个世上没人知道。若是知道，他早就死了。”

“这是为何？”玄奘吃惊地问。

法雅有些踌躇，思忖半晌，才叹了口气：“算了，老和尚就原原本本告诉你吧！长捷为了执行计划，协调各方，整日奔走在京师各个寺院、官邸，武德九年，玄武门兵变爆发，朝中形势混乱不堪，计划无法再进行，于是老和尚决定收缩，把力量暂时隐藏起来。那段时间裴寂的地位摇摇欲坠，谁也不知道新皇帝即位后会怎么对待他，为了安抚他的情绪，老衲自己不方便出面，便让长捷住在他家中，稳定他的心情，给他做法事。裴寂家中有三个女儿，大女儿和二女儿都已经出嫁，只剩下三女儿，名叫裴缃还在闺中。也不知怎的，两人或许是接触久了，或许是这么多年的艰辛让长捷疲惫了，他竟然和三小姐裴缃私定了终身……”

“什么?”玄奘怎么也没料到竟然发生了这种事,一下子目瞪口呆。

法雅苦笑不已:“老和尚也没想到啊!这种事根本瞒不住人,连裴寂都知道了。当时是什么情况,裴寂作为太上皇的辅臣,还不知新皇怎么处置他,整日焦虑难安,偏生家里又出了这档事。更可怕的是,新皇位置不稳,又赶上义安郡王李孝常谋反,新皇怕朝中重臣和李孝常勾结,还在裴寂家里派了不良人监视,这下子,连皇帝都知道了……”

事情确实危急,连玄奘这个局外人也是一头冷汗。波罗叶在旁边补充了一下:“没错,我当时已经进了不良人,被安排在一个西域胡商家中监视。因为贼帅觉得这个胡商有可能为李孝常贩运军械。”

“那么后来呢?”玄奘急忙问。

“后来裴寂暴怒之下,想杀了长捷。没想到长捷神通广大,居然在戒备森严的相府中,把三小姐偷了出来,两人一起私奔了。”法雅一直摇头,“这事越搞越大,这丑闻连朝廷里的同僚都知道了,裴寂也是骑虎难下,干脆派了一队杀手追杀。这时候,老和尚才知道自己选人的眼光有多好啊,长捷居然以一人之力,带着个女孩,不但摆脱了杀手,而且悄悄把两份信函递送到了老衲和裴寂的手上。”

“他信函中说些什么?”玄奘问。

法雅想了想,道:“他在信函中讲,这些年忍辱负重,隐姓埋名,自己已然是无戒不犯,心中信念早已经崩溃。唯一活着的理由,便是不知自己究竟为何而活。直到遇见了三小姐,才明白了人生的另一种意义。他今生只愿带着三小姐隐居乡野,男耕女织,再不愿牵涉入人间是非。他希望老僧和裴寂放他一条生路。”

仅仅透过法雅的转述,玄奘依然能感受到长捷心中的那种痛苦,无可名状,无可排遣。他冷笑一声:“你们会放过他吗?”

“他手段了得着呢!你以为是在哀求我们吗?”法雅苦笑,“他将我们的整个计划写了一份备要,不知道放在何处,扬言只要我们敢对付他,那东西

就会呈递到皇帝的面前。你说我们能怎么办?”

玄奘哑然。

“于是老和尚和裴寂不得不妥协,算了,他爱怎样怎样吧!只要我们能顺利将计划执行到底即可,只要计划成功,抹去了一切痕迹,他哪怕亲口告诉皇帝都不妨。”

玄奘也苦笑不已,真没想到自己的哥哥居然有这等手段,连谋僧法雅都被他涮了一把:“怪不得几日前我与崔珏谈起他,崔珏对他恨之入骨呢,原来竟是他背叛了你们。”

法雅点点头,脸上现出怜悯之色:“这世上,最恨长捷的人只怕就是崔珏了。”

“这是为何?”玄奘好奇道。

“崔珏被他害惨了呀——”法雅摇头不已。

正在这时,忽然两人的床榻底下一震,仿佛有一头小兽正从地底下拱了起来,玄奘身子一歪,随即一条鲜亮的人影从床榻下钻了出来,抓住法雅叫道:“我爹爹到底怎么样了?”

玄奘、波罗叶顿时目瞪口呆——这位从床榻下钻出来的人,赫然是绿萝!

“小姑娘,稍安勿躁。”法雅摆了摆手,“不是让你好生听着吗?怎么这时候蹦了出来?”

“我要见我爹爹!”绿萝的眼波匆匆掠了玄奘一眼,瞪着法雅道。

“你爹爹眼下可见不了人。”法雅失笑道。

玄奘叹了口气,虽然不知道为何绿萝突然出现,但他也知道这个少女的一大心愿,低声道:“绿萝小姐,你爹爹此时只怕是假扮空乘,正陪伴着皇帝呢。”

“空乘?”也不知为何,绿萝的眼光始终不愿和玄奘碰撞,低下了头道,“空乘不是已经被我杀了吗?”

玄奘苦笑:“正因为你杀了空乘,你爹爹才不得不假扮他,应付皇帝。”

说着将那日发生在婆娑院的事情讲述了一番，绿萝霍然抬头，凝视这玄奘，颤声道："你是说……那日和我母亲在一起的……是我爹爹？"

法雅呵呵笑了："小姑娘，老和尚不是告诉过你，能满足你所有的心愿吗？难道，和你母亲密会的人是你父亲，你不满意吗？"

这巨大的冲击让这个心思单纯的小女孩呆滞了。

那日她被法雅带到了兴唐寺，说要解决她心中的两个难题，可醒来后却是躺在菩提院，没多久法雅出现了，带着她进入这间密室，让她钻到床榻底下，叮嘱她，无论见到什么人，听到什么话都切不可发出声音，更不可出来。

绿萝信誓旦旦地答应了，没想到来的却是玄奘！

她早就对玄奘抱了异样的心思，还以为法雅是来规劝玄奘还俗，偿自己的心愿，一时间心中小鹿乱撞，连身子都软了，没想到两人的对话却丝毫不涉及这方面，她正自失望，却被两人的对话惊得目瞪口呆！

——自己的爹爹竟然活着！

——当年的自缢身亡竟然是一场假死！

绿萝做事虽然鲁莽，却不是毫无心机，当下耐心听着，随后便听到自己的父亲被长捷害惨了这类的话，她再也忍耐不住，当即钻了出来。

她痴痴想了半晌，问法雅："那……爹爹和娘亲私会，自然是……可以的吧？可郭宰呢？我娘不是也嫁给了他吗？这算不算对不住他？"

此言一出，饶是法雅和玄奘都是智慧高绝的人物，也不禁面面相觑，做声不得。这如何回答？说李优娘不守妇道吗？也不对，那毕竟是她前夫。说她应该和崔珏幽会吗？这更加不妥，两人虽然不曾离异，可崔珏死了，婚约自动废止，而且她又嫁给了郭宰……

两人一时头大无比。

法雅只好拿个话岔开："小姑娘，好歹老和尚算是解开了你心中的枷锁了吧？从此你不会再恨你的母亲了吧？"

绿萝想了想，自己也觉得这事儿想不明白，但到底对母亲的恨意冲淡了许多。好像……好像私会的对象是父亲，也不是不可以接受，于是点了点头。

“老和尚说话算数，你的第一个心愿算是完成了吧？”法雅笑眯眯地道。

绿萝红着脸点点头，敛衽一礼：“多谢大师。”

玄奘和波罗叶从没见过她这么温婉有礼的模样，一时都有些发呆。看她憋着小脸，一本正经的模样，波罗叶都替她难受，噗地笑了出来，绿萝狠狠瞪了他一眼，波罗叶立刻噤声。

法雅轻轻咳嗽了一声，绿萝立时敛眉顺目，乖乖地坐到了榻上。那神情就跟个听话的小媳妇似的，看得玄奘和波罗叶又是好笑，又是骇异。这老和尚究竟有什么手段，竟能把这小魔女降服得如此服帖？

这两位吃绿萝的亏太多，根本不敢相信她从此转了性子，成了大家闺秀，这里面肯定有鬼。

“你的第二桩心事呢……”法雅呵呵而笑。

“大师……”绿萝红着脸迅速地瞥了玄奘一眼，急忙又低下头去。

“这有什么？男大当婚，女大当嫁，又不是见不得人的事。”法雅哈哈大笑，朝着玄奘道，“老和尚这就明说了吧，法师呀，绿萝小姐对你有些想法……”

他正在组织词汇，玄奘已经点头：“贫僧知道。”

“呃……”这回轮到法雅吃惊了，“你知道？”

“知道呀！”玄奘淡淡地道，“绿萝小姐一直以为她爹爹崔珏是被长捷逼死的，因此对贫僧怀恨在心，一直想杀了贫僧。不过如今你已经知道崔珏还活着，其中另有因由，想必不会再暗地里刺杀贫僧了吧？”

玄奘一直对这事颇为头疼，谁身边跟着个暴戾的小杀手，趁个冷不防就捅过来一刀子都会提心吊胆的。

绿萝的小脑袋拨浪鼓一般的摇，讷讷地道：“不……不会了……”

法雅苦笑不已：“老和尚说的可不是这事。法师呀，其实，绿萝小姐是爱上你了，期望法师还俗，与君成就百年之好……”

“噗——”玄奘一口茶水喷了出来，然后嘴巴合不拢了。

"呃……咳咳……"波罗叶则是被糕点给噎住了,漆黑的脸膛涨得通红。

绿萝没想到他居然这么直白就说了出来,顿时又羞又怒,涨红了脸,深深低下了头。

一时间,屋子里四人大眼瞪小眼,谁也说不出话来。

"阿弥陀佛。"好半晌玄奘才缓过气,双手合十,肃然道,"法雅禅师,这是何意?你与贫僧相交也有数年,贫僧的向道之心难道你不清楚吗?贫僧这副皮囊,早已寄托青灯古佛,不再有人间孽缘,绿萝小姐少女心性,可禅师何许人也,何必来使一个无辜的少女误入歧途?"

"我不是少女心性!"绿萝霍然抬头,泪眼盈盈地看着他,倔强地道,"我就是爱你了,怎么了?不行么?"

玄奘无语,口里只是喃喃地念着佛。

"波罗叶说,爱情绝不是羞耻的,它是世上最美好的感情。"绿萝眼泪汪汪的,"我就是爱上你了,为何不敢说出来?为何要掩饰?你是佛徒,你是圣人,能够断绝六欲,弃绝红尘,我只是一个普通人,爱上谁是我的错吗?"

"看你做的好事!"玄奘狠狠瞪了波罗叶一眼。

波罗叶一脸委屈:"我只是跟她讲《伽摩经》,可没让她爱上一个和尚。"

玄奘气急,却拿他无可奈何。

法雅叹了口气:"法师,这桩事老和尚也知道为难,但也是无奈之举啊!"

"你蛊惑一个无知少女,有什么无奈的?凭你的智谋,岂非手到擒来?"玄奘冷冷地看着他,嘲讽道。

"法师有所不知。"法雅苦笑,"早在十年前,玄成法师就要求老衲,在任何情况下都不可伤了你的性命。后来你没有参与这项计划,此事也就无从谈起了,然而数月前你为了寻找长捷,非要来霍邑,老衲便特意送信给空乘和崔珏,要他们保护你的安全。可谁料想法师实在厉害,竟然靠着一己之力,慢慢接触到了这项计划的核心,逼得崔珏不得不现身。也不知为何,崔珏固执地认为你是一个最危险的敌人,非但不会认同我们的计划,而且会把计划泄露出去,因此他屡次三番要求老衲允许杀了你。但老衲既然答应了玄成,又怎么能毁诺?再三拒绝,要求他不得轻举妄动。”

法雅这番话玄奘倒相信,因为崔珏自己也说过,他答应了别人不能杀自己。看来是迫于法雅的压力。

“可是……”法雅叹气不已,“前几天崔珏去了一趟霍邑县衙,才知道自己的宝贝女儿居然爱上了你这个和尚!他恼怒无比,非要杀你不可。于是他就和老和尚打了个赌约,杀不杀你不由我们来决定,让绿萝来决定!”

“什么?”玄奘和绿萝一起惊讶地看着他。

“那就是要看看在绿萝的心里,究竟是他这个父亲重要,还是你这个和尚重要。”法雅道,“你已经知晓了我们的秘密,若是放你出去,你必定要跟陛下说起吧?”

玄奘思忖片刻,断然点头:“不错,贫僧不晓得你们计划的核心是什么,可是贫僧知道,你们的计划必然会损害帝王威严和朝廷法度,这种事过于疯狂,一旦被朝廷查知,便是佛门的一场浩劫。贫僧不会允许这种事情发生。况且,佛门也不应拿这种鬼祟、怪诞的手段来求得昌盛,佛家奥义,在于教化人心,你们所实行的,只是邪道罢了。”

“崔珏对你的判断果然没有错啊!”法雅惋惜地望着他,又看了看绿萝,“绿萝小姐,眼下的情势你也明白了吧?如果这僧人走出去,那么你父亲所做的一切就会暴露于光天化日之下,届时朝廷震怒,你父亲固然要人头落地,连你母亲、郭宰也逃不过被诛杀的命运。对你而言,其中究竟孰轻孰重,自己思量。”

绿萝目瞪口呆,没想到自己面临的不是一场美好的姻缘,而是一场撕心裂肺的选择!

“为什么非要我选择?”绿萝怒视着他,嘶声叫道。

“这不是老和尚的主意,”法雅叹息,“是你爹爹的主意。他认为,只有让你亲手斩断了和这僧人的孽缘,你才能彻底解脱。父为子纲,你的命运由你爹爹来安排,老衲也没什么办法。”

绿萝痴痴地盯着玄奘,清丽的小脸上泪水奔涌。

“其实也很容易选择，”法雅道，“只要玄奘答应了你，还了俗，一切都迎刃而解。”

玄奘干脆不理他了。

“哼，你们想如何便如何么？”波罗叶冷笑，从怀中抽出弯刀，“老子杀出去，只怕你这老胳膊老腿的和尚也挡不住吧？”

法雅含笑看着他不语。

波罗叶觉得有异，噌地跳下床榻，扑到了窗边，正要一脚踹过去，忽然愣住了。他小心翼翼地推窗，却推不开，拿刀子在窗棂纸上捅了个洞，顿时一阵冷风吹来，他眯着眼睛朝外面一看，不禁呆住了——窗外，赫然是万里云天，下面，赫然是万丈悬崖！

波罗叶脸上肌肉扭曲，这才知道，这间屋子竟是在悬崖中间！

“好了，”法雅下了床榻，淡淡地道，“老衲还有要事要办，这就先去了，诸位细细思量吧！”

说罢扬长而去，波罗叶正要追过去，那法雅却径直走到一堵墙壁边上，眼看迎头撞上墙壁，半面墙壁却猛然翻转，法雅闪身进去，墙壁又轰隆隆地合上了……

“法师，怎么办？”波罗叶叫道。

玄奘摇摇头，望着绿萝道：“如今是要看绿萝小姐打算怎么办？”

贞观三年，四月十五日。

按照那两名鬼卒所言，今日便是李世民入地狱折辩应诉的日子，李世民心情极为不好，裴寂也甚为忧虑，特意请空乘亲自为皇帝做了场法事，布施祈福。李世民却依然郁郁寡欢，心中难以平静，一种皇权对鬼神的无力感，让他极为郁愤。

“以朕天子之尊，竟会受制于区区幽冥鬼卒！”站在金碧辉煌的大雄宝殿里，李世民烦躁不堪。魏征和杜如晦虽然跟在身侧，却也无法开导他。

这时裴寂忽然涌出一个念头，急忙道：“陛下，您可曾听说过崔珏吗？”

“崔珏?”李世民想了想,对这个名字仿佛有些模糊的印象,猛然道,“你说的,可是当年太原留守府的掌书记?崔珏,崔梦之?”

“没错,正是他,别号凤子。”裴寂笑道,“陛下可知道他后来如何了?”

他这么一说,李世民完全想起来了:“这人诗词文章写得极好,和宋老生的霍邑一战后,太上皇好像任命他做了这霍邑县令吧?朕记得,当年击破刘武周、宋金刚的时候经过霍邑,崔珏率领全城百姓躲藏在山中,被父皇下旨斥责。然后嘛,朕便没听说过他的消息了。”说着不禁看了一眼旁边的尉迟敬德,脸上露出笑容。

尉迟敬德有些尴尬,他本是刘武周手下的悍将,屡次和李世民对阵,直到刘武周兵败,自己和副将寻相一起困守在介休、霍邑,这才献了两座城池,投降了李世民。这时提到他的旧主,心中不禁涌出一丝感慨。

裴寂却没顾忌到尉迟敬德的情绪,继续道:“武德三年,寻相欲反叛,崔珏孤身刺杀寻相不成,便带着全城百姓逃进了霍山,直到陛下柏壁一战击溃了刘武周,收复霍邑,这才回城。最后太上皇议论功过,崔珏丢失城池在先,保护了全城百姓在后,功过相抵,依旧担任霍邑县令。武德六年,不知为何自缢而死。”

“哦?”李世民动容,“崔珏当年刺杀寻相朕早就听说了,也很是钦佩此人的孤胆忠心,在刘武周的大军面前,他能保护全城百姓,丢个城池算得了什么?何况他是文官,当年霍邑乃是寻相镇守,他能在危难关头护得百姓安危,此人大大的有功啊!”

裴寂却不好议论李渊的赏罚,只好沉默不答。

“那么后来他为何自缢呢?”李世民道。

“这臣便不大清楚了。”裴寂无奈地道。

魏征在一旁翘起嘴角,露出一丝嘲讽,却没有插话,饶有兴味地看着他。裴寂感觉到了他的目光,心里一沉,却假作不知,道:“不过这崔珏死后,当地百姓却传闻他入了幽冥地狱,做了泥犁狱的判官。”

“你说什么?”李世民霍然一惊。

裴寂便将民间关于崔珏那种种神奇的传说讲述了一番，李世民大为不信，裴寂道："这些事虽然离奇，不足凭信，不过民间确实言之凿凿。霍邑县令郭宰就在殿外，陛下不妨传他进来问一问。"

李世民兴致浓了起来，当即派内侍去传郭宰。郭宰和新任刺史杜楚客等地方官都在大殿外候着，一听传唤，急忙走了进来，庞大的身躯走到李世民面前，躬身跪倒参拜。

李世民每一次见他，都忍不住欢喜，笑着点点头："好一员猛虎县令！没让你在疆场上杀敌，反而让你做了地方父母官，是朕的过失啊！"

郭宰叩拜道："陛下马上打天下，臣自然做陛下的先锋征杀疆场，如今陛下下马来治天下，臣自然也跟着下马来安抚一方，不敢有须臾懈怠。"

"咦？"李世民深觉意外，指着郭宰向杜如晦等人笑道，"当这县官果然有长进啊，昔日的沙场猛将，居然能说出这等大道理。郭宰啊，留你在霍邑也是大材小用，等朕回京，你就跟着朕回去吧，到十六卫中替朕守卫宫门，如何？"

郭宰顿时乐蒙了，他早已经被县里烦冗的杂事搞得焦头烂额，一听能重新回到军中，而且是大唐最精锐的禁军，黑脸膛上红光闪闪，连连拜谢。

尉迟敬德也对这位昔日的骁将很有好感，见陛下亲自将他招到禁军中，也很是高兴。

"郭宰啊，朕问你，昔日霍邑县令崔珏，死后在民间传说成了泥犁狱判官，你可清楚吗？"李世民问。

"呃……"郭宰又郁闷了起来，他此生最烦的名字就是崔珏，一提起这个名字，就感觉到自己的夫人仿佛有一种长了翅膀要飞走的感觉。所以平日县里的同僚都避免提起这个名字，可这几个月也不知怎的，先是玄奘、后是皇帝，纷纷找他询问崔珏。

但皇帝问话，又不敢不答，于是便将崔珏的种种玄异之事讲述了一番，他可不敢欺瞒皇帝，各个事件所涉及的人名、地名等佐证，一股脑地说了出来。

李世民面露古怪之色:“竟然真有其事?你说,在这霍山上,还有崔珏的祠堂?”

“是的,距离兴唐寺不远,名叫判官庙。”郭宰道,“晋州各县经常有百姓前去上香,甚至还有周边各州的百姓远道而来。据说,很是灵验。”

李世民若有所思地点点头。

“陛下,”裴寂笑道,“臣以为,幽冥之事无论真假,还需要靠幽冥之人来解决。既然如今的泥犁狱判官是您昔日的臣子,若是崔判官愿意出面,那两个鬼卒又算得了什么呢?”

“呃……”李世民怔住了,半晌才苦笑,“裴卿说的是,只希望崔珏还念朕的一点香火情吧!”

“陛下,”魏征忽然笑了,“既然裴相说得如此神奇,不如咱们就到判官庙去看看?”

裴寂心里一突,却满面含笑:“是啊,既然魏大人也有兴趣,不如陛下就移驾去看看,或许能得崔判官之力,那两个鬼卒从此不敢骚扰呢?”

两人这么一撺掇,李世民倒真来了兴致,当即命人移驾,前去判官庙。空乘亲自引路,尉迟敬德先命禁军肃清了道路上的闲杂人等,在一千名禁军的保护下,一行人浩浩荡荡,直奔判官庙。

判官庙距离兴唐寺不远,只有十几里山路,空乘可没敢让皇帝翻山越岭,而是走的正道,李世民乃是马上皇帝,也不乘龙辇,骑着白马,不过一个多时辰,就到了判官庙。

庙祝早得知消息,跪在路旁迎驾。

李世民拾阶而上,到了庙门前,见这座庙宇也颇为雄伟,赞叹了几句,当即走进庙里,一看见庙里这尊白净素雅的神像,和周围狰狞恐怖的夜叉鬼,不禁愣了愣。恍惚中,只觉左右的夜叉形貌怎么有些类似太平关那次见过的鬼卒?

“六道生死簿,三界轮回笔?”李世民盯着夜叉鬼手中的卷宗和巨笔,有些失神,难道人的生命寿数竟然记载在这卷宗里吗?

一时间李世民不禁有些惊悚,隐隐感觉到一种惊惧,竟不知如何面对这位崔判官。他乃是大唐天子,来拜谒昔日旧臣的庙宇已经算是皇恩浩荡了,难道还能给这位判官行礼?平日里进庙的礼数都用不上,顿时有些踌躇。

魏征急忙道:“陛下,您乃是天子,崔珏是您昔日臣下,虽然如今是泥犁狱的判官,却也不可以君向臣行礼。不如以土地祠的礼数,拱手鞠躬即可。”

李世民点点头,裴寂却走了上来,正色道:“臣以为,陛下不应该向崔判官施礼,土地神乃是神仙谱系中所记载,陛下拜它,是为了求他保靖一方民事。崔珏如今虽然是幽冥判官,但陛下掌管人间界,岂能对阴司的官吏行礼?不如让臣来代陛下参拜。”

李世民想了想,点头道:“如此甚好。”

裴寂当即走到崔珏神像的面前,锦袍一撩,跪倒在地,朗声道:“昔日同僚,太原留守府长史,见过故人梦之兄足下!”

李世民连连点头,这礼数不错,裴寂不用唐朝丞相的身份,而是以故人拜谒亡者的身份来参拜,可以说极好地维护了朝廷的尊严,同时也给够了崔珏礼数。连素来与裴寂不睦的魏征和杜如晦都不禁点头赞叹,这老家伙,果真是有急智。

“梦之高才,文参北斗,学压河东,然天不佑人,英年早逝,寂闻之而心摧。今随大唐天子拜谒足下灵前,唯愿故人英灵不灭,浩气永存。日前,有泥犁狱鬼卒者,显灵于陛下面前,言道幽冥有恶鬼状告我皇,邀我皇前往泥犁狱折辩。陛下以一国之尊,掌管人间界,岂可入幽冥而应诉?闻君在幽冥高就判官,赏善罚恶,寂特以故人薄面,求君斡旋,保佑我皇龙体安康,不受邪祟滋扰,长命百岁,江山永固。裴寂愿散尽家财,布施宅第,修造七级浮屠,为君再塑金身,重修庙宇。”

说罢,裴寂重重地磕了三个响头,燃起三炷高香,恭恭敬敬地插进面前的香炉中。

一时间,大殿里一阵沉默。李世民神情复杂地看着裴寂,为了求这崔珏来保佑自己,裴寂竟然发下重诺,散尽家财,甚至将宅第都舍给寺庙,这等忠心，由不得他不动容。虽然李世民一直对裴寂杀了刘文静耿耿于怀，可是此时也不禁心中感动。

“委屈裴卿了。”李世民喃喃地道。

裴寂眼圈一红，险些淌下泪来：“陛下即位这三年来，宵衣旰食，勤政爱民，眼看我大唐百废俱兴，已经有了盛世的气象，岂可因为邪祟作恶，而误了陛下的龙体？臣老矣，只怕难以追随陛下开疆拓土，打造辉煌盛世，唯有此心来报效陛下。”

李世民默不做声，抬头怔怔地看了一眼崔判官像，转身走出了大殿，众臣跟着走出来。没想到到了殿门口，李世民又停了下来，道：“克明，传朕的旨意，追封崔珏为蒲州刺史兼河北廿四州采访使。”

杜如晦愕然片刻，躬身道：“遵旨。”

一旁的空乘眸子里忽然闪出一丝光芒，仿佛被震动了。裴寂不敢看他，低着头走了过去。

天子金口一开，在县令职位上干了一辈子、郁郁不得志的崔珏，死后七年，转眼成了朝廷的正四品高官，仅比魏征低一级。

第十五章
这一夜，魂入幽冥

这一夜，月朗风平，平静的月光洒满了霍山，铺满了兴唐寺。那月光仿佛是凝固剂，连山间长年呼啸的风都止住了，连流动的空气都凝结了。

偌大的兴唐寺，只有墙角树上的虫鸣蚁行，在人类听不见的地方，营造着一方世界。间或里，有禁军巡逻队整齐的步伐响起，清脆的甲叶声响便幽幽地传了出去。

这一夜，各方势力偃旗息鼓，屏息凝神，静待着最后时刻的到来。

这一夜，世上最紧张的人是魏征和尉迟敬德。魏征身穿朝服，手持长剑，亲自站在十方台的门廊下，眺望着沉寂的月色忧思重重。这十方台是魏征亲自为李世民选定的住处，一则讨个吉利，言下之意是，十方无量无边的世界莫不为天子掌控。更重要的，却是看中了这十方台的地形。四座禅院围绕，中间是一座隆起的高台，裴寂、魏征、杜如晦、尉迟敬德四个重臣围拱，天子房间内的一切举动都在众人的眼前，而百步之外，恰好有一座小山丘作为制高点，尉迟敬德派了三百名精锐驻守山丘，上面还架设了六架伏远弩，这种射程三百步的重弩足以控制人视线所及的一切范围。

“敌人计划周密，我究竟还有没有遗漏？”魏征皱着眉头苦思。

正在这时，远处响起甲叶碰撞声，尉迟敬德全副甲胄，手里拎着钢鞭，急匆匆走了过来。

"魏大人,所有的禁军都已经安排好了,按你的指示,外松内紧,巡逻队半个时辰六组。"尉迟敬德低声道,看了看十方台的卧房,灯已经熄灭了,皇帝应该已经安寝,却不知他能睡着不能。

"我还是放心不下啊!"魏征喃喃道,"敌人计划了这么多年,既然明告咱们要在今夜发动,就是有十足的把握呀!这个谋僧极难对付,一旦想不明白其中的关窍,咱们只怕就会栽了大跟头。"

尉迟敬德也是紧张无比,拎着钢鞭和魏征并肩而立,低声问:"我的脑筋比不上你们,魏大人,你说,我做!哪怕豁出命来,也绝不让陛下伤一根毛发。"

"房内的太监都换成了禁军吗?"魏征问。

"换了,一共六名,都是陛下亲自挑选的,是从太原时就跟着他的老人,身手了得,忠心可靠。"尉迟敬德道,"另外杜楚客也传来消息,已经控制了霍邑城防,又从太原军府调来了三千人,加上晋州军府的一千五百人,此时有四千五百人埋伏在霍山和霍邑之间。"

征调军府是几日前尉迟敬德向皇帝请的命令,他认为,对方极有可能会引发一场叛乱,必须屯驻大军,及时镇压。魏征虽然不以为然,却也觉得还是有备无患好。此时仅仅在霍山一线,军府加上禁军,有上万人,足以镇压一场小型的叛乱了。

"不对……不对……"他越这么说,魏征心里越是不安,谋僧法雅是何等人物?人老成精了,他会蠢得发动叛乱吗?他敢,裴寂也不敢啊!大唐扫平天下反王,其中一半都是被李世民灭的,裴寂就算手中有兵权也不敢和李世民开战啊!对方的这次阴谋,绝不会是军事叛乱,可那又是什么呢?刺杀……

"魏大人,"尉迟敬德心中一动,"你检查十方台了吗?里面会不会有密道什么的?"

"陛下入住前我已经仔细查过了,而且,"魏征很快摇头,"我当初挑选这十方台,就是因为这座禅堂建在一块巨石上,你看看,禅堂的基座通体浑圆，是一整块巨石，凿穿岩石做条密道……”他摇摇头，“恐怕非人力所能吧！”

两人都郁闷了起来，对方的底牌到底是什么，既然难以摸清，那就只好见招拆招，静待他们出手了。两人商量了一番，干脆就这么彻夜守在李世民的门前，不信那谋僧还能玩出什么花活来！

这一夜，虽然有魏征和尉迟敬德镇守门外，李世民睡得依旧不踏实，心里恍惚难安，总有一种难言的恐惧在暗暗地滋扰。大业十三年起兵以来，到如今已经十三个年头，再险恶的阵仗也不知经历多少，手中剑杀人如麻，也从未觉得恐惧。可今夜，他实实在在地恐惧了。

帝王富有四海，之所以无畏，是因为天下都在他的掌控中，隋末的豪强如王世充、窦建德、薛举，无不是一方豪杰，可都败在他的手下。突厥的颉利可汗雄霸草原，四方豪强无不成为他的羽翼，而他李世民却在渭水桥边迎着几十万突厥大军侃侃而谈，硬生生使得颉利不敢南望。与人斗，李世民从未有过心虚胆战的时刻，可如今这个帝王所面对的，却是自己无法掌控的幽冥阴司！告他的，却是自己亲手杀死的亲哥哥、亲弟弟。

虽说无情最是帝王家，然而在太原自己还年幼时，长兄仁厚，对自己呵护备至，后来虽然势成水火，可也有过一母同胞、手足亲厚的那一天啊！玄武门兵变之后，这世上就没有人敢在他面前提起建成和元吉这两个名字。李世民自己，也常常有意地选择遗忘，他杀尽了建成和元吉这两支的后人，重修了宗谱，将来还要修改这段历史，可他知道，哪怕让所有人都忘记了这段历史，它也会永远铭刻在自己内心。

如今，自己亲手杀害的同胞兄弟，却在一个自己的权力无法掌控的地方将他告了！而他却不得不去两人的面前对质、折辩！

房间内异常安静，甚至能听到守在门外的六名禁军侍卫那悠长的呼吸。李世民在床上翻来覆去，脑子里昏昏沉沉，无数的念头走马灯一般掠过。便在这时，鼻子里忽然闻到一股甜香，随即脑子里一沉，他紧张的精神彻底放松下来,沉沉地进入梦乡……

“大唐天子……大唐天子……”忽然他听到耳边有人呼喊,这称谓极为怪异,李世民有些诧异,随即感到身上有些冷,他睁开眼睛,忽然间便是一惊!

——自己,竟然不是在床榻上躺着!

触目是一团冰冷的黑暗,仿佛有阵阵的阴风吹来,他就站在地上,耳边有风吹过,响起沙沙的声音。他诧异地蹲下去摸了摸地面,猛然间便是一身冷汗,地上竟然是连绵的野草!

“这是什么地方?”李世民喃喃地道。

所在之处,仿佛是一片空旷的荒野,荒草浓密,天上也没有月亮,一片幽暗,几乎是伸手不见五指。这怎么可能?我明明在十方台的卧房内睡觉,怎么会跑到荒郊野地?

……不对,这不是荒郊野地。他记得很清楚,今天是四月十五,明月朗照,只要是在这世界上,十五的明月会照遍每一寸土地,怎么这里的天上居然没有一丝光亮?月亮哪儿去了?

李世民心中涌出无穷无尽的恐惧。

“大唐天子……”远处又有人喊。

李世民抬头凝望,只见远处闪耀出两团幽暗的光亮,在漆黑的世界里无比醒目。他不敢回答,私下里摸了摸,发现有一处半人高的土丘,急忙将身子藏在土丘后,探头观看。顺便还摸了摸身上,没有护身的刀剑,但更奇怪的是,自己身上居然穿着正规的朝服,头上还戴着通天冠!

这是武德年间李渊设立的天子服饰,平日里自己很少穿,这次巡狩河东算是归省,要祭拜北都,因此才带了一身正式的朝服。可这会儿怎么穿在自己身上?

这些念头只是在脑子里一闪,李世民就不再多想,凝神注意着远处的两团火光,那两团光芒极为怪异,仿佛是有人提着灯笼,但这灯笼又像是能够随意变化,火焰变来变去的。到了近处,李世民猛然里汗毛直竖,他清晰地看到了火光后的人影，竟然是与太平关时出现的鬼卒一模一样！

而那两团火光，既不是火把，更不是灯笼，而是一群细碎的火焰聚拢在一起，那些细小的火焰仿佛是有生命的一般，随着他们的行走不停变幻形状，然而一直在两名鬼卒的正前方照耀着路径。

“大唐天子，”那两名鬼卒眼睛极好，这浓烈的黑暗似乎对他们丝毫没有影响，远远地就看见躲在土丘后的李世民，当即其中一人笑道，“真是让我们好找，还好，陛下准时赴约，咱们这就走吧！”

“你说什么？”既然被发现，李世民也不躲了，一下子跳了起来，叫道，“准时赴约？你说……难道这里竟然是……幽冥？”

他心中惊惧至极，连声音也颤了。

“当然是幽冥。”那鬼卒仿佛很奇怪，“您要面见炎魔罗王，不来幽冥，又能去哪里呢？陛下可不要乱走，这幽冥险恶重重，这里是妖炼之野，经常有些恶鬼偷偷从泥犁狱中逃跑，躲到这里来打算修炼成妖，炎魔罗王虽然派了鬼卒搜捕，可还有漏网的。”

李世民顿时一头冷汗，喃喃道：“朕竟然真的进了地狱，真的进了地狱……”

那名鬼卒笑了：“陛下，这里可不是地狱，十八泥犁狱在阴山的背面，这里是阴阳界，就是阴阳交界处。”

李世民心里更慌了：“朕不去，朕不去。朕活得好好的，尚未驾崩，为何来这幽冥界？朕要回去，朕还要率领大唐，创下赫赫武功，辉煌盛世，怎么能死掉！”

说着转身就要走，那两个鬼卒也不拦他，只是淡淡地道：“陛下，幽冥无路，你从哪里回去？”

李世民顿时怔住了，是啊，自己怎么回去？这黑灯瞎火阴风惨惨的，自己一醒来就是在这地方，从哪里回去？

“陛下还是好好跟我二人走吧！”鬼卒劝道，“我二人临来时，崔判官仔细叮嘱，切不可对陛下用强，否则我二人直接勾了你的魂魄，你不走也得走。”

李世民一听“崔珏”，有如抓住了救命稻草，连连叫道：“对对，崔珏是朕的旧臣，如今是幽冥的判官。他在哪里？朕要见他！”

鬼卒道：“我二人是直接受了炎魔罗王的谕令，前来请陛下去折辩。临来时，崔判官去见我王了。其实陛下不用这般惊慌，也并不是说进了幽冥就必死无疑，您能不能还阳，生死寿数几何，都记载在生死簿中，只要一查，不到寿数，炎魔罗王自然会送你还阳的。”

李世民的心略微松了松，问道：“既然朕不一定到了寿命，为何会被你们拘来这幽冥界？”

“数日前我二人不是跟您讲过了么？阴司有一桩官司等着您折辩，炎魔罗王这才请了您来。”鬼卒道。

一听说那场官司，李世民的心中更烦躁了，但无可奈何，自己虽然是皇帝，这里却不是自己的势力范围。眼前区区的小鬼都不敢得罪，只好随着两人往前走。

这炼妖之野相当阔大，他跟着两名鬼卒深一脚浅一脚地走了好几里，到处都是荒原蔓草，萧瑟无声，身边那黑暗浓得如同一团墨，除了那两盏有生命的灯笼所照耀的几尺方圆，什么都看不见。

“贵使怎么称呼？”李世民开始向两名鬼卒套交情。

“我二人在幽冥中没有姓名，只是两个无常。”鬼卒道。

“无常？”李世民好奇地问，“这是什么意思？”

“万物无常，有存当亡。无常使生灭相续，因此如我等这般经常穿越在阴阳两界，勾魂夺命的幽冥使者被称为无常。”其中一个无常看来颇为健谈，详细给李世民讲解了一番。

李世民也时常研读佛经，自然明白他说的意思，想一想自己的遭遇，也真是生老无常、富贵无常、权位无常，心中一时悲戚了起来。

“咱们面前这两盏灯笼是什么？为何竟是一大团火焰凝聚在一起？”李世民问道。

“这火名为冥火，乃是人死后尸骨所化，幽冥无日月，长年漆黑，在幽冥时间久了，鬼魂们也就适应了黑暗。我二人为了给拘来的新鬼引路，不使他们误入歧途，便随身携带冥火。”无常答道。

“哦。”李世民真算开了眼。

佛教传入中国之后一直到唐初，关于幽冥地狱还没有建立起各种体系，众人所知道的，也就是几篇佛经上讲述的幽冥，对幽冥是什么样子了解的极少。李世民这次入幽冥，惊惧固然有之，但好奇之心也有那么一两分。

再行走不远，远处的天空渐渐明亮了一些，说是明亮，其实也昏沉幽暗，但并不像原先那般伸手不见五指。就见远远的，前面地势高耸，有如一座黑压压的巨龙匍匐，仿佛是一座山脉，而在山脉的脚下，却耸立着一座雄伟的城池。距离太远，李世民也看不清，但看那城墙一直绵延到无穷无尽的黑暗中，想来这城池的规模极大。

“那是什么？”李世民惊讶地问。

无常抬起头看了看：“哦，前面那座山便是阴山，十八泥犁狱便在阴山的背后。山前这座城池名为酆都城，阴间众鬼大多生活在这座城中，我王炎魔罗就坐镇于城内的炎魔罗殿。”

“竟然与人间界相似。”李世民啧啧称奇。

再往前走，就距离那城池越来越近了，路上的鬼魂也多了起来，有些是和李世民一般往城内去的，大多都是披头散发，身穿白衣，垂头丧气地在鬼卒的押送下慢腾腾地走。无常向李世民介绍，这些都是人间界和畜生界新死的鬼魂，被鬼卒拘到炎魔罗殿，根据往日功罪进行审判。而从城内还走出来大批衣衫褴褛、背着大枷、铐着双手的野鬼，这些鬼一个个发出凄苦的哀号，撕心裂肺，惨不忍睹。

李世民头皮发修，问那个无常，无常笑道：“陛下，这些从城内出来的，大多是审判过的恶鬼，根据恶业不同，要发往十八泥犁狱的各狱受苦，自然痛苦了。”

李世民脸色惨白，顿时不敢再问。

走了不远，忽然听到水声咆哮，远远地看见前方出现了一道十余丈宽的河流，水流湍急，还传来阵阵腥臭。河上是一座桥，那桥有上中下三层，大部分新鬼都从第二层走，也有些人在底层走。那底层几乎垂进了水面，水面近乎赤红如血，李世民眼尖，早瞥见那水中漂着无数的浮尸，还有些狰狞的怪物不时从水中跃起，吞吃那些新鬼。

“这河水为何如此恐怖？”李世民心中震颤，问那无常。

无常呵呵笑道：“陛下，这条河名叫忘川，乃是人间界和幽冥的真正分界线，过了这条河就是阴司幽冥了。咱们走的这条路，就是人间界常说的黄泉路，河面上这座桥，名叫奈何桥，上层是生性良善之人才能通行，中间是善恶难定需要审判的人行走，下层则是在阳间作恶多端、种下恶业、受到恶报的人行走。桥下血河里虫蛇满布，波涛翻滚，腥风扑面，恶人鬼魂堕入河中，永世不得超生。”

李世民想问问自己可以走哪一层，嘴唇嗫嚅，却没敢问出来。默默地走了片刻，那桥头不远处却有一处茶肆，顶上搭个棚子，里面有个老太婆在卖茶水，经过的鬼卒大部分都会在这个茶肆停留片刻，让众鬼们喝些茶水再上路。

“陛下，走了这么久也渴了吧？”无常笑道，“不如到茶肆里稍坐片刻，喝点茶再走。”

李世民心中古怪无比，这阴间和阳世还当真没区别，连茶肆都有。他点点头，随着两位无常进了茶肆，其中一名无常朝老太婆笑道：“孟婆，来一碗上好的茶汤，这位可是人间界的大贵人，千万不可怠慢。”

那老太婆满头银发，形容枯槁，看样子竟有些狰狞。她把眼珠朝李世民轮了轮，点点头：“原来是慧哥儿来了，自然要好生招待。”说着提了一壶茶出来。

李世民心中一震，自己小名叫慧儿，平日里父兄都昵称慧哥儿，自从束冠以来就没再用过，当了皇帝以后，连母亲窦氏也很少叫了。这幽冥中的老妇人如何知道？

李世民默然不语，接了茶，见那茶汤呈深黄色，倒也没什么怪味道，想了想，正要一口喝掉，忽然从奈何桥上远远跑来一人，厉声道："不能喝茶——"

李世民一惊，急忙放下茶碗，抬头观看，只见一名身穿黑色锦衣、头上戴着襆头软帽的年轻男子正急匆匆地奔了过来。这男子长相颇为英俊、儒雅，却是满脸焦急之色。茶肆里的两名无常急忙迎了出来，到外面跪拜："属下拜见判官大人！"

李世民心中一喜，高声道："前面可是崔卿？"

来者正是崔珏，他挥挥手令那两名无常起身，自己进入茶肆朝李世民拜倒："故臣崔珏参见陛下！"

故臣，可以说是以前的臣子，也可以说是已经死去的臣子，全看怎么理解了。李世民倒没有深思，自从进入幽冥以来，他一直惴惴不安，满怀恐惧，这时见到了崔珏，终于算是找到了主心骨，急忙扶住他的肩膀把他拉了起来，满脸含笑地道："崔卿啊，朕终于算见到你了！"

崔珏满脸惭愧："都怪臣来得晚，让陛下受苦了。陛下，这茶您可喝不得……"他转头望着两名无常，厉声道，"是谁让你们带着陛下来喝这孟婆汤的？"

"呃……"两名无常惴惴地道，"按规矩，所有新鬼进入酆都城，都要喝孟婆汤，忘却前世今生，才能重入轮回。"

崔珏大怒："你怎么知道大唐天子寿数已尽，要重入轮回了？难道不知炎魔罗殿前有官司未了之鬼都不得喝孟婆汤的规矩么？"

"喝了这汤竟会忘掉前世今生？"李世民顿时惊出一身冷汗，幸好有崔珏赶到，要不然哪怕自己活着还阳，也会忘掉一切，成了废人。

两名无常扑通跪倒，哀求不已："判官大人饶命，实在是……是李建成和李元吉的授意。我等私下收了他们好处，不得不……"

崔珏咬牙道："好一个渎职之鬼，自己去炎魔罗驾前认罪吧！"

两名无常浑身颤抖，却不敢违背，期期艾艾地过了奈何桥，往酆都城去了。

“陛下，”崔珏一脸歉意，“这孟婆汤可喝不得，喝了它之后，就会忘掉前世今生，浑浑噩噩。幽冥的规矩，所有来幽冥的新鬼和去往轮回司的鬼魂，都要喝一碗孟婆汤，使他忘了前世和幽冥里的一切。”

李世民长出一口气：“还好崔卿来得及时，要不然朕就遭了奸人的毒手。”

“唉，今日劳烦陛下去判官庙看望臣下，裴寂大人又许下重诺，请臣在幽冥照顾陛下，臣自然要竭力以赴，知道陛下要来，臣特意去炎魔罗殿调阅了您的这桩官司，正在想法子折辩，不想陛下竟然来了。所幸没出大事。”崔珏一脸庆幸。

李世民想起白日里到判官庙一趟，更加庆幸不已，还好去判官庙找了崔珏，裴寂又将所有家财布施，求崔珏关照自己，否则自己来到幽冥，人生地不熟的，可真是两眼一抹黑了。

“有劳崔卿了。”李世民感谢不已，但他也好奇，问，“崔卿怎么会到了幽冥做了判官？”

崔珏苦笑：“武德六年，臣还在霍邑县令的任上，正好那时西方的炎魔罗王来到东土，重建泥犁狱，审判人间善恶，掌管生死轮回。他的驾前缺一名判官，于是就化作一名僧人，到人间界找臣，问臣愿不愿意去做那判官。当时臣做了六年县令，感觉仕途无望，于是心一横，就自缢而死，随着炎魔罗王入了幽冥界。”

李世民尴尬不已，连连道歉：“都怪朕父子赏罚不公，不识英才，才使得崔卿大才屈居县令，朕……”

崔珏一脸感慨：“陛下哪里话，臣做了六年判官，看透了人间幽冥之事，才知道这因果循环早已注定，非人力所能变更。不过陛下日间追封臣做了蒲州刺史兼河北廿四州采访使，臣也算在人间有了些许功名。”

李世民更加愧疚，仅仅凭他方才阻止了自己喝孟婆汤，这个赏赐就有些轻了，不过这时他在人家的地头，也不好再许诺什么。

“崔卿高才，朕早有所闻，烟分顶上三层绿，剑截眸中一寸光，真乃是绝句。”李世民称赞道。

崔珏见李世民居然读过自己的诗句，心里也很是高兴：“哪里，哪里。臣只是涂鸦之作，哪里比得上陛下雄才大略，陛下的诗文，臣在人间之时就经常诵读，塞外悲风切，交河冰已结。瀚海百重波，阴山千里雪。金戈铁马的雄迈，人间帝王的气魄，扑面而来啊！”

两人哈哈大笑，李世民笑道：“如今咱们也是在这阴山下呀！”

崔珏看了看远处那座阴山，也感觉颇为有趣，不禁笑了。李世民忽然想到一事：“崔卿，如今朕的大军正在李靖和李绩的率领下在阴山一带和颉利可汗血战，不知这一战结果如何？”

去年冬天，东突厥遭受天灾，牲畜战马大量冻死，受突厥压迫的薛延驮、回仡等势力纷纷反抗，李世民认为反击突厥的时机已到，召令并州都督李绩、兵部尚书李靖等人统帅十几万大军，兵分六路进攻突厥，如今正在大草原上厮杀。李世民对这一战充满了期待，同时也揪心无比，这可是他开创大唐武功的关键一战，到了幽冥，居然也忍不住来询问。

崔珏想了想：“陛下，此事事关天机，臣不敢泄密，不过陛下放心，这一战足以定大唐边疆百年安定。”

“好啊！”李世民一颗心终于放进了肚子里，当下喜不自禁。

两人正在闲聊，忽然从奈何桥那边吵吵嚷嚷地过来一群恶鬼，一个个头发披散，身上穿着白色的袍子，赤足。在奈何桥的上层和中层都有鬼卒把守，下层太过险恶，也没鬼卒看管，这群鬼就从下层踩着血河而来，中间好几只鬼被河中的怪兽给吞吃，众鬼面露惧色，但在其中两名恶鬼的呵斥下，依旧狂奔了过来。

带头那两人一到对岸就四下里乱瞅：“世民在哪里？世民在哪里？”

忽然有一只鬼看见了茶肆中的李世民，当即指着他大叫。那群鬼一看见李世民顿时勃然大怒，发出撕心裂肺的怒吼，向茶肆冲了过来。李世民起初不知道怎么回事，听有人——哦，是有鬼——居然敢喊自己的名字有些恼火，待看清楚，顿时间有如冷水浇头，四肢冰凉，整个人呆若木雕泥塑！

率领着众鬼的那两只鬼魂，赫然便是自己的大哥李建成，三弟李元吉！

从玄武门兵变，自己杀了他俩到现在，已经三年了，如今三兄弟在幽冥界重逢，当真是无限的滋味。李建成和李元吉和活着时没有太大的变化，建成还是死时三十七岁的模样，除了头发披散，一脸灰白，仍旧是那种文雅厚道的模样。元吉则还是瘦削如初，二十三岁的阴鸷青年。后面跟着的李世民也都认识，正是建成和元吉的儿子们，玄武门兵变后被他诛杀的安陆王李承道、河东王李承德、武安王李承训等人。

建成和元吉见到李世民身穿赭黄龙袍、头戴冠冕的模样，顿时满腔的仇恨瞬间爆发，李建成大叫一声："世民，你也有今日！还我命来！"冲上来揪住他的衣领就打。两个老子、十个儿子，这么多人涌入茶肆，顿时把李世民围在中间就要痛殴。李世民这回真是怕了，再铁血、再英武的天子也到底是人，眼看着曾经死在自己手中的兄弟和侄儿们猛地出现在眼前，那种恐惧简直连骨髓都在颤抖。

李世民身手也好，哧溜一声钻进孟婆烧茶的后厨，死也不出来了。

建成等人正要冲进去，崔珏忽然一声大喝："你们这般恶鬼，都给我住手！"

场面太嘈杂，建成没看见是谁，也不理会，元吉却悄悄拽住了他，低声道："是崔判！"

建成回头一看，吃了一惊，面色不善地躬身施礼："鬼民建成，见过崔判官。"

崔珏冷笑一声："幽冥也是有法度的地方，你们带着这些鬼肆意殴打人间天子，可知罪吗？"

"人间天子？"建成顿时恼了，"我呸！世民他算哪门子天子？他这天子乃是杀兄、囚父、谋朝篡位换来的！"

"你敢唾我？"崔珏大怒。

建成吓得一哆嗦，急忙分辩："大人息怒，鬼民唾的是李世民……"

元吉则在一旁道："大人，您生前也是我李家臣子，从太原到霍邑，咱们君臣相得，您可照顾些香火情。这是我们李家的家事，还是请大人袖手旁观。”

崔珏冷笑：“你不曾为君，我何曾是你的臣子？你李家待我很厚么？陛下一来到霍邑，便追封我为蒲州刺史，可太子与太上皇在位时，空置我六年，却也想起我这相得之人？我不管你们在人间界地位如何，到了幽冥，便是普通鬼魂，如今大唐天子乃是炎魔罗王请的客人，你们若是再敢纠缠，小心我灭了你们魂魄，让尔等永世不得超生！给我滚——”

“啊——”建成等人不敢违拗，只好跪在地上哭泣，“可怜我天大的冤屈，又向何人去诉啊！”

元吉则恶狠狠地朝后厨喝道：“世民，你且等着，炎魔罗王已经受理了我等的状子，他日在我王的驾前，咱们再好生折辩！”

一众鬼哭泣了片刻，不甘心地退走了。

“陛下，可以出来了。”崔珏见众鬼走远，这才招呼李世民出来。

李世民真是骇破了胆子，抓住崔珏的袖子道：“崔卿，如今这事，朕该当如何是好呀！”

崔珏想了想，苦笑道：“你们李家的亡者在幽冥很是有钱，以这两人的仇恨，只怕会舍出钱收买不少鬼魂来与陛下作对，而且死在陛下手上的人着实不少，像窦建德、王世充甚至还有些旧部不曾进入轮回，臣就怕他们连成一气，对陛下不利。”

李世民一阵晕眩，天哪，除了建成和元吉，竟然还有自己曾经的这批老对手！不用崔珏多说，他也知道自己的仇人有多少，隋末乱世的豪强，哪个不是灭在他的手里？每个人的部下至少有几十万，只怕聚拢起来的鬼魂，没有上百万也差不多。

本以为把他们杀掉就是斩草除根了，没想到进了幽冥，还得面对这帮家伙。李世民肠子都悔青了，早知如此，就该在阳间多做法事，超度了这群家伙。

“这样吧，”崔珏想了想，“咱们不走奈何桥，也不进酆都城，那里是鬼魂

的聚集地，臣一人怕护不住陛下的安全。臣带着陛下走水路，从忘川逆流而上，进入阴山道，臣知道有条小路可以直接进入炎魔罗殿。到了殿内臣就足以保护陛下安全。”

李世民大喜：“多多有赖崔卿了！”

于是两人离开了孟婆的茶肆，到了忘川河边。一到河边，李世民几乎呕吐，这河水腥臭难闻，赤红的河水中还漂着残缺不全的浮尸，河里虫蛇遍布，说不出名字的怪兽正躲在水里吞吃尸体，还有些鬼魂落在河里一时没死，伸着手臂挣扎，叫声凄厉，痛苦至极。

崔珏见李世民露出怜悯之色，平淡地道：“陛下莫要怜悯，幽冥最重因果轮回，在幽冥中受苦的程度都是根据阳间的善恶不同，只有在人间为恶的人，死后才会进入忘川血河，铜蛇铁狗任争餐，永堕奈何无出路。”

李世民点点头，深吸一口气，却被腥臭的空气呛得几乎吐了。

河边有一条铁船，一名摆渡人持着长篙坐在船头。崔珏带着他上了船，船不大，也只能容下两三人，李世民看了看那摆渡人，却吓了一跳，只见这人没有双目，眼眶里空洞洞的，瘦得有如骷髅。

这幽冥之事太过古怪，他不敢多问，只听崔珏道：“去阴山道。”

那摆渡人默然无声地撑起长篙，河水湍急，又是逆流而上，但也不知为何，那摆渡人轻轻一点长篙，铁船便破浪而行，激起的血水在两侧分开，尖锐的船头撞开浮尸和虫蛇怪兽，快捷无比地向上而去。

李世民看得啧啧称奇。

这河道逐渐狭窄，到了后来竟然进入了一条幽暗的山洞，河水从山洞中流出，铁船在山洞中穿行，水道盘曲，东绕西绕，足有半个时辰，才终于到了一处小码头前。说是码头，其实是水道中间又生出的一个山洞，河边有台阶。摆渡人将船停靠到了台阶旁，崔珏扶着李世民跳下来，双脚踩着实地，李世民的一颗心才算跌回了肚子里。

“这里就是阴山道。”崔珏道，“顺着此地上行，可以进入炎魔罗王的宫殿。”

两人钻进洞里，又是东绕西绕，攀爬了上千级台阶，山洞才算到了尽头，变成两座山峰相夹的谷道。这时节远远望去，就看见不远处一座巨大的宫殿笼罩在漫天飞舞的冥火中，周围还飘绕着缕缕的灰色烟气，神秘无比。

崔珏停下脚步，笑吟吟地道："陛下，真正的幽冥界到了。"

第十六章
十八泥犁狱

“幽冥界……”李世民喃喃地念叨着，注视着面前这座雄伟而又阴森的城池，心里又是惊恐又是怪异，自己这个活人，居然跑到幽冥界来了。

崔珏带着他离开谷道，接近了宫墙，谷道的尽头是一座门楼，有四名戴着面具的鬼卒把守，李世民抬头看着，门楼上刻着几个大字：鬼门关。

李世民倒吸了口冷气，没想到自己进入的这座门，竟然是阳间大名鼎鼎的鬼门关！鬼门关的传说在民间极多，在佛教传入之前便已经有了，在南方交趾一带，甚至有一座关隘，因其瘴疠尤多，去者罕有生还，就取名鬼门关。汉代伏波将军马援远征交趾，经此关勒石。还有民谚道：鬼门关，鬼门关，十人去，九不还。

关上的四名鬼卒看见了崔珏，一起躬身施礼，连问也不问，就闪在一旁，让他带着李世民走进了鬼门关。李世民对崔珏越来越有好感，他也逐渐看出来了，这个判官在幽冥界权势极大，心里转着念头——哪怕此次危机平安度过，可人怎有不死，一旦朕百年后死去，有他在幽冥界照顾，也心里安稳。到底该怎生笼络笼络此人？

进了鬼门关，便是酆都城内了，由于他们绕道，并没有经过街坊直接到达炎魔罗殿，一路上，崔珏凡是经过一处，就向李世民详细解释：“陛下，这酆都城的官府是幽冥府，就是您如今所在的炎魔罗殿。幽冥府下属有四个司，轮回司、招魂司、寂灭司、冥狱司。轮回司专门管理鬼魂的轮回之所，那里有六道轮回盘，可以把鬼魂送到六道中不同的地方；招魂司则负责勾拿生者魂魄，先前带您来的两名无常就是隶属于招魂司；寂灭司则是专门管理杀灭鬼魂，有些潜逃的鬼魂要么逃到阴山之中，要么逃到炼妖之野那种人间幽冥的交界处，弄不好还会为祸人间，寂灭司就是负责侦缉捕拿游魂；冥狱司则是掌管阴山背后的十八泥犁狱。”

“哦，那么崔卿负责哪些职责？”李世民好奇地问。

崔珏笑了：“臣是判官，自然负责核对生死簿，辨析善恶罪孽，做些勾决判罚。不过东土的幽冥开创不久，现在炎魔罗王人手缺乏，所以臣还兼任了冥狱司的主事，回头臣带您去看看。”

“甚好，甚好。”李世民心里暗道，“这崔珏在幽冥界也算是位高权重了呀！想不到炎魔罗王竟会对他如此信任。”

“炎魔罗王就是幽冥界的主宰了吧？”李世民问。

崔珏点点头，想了想，又摇头：“说是，也不是。在炎魔罗王之上，还有一尊地藏王菩萨，不过他不管这些俗事，只是在十八泥犁狱中度化恶鬼。因为他曾有一言，地狱未空，誓不成佛。这位菩萨，才是幽冥界至高无上的存在。”

“哦。”李世民点点头，地藏王菩萨他自然听说过，对这位菩萨的大慈悲也很是敬仰，一想能和菩萨如此接近，竟有一丝兴奋的感觉，“崔卿，朕能否拜见地藏王菩萨？”

崔珏无语了，好半晌才道：“此事怕不好办。因为菩萨坐镇于十八泥犁狱的最底层，度化那些罪孽最深的恶鬼，怕……不大好见到。”

李世民也知道这难处，自己说白了也是个凡人，见到菩萨这种大机缘哪里是随便就能遇合的。

两人边走边谈，逐渐进入了炎魔罗殿，到了这里，与外面又是不同，处处都笼罩着愁云惨雾，楼台殿阁都被古怪的烟云缠绕，让人迷离。一路上，不时碰上鬼卒牵押着鬼犯来来往往，那些鬼犯的身上要么锁着大枷，要么脚踝

上系着脚镣,甚至有些被穿了琵琶骨,到处是哭叫嘶吼声,让人不忍卒闻。但鬼卒却没有丝毫怜悯,手中的皮鞭恶狠狠地抽着,高声呵斥。

李世民看得心惊胆战,崔珏却毫不在意,带着李世民径直朝一座雄伟的主殿走去。他身上仿佛带着强大的气场,无论鬼卒还是犯人,一看见他无不躲得远远的,恭敬施礼,崔珏并不理睬,只是恭恭敬敬地陪着李世民。

到了主殿之前,李世民抬头观看,心中震颤,这大殿太巨大了,甚至比长安城的太极殿还要宏伟,他根本目测不出多高,因为最顶上已经裹进了阴山上的云层!

“神鬼之作!”李世民喃喃地道。

崔珏笑了笑,径直去大殿内通报,过了片刻,有两名鬼卒站在大殿门口,高声道:“炎魔罗王有令,有请大唐天子!”

李世民提起龙袍,缓步踏上台阶,面前的台阶只怕不下五六百级,走了好半晌才算到了大殿门口,这时忽然听到一声狂放的笑声,一名头戴十二旒的冠冕、系白玉珠的王者出现在了他面前。李世民不禁一阵恍惚,这人的服饰竟然是汉朝的帝王装束,不过这样他心里倒舒服些,这炎魔罗王若真穿着和自己一模一样的服饰,那才难堪。

这王者面容黧黑,眼窝深陷,看起来竟不是东土之人。不过体格雄壮、身高足有六尺,比郭宰这巨人也不遑多让,站在李世民的面前,真有如一座小山。

“哈哈——”炎魔罗王一声长笑,望着李世民道,“幽冥之王和人间之王在此地相遇,陛下有何感慨么?”

李世民见他亲自出来迎接,心里也安定了些,当即拱手笑道:“六道世界,轮回不息,能与尊王在此见面,也算是一场佳话。”

炎魔罗王大笑不已,牵着李世民的手走进大殿。这大殿中幽暗阴森,到处都是砭人肌肤的寒意,除了近处有冥火照耀,远处都是丝丝缕缕的烟雾缭绕,也看不清楚有多大。大殿的外侧是一群持着各式兵器的鬼卒,里面是四张几案,几案后面的坐毡上跪坐着三名职官模样的男子,年龄大小不一。在他们身后有玉柱，上面刻着“轮回司、招魂司、寂灭司、冥狱司”的字样，估计这三人便是各司的主事。冥狱司的几案空着，那自然便是崔珏的位置。

大殿的最深处是一座高台，高台上是一张宽大的黑色几案，想来便是炎魔罗王的位置了。炎魔罗王坐到几案后，命人在高台上、自己的下首添了一张坐毡，又命人捧过来一面小几，请李世民就座。崔珏亲自端过来一壶茶，又命两名鬼卒过来服侍。

从这等礼节看，对这位人间帝王还是相当礼遇。

“陛下，”炎魔罗王道，“今次请陛下来本王这幽冥界，是有两桩事。”

李世民拱手：“尊王请讲。”

“第一桩嘛，本王久居西方，今番奉了佛祖谕令，来这东土重开幽冥界，建造泥犁狱，审判人间善恶，执掌六道轮回。只因为时日尚短，人间界大都不甚知晓，而陛下既然是人界之王，就负有教化四方的使命，因此本王便请了陛下来游览这幽冥界，多少知晓些。”

李世民点点头，问：“请问陛下，为何要在东土开辟幽冥界，建造这泥犁狱呢？”

炎魔罗王叹了口气：“陛下想必也知道，这东方世界辉煌文明，传承已经有数千载，自从黄帝奠定华夏文明至今，已经有三千三百二十五年，其间朝代更替、变乱纷纭，君不知体恤百姓，骄奢淫逸；臣不知效忠帝王，叛乱谋反；黎民百姓不知和谐共存；父母兄弟不知互敬互爱；人间虽然有释道儒的三教教化，却并没有一种信仰成为每个人共同施行的准则。因此这人间才会变乱丛生，恶事做尽。譬如五胡乱华时代，士兵屠杀百姓，以人肉作为口粮，圈养活人为食物，名曰‘两脚羊’。此等同类相食的滔天罪恶，难道这些人就不怕有惩罚吗？”

五胡乱华距离此时不过三百年，北方士族记忆犹新，李世民自然清楚那一段历史，想起几年前隋末乱世那种可怕场景，不禁点头：“陛下说的甚是。朕看来，治理天下就是治理百姓，安百姓、重人才、强政治。使国家强盛，百姓安居乐业，选拔人才，使吏治清明，制定行之有效的为政措施，上下遵守，高效运行。如此,才能成就一个辉煌盛世。”

炎魔罗王摇摇头:“陛下说的是国政,本王说的却是人心。”

“人心?”李世民愕然。

“不错。”炎魔罗王道,“本王且来问问陛下,国家强盛时,固然可以使百姓安居乐业,民心安宁。可世上有永恒的强盛吗?恒河尚且有丰水枯水,沧海还有变作桑田之时,一个国家岂能永久强盛?而一旦国家衰败,陛下拿什么来约束百姓?”

李世民霍然一惊,急忙起身:“请尊王教朕。”

炎魔罗王摆摆手:“陛下呀,那时候,靠的就是人心的信仰!何谓信仰?所有人对圣贤与神灵信服、尊崇并恐惧,并把他们的好恶奉为自己的行为准则。本王重建幽冥界,立起这泥犁狱,就是要让那些活人知道,他们在阳间所做的一切事,死后都要在阴间受到审判!凡在世之人,挑拨离间,诽谤害人,辱骂君王尊长,说谎骗人,死后都要打入拔舌地狱;凡在世时离间骨肉,挑唆父子、兄弟、姐妹夫妻不和之人,死后入铁树地狱;盗贼抢劫,欺善凌弱,拐骗妇孺,诬告诽谤,谋占他人财产妻子,死后都要打入油锅地狱;凡不敬尊长,不孝敬父母,谋逆、叛国之人,死后将打入血池地狱。陛下想想,人人心中都有这种死后被审判的恐惧,这人间界将会如何呢?”

李世民完全被震撼了,双眼灼灼发光地盯着炎魔罗王。帝王心术,并非是帝王与人构造不同,而是所处的位置不同,思考的方式不同,即位以来,李世民殚精竭虑,宵衣旰食,一心要创造一个辉煌盛世,使大唐江山万世一统。他的施政手段极为亲民,这倒不是说他和那些百姓有什么共同语言,而是经历过隋末乱世的人,都被那场风起云涌天崩地裂的民变吓住了。百姓的威力实在太强大了,强大如一统天下的大隋朝,居然短短几年工夫就被撕得粉身碎骨。

当年他镇压刘黑闼,站在广袤的河北大地,眼看着数十万的造反者黑压压铺天盖地而来,心中的那份惊悚真是难以言喻——这,就是十年前大隋朝的顺民啊!你拿鞭子抽他他还要脸上堆着笑,你拿脚踢他他都不敢有一句怨言！

他曾经无数次地想：到底如何才能给百姓的心拴上缰绳，套上笼头？如何才能使他们身上那暴戾的一面不再出现，规规矩矩地做大唐的顺民？他所想出来的手段就是老子的话，虚其心，实其腹。让他们吃饱肚子，让他们贪恋温暖的小家，因此他才孜孜不倦地勤于政事，为了民生绞尽脑汁。

如今，炎魔罗王却从另一个角度，给百姓和人心拴上了缰绳，套上了笼头！如果人世间不是人生的最后一站，不是人死如灯灭，相反，他们在人间所做的一切都有鬼神记录在案，死后要受到幽冥的审判，那谁还敢叛逆？谁还敢造反？谁还敢做下恶事而毫无顾忌？

李世民极为聪明，一瞬间就明白了，炎魔罗王重建的幽冥界，简直是人间帝王的最后一道屏障！统驭人心的最佳武器！

"多谢尊王教朕！"李世民这次是发自内心的恭敬。

炎魔罗王一笑："六道众生，上至凤凰天龙，下至小虫，都脱不出这轮回。而东土人心贪虐，幽冥界无人统辖，死后大都成了孤魂野鬼，有些为祸人间，有些扰乱幽冥。天道荒废，幽冥无序，无论人鬼都没有一种强大的威慑力令他们恐惧，令他们有所顾忌。因此佛祖才令本王来到这东土重建幽冥界，理一理人间界和幽冥界的人心。"

"朕大力支持！"李世民正色道，"如需朕做些事，请尊王务必开口。"

"那好！"炎魔罗王霍然站了起来，向李世民拱手，"本王在此与陛下立约，你掌人间界，我掌幽冥界。戮力同心，廓清这六道人心！"

李世民心中狂喜，这代表着幽冥界承认了自己人王的地位啊！

两位帝王，就在这幽冥殿上，达成了契约。

"这就是第一桩事。"炎魔罗王重新坐下，朝李世民道，"还有个事，是桩官司。数日前，你的长兄李建成、三弟李元吉递了诉状，状告你在人间杀兄弟夺皇位，因此本王就请陛下来折辩一番。"

李世民方才的狂喜顿时烟消云散，脊背发冷，求助地看了看下面的崔珏。

崔珏笑道:“陛下,既然如此,不妨把苦主传来,大家当堂对质,也好判一判。”

炎魔罗王点点头,命鬼卒去传李建成、李元吉。李世民心中暗暗叫苦,自己杀兄夺位是板上钉钉的事情,崔珏怎么还让这两人上来?他这辈子从无恐惧,可见到李建成、李元吉这两个死在自己手中的兄弟,却是忍不住地颤抖。

崔珏朝他笑了笑,示意无妨。李世民这才稍微镇定了下来。

过了片刻,建成和元吉来了,跪倒在大殿中间,双手举起状纸,高声喊冤。炎魔罗王命人将状纸接了过来,大略看了看,问李世民:“陛下,这二人告你在玄武门埋下伏兵,弑兄篡位,你亲手射杀兄长建成,可有此事?”

李世民无奈,起身道:“确有此事。”

炎魔罗王的脸沉了下来,思忖片刻,淡淡地道:“陛下可知道,这种罪孽,要受到何等刑罚?”

“虽然有此事,但世民也有不得已的苦衷。”李世民道,“当时,朕和建成之间已经剑拔弩张,势必要决出胜负。当时建成亦谋杀朕多次,朕又岂能束手待毙?武德八年,朕应邀去太子宫中饮宴,谁知建成竟然在酒中下毒,若非有叔父李神通护驾,朕早就死在他们手中了。而此时,朕仍旧顾念兄弟之情,不敢以怨报怨。没承想第二年突厥犯境,建成向太上皇进言,要元吉挂帅出征。朕本来也没什么异议,然而他们却要朕的心腹尉迟敬德、秦琼、程知节等人随他出征,还要把秦王府的兵马都划归他节制。后来朕听到消息,说是元吉早有打算,把我的大将和兵马调出京城后就全部活埋,然后率军逼压长安,令父皇斩杀了朕。到这个地步,朕就是不为自己的性命着想,也要为那些无辜的将士着想啊!”

“你胡说!”建成见李世民狡辩,立刻气炸了肺,“我何曾在你酒中下毒了?那日你喝着酒,然后捂着肚子,只不过是栽赃我罢了。若是我下毒,你又喝了,还怎么有命活着出来?”

建成老实,和李世民讲道理,元吉的性格却颇为暴躁,眼见得仇人坐在上面,冲上来就要厮打。李世民刚要躲,炎魔罗王狠狠一拍几案,喝道:“幽冥重地,哪里容得你们这些小鬼放肆!来人,给本王叉下去,投入铁树地狱七日!”

两人顿时呆滞了,愣愣地让鬼卒把他们拖了下去,到了殿门口才发出恐惧的嘶叫。

炎魔罗王脸上露出尴尬之色,朝李世民拱手:“幽冥初建,这些小鬼不懂规矩,惊扰陛下了。”

李世民惊魂甫定,惨白着脸挤出一丝笑容。

“这倒有些难办了。”炎魔罗王朝崔珏道,“崔判,你看该如何处理?”

崔珏拱手道:“陛下,不如取来生死簿先看一看吧!人间善恶在上面皆有记载,不用人证也能判。”

炎魔罗王点点头,命崔珏去取生死簿。崔珏起身走进大殿内侧缭绕的烟雾中,过了片刻,捧着一面巨大的卷轴过来,上了台阶,特意站在炎魔罗王的一侧。这个位置,李世民恰好能看清他的动作和生死簿上的内容,不禁偷偷瞥眼观看。

崔珏缓缓展开生死簿,上面是密密麻麻的人名,以年代为序,他翻了片刻,李世民眼尖,立刻看见了自己的名字,只见上面记载道:“李世民,陇西成纪人,为大唐第二任天子,在位年号贞观。生于隋开皇一十九年,崩于唐贞观一十三年……”

“崩于贞观十三年……”李世民顿时傻了,“朕……还有十年就要死了?”

这一下顿时如晴天霹雳一般,自己才三十一岁,风华正茂,怎么只剩下十年的寿命?四十一岁,即使在寿祚不长的帝王中而言,也算是短命的。李世民几乎痴呆了,自己的辉煌盛世,大唐江山,区区十年能做出什么成就?

崔珏也看到了,他身子微微一颤,然后悄然从袖筒中摸出一根笔,在“一”字下面轻轻划了两横。他动作快极,只不过眨眼间就写好,还把笔收回了袖筒。炎魔罗王在他对面,被生死簿挡住,一无所觉,李世民在他背后却看得清清楚楚，顿时瞪大了眼睛，“崩于贞观三十三年”！

他先是一阵恐惧——擅改生死簿！这可是重罪！

须知人间因果，皆有其循环，改了其中一环，其后环环相扣，就全部都被变更了。李世民实在没想到崔珏的胆子大到这等地步，不过想想这人在阳间的表现，带着几百个民军就敢偷袭宋金刚，孤身一人带着俩仆从就敢刺杀寻相，他还有什么不敢干的？

然后李世民心中就是一阵狂烈的惊喜，这么一改，自己整整增加了二十年的寿命啊！贞观三十三年，也就是说自己还能做三十年皇帝！

他到底是帝王，城府深不可测，心里再激动，脸上也平淡无比。这时崔珏早已把生死簿拿给炎魔罗王看了，炎魔罗王一怔：“陛下居然还有三十年寿命，那招魂司为何会准了建成与元吉的状子？难不成还能把一个活人拘来不放？”

“臣也不知晓怎么回事。”崔珏也愣了，“陛下，按幽冥界的律法，咱们对大唐天子根本没有拘拿的权力啊！若是十年八年的寿命，虽然不能勾魂，却能勾魄，让人失去魄，每日生病，精神恍惚。可三十年的寿命，哪怕勾魄也是不允许的啊！”

炎魔罗王没想到搞出这么个事，脸顿时就沉了下来，盯着招魂司的主事：“马主事，这究竟是怎么回事？”

坐在招魂司玉柱下的那名老者脸色也变了，急忙起身告罪：“这个……容臣去细细查问。”

那老者急匆匆地走了，炎魔罗王一脸阴沉，坐在那里一言不发。李世民和崔珏也是眼观鼻鼻观口，有如木雕泥塑。大殿里死一般沉寂。

过了片刻，马主事急匆匆跑了过来，一脸羞愧，拜倒施礼：“我王，是臣驭下不严。臣已经查问清楚了，是臣的一名司曹受了建成和元吉的贿赂，才接了这状子，派人去勾了大唐天子的魂魄。”

“大胆！”炎魔罗王在李世民面前狠狠丢了面子，当即暴怒，“把那名司曹投入十八层泥犁狱！建成、元吉行贿，罪大恶极，铁树地狱受完苦楚，投入刀锯地狱！还有你，堂堂主事，属下私纳贿赂却不能觉察，以渎职罪论处，革掉招魂司主事一职，去泥犁狱做个鬼卒吧！”

那马主事一脸郁闷地退了下去。

炎魔罗王命崔珏把生死簿收了起来，安抚了李世民片刻，笑道：“本王与陛下一见如故，虽然还想多聊，但你在幽冥已久，耽误了还魂的时辰，怕阳间的躯体腐烂，所以本王也不留你了。就让崔判官送你还阳吧！”

李世民长出一口气，拱手道：“多谢尊王！”

两位帝王的晤谈到此结束，炎魔罗王将他送出大殿，由崔珏陪着回阳间。两人离开主殿，崔珏带着他往阴山上走，李世民这才低声致谢：“多谢崔卿！此恩此德，朕永世不忘！”

崔珏摆摆手，叹了口气：“一饮一啄，皆有天定。臣这番作为，也未必不是上天的特意安排，臣不敢居功。陛下乃英明之主，臣也希望陛下能把这大唐打造成古往今来赫赫盛世，这也算是臣为人间界谋福吧！”

李世民感激不已：“朕回了阳世，一定重重地敕封崔卿。崔卿还有什么后人在人世吗？朕要保他一世富贵，三代荣华。”

崔珏眸子里露出深深的惋惜，苦笑着摇头，却没有说话。两人就这么沉默地走，忽然间李世民只觉周围到处是悬崖峭壁，奔流湍急，急忙问：“崔卿，咱们不是要还阳吗？这里是什么地方？”

“阴山。”崔珏简单地道，“阴司里是这般，有去路，无来路，还阳之地在阴山。顺便请陛下游览十八泥犁狱。”

李世民这才明白，只见这阴山，形多凸凹，势更崎岖。峻如蜀岭，高似庐岩。山不生草，峰不插天，岭不行客，洞不纳云，涧不流水。山前山后，牛头马面乱喧呼；半掩半藏，饿鬼穷魂时对泣。

正走之时，忽然前面涌来一群断胳膊断腿甚至断头的孤魂野鬼，看见李世民，一个个怒骂了起来：“李世民来了！李世民来了！还我命来——”

李世民细细观看，不禁心底发凉，别的人他不认识，但其中有几个人真是太熟悉了，一名四肢粗壮的中年汉子，却是刘黑闼；还有一人，相貌儒雅，

竟然是王世充！还有几人相貌也依稀有些熟悉，却是认不出来。

崔珏皱了皱眉，低声道："陛下，这些人都是隋末的反王、贼寇，尽是枉死的冤业，无收无管，不得超生，又无盘缠，都是孤寒饿鬼。只怕也是受了建成和元吉的挑唆来找陛下理论的。"

"朕认得……"李世民脸色发白，"崔卿，怎么办才好？"

"无妨。"崔珏道，"给些钱超度了他们也就是了。"

"给钱就能超度？"李世民奇怪地问。

崔珏苦笑："陛下忘了招魂司的腐败么？幽冥界成立未久，法度不全。阴间做鬼的日子太苦，有了钱，这些鬼就能去轮回司行贿，多少找个好人家托生，哪里会再来纠缠陛下？"

"可朕如今身上哪里有钱啊！"李世民也苦笑。看来炎魔罗王也是驭下不严，否则怎么有这么多漏洞？

"不妨。"崔珏笑道，"您忘了吗？裴寂大人散尽家财，求臣来保护陛下，他的钱财臣自然可以先取用了，给陛下买条路。"

于是崔珏就和前面的这群鬼商量，这群鬼虽然恨极了李世民，可有了去好人家投生的机会，却也满心欢喜，崔珏打了保票，这群鬼才轰地散去了。

李世民这才轻松了下来，跟着崔珏继续走，眼看便到了山顶，只见红光耀眼，映照满天，这才发现这山顶却不是一座山峰，而是一座巨大的天坑！那天坑足有百丈宽阔，四面火焰熊熊，当中却旋转着一座巨大的圆盘，圆盘是由无数条三尺宽的履带构成，相对转动，永不停息。而履带上，每一截都躺着一只鬼魂，被铁锁紧紧地扣着，身体无法转动，随着履带旋转。偏生另一条履带上倒竖着森冷的挂钩，这些钩子勾进那些鬼的嘴里，两条履带相对一转，钩子拉紧，刺啦一声便将那鬼的舌头硬生生拔了出来。

那些鬼的惨叫声此起彼伏，鲜血流满了履带，惨不忍睹。

"这……这是什么地方？"李世民心惊胆战。

"呵呵，陛下，这就是十八泥犁狱的第一狱，拔舌狱。"崔珏道，"凡在世之人，挑拨离间，诽谤害人，油嘴滑舌，巧言相辩，说谎骗人，死后被打入拔舌狱，在这里受苦。在十八泥犁狱，受罪时间的长短，据罪行等级轻重而有所不同，受罪最短的，就地狱之寿命而言，其一日等于人间三千七百五十年。每一狱比前一狱增苦二十倍，增寿一倍，到了第十八泥犁狱时，简直苦得无法形容。”

李世民脸色惨变，怪不得方才建成和元吉叫得那么凄惨，被投进铁树狱七日，按人间的计算，就是七万八千七百五十年……

“陛下，拔舌狱的下面是第二层，剪刀地狱……”崔珏一路讲解着，顺着天坑壁上搭建的栈道，带着他走下地狱。

剪刀地狱下面便是铁树地狱，李世民记得建成和元吉就在这里受苦，他看了看，却没找到二人。触目都是一片耸立的铁树，这铁树的枝干都是尖锐的刀锋，无数鬼魂身子被穿透，挂在铁树上。

第四层是孽境狱。这里却比较平静，只是耸立着上百座六棱镜子，不少狱卒牵着鬼魂们在镜子面前走过，旁边有人记录。崔珏道：“这孽境地狱，是审判与核对的职能。人死之后，不管有任何隐瞒，在这六棱镜面前一照，全部现形，然后根据罪孽不同发送到各地狱。”

第五层是蒸笼狱。两人走到下面就感觉热风扑面，闷热难当，天坑的中间耸立着一座巨大的蒸笼，外面无法看进去，却听到无数的惨叫声传来。崔珏介绍道：“平日里家长里短，以讹传讹，陷害、诽谤他人，死后入蒸笼狱。将鬼魂蒸得全身溃烂如泥，然后阴风吹过，重塑人身，带入拔舌地狱。”

第六层是铜柱地狱。这一层到处都是火焰，天坑中间耸立着数千根直径三尺、高达一丈的铜柱，这些铜柱底下燃烧着火焰，把铜柱烧得通红，而那些鬼魂被扒光衣服，双手抱着铜柱在活活地炙烤。到处都是皮肉烤焦的刺鼻味道，耳边凄惨的叫声几乎让李世民想捂住耳朵。

崔珏还想带着他往下走，李世民急忙摆手：“崔卿，崔卿，罢了罢了，朕不想再看了。这地狱惨相，让朕脊骨生寒。”

崔珏哈哈而笑：“也罢，陛下既然不愿看，臣也不敢勉强。咱们这就走吧，及早还阳也好。”

两人正在说话,忽然远处有人高声叫喊:“陛下,不可下去——”

李世民和崔珏同时吃了一惊,两人一起抬头,只见远处的山坡上,正有两条人影狂奔了过来。距离太远,两人也看不清相貌,不过在烈火的照耀下,其中一人脑袋铮亮,竟然是个和尚!

“他们是谁?”李世民诧异道。

崔珏脸色阴沉,冷冷地道:“一个不懂事的和尚。”

两人远远地望着,崔珏浑身是汗,他知道若是让这个和尚和那个天竺人跑到李世民的面前意味着什么。这一刻,他忽然有一种暴虐的冲动,要下令鬼卒将这两人斩杀,可是,李世民就在旁边,这条命令,将成为这场死局中崩坏的一环!

李世民也目光闪动地盯着,地狱里竟然出现了个和尚,这是什么意思?

就在此时,两人看见,就在阴山环形山一侧的山壁上,静静地站着两条近似虚无的人影。其中一人手中弯弓,缓缓拉开了弓弦,火光照耀下,森寒的箭镞仿佛闪耀出耀眼的光芒,正对准那两条奔跑的人影……

第十七章
在地狱中狂奔

轮回的时光拨转到两个时辰前。

玄奘静静地坐在石室中，平淡地看着绿萝，问：“绿萝小姐，你让贫僧走，还是留？”

波罗叶站在一旁，手中握着弯刀，冷冷地注视着绿萝。绿萝却毫不理睬，失神地看着不知名的地方，喃喃道：“若是留，我能留下你的心吗？”

“贫僧自入空门以来，禅心已然献给我佛大道。”玄奘低声道。

“若是走，你的心也会随之而去吗？”

玄奘不答，低声念着佛。

“呵呵。”绿萝凄然一笑，“爹爹关心的是身后之名，法雅关心的是国家政事，你关心的是如来大道，可是对我而言，关心的只是玄奘哥哥的去留，他会不会留在这红尘俗世，陪着我白头偕老。我是小女人，比不得你们有那般崇高的追求，就如我继父只关心我母亲，我母亲只关心我生父，我们是一样的人，而我和你，却是在两个世界，玄奘哥哥。可是我偏偏却爱上了你，爱上了另一个世界的人，你告诉我，我该怎么办才好？”

“阿弥陀佛，绿萝小姐……”玄奘想说什么，却又不知该说什么，只好苦笑一声，佛号一句，报之以无穷无尽的沉默。

“玄奘哥哥，我从小就失去了父亲，虽然如今知道他还活着，可那些年月里，他却并没有给过我丝毫关爱。你知道他死后我和母亲面临怎样的窘境吗？”绿萝仿佛在回想，“我母亲是风尘女子，父亲娶了她之后，崔氏家族就和他断绝了关系。父亲死后，我们母女无依无靠，只有父亲留下的三十亩永业田，可我们不会种地，租种出去，收的租子还不够糊口，这时候，你知道我心中有多么恐惧吗？我虽然活在这人世间，却有如孤身一人，赤身裸体地站在旷野上。那时候，我快十岁了，母亲告诉我，女人唯一的出路，就是嫁给一个爱自己的人，共同面对人生中的一切困厄，一切苦难。我也在幻想着，将来我会爱上一个什么样的人。我不知道他会是谁，但我知道，他一定是会带给我安宁，带给我温暖，让我不再恐惧这个世界……”

绿萝喃喃地诉说着，玄奘和波罗叶都没有打断她，目光中皆是怜悯。这个女孩，身世之可怜，内心之凄苦，两人谁也没想到。

“玄奘哥哥，你说我凶吗？我谋杀了你三次，可能你心里觉得我冷血无情，仿佛魔女一般，波罗叶就一直叫我小魔女。可是你知道我为何要杀你吗？那是因为你的面容让我恐惧，一看见你，我就会想起那个恐怖的夜晚，那个妖异的僧人来索去我爹爹的命。我只有杀了你，才会心安。我怎么会爱上你呢？”她脸上带着微笑，仿佛沉入某种甜蜜的回忆。

“还记得那个夜晚，我杀了空乘之后，神思恍惚迷离，夜晚发起了高烧，你坐在我的床榻边讲佛经。那时候，我才真正地去近距离看你，发现你并不是那个让我恐惧的人，相反，你的声音让我安宁，沉醉，你仿佛碰上任何事都不会生气，不会紧张，不会恐惧，你仿佛把任何事都洞察在眼中，却不洋洋自得，故意说出来伤害别人的面子。玄奘哥哥，你知道么，我的一生都在等候你……”

玄奘和波罗叶对视了一眼，急忙咳嗽一声打断了她：“绿萝小姐，贫僧感谢你的恩德，可是对贫僧而言，世上的情爱都不曾入我眼中，更不会在我心中留下一粒尘埃。如果小姐应允，贫僧这便要离去了。”

无穷无尽的泪水终于在绿萝的脸上磅礴而出，她声音哽咽，泣不成声。法雅临走前，特意把那张角弓放在她身侧触手可及的地方。绿萝却看也不看。

“如果你要杀我，只管在背后给我一箭。”玄奘苦笑，“杀我，是为了救你父亲，贫僧不会责怪你的。”

波罗叶狠狠地拉了他一把，两人并肩朝来时的地道走去。

绿萝在背后哽咽道：“要走，你便走吧！难道你当真以为我忍心杀你么？”

玄奘身形一停滞，随即被波罗叶扯了出去。绿萝看着两人消失的背影，忽然伏到坐榻上失声痛哭。

也不知哭了多久，忽然一个苍老的声音道：“看来最不了解你的人，其实是你父亲呀！”

绿萝霍然抬头，只见法雅一脸怜悯地站在自己身边。绿萝擦了擦眼睛，冷冷地道：“什么意思？”

“这世上，不是所有人都愿意为远大的目标丧失眼前的幸福。”法雅道，“很不幸，你爹爹的错误在于，他把你看作和他一样的人。其实老和尚早知道你不会忍心去杀玄奘，他是个很有魅力的人，无论对你，对老衲，都是如此。”

“那你为何还要我杀他？”绿萝质问。

法雅苦笑：“你爹爹太过执拗，他认为玄奘骗了你，执意要杀了他。可是老和尚受人之托，却必定要保住玄奘的性命。于是我俩就打赌，让你来裁决，杀他还是不杀他，自己决定，老和尚可没干涉分毫。”

“他果然不了解我……”绿萝凄然一笑，道，“带我去见爹爹吧！我已经……那么多年没见过他了。”

“你爹爹……”法雅犹豫了，半晌才道，“你爹爹眼下正处于一生中最关键的刹那，成，则万事顺遂；败，则万事皆休。也罢，”老和尚眼睛里散发出璀璨的光彩，“老衲就让你亲眼见证这世上最伟大的神迹！见证这桩古往今来最伟大的计划！”

这一瞬间，法雅的胸中也是火热火热，只觉整个人都在熊熊燃烧，他禅修五十年,一颗心早已如枯木顽石,可这时眼见得平生大计即将成功,也是浑身亢奋,就有了卖弄之心,想带着绿萝去见识见识这桩天上地下从未有过的大手笔、大计划。

当下带着绿萝离开石室,进入一条地道。顺着里面向上延伸的台阶走了几百丈,有一个铁质的坐笼,笼子顶上是粗大的缆绳,法雅坐了进去,示意绿萝也进来,然后关紧门,一摇铃铛,缆绳瞬间绷直,坐笼缓缓升起,顶上是一条笔直的隧道,有如一口井。坐笼的边缘摩擦着石壁,发出嘎嘎的刺耳声,绿萝不禁捂住了耳朵。

煎熬了半个时辰,坐笼才算出了隧道,这里居然是一座山的半腰。周围阴风惨惨,怪云缭绕,山上无草无树,到处都是滴着水的深灰色岩石。旁边,居然有四名手持直刀的戴着狰狞面具的鬼卒!

这些鬼卒一看就比地下看守石室的人精锐,一个个目光森冷,极为敏锐,见是法雅来了,一个个躬身施礼,但仍旧盯着绿萝打量半天。

"这是什么地方?"绿萝很是诧异。这地方太古怪了。

"幽冥界,阴山。"法雅笑道。

"什么?"绿萝目瞪口呆。

法雅满含深意地凝望着她:"你如今早已经离开人间界了,这里是幽冥重地,这四人,便是幽冥中的鬼卒。"

绿萝完全给弄懵了,几乎感觉自己在做梦。她狠狠咬了舌尖,顿时恐惧地瞪大了眼睛——舌尖居然不痛!她不甘心,狠狠掐了自己的胳膊一下,这下子顿时木然了,胳膊居然也不痛!

法雅哈哈大笑:"小姑娘,别吃惊。你摸摸你的身体,有没有温度?"

绿萝方才掐自己胳膊倒没注意体温,这时伸手摸了摸,顿时一脸怪异,自己的身体竟然冰凉冰凉。法雅笑道:"老和尚说的你怎么不信?活人到了幽冥界,自然是魂魄而已,你的肉身还在那石室中。好了,跟着老和尚到山顶看看吧!"

绿萝浑浑噩噩,跟着法雅沿山间石阶向上走,台阶陡峭曲折,老和尚年纪大了，但腿脚也真好，走起来步步生风，把绿萝落下去很远。绿萝到这阵子仍旧迷迷糊糊的，有如做梦一般，又过了半个时辰，才算攀爬到了山顶，顿时眼前豁然开朗，一股莫可名状的冲击让她浑身颤抖，这里，竟然是一座环形山！

高耸的山岭环绕一周，在山脉的正中间则是一座巨大的天坑，形成圆形的山谷。而在天坑四周的峭壁上，环绕着一圈圈的栈道，直通谷底。山上虽然幽暗，然而谷底却生腾出浓烈的火焰，环绕四周，映照得整座天空都似乎在燃烧。

就在天坑的正中间，旋转着一座巨大的圆盘，那圆盘由上百道履带组合而成，履带相对转动，上面竟然绑着无数的人。这些人被铁环固定，嘴巴被四根铁架撑开，舌头上居然用一根铁钩子勾住，另一端固定在另一道履带上，履带相对一转，波的一声响，整条舌头就被扯了出来，鲜血崩飞，那些人疼得浑身颤抖，撕心裂肺地惨叫。这圆盘上足足有成百上千人这么凄厉地惨叫，声音动如雷霆，震人心魄。

绿萝从未见过这么可怖的场景，几乎一跤坐倒。

法雅看着她惊骇的模样，笑道："看见了吗？你眼前所见到的，便是幽冥界的十八泥犁狱！人在阳间无论善恶，都会在阴间受到审判，罪大恶极者，就会被投入这十八泥犁狱受苦。最上层这座，名为拔舌地狱。"

"十八……泥犁狱……"绿萝喃喃地道，"这……这跟我爹爹又有什么关系？"

"难道你没听说过，你爹爹死后进入幽冥界，担任泥犁狱的判官吗？"法雅含笑看着她。

绿萝迷糊了："老和尚，这种传说我自然知道，霍山上便有爹爹的庙宇，怎么可能不知道？可是……可是你不是说爹爹还活着吗？又怎么会当真入了幽冥界做什么判官？"

法雅微微一笑："小姑娘，老和尚问你，生与死的界限在何处？"

绿萝瞪大了眼睛："这是个常识，人断绝呼吸，没有了生命，便是死了。

能呼吸，脉搏还在跳动，就是活着。”

“不对。”老和尚摇头，“我问你，一个人和你失去了音讯几十年，他不曾在你的生活中出现。那么对你而言，他是死了还是活着？”

绿萝想了想，摇头：“我不知道。”

“那不就是了吗？”老和尚狡黠地一笑，“崔珏在阳世，你日日能见到他，听到他说话，对你而言自然是活着；他入了幽冥界，与人间再不通音讯，对你而言，自然是死了。可如今你进入幽冥界，重新见着他，他便是活着了。”

绿萝懵了，这话听起来有道理，可想来想去又没道理。至于哪里没道理却又说不上来。

“眼前这十八泥犁狱，便是你父亲这一生中所建造的最伟大的建筑！”法雅不再多说，指着脚下的泥犁狱道，“这也是老和尚我的一生中，最伟大的成就！大业十年，隋炀帝第三次征伐高丽失败，天下动荡，民乱沸腾，老和尚就知道这隋朝的天下必将分崩离析。然后我走遍各地，寻找那个能一统天下、结束这场乱世的人，第二年，终于找到了当时任河东抚慰大使的李渊。老衲就开始策划助其起兵夺取天下，结束乱世，果然，老衲的眼光不错，起兵的第二年我们便顺利攻占了长安，建立大唐。小姑娘，你说说，老和尚的功劳大不大？”

绿萝想了想，点头：“很大。你的判断很准，能从那么多反王中寻找出太上皇，你这能力可以说骇人听闻了。对大唐，你也是一等的功臣。”

“错了，错了。错得离谱啊！”法雅连连摇头，在一块圆石上坐下，招手让绿萝坐在一旁，道，“老衲错啦！这么多年来，老衲号称谋僧，历来算度无有不准，可偏生平生最大的一桩事，老衲做错了。那就是选择了李渊！”

绿萝愣了：“这是为何？”

“因为他姓李！”法雅沉声道，“他是陇西成纪人，祖上是鲜卑族，从他曾祖李虎那辈，说其祖先为晋末的凉武昭王李暠。经过五胡乱华，这也很难考证，老和尚当时也没在意。然而问题就出在这里，当了皇帝后，李渊居然说自己是李耳的后代！”

“李耳?”绿萝纳闷地问,“哪个李耳?”

“老子！老聃!”法雅有些气结,闷了半晌才道,“老和尚也没想过他们如此无耻,不过也可以体谅,天子出生尚且有彩云相伴,家世来历又怎么能不显赫? 不过这样一来,老和尚却是有了大麻烦！我此生最大的功绩,成了此生不可饶恕的大罪!”

绿萝瞠目道:“这又怎么讲?”

她心里焦急无比,明明要说自己爹爹,这老和尚怎么一直说自己? 但要从这和尚嘴里掏出秘密,却不能不忍耐,只好陪他有一搭没一搭地说。所幸这老和尚讲话喜欢留悬念,每个话头都能吸引她,这才不觉得枯燥。

“嘿嘿。”法雅苦笑,“因为李耳是道家始祖啊！自己的祖先既然是道家始祖,作为后人的朝廷,又怎么能不敬奉道教? 老和尚当年受了天下佛门的委托,要为这天下找寻一个结束乱世、带给万民福祉的君王,李渊和李世民做得都很好,唯一的问题是,老和尚却把一个道家的后裔推上了皇帝之位,给佛家树立了一个最强大的对手,导致最难以估测的灾难!”

绿萝再笨这下子也明白了,老和尚受了佛家各寺庙的嘱托,要寻个结束乱世的明主,他也算能干,终于不负众望地寻到了,而且顺利地结束乱世,成立了赫赫大唐。问题是,这位被扶持者却自认是道家始祖的后裔,要尊奉道家。佛家竹篮打水一场空倒罢了,更大的危机在于把自己的竞争对手给捧上了一个无可撼动的地位,稍不留神自己就会有灭顶之灾。

对佛家而言,法雅的这桩罪过可太大了。

绿萝怜悯地看着这个号称“算度万物,不差毫厘”的老和尚,见他愁眉苦脸的模样,想笑,又不敢笑。这可实在……

“于是,老和尚只好将功补过。”法雅看出她脸上憋着的笑容,也苦笑道,“苦思冥想了数载,还真给我想出个大计划。”

“什么计划?”绿萝也好奇起来,这个大乌龙居然还有补救的法子? 难不成他还能把李氏赶下宝座,再换一个人?

“你那玄奘哥哥不是一心西游,到那菩提树下,祇树给孤独园,去求得我佛真经吗？可老和尚早就求来了一桩真经，那便是你眼前这十八泥犁狱！"法雅淡淡地笑道。

"什么？"绿萝抬起头，看着环形天坑中旋转着的巨大圆盘，一脸不解。

"佛家有《佛说十八泥犁经》，描述幽冥界的种种可怖场景，言，活人死后，都会根据生时的善恶业报进行审判，善业大者，进入上三道，恶业大者，进入下三道，还会在泥犁狱中受那无穷无尽的苦楚。其中种种骇人听闻之处，足以使善人竦惕，恶人惊魂。对百姓如此，难道人间帝王的心就不会被震慑吗？"

老和尚微微笑着，继续道："因此，老衲便设计了这座泥犁狱和整个幽冥界，邀请那大唐天子前来一游。嘿嘿，让他亲身经历地狱之苦，一则知道我佛家神通之大，二则也知道我佛家那教化万民之功，三则，他心中有恐惧，做事便有忌惮，纵然奉李耳为正朔，也不敢对我佛家过于逼迫。如此一来，崇佛之心大炽，世上所有信徒的命运都笼罩在这泥犁狱之下，足可保佛运未来百年、千年不衰！"

绿萝彻底被震撼了，这老和尚实在太可怕。她真无法想象，这般可怕、这般宏伟、这般纳天下人于股掌之中的计划，居然是从这个苍老干瘪的脑袋里想出来的！

"现在，再说说你的爹爹。"法雅笑道，"你父亲是个崇佛之人，然而自恃才华，偏要在这人间扬名，欲创下一番轰轰烈烈的事业。然而世事无常，霍邑之战那场大捷之后，他被空置于霍邑，壮志难酬。于是被我说服，参与了这桩计划，建造兴唐寺和这座泥犁狱。当初耗费钱粮太大，被朝廷注意，还因为地面建筑已经完工，需要他常年坐镇在地下监工，于是他就诈死，这么多年来一直躲藏在这里，修建这座泥犁狱。"

绿萝这才对父亲诈死的经过明了，她心中怒气上涌："便是因为建造这个工程，他就抛弃了我和我娘，让我们孤儿寡母无依无靠？哪怕他诈死后，暗地里知会我们母女一声，也不至于像如今这般凄惨。"

"他敢么？他办的这桩事，稍有破绽，便是千刀万剐，家族抄灭的命运，他不在意自己的生死,难道也不在意你们母女的生死吗?"法雅冷笑,"小姑娘,老和尚说了你不信,你且看看泥犁狱的栈道上,那是谁?"

绿萝强忍怒气,凝目朝远处望去。从山上看,栈道上的人面孔微茫难辨,不过大体还能看清。栈道上只有两个人影,正在并肩一路谈话,向下层走去,她一眼就看到其中一名身穿黑袍的男子,那身形,那风姿,与记忆中的父亲一模一样。

"那是我爹爹!"绿萝惊叫起来。

"不错。"老和尚笑了,"那个正是你爹爹崔珏。你再看旁边那个。"

绿萝瞪大眼睛,仔细眺望,那个男子比崔珏年龄略小,看不清面孔,不过头上带着帝王式的冠冕,身上黄色的袍服织满了金线,在火光的照耀下一闪一闪的。

绿萝的脸渐渐惨白,这世上,敢有这种装束的人只有一个——大唐天子!

"那是……当今的天子……"绿萝颤声道。

法雅点点头:"正是李世民。如今你的父亲正以幽冥界判官的身份陪同他游览十八泥犁狱。他只道是自己的魂魄被拘到了此处,与你方才一模一样。"

"他怎么真的相信啊?"绿萝这时早不相信自己是在真的幽冥界,见李世民相信,居然还有些诧异。

"你方才不是信了吗?他为何不能信?"法雅笑道,"你掐自己身上不疼,咬自己的舌尖不疼,摸着身上又是冰凉,才这些你都相信自己置身幽冥了,何况老衲在李世民身上下的工夫比你大百倍呢?"

他这么一说,绿萝倒不怀疑了。的确,这么逼真,换作是谁都会相信的。

正在这时,绿萝忽然咦了一声,只见环形山的山道间正闪动着两条人影!

那两人飞速往下奔跑,泥犁狱的火光照耀下,其中一人光秃秃的头颅异常醒目,而另一人额头上缠裹的白头巾也特别耀眼。绿萝失声惊叫:"是玄

奘哥哥和波罗叶！”

法雅也看见了，脸色大变，霍然从圆石上站了起来，满脸狰狞之色：“他们是去见李世民！这波罗叶是不良人的密探，绝不能让他们跑到皇帝面前！”

法雅受了玄成法师的嘱托，实在不想杀玄奘，而石室乃是处于十八泥犁狱之下，四周巷道纵横，密如蛛网，关键处还有甲士把守，即使放他们走，也走不到什么关键的地方。他算无遗策，只因一念之仁，却没想到这玄奘和波罗叶神通广大，不但从九龙口周边逃了出来，反而摸到这十八泥犁狱中！

一瞬间，法雅一头冷汗，若真是让玄奘和波罗叶见到了李世民，把自己的计划和盘托出，以李世民的聪慧，不难想到这中间的阴谋。自己穷十年之功，耗费无数钱粮和人命堆积起来的幽冥界，就全盘毁掉。更恐怖的是，整个佛门将会在皇帝的震怒中付出什么样的代价？他几乎不敢想了。

“快，去拦住他们！格杀勿论！”法雅喊来后面的几个鬼卒，喝令道。

四名鬼卒持着直刀飞奔而去，但他们距离远，山路崎岖难行，玄奘和波罗叶又跑得飞快，一时间哪里追得上。

正惊慌间，法雅瞥见了绿萝背上的角弓，沉声道：“小姑娘，你也知道此事意味着什么，如果让玄奘和波罗叶走到皇帝的面前，你父亲和老衲难逃一死也就罢了，这个世上还会有千万人头落地！杀不杀他，就在你一念之间了。”

绿萝呆滞了，瞬息间心念电转：“玄奘哥哥……难道我真的要杀了他吗？可是若不杀他，爹爹此生的大计就彻底毁了，他含辛茹苦在地底七年，就是为了今日，我……我忍心让他一生的心血付诸流水吗？”

……这一瞬间，少女的心思也不知转了几千几百转，终于惨笑一声：“罢了，罢了，我杀了他，自己也随他而去便是，也好过在这人间受那无穷无尽的苦楚。若是死后真有幽冥，我便永生永世陪着你！”

手臂一伸，掣出背上的角弓，搭上一根钢镞的兵箭，缓缓拉开了弦……

所谓智者千虑，必有一失。正如法雅号称谋僧，算度万物，不差毫厘，却依旧是把李渊捧上皇位之后才想起他姓李一样，世事的出奇，有时候当真是冥冥中的定数。法雅以为这九龙口一带的巷道复杂多变，玄奘绝无可能逃出来，更不可能逃到关键处，他却不知道，玄奘当初偷入空乘的禅房时，却得到一卷《兴唐寺考工法要》！

一开始的确如法雅所想，离开那座石室后，两个人有如没头的苍蝇一般乱转，很快迷失在纵横交错的巷道中。后来玄奘突然想起自己身上这卷《兴唐寺考工法要》，灵机一动取了出来，两人仔细研究。他们在地底待了一段时间，对这里大体还算熟悉，九龙口是整座地下工程的动力中枢所在，自然在法要上有详细的图示。这个地方环境特殊，两人很快找到了，却对九龙口上方的十八座圆盘形状无法理解，但既然在九龙口上方，就必然有通往出口的路径。于是两人在密密麻麻的虚线、实线、曲线中寻找、摸索，也不知耗费了多少时光，走了多少冤枉路，波罗叶还出手解决了七八名守卫，终于从一座密道中出来，一露头，两人立刻傻了眼——他们居然在半山腰。

然后就是透彻心扉的恐惧和惊叹。

眼前这座工程实在是太庞大了，几乎将整座环形山的天坑都填满了，那座巨大的圆盘更是无边无际，站在旁边，只觉自己有如蝼蚁一般。他们这时也才明白九龙口上方那座铁柱的功用，竟是为了带动天坑里这一层层的圆盘转动！

"这到底是什么地方？"波罗叶听着满耳的惨叫，那群在圆盘的履带上惨遭拔舌之刑的人撕心裂肺的哭叫使这个朝廷密探也心胆俱寒。

玄奘惊恐地看着，令他惊恐的不仅仅是这些人的惨状，他到底学识深厚，几乎一眼就和佛经中的十八泥犁狱印证了起来，同时在看见崔珏和李世民的一瞬间，就明白了这桩计划的核心——威慑帝王，掌控人心！

"妈的，怪不得咱们在囚笼中碰上那么多囚犯，原来，竟然是在这里把他们活活折磨死！"波罗叶怒不可遏。

玄奘的心中也充满了愤怒，法雅和崔珏实在可恶，难道为了一个疯狂的计划,就要把这些人都活活折磨死吗?佛法的终极目标是普度众生,哪怕这计划真的能够达成,为这个目标牺牲如此多无辜的生命,也是有悖佛理,人性泯灭!他们与恶魔究竟有何区别?

两人心中愤慨,眼见得李世民和崔珏顺着栈道一路往下,玄奘不禁高声喊道:“陛下,不可下去——”

说着两人开始急速在山间奔跑,地势陡峭也顾不得了,干脆就是一溜滚,一时间衣衫撕裂,头破血流。李世民和崔珏木然而立,凝望着他们。

正奔跑间,波罗叶忽然听到身后的空气中传来一声尖利的呼啸,他猛一回头,顿时大吃一惊,只见一道电光有如雷轰电掣一般,射向玄奘的后心!

“法师小心——”波罗叶狂吼一声,合身扑上。那道闪电瞬息而至,重重地射在了波罗叶的后背,这种钢镞的兵箭何等劲疾,噗地一声,几乎将波罗叶身体射穿!

玄奘被波罗叶一扑,两人顿时一溜滚骨碌了下去,重重地撞在一处缓坡的山石上。玄奘被撞得头破血流,他顾不得查看自己的伤势,一看波罗叶,顿时呆住了,这支利箭从波罗叶的后背射入,正好插在心脏处。

“波罗叶——”玄奘惊叫一声。他和这个半路上“捡来”的天竺仆人感情极深,两人相处了半年多,几乎形影不离。波罗叶照顾人极为周到,对玄奘无微不至,玄奘也从他口中知道了大量西域乃至天竺的风土人情,连梵语都学得七七八八。甚至后来玄奘知道他身上有秘密,也不忍心揭穿,这次为了救自己,这个朝廷的密探居然宁愿付出生命,怎不让玄奘痛惜?

“法师……”波罗叶躺在他怀里,脸上却露出了笑容,“我要……死了……吧?”

他这么结结巴巴的说话,猛然便让玄奘想起往日的时光,那时候,他为了掩饰自己的来历,一直这么结结巴巴地说,后来身份暴露后开始说得流利,玄奘反而有些不习惯。可这次,他再也不是假装了。

“不会的!不会的!”玄奘手忙脚乱地撕开他的衣服,打算替他止血,这么一摸,汩汩而出的鲜血瞬间沾满了两手。

“我知道……我要……死了……”波罗叶大口大口喘着气,脸上却露出宁静的神色,“法师……你知道……吗?我这辈子……最内疚的事……就是……欺骗了你……”

“没有,没有!”玄奘泪如泉涌,抱着他号啕痛哭,“你是为了自己的使命,我从来没有怪过你。”

“可是我……欺骗了僧人……死后会下……泥犁狱……”波罗叶呵呵地苦笑,“会……投生到畜生道……”

“不会!不会!咱们是朋友,我愿意你骗我,我很高兴。”玄奘哭道,“我会日日念那《地藏菩萨本愿经》,让你不会受任何苦,让你来日重新为人,回到故乡,做个高贵的婆罗门!”

波罗叶眸子里光彩一闪,却反驳道:“我……不做……婆罗门,我要做……刹帝利……”

“好好,咱们就做刹帝利!”玄奘心中悲苦,喃喃地道,“我他日西游天竺,见到你们的戒日王,会让他恢复你父亲的荣誉,让你的家族因为你而荣耀!”

“真的……”波罗叶精神一振,紧紧抓着玄奘的手,双眸里充满了期冀。他们家本是中天竺的吠舍商人,只因被人诬告私通南天竺,向敌国贩卖军械,戒日王震怒,将他们家族抄没,所有人贬作贱民。波罗叶的父亲带着他辗转逃亡,经西域来到中原。

父亲虽然病故,但家族那悲苦的命运一直是波罗叶心中永恒的刺,他知道玄奘要去天竺,更相信玄奘的魅力,如今有了这个承诺,如何不欢喜。

“拜托法师……”波罗叶的眼中缓缓沁出泪水,紧紧抓住玄奘的手不愿松开。

玄奘泪流满面,波罗叶眼睛里的光彩慢慢丧失,忽然间他手一紧:“法师……”

“贫僧在!”玄奘急忙把耳朵贴在他嘴唇上,只听波罗叶睁着无神的眼眸,喃喃道:“法雅所行……恶则恶矣……于人间……实有大功德……法师可……可自处……”

玄奘一怔，忽然感觉手臂上一沉，波罗叶闭上眼睛，溘然而死。

玄奘呆滞了半晌，悲恸之中，细细思索着他的话：“于人间实有大功德吗？难道百姓群氓，需要有震慑与威胁才会守善不成？”他缓缓抬起头，看见远处站着的李世民，心中一震，“百姓固然有强权来控制威慑，可是皇帝呢？谁来威慑他？”

玄奘陷入深思之中，将波罗叶放在地上，脱下身上的僧袍盖在他身上，缓缓站了起来。

“夺——”一支利箭插在了他脚下。

玄奘转头看了看，看见了法雅惊惧的面孔，看见了绿萝颤抖的角弓。他凄然一笑，一步步朝李世民走去。

“夺——”又一支利箭射在了脚下，玄奘有若未见，脚步沉凝地继续前行。

利箭不再射来，山岭上，绿萝手中挽着弓，弦上搭着箭，有如痴了一般。

那四名鬼卒这时也跑到了玄奘的身后，恶狠狠地举起刀就劈，绿萝冷笑一声，手指一松，嘣的一声，利箭闪电般飞至，那鬼卒惨叫一声，中箭而死。其余三名鬼卒大吃一惊，还没反应过来，绿萝冷静地搭上箭，嘣嘣嘣，一连三箭，将那三人尽数射杀。

“你这是何意？”法雅大怒。

绿萝冷冷地道：“玄奘哥哥只能死在我的手里，其他人不配杀他！”

“那你为何不杀他？”法雅沉着脸道。

“我改变主意了。”绿萝忧伤地道，“女人不总是善变么？爱上了这个人，前一刻恨不得杀了他，这一刻却又觉得他可亲可爱。”

法雅无语了。

第十八章
帝王心术

玄奘、李世民和崔珏三人静静地站在栈道上，彼此凝视，眼眸中都逼射出灼人的光芒。崔珏一言不发，李世民则凝视着面前这个浑身是血、头破血流、脸上却平静无比的僧人，心里也不知转着什么念头。

“阿弥陀佛，贫僧玄奘，参见陛下。”玄奘躬身合十道。

“玄奘？”李世民一怔。玄奘的名头他自然是听说过的，裴寂还请自己专门下旨，任命他为庄严寺的住持，可后来听鸿胪寺回报，说这个僧人居然抗了旨。这让李世民极感兴趣，没想到今日这和尚居然跑到了幽冥界。

崔珏心里更是紧张得有如一根即将崩断的弓弦，他知道，只要玄奘一多嘴，自己苦心孤诣的一切就会轰然坍塌。但李世民在侧，他却不敢造次，只好勉强压抑着内心的恐惧与紧张。

三人间的空气凝固得有如一团冰。

李世民忽然笑了：“崔卿，玄奘法师怎么会到了幽冥界？”

崔珏淡淡地一笑：“臣也不知，也许是阳寿终了，也许是法师悟得大道，可以贯通阴阳。”

“哦？”李世民静静地看着玄奘，“那么法师你自己知道吗？”

“贫僧知道。”玄奘坦然道，“贫僧是被绑架来的。”

此言一出，崔珏的心几乎蹦出了腔子，脸色顿时惨白。李世民却饶有兴致地道："法师怎么会被绑架到幽冥呢？"

"一日，贫僧正在坐禅参佛，忽然神思缥缈，惶惶然不知身在何处，纷纭世界在眼前闪过，六道众生于身侧行走。忽然有两名鬼卒抓住了贫僧，将贫僧带到了此处，同时来的，还有贫僧的仆从波罗叶。"玄奘道。

崔珏脸上露出古怪之色，但同时一颗心也放回了肚子里。他知道，玄奘向自己达成了妥协。

"波罗叶？"李世民指了指山上，"便是方才中箭而死的那人吗？"

"正是他。"玄奘点头，"陛下，若贫僧所想不错，您眼前便是十八泥犁狱，您身为人间界之王，这地狱污秽，切不可深入，以免沾染鬼气，有碍于陛下的龙体。因此我二人才呼喝阻止，不料却惊动了这里的守护者，波罗叶为了救贫僧，中箭而死。"

李世民叹息了一声："法师竟然有神通可穿越阴阳。"他问崔珏，"崔卿，为何那守护者杀了波罗叶之后，又射杀了四名鬼卒？"

崔珏脸色阴沉，但这时也没有好法子，只好顺着玄奘的话说，躬身道："陛下，玄奘法师乃是圣僧转世，岂能受幽冥鬼卒的伤害，因此镇守幽冥界的守护神才会射杀了鬼卒。"

"原来如此。"李世民惊叹地看着眼前这个僧人，目光中满是崇仰，"法师还能回到人间界吗？到时千万要教朕修那如来大道，朕要摩顶受戒，供奉圣僧。"

"陛下有命，贫僧岂敢不从。陛下需要及早回归，否则时间久了，损毁人间肉身，大为不妥。陛下回阳日，就是贫僧回归之时。"玄奘脸上露出笑容，心里惊叹，这位皇帝，实在太上道了，自己一说他就跟着往下顺，生生把崔珏挤兑得无可奈何。

李世民虽然不知晓内情，但玄奘心里却紧张无比，他知道眼前这情势，第一要务，就是要保证皇帝平平安安地回去，一旦自己的话里稍有闪失，惹得崔珏破罐子破摔，说不定此人心一横，将自己和皇帝通通斩杀也未可知。玄奘要做的，不但是要把李世民送出去，自己也要平平安安地回去才行。

崔珏心里恨得牙痒痒的，但既然是戏，玄奘也愿意配合他做，自然要做足了。你玄奘亲口承认这里是幽冥界，皇帝还以为你是神通广大的圣僧，难道回到人间，你还敢冒着欺君之罪说出泥犁狱的真相不成？

这一瞬间，崔珏心里念头百转，已经有了主意，笑道："陛下，圣僧能够穿越阴阳，自然有回去的法子。他法体不朽，纵是多待上些时日也无妨，倒是陛下需要及早回去。"

李世民也被这幽冥界搞得心里不安，早就想回去了，急忙点头应允。三个人顺着栈道来到阴山上，前面是一池幽深的潭水，潭水深黑，上面笼罩着浓浓的云雾，旁边的石壁上刻着几个大字：还阳池。

"陛下，此处就是回归人间界之路，咱们就此作别。"崔珏拱手道。

李世民看了看这有如虚幻的深潭，点点头，拉着崔珏的手，诚恳地道："崔卿，朕回了阳世，必定不忘崔卿之恩。帝王之言，天日可鉴！"

崔珏躬身拜谢，李世民又看着玄奘道："圣僧的救护之恩，朕没齿难忘。期待日后在人间界见到圣僧，聆听法音。"

玄奘含笑合十："贫僧遵旨。陛下放心，贫僧这就与陛下一起回去。"

崔珏愕然，还没来得及说话，玄奘忽然拉着李世民朝那还阳池中一跃而下，身形没入云雾之中。那云雾厉害至极，玄奘只是在其中呼吸了几口，随即脑子便是轰然一声，身体丧失了知觉，眼识、耳识、鼻识、舌识、身识，尽数虚虚荡荡，无知无觉，好像脚下很软，好像站在了云端，又好像……脑子浑浑噩噩，什么都不知道了。

"果然是五识香……"这是玄奘在幽冥界的最后一个念头。

"玄奘——"崔珏本来还想借着话头，把玄奘多留些时日，至于多久……别忘了，泥犁狱一日，便是人间三千七百五十年。没想到这玄奘当机立断，生怕自己走不掉，居然拉着李世民一起跳进了还阳池！

崔珏欲哭无泪，李世民也亲眼见到玄奘与自己一起走的，届时自己回来了，找不到玄奘，心里必定怀疑。他朝着还阳池愤怒地大骂，可面对这个机智深沉的僧人，他却是一点法子也使不出来。

这时，法雅也走到了还阳池边，凝望着池中苦笑不已："老和尚号称谋僧，这和尚……唉！事已至此，也算圆满，切不可因小失大，就放他回去吧！老和尚再与他好生谈谈，咱们若是没做，他固然会阻止，可做了，千百年的佛运就已经赌上去了，不信他不屈服。"

崔珏不甘心地攥起了双拳，眼中仿佛要喷出火来。

"爹爹……"忽然间耳边传来一声娇柔的声音，崔珏的心顿时柔软了起来。

"哎呀，淹死朕了——"李世民浑身一悸，猛地睁开了眼睛。

他忽然愣住，自己却是躺在十方台卧房中的床榻上，身上盖着锦被，哪里有浑身湿漉漉的？四周到处都是人脸，裴寂、魏征、杜如晦、尉迟敬德等人都惊喜地盯着他，一见他醒来，纷纷叫道："陛下醒了，陛下醒了！"

"这……这是怎么回事？"李世民诧异道。

魏征抹了一把额头的汗水，这时他双腿无力，几乎站不稳当，低声将经过讲述了一番。原来，他和尉迟敬德在十方台的庭院中一直守候了一宿，却始终没有等到对方发动阴谋。两人不禁有些诧异，又走到廊下听李世民卧房中的动静，李世民正在酣睡，低低的呼噜声传了出来，两人这才放心。

直到天光大亮，也没有什么危机和阴谋，两人纳闷无比，悄悄打开门进入佛堂，那六名禁军高手有的坐，有的站，一个个睡眼惺忪，却强打精神。问话之后，六个人面面相觑片刻，一起摇头，昨夜什么事都没发生。两人一颗心才松了下来，传来内侍去叫醒陛下。

结果内侍入了皇帝的房中，脸色惨白地跑了出来："大人，陛下……陛下叫不醒！"

魏征和尉迟敬德这一惊非同小可，宛如一脚踏进了万丈深渊，踉踉跄跄地奔进房中，只见陛下正躺在床榻上酣睡，脸上时而挂着喜悦的笑容，时而露出惊恐之意，怎么喊都不醒。

这时裴寂和杜如晦也听说了，慌忙跑了过来，众人命禁卫封锁院落，又是推拿又是呼唤,一直折腾了半个多时辰,李世民才睁开了眼睛。

李世民听他们讲完,面露古怪之色,坐起了身子,内侍急忙拿过来靠垫给他抵在后背。

“昨夜,朕梦见游览幽冥界,参观十八泥犁狱……”李世民喃喃地道。

众人听完,一个个呆若木鸡。魏征眉头大皱:“陛下可否详细讲讲?”

李世民点点头,把昨夜苏醒,梦见自己站在炼妖之野的黑暗荒原中,一直到玄奘和尚拉着自己跳进还阳池的经过讲述了一番。魏征脸色惨变,跌足长叹:“还是中计啦! 没想到对方的阴谋竟然这般实行……”

“阴谋?”李世民诧异了起来,不悦地道,“怎么会是阴谋? 朕明明亲身游览了幽冥界和十八泥犁狱。”

魏征冷笑:“在陛下看来,这幽冥界是真的还是人为?”

裴寂恼了:“魏大人,幽冥界怎么可能是人为? 陛下蒙炎魔罗王约请,进入幽冥界,与那炎魔罗王立约,分别执掌人间界和幽冥界,此乃是我王被天地诸神认可,我大唐江山得到诸神护佑的明证,怎么可能是人为?”

李世民频频点头,魏征哑然,他还能怎么说? 难道一意要说这幽冥界乃是虚幻,陛下您被人骗了,天地诸神并没有认可您吗?

但魏征性子执拗,岂肯轻易认输:“陛下,既然在幽冥界您曾经见到玄奘法师,他也陪着您一起还阳,不如把玄奘法师请来,听听他如何说。”

李世民点头,他还真想见见玄奘:“裴卿,你去找找,看玄奘法师如今在何处。请他来见朕。朕也有些乏了,先歇歇。”

李世民不乏累才怪,昨夜走了那么多的路,又是惊心动魄又是提心吊胆,这时只觉身子绵软无力。裴寂答应了一声,转身退了出去。

他一出去,魏征、杜如晦、尉迟敬德三人面面相觑,魏征沉吟片刻,转身告诉内侍:“你们且出去,没有陛下的命令,谁也不准进入。吴国公,您命禁军封锁兴唐寺,任何人都不得出入!”

内侍答应一声,转身出去。尉迟敬德犹豫了片刻,见李世民点头,于是拱了拱手,也出去了。房内只剩下李世民、杜如晦、魏征。

“陛下，臣敢断言，您游览幽冥界，是一场天大的阴谋！”魏征沉声道。

李世民眯起了双眼，淡淡道：“此话怎讲？”

“这里破绽太多。臣给您追根溯源，武德四年，裴寂上表，请太上皇在昔日破宋老生处修建寺庙，以彰显定鼎大唐之功。太上皇敕命兴唐寺，下旨修建。可当时民部根本拿不出钱粮，而时任霍邑县令的崔珏竟然能够募集善款三万贯，修建这座寺院，他哪来的这么多钱？别忘了，武德四年，您正和王世充、窦建德激战，朝廷捉襟见肘，连提供给前方将士的粮食都无法保证。河东道去年才平定了刘武周、宋金刚，一片荒芜，百姓凋敝，整个晋州一年的赋税也不足三万贯！”

李世民点点头，这个情况他亲身经历，当然知道。魏征道：“陛下可知道，实际上，兴建兴唐寺耗费的钱粮远不止三万贯，据臣的估算，只怕全国各地汇集到霍邑的钱粮不下三十万贯！”

“三十万贯？”李世民和杜如晦都惊呆了。这等巨款连朝廷也拿不出来，修建一座城池也不需要这么多钱。

“陛下看看，这座寺庙虽然宏伟，可花得了那么多钱吗？那么，钱花在哪里了？钱又从哪里来？”魏征冷笑，“第二，陛下还记得武德九年裴寂大人的三小姐那桩事吗？一个和尚诱拐了裴寂大人的女儿，裴寂起初震怒，甚至派人追杀，可随后却又不了了之。这又是为了什么？后来臣还查过那个和尚，他乃是成都空慧寺的僧人，武德六年斩杀了他的师父之后潜逃，曾经在河东和长安广泛活动，与裴寂、法雅过从甚密。这两人什么身份，何以和一个犯了法的僧人这般密切，连自己的女儿被他诱拐也不敢声张？”

李世民陷入沉思。

“无他，唯一的原因就是这个和尚手里有他们致命的把柄！臣正是对这个和尚起了疑心，发觉他经常在晋州和霍邑一带活动，才进行了秘密调查。这一查，果真查出了问题，当年崔珏自缢前，就是这个和尚登门造访，两人闭门长谈之后，崔珏于当夜自缢！嘿嘿，您在幽冥界时，崔珏告诉您是炎魔罗王化作一名僧人来找他，其实这个僧人却是那名犯了法的和尚，长捷！”

李世民目光闪动，轻轻地道："你接着说。"

"嘿嘿，"魏征笑道，"更奇的是，长捷却是玄奘法师的亲哥哥，这两年玄奘一直在找寻长捷的下落，曾经在长安的僧人中广泛打听。臣特意命人散出了口风，说这长捷在霍邑出现过，玄奘果然便前来霍邑了。"

"原来玄奘到这里是你的计策！"李世民哈哈大笑，指着他道，"看来你早对兴唐寺怀疑了。"

"没错，"魏征点头，"陛下您即位之后，一直打算革故鼎新，任用新锐，可受到朝廷中旧势力的百般阻挠。这些人以裴寂为首，于是臣便盯上了裴寂，顺藤摸瓜，察觉到这些年来经过裴寂的手，有数十万贯的钱粮运往霍邑。裴寂不是个贪鄙之人，况且他老家在蒲州，就算贪鄙，也不会把巨额的钱粮运到霍邑。这里面究竟有什么内幕臣一时也摸不清，于是派遣了八九名不良人潜入霍邑和兴唐寺。"

李世民摇摇头，看着杜如晦："朕说前几年你怎么会提议把不良人交给魏卿辖制，原来你们是打了这个主意。"

杜如晦笑道："一切都瞒不过陛下的法眼。"

"那么后来呢？不良人可查出什么了？"李世民问。

"没有。"魏征坦然道，"一入兴唐寺便是泥牛入海。我们只找到了两具尸体，其他人都是生不见人死不见尸。因此，臣才鼓动玄奘前来，还在他身边派了不良人。"

"他身边有不良人？"李世民奇道，"那你怎么不把他召来问问？"

"陛下方才说过，他死了。"魏征沉声道，"那人便是陛下在幽冥界见到的与玄奘一起的人，波罗叶！"

"那个天竺人？"李世民骇然。这一刻，他忽然有了种明悟。

"还有，陛下曾经在幽冥界允诺崔珏，要保他后人三代富贵。但您可知道他后人在何处？"魏征道。

"哦，在哪里？"李世民一直牢牢记着此事。

"在霍邑！"魏征道，"崔珏遗下一妻、一女，如今他的妻子改嫁，改嫁的人，正是陛下甚是欣赏的猛虎县令，郭宰！也就是上表奏请陛下入住兴唐寺的人！”

李世民脸上霍然变色，魏征说到现在，虽然没有确凿的证据证明十八泥犁狱是一场阴谋，可是草蛇灰线，剥茧抽丝，却一桩桩连成一体！

“那么按你说，朕此次入住兴唐寺，到魂游地府，都是有人故意操纵的结果？”李世民沉吟道，“可是朕分明躺在床上，为何会出现在地狱中？”

魏征冷笑：“臣没怀疑错的话，陛下这房内有严密的机关，先用某种药物使陛下昏迷，然后机关发动，再把陛下弄到他们造好的幽冥界中。方才陛下沉睡，臣将守在外屋的六名禁军高手隔离审问，这六人分别承认，他们昨夜曾经闻到一股甜香，然后就沉睡了片刻。只不过睡的时间太短，很快就醒来，便没有起什么戒心。”

“什么？闻到甜香？”李世民的心慢慢沉了下去。他想起自己沉睡前，仿佛鼻子里也闻到一股古怪的香甜气息，他咬牙道，“这房中竟然会有密道！你可查看了吗？”

魏征苦笑：“陛下，若是有密道，自然是那谋僧法雅的设计，法雅此人陛下比臣清楚，天纵才学，上至佛家大道，下至旁门左道，无不精通，对机关器械的研究可谓前无古人，臣要查出他的机关，除非把这座房子拆掉。”

李世民在太原留守府当二公子的时候就认识法雅，自然知道这老和尚多厉害，闻言不禁冷笑：“谋僧又如何？算到朕的头上！既然如此，那就拆了这座十方台！朕倒要看看，他们是不是真的在算计朕！”

正在说话，忽然门外响起裴寂的声音：“陛下，玄奘法师到！”

李世民急忙道：“快请……哦，朕亲自去迎接！”

魏征和杜如晦面面相觑，没想到陛下对这个和尚居然如此看重。李世民翻身下了床，只觉两条腿如同灌了铅，他苦笑一声，接过杜如晦拿来的袍子披上，走到禅房外。

十方台中，阳光耀眼。那名在幽冥中拼死救护自己的年轻僧人正静静地站在古松之下，一脸宁静。这僧人昨夜浑身是血，头破血流的，现在换了僧袍,虽然有些陈旧,很多地方都磨得只剩下线头,可还算整洁。只是脑袋上包裹着白纱布,纱布外沁出鲜血。

李世民也不晓得为何自己看见这僧人就觉得亲切,见他跪倒叩拜,急忙下了台阶把他搀扶起来:“法师,朕……终于在人间见到你啦!”

玄奘笑了:“陛下在幽冥中的风采,贫僧不胜感佩。”

李世民也哈哈大笑:“昨夜咱们同游十八泥犁狱,那幅场景可让朕毕生难忘啊!不知法师怎么想?”

“能亲身游历十八泥犁狱,也令贫僧难以忘怀。”玄奘道。

李世民点点头,话锋一转:“可是有人告诉朕,昨夜朕所游览的地狱,乃是人为,是为了威慑朕,法师能穿梭阴阳,想必对泥犁狱很熟悉,你以为呢?”

玄奘肃然道:“贫僧坐禅之时,屡屡有神游天外之事,不过进入泥犁狱还是第一遭。贫僧也不敢相信这是真的,倘若真是人为,此人的手段着实惊天地泣鬼神,陛下要明察才是。贫僧以为,泥犁狱不应存在于人间,也不应存在于幽冥,它应存在于人的心中,使世人竦惕,使善人不敢为恶,恶人不敢肆无忌惮。可昨夜它竟会在陛下的眼前出现,此事殊为可疑,陛下要下令严查才是。”

李世民默然片刻,幽然道:“无论如何,法师救护朕的功劳,朕不敢或忘。既然有人不信,朕就下令查一查,若真是有人欺朕,也省得让他们以为朕那般好欺辱;若真是幽冥使然,也让那些人相信这神迹!来,法师且陪朕走一走吧!朕已经让魏征率人大索兴唐寺,莫让这些人吵了咱们的雅兴。”

玄奘脸上含笑:“谨遵陛下旨意。”

李世民大笑,携着玄奘的手,两人在兴唐寺中漫步。魏征和杜如晦带领禁军开始大索寺院,只有尉迟敬德带人保护在侧,李世民令所有人退出十丈之外,两人一路走着,慢慢到了霍山的顶上。

眺望着脚下碧瓦如鳞的宏伟寺院,李世民幽幽叹道:“法师,如今就你我二人,咱们不妨开诚布公,法师是个智者,在那种情势下,为了保住朕的命,敷衍那崔珏,朕很是承法师的情。”

玄奘心里暗暗吃惊，脸上却笑了："原来陛下心中早有分寸。"

李世民冷笑："朕十八岁起兵，征杀于千军万马之中，天下豪杰在朕的面前无不束手，王世充、窦建德、刘黑闼、刘武周，哪个不是一方人杰？那些人区区的智谋也想算计朕？哼，把朕看得太简单了吧？"

"哦，陛下从哪里瞧出破绽了？"玄奘好奇地道。

"朕没有看出破绽，这些人设计得惟妙惟肖，逼真至极，朕在幽冥界，悄悄咬自己的舌头居然也不觉得痛，这些人能算度得如此精密，倒也令朕钦佩。"李世民摇头，忽然哂笑，"可惜，他们不知道的是，在一年前，他们的计划已经被朕全盘知晓。如何建造的兴唐寺，寺庙地下的地宫，九龙口的动力中枢，混合在空气中含有大麻和曼陀罗的五识香……嘿嘿，朕无所不知！"

玄奘脸色变了，骇然道："陛下为何这般清楚？这些情况贫僧还是探查数月，机缘巧合才得到的内幕，为何陛下足不离京城，一年前便知道？"

李世民淡淡地道："因为朕虽然足不出京城，却掌控着天下所有人的命运！包括那些参与者的命运！法雅、崔珏、长捷、空乘固然是心志坚毅之人，尤其那法雅和崔珏，一个能策划出如此可怖的计谋，一个能抛妻弃女潜藏地底下七年，当真是一代雄杰。可惜，他们虽然是豪杰，却找了个心志懦弱的合作之人！朕考考你，法师可知道是谁吗？"

李世民戏谑地看着玄奘，玄奘心念电转，脱口而出："裴寂！"

"好个和尚！"李世民当真惊叹了，竖起大拇指赞叹道，"魏征一直说你是佛门千里驹，心志坚韧，洞彻人心，他果然没看错人。不错，正是裴寂。你想必也知道裴寂的处境，哼，他杀了朕的心腹刘文静，朕做秦王的时候又屡屡仗着太上皇的势与朕作对，朕登基之后，早就想对付他！之所以耽搁下来，只是想徐徐图之，剪除其羽翼，不想使朝中变更过于突然罢了。朕的心思裴寂何尝不知？他杀了刘文静，知道朕不动手则已，一动手就会要他的命，难道他真以为靠个幽冥界就能挽回朕的心意？他当了这么多年宰辅，当不至于这么天真吧？朕打算在贞观二年便处理了他，这老家伙一见不好，立刻私下里见朕，将这桩阴谋和盘托出。"

玄奘目瞪口呆，心里更有些悲哀，法雅和崔珏智谋深沉，胆大包天，没想到却没有识人之明，找了这么个卑劣的合作之人。计划还没有发动，就被人为了自家前途彻彻底底地出卖！

“那么陛下何不及早动手，反而亲身涉险？”玄奘问。

“朕为何要动手？”李世民反问，“这么好的计谋，如果不实行，岂非浪费？更浪费了数十万贯的钱粮。朕当年亲身征伐沙场，迎着刀枪箭矢，何曾畏惧过。再说了，幽冥界和十八泥犁狱真是个好东西，若是令每个人都恐惧，儿女不敢不孝，百姓不敢造反，臣子不敢谋逆，守法奉公，兢兢业业，这是能令整个天下获得安定的法宝啊！为了大唐朝百年千年的基业，朕何惜冒险？”

玄奘这才明白，帝王心术，果然非常人所能揣测。法雅设局给李世民钻，李世民干脆就钻进去，向天下万民亲身验证这十八泥犁狱的恐怖。

“于是朕就暂且放过裴寂，陪他们玩玩。”李世民哈哈大笑，“果然是不虚此行啊！在幽冥里演戏，连朕自己都亦真亦幻，险些分不清楚。那十八泥犁狱太过恐怖，朕明知那些受酷刑的是平常百姓，怎么忍心看下去？这才要离开，没想到这时候法师你冲了出来要救护朕。朕那时候真是提心吊胆啊，万一你脱口说出真相，惹得崔珏凶性大发，当场把咱们咔嚓了，可就弄巧成拙了。幸好法师机敏，你和崔珏那番对答，当真精彩至极，把崔珏逼得走投无路，只好顺着法师铺的台阶往下走，看得朕真是……哈哈哈哈……”

他捧腹大笑不已，玄奘只好跟着苦笑，他当时还诧异这位陛下这么上道，谁料想人家早就知道真相，看他们演戏而已。

“那么陛下打算怎么处置这些人？裴寂，法雅，崔珏，还有贫僧的二兄长捷？”玄奘关切地问。

李世民看了他一眼，迎着满山的阳光心满意足地道：“裴寂嘛，朕应允了不杀他，自然信守承诺。这老家伙很机智，在判官庙里为了朕，许诺散尽家财，他早就把这番消息放出去了，倒逼得朕不好对他下杀手。不过这宰相是不能让他做了，且让他回家养老吧！不过崔珏和法雅却非死不可，”李世民冷笑，“敢算计朕，若不杀了他们，大唐律法何在？至于你那二哥，一则急流勇退，还算知趣，二则朕也找不到他，你呀，就期盼他永远别让朕找到吧！”

“多谢陛下洪恩！”玄奘急忙拜谢。他自然明白，以李世民拥有四海的权势，要找一个人哪有找不到的，这么说其实也是放了长捷一马。

“来，咱们且看看。”李世民拉着玄奘站在山巅，脚下是连绵的风车和辉煌的兴唐寺，“魏征他们正在寻找证据，朕要法雅和崔珏死，也得让他们心服口服不是？”

两人向下眺望，十方台的位置清晰可辨，只见一队队的禁军正推倒房舍，在砖石瓦砾中寻找。寺庙里的和尚都被赶了出去，聚集在山下的广场里，黑压压的一团，一个个惊恐至极。旁边的小路上，不停有禁军的将领来传递最新进展。

“陛下，十方台已经被推倒，在内室的地下果然发现密道。”一名禁军校尉来报，“不过倒塌的房屋填埋了地道，无法进去探查。”

李世民沉下了脸：“魏征怎么办事的？继续查！”

那名校尉下去之后，尉迟敬德亲自上来报告：“陛下，臣抓获了法雅。”

“哦？”李世民笑了，“带上来！”

不多时，一群禁军押着法雅走到山顶，法雅浑身是土，脏兮兮的，身子委顿，不过精神头还不错。李世民笑道：“法雅禅师，忙碌了十年，今日终得圆满了。”

法雅居然笑了，看了看一旁的玄奘，朝着李世民合十：“老和尚所求，乃是天下大治，它既然在陛下的手中实现，当然是圆满了。”

“一派胡言。”李世民哈哈大笑，“你这和尚还嘴硬？待会儿朕找出证据，看你还有何话说。”

法雅毫不示弱，笑道：“陛下找出证据，老衲自然甘愿伏法！”

“好！”李世民大喝，“来人，给朕堆上柴禾，一旦找出证据，朕当场火焚了他！”

禁军轰然答应，当即砍伐松树，堆起一座高大的火场，把法雅五花大绑，架到上面。法雅满脸含笑,盘膝而坐,口中默念佛经。玄奘脸色惨变:“陛下……”

李世民森然道:“法师,朕由得这般欺辱么?朕只追究首恶,放过整个佛门,已经是天大的恩赐了。便是那天道人心,也要朕出了这口恶气吧?”

玄奘叹了口气,默默地走到法雅面前,低声道:“禅师何苦如此?”

法雅睁开眼睛,笑了笑:“佛法在世间,不离世间觉,离世求菩提,恰如觅兔角。”

玄奘哑然,这老和尚和自己的想法太过迥异,对他而言,佛家的真正发展不在经卷中,而在朝廷内。他摇了摇头,走到李世民身后,紧张地关注着寺里的进展。

“报——”又一名校尉奔了过来,跪倒在地道,“启禀陛下,臣等在空乘的禅房中发现了他的尸体!”

李世民一怔:“空乘居然畏罪自杀了?”

“不是。”那名校尉脸上露出惧色,低声道,“尸体早已干瘪,魏大人判断,他死了起码有十几日了。”

李世民愣住了:“空乘居然死了十几日了?那平日陪着朕的人又是谁?”

“陛下,空乘是被崔珏的女儿失手刺杀。然后崔珏装扮成空乘的模样,陪着陛下。”玄奘低声道。

李世民看着法雅叹服不已:“老和尚,没想到你的手段这般高明!”

法雅一笑不答。

李世民咬了咬牙:“一定要抓住崔珏!”

“臣等搜遍了寺院,还没找到。”校尉道。

李世民冷冷地道:“你们当然找不到,命魏征赶紧找出进入地下的入口!”

校尉领命而去。他去了不多久,魏征急匆匆地来了,李世民急忙问:“玄成,怎么样?”

魏征一脸尴尬:“臣拆了两座禅院,也没找到入口。发现不少地道,但是上面一拆，那地道就轰然坍塌，臣的人根本无法进入。”

李世民怔住了，转头看着法雅，点点头：“和尚，好手段。”

法雅笑道：“人间手段哪及得上神鬼？陛下不相信幽冥，老衲也无可奈何。”

“还嘴硬。”李世民气急。

“陛下，如今只有一个法子了。”魏征道。

“什么法子？说！”李世民问。

魏征指了指旁边耸立的风车：“若臣所料不错，这些风车应该直通地下世界的中枢系统，为中枢提供动力。臣找了僧人问过，说风车下有手臂粗细的铁链，外面套有陶瓷外壳，深埋在地底。臣想，干脆掘开地面，顺着这些铁链寻找到地底的中枢！”

“好法子！”李世民的眼睛熠熠发光，他亲眼见过地下世界的动力中枢，十八泥犁狱中间的巨大圆盘一直无休无止地转动，势必有动力提供。这些风力只怕就是其中之一。

“好，传朕的旨意，拆毁风车！”李世民下令道。

一直淡定的法雅脸色惨变，急忙叫道：“陛下，不可——”

李世民笑了：“为何不可？终于到你怕了的时候么？来人，拆了！”

上千名禁军一起动手，很快拆毁了好几座风车，把风车下连接的铁索给露了出来。众人就站在风车旁边，看着风车底下那复杂的机械目瞪口呆，巨大的齿轮，传动的链条，这等机械何曾是人间所有？简直超越了这个时代！

连魏征也不得不朝法雅挑起大拇指，赞道：“老和尚，真有你的！若是以此造福于民，天下就又是一番模样了。”

法雅失魂落魄，仿佛没听见他的话。

禁军们顺着铁索挖开地面，然后用长索系在铁索上，使劲往上拽，人多力量大，不多时已经挖开了七八条铁索，上千人站在山巅，哼唷哼唷往外扯。忽然间，地面一阵颤动，众人立足不稳，顿时跌做了一团。

李世民也几乎摔倒，只觉整座大山都似乎在颤动，风车和山坡上的禅房一间间倒塌,他满脸骇异,盯着法雅道:“究竟怎么回事?”

法雅叹道:“陛下,快逃吧! 疏散所有人群,这座山,要塌了。”

众人一个个目瞪口呆,怎么扯几根铁索,居然把一座山给扯塌了?

眼见得地面震颤得越来越严重,尉迟敬德不敢怠慢,立刻命禁军们放开铁索,保护着皇帝往山下逃。李世民高喊:“带着法雅! 朕一定要他看……一定要他看到证据!”

一行人豕突狼奔,仓皇地往山脚下逃,穿行在兴唐寺中,周围的殿宇楼台一座座倒塌,灰尘漫天,到处都是哭喊和奔跑的人群。玄奘紧紧随着李世民,尉迟敬德则把法雅扛在肩上,在一群禁军的保护下,只花了一炷香的工夫就跑到了山下,正奔跑间,只听天崩地裂的声响,整座兴唐寺所在的山坡彻底坍塌,仿佛地底张开了一张无形的巨口,将整个山峰吞了进去。

岩石轰隆隆地朝坑中飞,灰尘激起百丈高下,遮蔽了半片天空。所有人都在强烈的地面颤动中摔倒在地,回过头来,片刻前还金碧辉煌的兴唐寺,已然变作一片残垣断壁……

第十九章
自嗟此地非吾土

兴唐寺的毁灭让所有人心底发沉，李世民愤怒欲狂，但面对整座山峰的崩塌，他就算是人间帝王，也不可能在这一片废墟中寻那蛛丝马迹了。

众人狼狈不堪地回到霍邑城中，李世民命杜楚客寻了几个大户人家，众人分散住下，洗漱沐浴，好好休息了一夜，受伤者直到第二日午时才算大体安置好。李世民一得空就让人把法雅押了上来。

“大和尚，好手段，好心机！”李世民冷冷地道。

法雅苦笑：“陛下，明明是幽冥事，为何非要将它指证成人为才算罢休？当年老衲找裴寂大人合作，也不过是个由头，打算将此事弄得朝野皆知罢了。可邀请陛下入幽冥游览的，的确是炎魔罗王。”

“你还嘴硬！”李世民气坏了，冷笑道，“你以为兴唐寺毁了，朕就拿你无可奈何么？别忘了，还有崔珏在！”

“崔珏早已经死了。”法雅摇头，“老衲不信陛下有手段能从幽冥界把他找回来。”

连玄奘都对这老和尚的死硬态度不以为然，何苦呢？裴寂一叛变，这个计划根本没有秘密可言了，何必非要触怒陛下？

李世民冷笑：“是么？朕已经下令尉迟敬德秘密将崔珏的前妻监控了起来，他女儿朕不知下落，却不知崔珏是否真能舍了这个结发妻子！”

法雅面色不变:“陛下终有悔悟的那一天。”

李世民咬牙不语,正在这时,一名校尉急匆匆地走了进来:“陛下,崔珏现身了!”

李世民精神一振,魏征、杜如晦、杜楚客、玄奘等人更是霍然站起。李世民道:“他如今在哪里?”

“一个时辰之前,崔珏突然出现在县衙后宅中,随即就消失,尉迟将军将房舍砸开,发现了密道,带着人追了出去,然后派人出来传令说,这条密道通往东城外,令禁军火速出兵擒拿!”

“好!点齐一千骑兵,朕亲自率人捉拿!”李世民亢奋不已,斜睨着法雅,“把这个老和尚好好看押,待会儿让他见识见识幽冥地狱的判官是怎生落在朕的手里!”

兴唐寺坍塌,死伤无数,霍邑的县令大人郭宰焦头烂额,忙得不可开交。调集药品,征集医师,腾空房舍供伤者以及皇帝庞大的队伍居住,每一样都让这个猛虎县令挠头皮。他也听说了兴唐寺中发生的变故,听说皇帝魂游地府,并且受到幽冥判官崔珏的接待,郭宰不禁目瞪口呆,隐隐觉得一股浓烈的不安袭上心头。

兴唐寺受伤者的惨状让他浑身不安,绿萝好几日前失踪,到现在也下落不明,郭宰暗暗揪心,莫不是去了兴唐寺吧?他几日前问过李优娘,可李优娘却支吾不言,令郭宰越来越疑心。晌午时分,他安置完手中的活,越发觉得心里毛毛的,便交代了同僚一声,回到县衙后宅去找李优娘问个清楚。

一到自己家门口,忽然便是一怔,只见门口却守卫着几十名禁军,全副甲胄,腰间挂着弓箭,手中握着直刀。郭宰愣愣地问:“各位大人,怎么在鄙宅前守卫?好像后衙里没有安置伤者吧?”

一名禁军校尉皱眉道:“你是何人?”

“下官霍邑县令,郭宰。”郭宰拱手道。

那名校尉和左右一对视,点点头,哗啦啦地围了上来,冷笑道:“原来你便是郭县令？魏征大人有命，一旦见到郭宰，立刻拘押。”

郭宰大吃一惊：“本官犯了何罪？为何要拘押我？”

“这个恕我不便说了，魏大人找了你半天了，不过县里乱纷纷的一直没找到你，恰好你送上门来。”那校尉冷冷地道，“来人，押他进去！等魏大人发落。”

郭宰体格巨大，校尉怕他难对付，一挥手，十多人一拥而上，远处还有人张弓搭箭。郭宰不敢反抗，乖乖地让人捆了，推搡进了后衙。一进去，只见婢女莫兰和小厮球儿都哭丧着脸，被五花大绑，丢在客厅内，一见自家老爷也被捆了进来，连连哭喊：“老爷，老爷，快救我们啊！我们没有犯法啊！”

郭宰心烦意乱地道：“到底怎么回事？你们怎么也被绑了？夫人呢？”

“老爷，一个时辰前，夫人被一个黑衣蒙面人带走了！”莫兰哭道，“然后一个高大的将军就带着人破门而入，他们在您房里找到一条密道，钻进去了。然后我们就被他们捆了起来看押！”

“老爷，究竟您犯了什么事啊？”球儿也哭道，“俺们可没跟你做那犯法的勾当。”

郭宰怒不可遏，一脚将球儿踢成了个球，咕噜噜滚了出去，瞠目道：“夫人被人掳走了？是谁干的？”

“不知道啊！”莫兰道。

“那人带着她去哪儿了？”郭宰几乎癫狂了一般，一听夫人被掳，几乎心尖的肉都在颤抖。

“奴婢听夫人和那人说话，那人说了鱼鹰渡什么的……”莫兰惊恐地道。

郭宰怔住了：“夫人和那人认识？”

“奴婢也不知道，”莫兰道，“不过夫人的模样并不惊恐，很平静就跟着那人去了。”

郭宰呆了，见门口站着十几名禁军，忙问：“几位大人，可知道到底是谁掳走了本官的夫人？”

那几名禁军对视了一眼，冷笑一声：“我们自然不知道的，不过尉迟将军亲自率人去追杀了,等看到他们的尸体你就会知道了。"

"你说什么?"郭宰额头冷汗涔涔,"追杀……尉迟将军去追杀……"

他忽然虎吼一声,那几名禁军大吃一惊,纷纷闯进厅中,就见郭宰猛地扑到墙壁兵刃架上那把陌刀的旁边,双臂一背,把绳索在刀刃上一划,锋利的刀刃刺啦一声,绳索断成了数截。再一探手臂,将五十斤重的陌刀持在手中。

"郭宰,你要造反吗?"那名禁军校尉厉声喝道。

郭宰手握陌刀,须发直竖,比众人高出两头的身躯有如神魔一般,大喝道:"若是我家夫人有个三长两短,我将你们斩尽杀绝!给老子滚开——"

那名校尉怒道:"拿下——"

十多名禁军怒吼着扑了上来,郭宰哈哈长笑,陌刀一挥,朝一名禁军拍了过去,砰的一声,禁军手中的直刀根本挡不住如此威猛的力道,陌刀有如一扇门板般拍在了他身上,整个人连人带刀横飞了出去,轰的一声撞破窗棂,飞到了庭院中。

就在这逼仄的客厅内,郭宰和十几名禁军展开一场恶战。昔日沙场骁将的狠辣重新焕发,陌刀纵横,无人能挡,他杀红了眼睛,一刀下去禁军连人带刀被斩成粉碎。霎时间肢体横飞,血肉遍地,不到片刻,十几名禁军死伤遍地。

那名校尉被一刀拍断了大腿,挣扎道:"郭宰,你是朝廷命官,你这是造反!"

郭宰摸了摸脸上的鲜血,呸了一声:"天大地大,老子的夫人最大!哪个敢伤我夫人,便是一座山老子也一刀砍作两截!"

大踏步走出厅外,门外的禁军听到声响,呐喊着冲了进来,郭宰拖刀而行,凡是遇见挡路者,一刀斩下,竟无一人能阻挡他半步!尸体铺满了庭院,血流遍地,十步杀一人,直到走出后衙,数十名禁军竟无一人能够站立。

郭宰来到街上,人群杂乱,无数的百姓都拥在街上窃窃私语,不时有禁军纵马飞奔,往来不绝。正好有一名禁军驰马到了面前,郭宰朝马前一站,喝道："下来！"

"你找死！我有皇命在身——"那禁军瞪目喝道。

郭宰也懒得废话，伸出胳膊抓住那人腰带，手臂一抖，把那人拽下马来，随手抛出去两丈多远，纵身一跃，便跳上了奔驰的战马。抖动缰绳，战马泼剌剌朝着城西奔去。街上的百姓忽然见自己的县太爷手里持着大刀浑身是血纵马飞奔，一个个散到两边，都有些纳闷："这位老实的县太爷今天是怎么了？"

鱼鹰渡在汾水边，距离县城的西门有二十里。郭宰在这里做了六年县令，自然熟悉得很，纵马出了西门，向汾水奔去。出城是连绵起伏的丘陵和密林，一条官道直通汾水鱼鹰渡，郭宰毫不迟疑，加速飞奔。

正奔驰间，忽然听到背后蹄声隆隆，他乃是行伍出身，听声音就知道背后不下上千铁骑全速狂奔。仓促间一回头，隐约看到东南方向几里地之外，一道黑色的洪流绕过丘陵朝自己追了过来。郭宰有些纳闷，随即就想到这可能是尉迟敬德了，难道他追错了方向不成？怎么从东南来了？

他猜得很准，追兵的确追错了方向，但追的人却猜错了，后面追的，不仅仅是尉迟敬德，还有皇帝李世民！因为尉迟敬德是跟着崔珏从密道出来，密道通往城东的土地庙，尉迟敬德就派人报给皇帝，往东门去。

李世民带领一千名精锐骑兵到了城东土地庙，恰好碰上尉迟敬德灰头土脸地从井里爬出来，会合之后，重新确定方向，才撵着崔珏向西而来。

对郭宰而言，自己夫人没有被追上正好，否则尉迟敬德大军一到，万一乱军中夫人有个闪失，那可真是悔之莫及了。他一夹马腹，飞速狂奔，又追去十里，忽然看见远处跑着一匹战马。马上坐着两人，其中一名女子坐在后面，搂着骑士的腰，正是自己的夫人！

"夫人——"郭宰喜出望外，大喝道，"莫要怕，我来救你啦——咄，前面那贼子，速速放下我家夫人，否则本官砍了你的脑袋！"

前面马上的两人回过头，看见是郭宰，都愣了。那名骑士回身对李优娘说了些什么，一夹马腹，跑得更快了。郭宰怒火万丈，但他也不怕，因为对方的马上有两个人,奔跑的速度可没自己快。

又奔了一盏茶的工夫,两匹马已经是马头接着马尾,郭宰大喝一声:“贼子,放下我家夫人——”举刀就要劈。

“相公,不可——”李优娘急忙回过头来,一脸惶急地道。

“为何?”郭宰奇道。

“他……”李优娘犹豫片刻,眼见不打发郭宰,自己根本走不了,只好咬牙道,“他是我相公——”

“你……相公……”郭宰懵了,心道,夫人吓坏了脑子吗?你相公不是我吗?

随即就觉得不对,果然,李优娘惶急地道:“是……是我前夫,崔珏!”

“啊——”郭宰呆住了。

这时两匹马已经并排,马上骑士侧过头,忽然拉下了脸上的黑巾,露出一张俊美儒雅的面孔,还朝着他微微一笑。郭宰虽然从未见过崔珏,但早从县里同僚的耳中听得茧子都出来了,知道这人长得俊美,有才华,施政能力强,自从娶到李优娘之后就是满肚子酸气,嫉妒得要命。好歹这人死了,他心里才平衡些。这时忽然一个死去七年的人活生生地出现在自己面前,还把自己老婆给勾引跑了,郭宰的心顿时就如同给人一刀剜了一般,撕心裂肺的痛!

“夫人,”郭宰怒吼一声,以陌刀指着崔珏,大叫道,“这究竟是怎么回事?”

“你不要问了,”李优娘泪眼盈盈,哭道,“是妾身对不起你,原本我也打算和你厮守终生的,可是……可是自从知道崔郎还活着,妾身的一颗心就乱了。我实在……实在无法拒绝他……”

“啊——”郭宰嘶声狂吼,忽然恶狠狠地一刀劈下,咔嚓一声,崔珏所骑的战马头颅被一刀斩断,两个人跌了下去。李优娘方才眼见得郭宰一刀斩下,眼睛顿时一闭,凄然想:“罢了,罢了,既然我辜负了他,死在他刀下也是一个好归宿,免得整日这般挣扎纠结。”

没想到身子一空,竟然朝前面一头栽去。眼看她就要撞在地上,郭宰从马上飞扑而下,抛了陌刀,伸手抱住她的腰肢,在地上一滚,避让开战马的尸体,轻轻地把李优娘搂在怀中。

崔珏就惨了,他没郭宰的身手,几乎被摔断了肠子。好容易才爬了起来,见自己夫人被郭宰抱在怀里,顿时大怒:“郭宰,放了优娘!你有什么资格抱她?”

郭宰一听,更恼了,呼地站起来怒视着他:“她是我夫人,老子怎么没资格抱她?”

崔珏眼见得汾水鱼鹰渡口只有一二里的距离,轰隆隆的水声就在耳际,他在渡口备有船,到时候扬帆而下,进入一条支流,然后钻入一道秘密的山腹,哪怕是李世民满天下的找也找不到自己,从此以后就能携着优娘啸傲林泉。没想到就在这最后一刻,却被这个粗鄙的莽汉给牵制了。

这时,背后千军万马的铁蹄声轰隆隆的越来越近,崔珏又气又急,喝道:“我又不是真的死了,她又不是寡妇,你凭什么娶她?我还没告你趁机强娶他人妇的大罪,你反而要污蔑我!郭宰,看在你照顾优娘这么多年的分上,我不和你计较,放下优娘,赶紧滚蛋,否则后面的大军一到,咱们谁都活不了!”

“你明明死了……怎么说我强娶……你虽然没死……”郭宰拙口笨腮,哪里辩得过崔珏,满肚子委屈却倒不出来,只气得哇哇大叫。忽然感觉怀中人儿一挣扎,他愕然望着李优娘。

李优娘从他怀里跳了下来,轻轻走到崔珏的身边,敛眉朝他施礼:“相公,妾身是个不洁的女人,不值得你如此关爱。此恩此德,容优娘来日再报。可是崔郎是我的结发夫君,既然知道他没死,优娘只好追随他而去,不管刀里火里,不管千万人的唾沫,优娘绝不后悔。相公,你是个好人,是朝廷命官,崔郎眼下犯了弑君的大罪,与他有牵连的人都不会有好下场,你还是早早的走吧!”

郭宰泪流满面,喃喃道:“夫人,这一年来和你私通的人,便是此人吗?”

李优娘脸色惨变:“你……你知道?”

“我虽然蠢笨,却不是傻子,如何不知。”郭宰这么个巨人忽然号啕痛哭,“我早就知道你与人私通,那迷香虽然厉害,可我夜晚跌在地上,难道早晨醒来时浑身疼痛,中衣上沾满灰土,就丝毫不会怀疑吗?”

崔珏和李优娘面面相觑。想起自己和崔珏在床上偷情,郭宰就躺在身边的荒唐时光,李优娘不禁满脸通红:“相公,我……我对不起你……”

“你对不起我……对不起我……”郭宰忽然哈哈惨笑,“夫人,你可知道这一年来我的心里有多苦吗?我知道自己蠢笨,配不上你,哪怕你和人偷情我也不敢声张,故作不知,每日笑脸相对,你知道我多苦吗?我的家族被突厥人杀了个干净,在这世上孤零零的一人,好容易有了你,有了绿萝,有了家,你知道我多珍惜吗?我把我所有的一切掏心窝子给你,生怕待你不好,连自己老婆和人偷情都不敢声张,因为我怕一旦声张,你就会离我而去!我的家就会分崩离析……重新让我回到那年夏天,父母妻儿横尸满地的痛苦与绝望中。我真的不愿再面对……我宁愿对外传言你中了邪祟,甚至请高僧给你作法……只是想以此点醒你啊……”

崔珏被深深地震撼了,忽然走到郭宰面前,扑通跪倒:“郭兄,在下向你赔罪了!我不是人,心里嫉妒你娶了优娘,对你故意凌辱。在下向你磕头赔罪。”

郭宰漠然不答,崔珏叹了口气,忽然从怀中拔出一把匕首,噗地刺进自己小腹。郭宰和李优娘顿时惊呆了,崔珏强忍剧痛,低声道:“我对郭兄的羞辱,不是一句道歉所能抵消。在下宁愿三刀六洞,自残身体,只愿郭兄能够原谅优娘。”说罢,拔出匕首,噗的又是一刀。

这一下痛得他浑身冷汗,面容扭曲。李优娘尖叫一声:“你做什么?你会死的!”扑上去夺下他的刀,远远地扔在了地上。和崔珏一起跪倒在郭宰面前,哭道:“相公,你就行行好,放过我们吧!后面的大军追过来,崔郎会死的!我和崔郎此番一去,隐居不出,世上再不会有我们二人,绿萝还要让你照顾,求你将她抚养成人。我们夫妻永世难忘你的大恩大德!相公——”

郭宰长叹一声，雄伟的身躯轰然坍塌，喃喃道："绿萝在哪里？有没有事？"

"没事。"崔珏道，"我早已安排人把她送走了，眼下她在晋州。"

郭宰痴呆呆的半晌不语，此时李世民的大军已经越过了最近的一座丘陵，黑压压的骑兵出现在二里之外。郭宰终于挥了挥手："罢了，罢了，你们走吧！"

他从怀中掏出一包药扔给崔珏："我来时正在县里救助伤者，恰好有包金创药，敷上去，别死了，要好好照顾优娘。"

两人惊喜交加，齐声道谢。互相搀扶着就要走，郭宰低声道："骑上我的马！后面的大军我来抵挡，绿萝只怕我没机会去照顾了，你们到时候带她走吧！别再让她不幸。"

李优娘满脸泪水，痴痴地看着这个魁梧高大的男子。崔珏低着头拉了她一把，把她扯上了战马，两人策马向鱼鹰渡口奔去。

"有情人终成眷属啦，可我呢……"郭宰凝望着两人远去的背影，呵呵惨笑，忽然间雄伟的身躯挺直，手中握着陌刀，双腿一叉，昂然如巨神般站在大道中央！

李世民率领的铁骑瞬息间奔到，远远地看见一条巨大的身影手握陌刀，挡在前面，尉迟敬德手中令旗一挥，最前面的两名校尉一提手中的长槊，身子俯在马背上，策马冲了出来，人借着马力、长槊借着冲力，尺余长的槊尖闪耀着寒光，直刺郭宰。

矛长丈八谓之槊，这种兵器号称兵中王者，能够使槊的人也必定是军中精锐。马槊的槊杆不像步槊用的是木杆，而是取上等韧木的主干，剥成粗细均匀的蔑，胶合而成。外层再缠绕麻绳。待麻绳干透，涂以生漆，裹以葛布。干一层裹一层，直到用刀砍上去，槊杆发出金属之声，却不断不裂，如此才算合格。整支槊要耗时三年，并且成功率仅仅有四成，因此造价高得惊人。

这两名校尉乃是李世民麾下的悍将，因此才能使得起这两杆长槊。两把槊有如疾风暴雨般刺来，呼啸声中，两人、两马、两槊已经到了郭宰面前。

郭宰凝眸不动，平视着槊尖，待得槊尖到了五尺之外，忽然身子一跨，闪电般到了马匹右侧，让过左侧校尉的长槊，先是举刀横推，将右侧校尉的长槊挑开，随后虎吼一声，双手握住陌刀力劈而下。

那校尉没想到这巨人身手如此敏捷，眼见陌刀劈来，骇得亡魂出窍，横起长槊一挡。郭宰何等力量，这陌刀沉重又锋锐，咔嚓一声，槊杆断作两截，连那校尉的身子也被整个斩断，刀锋一直砍破马鞍，才卡在战马的脊骨间。

人血、马血四处崩飞。郭宰提刀而立，冷冷地看着另一名校尉。那名校尉方才刺空，这时策马兜了回来，见同伴身死，不禁大吼一声，催马横槊挺刺。郭宰更是狂悍，竟然朝战马冲了过来，眼见长槊刺到，陌刀一劈，挡开长槊，随即整个身子重重地撞在了马腹上。

那奔马的速度何等快捷，这校尉没想到郭宰居然这般大胆，避让不及，连人带马被撞个正着，战马长嘶一声，轰地倒地，校尉也从马背上飞起，重重地摔在了地上。

交手不过呼吸间，两名校尉一死一伤。

“吁——”奔跑在骑兵中的李世民一抖缰绳，勒住战马。这些骑兵都是精锐，一个个令行禁止，同时勒马，整个骑兵队伍小跑了三四丈便一起停下。

李世民和尉迟敬德纵横军阵，眼力何等高明，刀断长槊，力撞奔马，此人的力量何其之大！身手何其强悍！他到底是谁？

等到勒住马匹，两人才看清楚郭宰的相貌，顿时都愣了。

“郭宰？”李世民吃了一惊，“你怎么在此地？”

郭宰看见皇帝，顿时也怔住了，他可没想到是李世民亲自带人追杀崔珏。这一来，自己顿时陷入尴尬的境地，与皇帝为敌，那就是叛国，一世英名付之流水；可不挡着李世民，优娘就会丧命。郭宰脸上肌肉扭曲，魁梧的身躯轻轻颤抖，好半晌才扔了刀，跪倒在地：“臣不知是陛下驾临，请陛下恕罪。”

“哦，朕明白了。”李世民忽然醒悟，“崔珏带走的那个女子是你的夫人吧？”

“没错，”郭宰低声道，“正是臣的妻子，优娘。”

李世民大怒：“如此，你挡着朕作甚？朕正要缉拿叛贼崔珏，崔珏既然掳走了你夫人，你该当和朕一起缉拿他才是！你这个糊涂笨蛋！”

“陛下骂的是。”郭宰惨笑，“臣已经追上他们了，本想救了优娘，可是她却死活不跟臣走，只因那崔珏是她的结发之夫……臣深爱优娘，实在不忍心眼睁睁看着她死在我面前，只好放了他们。”

李世民阴沉着脸，他内心对这猛虎县令颇为喜爱，此人征战沙场，是一员骁将，这次本想带他回长安重用，没想到他竟会牵扯到这种事情里。良久，李世民才叹道：“郭宰，你为了夫妻之情，为了一个将你抛弃的女人，连君臣之义都不顾了吗？要向朕动刀？”

“臣不敢不顾君臣之义，也不愿放弃夫妻之情。”郭宰跪在地上摇头，“更不敢对陛下无礼。”

“那你打算怎么办？”李世民冷冷地道，“天下间可没有两全其美的事！”

“有！”郭宰抬起头，昂然道，“请陛下赐臣一死！此时优娘只怕已经逃到了鱼鹰渡口，臣的夫妻之情已经完成，但阻拦陛下，臣又犯下死罪。求陛下赐死！”

李世民神情复杂地看着这个魁梧如巨神般的县令，他跪倒在地，居然能跟常人站着一般高，这样的猛汉放到沙场绝对是一员虎将，为朕开疆拓土，何等功业啊！却为何绕不开这情字一关呢？

“陛下，”魏征策马冲了过来，急急道，“不可再犹豫了。那崔珏智谋深沉，一旦到了渡口，只怕咱们只能眼睁睁看着他跑掉。”

李世民不答，看着郭宰道：“若朕不杀你，你就挡着这条路，不让朕通过么？”

“是！”郭宰决然道，重重地磕头，“求陛下赐死！”

李世民咬了咬牙，举起手臂，眼眸中闪过一丝不舍，却决然挥手，喝道：“射——”

三百名骑兵齐齐平端臂张弩，一扣扳机，嗡的一声响，耳中到处都是撕裂空气的尖啸,噗噗噗……这一瞬间,起码有三十支弩箭射进了郭宰的身躯,整个人被插得密密麻麻,犹如刺猬一般!

郭宰仍旧腰板挺直,跪在地上,脸上慢慢露出一丝满足的笑容,喃喃道:“谢陛下——”

强壮的身躯轰然栽倒,惊起浓浓的尘埃。

李世民脸上露出痛惜,这等性格朴实的悍将何等难求啊!却因为一个女人而死在自己箭下!他心中对崔珏的愤恨更强烈了,大喝道:“给朕追!”

战马扬起马蹄,轰隆隆地从郭宰身边驰过,向鱼鹰渡口追去。大军过去,后面却又来了一匹战马,马上坐着一个僧人,正是玄奘。到了郭宰的尸体边,玄奘跳下马来,看着这位性格淳朴憨厚、待人诚恳的县令,玄奘热泪盈眶,费力地把他的尸体拖到了路边,让他仰面躺好,自己趺坐一旁,默默地诵念《地藏菩萨本愿经》:

“……尔时诸世界分身地藏菩萨,共复一形。涕泪哀恋,白其佛言。我从久远劫来,蒙佛接引。使获不可思议神力,具大智慧。我所分身,遍满百千万亿恒河沙世界。每一世界,化百千万亿身。每一身,度百千万亿人。令归敬三宝,永离生死,至涅槃乐。”

李世民心急如焚,策马狂奔,崔珏是他唯一的希望了。只有这个人才能证明幽冥界的虚妄与人谋,让那个号称谋僧的老家伙在他面前服输。

“朕可以允许你们借十八泥犁狱震慑世人,却绝不允许你们来震慑朕!”李世民咬牙切齿地想。

原本想着,崔珏骑马走了一段时间,这时早就到了汾水边,说不定已经扬帆远去了。李世民一颗心几乎要跳出来。结果骑兵们追了一路,到了河边,看见远处的鱼鹰渡口停着一艘快船,但河岸的栈桥上,却并肩坐着两条人影,一男一女,两人肩并肩地依偎着,眺望着奔腾呼啸的汾水。

李世民怔住了。骑兵队伍到了河边骤然停住,众人翻身下马,在尉迟敬德和一群禁军的保护下,李世民、魏征等人踏上了栈桥,到那两人身后十丈外站住。栈桥上到处都是淋漓的鲜血，洒了一路。是谁伤了他？李世民心中奇怪。

他却不知道，崔珏为了向郭宰道歉，狠狠地插了自己两刀，虽然插的是小腹，不是致命处，可是大量的失血早已使他无法支撑，方才在马上就摔下来一次，两人几乎是一步一挨才算到了栈桥。可到了栈桥上，崔珏已经彻底支撑不住了，两人互相搂抱，知道生命已经到了尽头，反而放开约束，任那救命的小舟在水中飘荡。两人坐在栈桥上，脱下鞋袜，赤脚浸在水中，感受着那份自由，那份畅快，那份无牵无挂。

"崔珏？"李世民冷冷地道。

崔珏不曾回头，淡淡地应道："陛下一向可好？"

一听这熟悉的声音，李世民顿时气不打一处来，仰天打个哈哈："好啊，朕很好。可是你就很不好了，哼哼，真是好手段，创造幽冥界，和朕演得一场好戏。如今你落在了朕的手中，朕要世人都看看你这个幽冥判官的真面孔！"

"哈哈哈哈。"崔珏头也不回，一只手捂着小腹，却大笑道，"陛下被人欺瞒了呀！幽冥便是幽冥，人界便是人界，人力如何能创造幽冥界？陛下难道还不悔悟，真正欺瞒你的，不是崔珏，而是你身边的权臣。"

"你还敢嘴硬！"魏征大怒，"兴建兴唐寺，创造幽冥界来震慑帝王的人，正是你崔珏！"

"崔珏是崔珏，我是我，魏大人可不要混为一谈。我只是平凡之人，只愿与心爱的女人远走高飞，啸傲林泉，可不认识你口中的幽冥判官。"崔珏哈哈惨笑，忽然牵动伤口，痛哼了一声。

李优娘惊叫一声，把手中的金创药一股脑地往伤口上洒，但血如泉涌，如何止得住："夫君……"

李优娘满脸泪水，崔珏含笑看着她："优娘，都是为夫的错，抛下你这么多年，这时候，才知道世上的一切都是虚妄，只有你才是真实存在的。"

李优娘把脸伏在他怀中呜呜哭泣："优娘不后悔。夫君死后，优娘绝不独生,希望地下真的有幽冥界,哪怕被投入十八泥犁狱,只要能看到你,便是优娘最幸福的日子。”

崔珏笑了:“到了幽冥界,谁敢动你？既然无法在人间活着,咱们就一起去幽冥吧！他们不是一直以为我便是崔珏、我便是泥犁狱的判官吗？说不准炎魔罗王也会认错人,封我做那判官呢！哈哈哈哈……咳咳——”

李世民惊疑不定,这人明明就是崔珏啊！怎么到了这个时候他还否认。

“你转过脸来!”李世民喝道。

崔珏大笑着转回身,朝着李世民一笑。李世民身子一抖,几乎坐倒,连魏征等人也骇得木雕泥塑一般——在他们面前的,哪里是那个丰神俊朗、风姿如神的三晋才子？竟然是一个没有脸皮,连鼻子都被割掉的无面人!

他脸上斑斑驳驳,到处都是刀疤和丑陋的瘢痕,竟然是将整张面孔都剥了下来！看那伤痕的颜色,只怕是好多年前都已经剥掉了,并不是新鲜的。这人,无论和曾经记忆中的崔珏,还是昨夜在幽冥界见到的崔珏,完全是两个人。

李世民呆滞了,魏征呆滞了,所有人都呆滞了。

“阿弥陀佛……”众人的身后响起一声佛号,玄奘的身影慢慢走了过来,怜悯地看着坐在栈桥尽头的无面人。

“哈哈,法师来了么?”无面人朝他招了招手。

玄奘缓缓地走过去,无面人一把拉住他的手,嘴里涌出一团鲜血,他却硬生生地咽下,低笑道:“我给你说一句话。”

玄奘把耳朵凑到他嘴边,无面人喃喃地道:“若是回头见到长捷,告诉他,我谢谢他,从此不再恨他了。”

玄奘困惑不已,却点了点头。以他的经验,自然看出这人早已经生机断绝,濒死之中了。

“不——你是崔珏！你一定是崔珏!”李世民有如发狂了一般,愤怒地冲了上来,一把抓住无面人的衣襟,嘶声喝道,“你到底是不是？快说——”

无面人呵呵大笑,口中涌出一团一团的血沫,喃喃地道:“陛下,他日幽冥界再会……”头一歪，死在了李世民的怀中。李世民悚然一抖，急忙放开他的尸体，踉踉跄跄地退了四五尺远，整个人痴傻了。

李优娘动作轻柔地把无面人的尸体抱在怀中，仿佛怕弄痛了他，又仿佛自己抱的是一团空气。她轻轻拍打着他，脸上含着笑，眼睛里流着泪，喃喃地唱着歌，仿佛在哄一个孩子：

“莫道妆成断客肠，粉胸绵手白莲香。烟分顶上三层绿，剑截眸中一寸光。舞胜柳枝腰更软，歌嫌珠贯曲犹长。虽然不似王孙女，解爱临邛卖赋郎。锦里芬芳少佩兰，风流全占似君难。心迷晓梦窗犹暗，粉落香肌汗未干。两脸夭桃从镜发，一眸春水照人寒。自嗟此地非吾土，不得如花岁岁看。”

“崔郎，咱们这就回家，你永生永世都能看着我啦……”她最后欢悦地说道，随即拔出无面人腰腹中的匕首，狠狠地插进了自己的胸膛……

身子一歪，两具相爱的尸体互相依偎着，静静地坐在鱼鹰渡口，伴随着滔滔不断的流水。

第二十章
终于尾声

李世民失魂落魄地回到霍邑,触目便看见一处熊熊燃烧的宅院,一问,顿时惊呆了,法雅竟然被囚禁在那里!

"谁放的火!"李世民暴怒不已。崔珏死了,法雅若是死了,自己还如何能证明幽冥界是真实还是虚幻?

守候的校尉苦笑:"陛下,这火就是法雅放的。"

李世民怒不可遏,朝火场里嘶喊:"法雅,你这个懦夫,不敢面对朕!"

火场中传来一句佛偈:"佛法在世间,不离世间觉,离世求菩提,恰如觅兔角。阿弥陀佛!"

随即整座房屋坍塌下来,轰隆隆的声音掩盖了一切。李世民惘然若失,他知道,自己再也没有机会证明幽冥界的真实与虚幻了。这些智者留在人间的一切痕迹都被毫不留情地抹灭了,连同他们的生命。

李世民无心再巡狩河东,匆匆回到了长安,立刻以霹雳手段罢免了裴寂。削食邑之半,放归本邑蒲州。经过这么多年的辛苦,裴寂终于算体面地回归故里。然而裴寂在这场计划中的背叛之举却深深地得罪了法雅的信徒,一位名叫信行的僧人经常蛊惑裴寂的家僮,说道:"裴公有天分,是帝王之相。"

管家恭命将信行的话告诉裴寂,裴寂惊恐不已,私下里命恭命将那个家僮杀人灭口。恭命不敢杀人,只是把家僮藏匿起来。后来,恭命得罪了裴寂,就向李世民告发。

李世民大怒,新账老账一起算,下诏曰:"寂有死罪者四:位为三公而与妖人法雅亲密,罪一也;事发之后,乃负气愤怒,称国家有天下,是我所谋,罪二也;妖人言其有天分,匿而不奏,罪三也;阴行杀戮以灭口,罪四也。我杀之非无辞。议者多言流配,朕其从众乎。"

这句话后来记载于《旧唐书·裴寂传》中,成为裴寂的盖棺论定之语。但李世民发布这四条罪状中,终究没有牵扯到他诛杀刘文静之事,好歹算念及判官庙散尽家财之举,留了他一命。裴寂被流放到广西静州,数年后李世民顾念旧情,将他召回长安,不久病故,终年六十二岁。

与此同时,这场幽冥还魂的经历深深地影响了李世民,虽然他一直固执地认为是人谋,可是却止不住心中的恐惧,一生中广建寺院,超度死在自己手中的亡魂。并亲自下诏悔过:"释氏之教深尚慈仁,禁戒之科杀害为重。承言此理,弥增悔惧。今宜为自征讨以来,手所诛剪,前后之数,将近一千,皆为建斋行道,竭诚礼忏……冀三途之难,因斯解脱。万劫之苦,藉此弘济。灭怨障之心;趋菩提之道。"

贞观二十二年,唐太宗因早年杀兄除弟,内心惊惧,便向他一生中最欣赏的僧人玄奘询问:"欲树功德,何最饶益?"

贞观二十三年,临死之时,李世民仍不放心地向玄奘打听因果报应之事。他一直不相信自己会在这一年死去,哪怕身体极端衰弱,也坚持要服用印度巫师那罗迩娑婆寐炼制的丹药。面对诸臣的反对,他告诉众臣:"朕早已得天谕,还有十年寿命,岂会因胡僧之药而亡?"服药之后不久,他的身体便再也支撑不住,溘然驾崩。

贞观三年夏天,玄奘回到长安,挂锡洪福寺,然后再次向李世民上表,请求允许自己西行天竺。贞观元年那次是不理不睬,这次不同,李世民亲自召见玄奘,询问他西行的目的,玄奘一一陈述。

李世民钦佩不已，感慨道："与法雅相比，法师这求佛之路才是如来正道啊！法师愿意远涉瀚海，行走数百国，为我大唐求得如来真法，朕岂有不乐意之理？只是法师知道，如今西域不稳，东突厥雄踞大漠，铁蹄时时入侵。从武德年间，为了严防密谍和借商旅的名义资敌，朝廷就下令封锁关隘，所有人等以及盐铁布匹之物一律不准出关。"

玄奘苦笑："贫僧的来历陛下清楚，绝非密谍，也不会携带盐铁布匹。"

"朕当然知道。"李世民也笑了，但面容一肃，"但法师周游全国，对大唐的各地虚实了解无比。朕是怕万一法师被异族拿获，那你就是一副活地图啊！况且你是我国名僧，若落在夷狄之手，让朕何以对天下人交代？法师的宏愿朕知晓了，且静待些年头，待朕收复河西，击败东突厥，必定放法师西去。"

玄奘无语了，等他收复河西，击败东突厥？那要等到什么时候，说不定自己连胡子都白了，床榻都下不了了。他再三恳求，李世民终是不允，玄奘只好怏怏地回到洪福寺。

到了寺里山门处，忽然背后有个声音低声叫道："玄奘哥哥……"

玄奘浑身一颤，急忙回头，却见香客丛中俏立着一位靓丽的少女，竟然是绿萝！

"绿萝小姐，"玄奘又惊又喜，"你怎么在这里？那日兴唐寺地下一别，随即寺庙坍塌，贫僧还以为你已经遭了不测。"

"我遭了不测你很高兴吗？"绿萝冷着脸道，"从此不再纠缠你了，你很舒爽吧？"

玄奘哑然苦笑。

绿萝脸上现出哀戚之色，喃喃道："那日你带着陛下跳进还阳池之后，我与父亲见面，然后他就安排人把我连夜送到了晋州，直到三日后，我才知道霍邑发生的变故，兴唐寺坍塌了，爹爹死了，娘死了，连继父也死了……这个世上我孤零零的，再也没有一个亲人了。幸好得了马典吏帮助，我才在霍山的判官庙后面，安葬了双亲和继父。后来听说你来了长安，便一路迢迢来寻你，好容易才打听到你住在这洪福寺。”

玄奘满是怜悯，这个少女的身世真是凄惨，他叹了口气：“以后绿萝小姐打算怎么办？”

绿萝摇摇头，一脸茫然：“既然找到了你，我就还跟着你吧！”

玄奘傻了，可绿萝说到做到，从此就跟定了玄奘。她无法住到洪福寺里，就在对面租了房子住下，崔珏对她的未来安排得极为妥帖，生活用度根本不用考虑。这小姑娘日日便跑到洪福寺里，名曰上香，其实就盯着玄奘。

到了秋八月，长安一带、关东、河南、陇右等沿边各州受到霜灾和雹灾的袭击，庄稼绝收，饥民四出，朝廷无力救济，只好赦令道俗可以随丰就食，哪里有吃的到哪里去。

这日玄奘听说有大批灾民往西去陇右，心中一动：“混在灾民中，岂非可以混出边关、西去天竺？”

他说动就动，收拾好行囊，办好离寺的手续，就离开洪福寺，没想还没到山门，绿萝提着食盒迎面而来。见他背着行囊，一副出远门的打扮，不禁大吃一惊：“玄奘哥哥，你要去哪里？”

玄奘无奈，只好将自己打算混出边关，西行天竺的计划说了一番。绿萝顿时泪水滂沱，无力地委顿到了地上，哭道：“玄奘哥哥，你告诉我，在这人世间找个可以依托的人，为何这般艰难？”

玄奘长叹一声：“你过执了。人世间的精彩你根本不曾领略，只是把懵懂的希望寄托在一个僧人的身上，无疑在缘木求鱼，觅兔寻角。绿萝小姐，你往贫僧的身后看，世间斑斓，你根本没有看到啊！”

“我不看！”绿萝暴怒，跳起来跺脚道，“我就是要等你回心转意的那一天！”她仰头盯着玄奘，忽然从怀中抽出一把冰蓝色的弯刀，冷冷地道，“这是波罗叶的那把弯刀，我一直随身带着，若是我得不到你，就会用这把弯刀结束我自己的生命。我杀了波罗叶，用他的刀，给他偿命！”

玄奘一头是汗，却不知如何化解，急道：“可是贫僧这一去，十有八九就被那瀚海吞噬，根本回不来啊！”

“我不管!”绿萝坚决地道,“你决意要去,我也无法阻拦,但你跟我说你几时回来,我便等你到几时! 若是到了时候你不回来,我就用这把刀,割断我的脖子!”

玄奘实在无可奈何,忽然看见面前一棵巨大的松树,枝叶西指。他指着松树断然道:“我去之后,或三二年,或五七年,但看那山门里松枝头向东,我即回来。不然,断不回矣。”

绿萝看了看那松树,冷静地点点头:“玄奘哥哥,我记住了。我会一直等在这里,等着枝头向东的那一天……”

玄奘无言,背着行囊茫然离去。直到他的背影消失,绿萝仍旧痴痴地站在松树下,翘首而望……

玄奘身负行囊,孤身西行,也不知走了多少日,这一日,路过秦州的一处乡下,忽然看见村头水井旁的一棵大柳树下,正围着一群村汉听一个男子讲变文。变文这些年刚刚兴起,故事性十足,可以讲,可以唱,内容大多是佛经故事为主,深受底层百姓的欢迎。一群村汉将那男子围了个里三层外三层,人虽然多,但大家都屏气凝神,听着那汉子讲唱。

那汉子讲的变文故事玄奘居然从未听说过,只听一个沙哑的嗓音道:“皇帝惊而言曰:‘忆得武德三年至五年,收六十四烟尘,朕自亲征,无阵不经,无阵不历,杀人数广。昔日罪深,今受罪犹自未了,朕即如何归得生路?’忧心若醉……”

玄奘忽然便是一怔,武德三年,收六十四烟尘,这岂非说的便是当朝天子吗? 他驻足静听,却听那汉子一直讲唱:“皇帝到了萧门前站定,有通事高声道:‘今拘来大唐天子李某生魂。’有鬼卒引皇帝到殿门口设拜,皇帝不施拜礼,殿上有高品一人喝道:‘大唐天子李某,何不拜?’皇帝高声而言:‘向朕索拜礼者,是何人也? 朕在长安之日,只是受人拜,不惯拜人。朕是大唐天子,阎罗王是鬼团头,因何向朕索拜?’阎罗王被骂,乃作色动容。皇帝问:‘那判官名甚? 卿近前来轻道。’判官道:‘臣姓崔名珏……’”

玄奘听到这里,顿时大吃一惊,这汉子讲的,竟然是李世民游览幽冥界的那一段！连崔珏也在其中。他急忙扯了一名听得津津有味的汉子，问：“敢问施主，你们在听什么？”

那汉子头也不回，急忙道：“《唐王入冥记》，这是最新的变文，说的就是当今的陛下啊！”

玄奘傻了，正在这时，忽然有一名姿容端庄的少妇牵着一个虎头虎脑的两三岁男孩儿从远处村里走了过来，到了人群外，笑道：“陈郎，该回家吃饭啦！”

“哎哟，陈家娘子来啦！”周围的汉子一起笑道，纷纷让开路，正在讲变文那汉子走出人群，拉着娘子和儿子的手，大笑道：“今日到此为止，回家吃饭去！”

夫妻俩牵着孩子，一路欢笑着朝村里走去。

玄奘看着那男子的背影，有如被轰雷击中一般，整个人都傻了。就是十年百年，整个世界如何变幻他也不会忘记那张面孔，因为那张面孔是他十岁以后最美好的记忆，陪伴他度过了一生中最困厄的时光，带着他走上佛家之路，并和他的身体里流着同样的血！

——那是他寻找已久的哥哥，长捷！

“那个少妇便是裴家的三小姐吧？那个孩子，就是我的侄儿……”一瞬间，玄奘泪水奔流，感激和喜悦让他无法控制自己的情绪。

这时候，他想起崔珏临死前的话：“若是回头见到长捷，告诉他，我谢谢他，从此不再恨他了。”有如醍醐灌顶，忽然便明白了那话中的含义——正是长捷与裴缃私奔，引起朝廷注意，才使得崔珏的处境极为艰险。为了防止被朝廷窥察到自己的模样，保守秘密，他竟然将自己脸皮整个剥下，然后制作成人皮面具重新戴在脸上！

正是这种被迫毁容的痛苦，才使得崔珏深恨长捷。可偏偏正是他几年前便毁了容，李世民最后抓获了他，也无法确定他真实的身份。幽冥还魂，在帝王的心中永远成了挥之不去的噩梦！法雅和崔珏险之又险地获得了成功！也正因为如此，崔珏对长捷的憎恨才最终释怀，临死前原谅了他。

李世民满含威慑的话在玄奘的耳边响起:“至于你那二哥,一则急流勇退,还算知趣,二则朕也找不到他,你呀,就期盼他永远别让朕找到吧!”

“二哥,”泪眼迷蒙中,玄奘凝望着长捷远去的背影,喃喃道,“就祝福你永远别让皇帝找到吧!”

他哈哈一声长笑,擦干泪水。满目风沙中,孤单的身影踏上西行的漫漫旅途。

时光也不知过去了多少年,大唐早已强盛一时,长安城也成为这个世界上最伟大的都市。昔日明眸善睐的少女如今已满脸憔悴,白发早生,她却依旧守着洪福寺,守着寺里那株苍老的古松。她日日来到松下,眺望着松树上斜指向西的枝叶,不住口地念道:“玄奘哥哥,你答应我的,或三二年,或五七年,但看那山门里松枝头向东,你就回来。如今两个五七年已经过去了,你为何还不回来……”

树下的行人与香客惶然注视着这个疯癫癫的女人,一个个绕行而走,窃窃的私语不停传来:“这个疯女人又来了!”

“她为何每日都到这松树下转圈?”

“你还不知道啊?据说这个女人在这树下转悠了十六年了,听寺里的僧人说,她从贞观三年就日日在这树下徘徊,如今已经是贞观十九年,那可不是十六年了么?”

“她到底是疯了还是傻了?究竟怎么回事?”

“没人知道,她从不和人谈话,只是自己每日在树下徘徊,喃喃自语。谁也听不懂她在说什么。”

忽然人群喧哗了起来,众人纷纷仰头:“快看啊!那女人爬到树上了!”

众人目瞪口呆地看着,只见那女人手中握着一把寒光凛凛的弯刀,爬到树干之上,朝着斜指向西的树枝死命劈砍。那弯刀上带着奇异的花纹,看起来极为锋锐,一刀劈下,手臂粗细的枝干应声而落。那女人仿佛疯狂了,口中狂叫道:“你骗我!你骗我!你为何还不回来——”

她边哭边砍，眨眼间将那根树枝砍得七零八落。随即从树上一跃而下，痴痴地望着古松："玄奘哥哥，你说过，但看那山门里松枝头向东，我即回来。你看，松枝头向东了……"

众人惊讶地望去，果然见那根最粗大的枝干被砍断之后，只剩下一根向东的松枝……

那女人抱着树干慢慢地委顿到了地上，仰望着松枝痴痴地笑道："玄奘哥哥，你终于回来了……"

附录：人物、地理史料

法　雅

法雅，河东良家子，修长姣好，黠慧过人，懂拈阄战阵之术。李渊仕隋，偶遇于长安市上，与他交谈，“雅其博达，遂相友爱”。将他引至邸中，命诸子礼拜。太原起兵时，又置之帷幄，秘参机要，言听计从，权倾左右。后李渊称帝，欲官之，雅不愿，乃立之为化度寺主。

——《大唐创业起居注》

（贞观）三年，有沙门法雅，初以恩幸出入两宫，至是禁绝之，法雅怨望，出妖言，伏法。兵部尚书杜如晦鞫其狱，法雅乃称寂知其言，寂对曰：“法雅惟云时候方行疾疫，初不闻妖言。”法雅证之，坐是免官，削食邑之半，放归本邑。

——《旧唐书·裴寂列传》

长　捷

长捷，俗家名陈素，玄奘的次兄。风神朗俊，体状魁杰，有类于父，好内外学。

长捷兄姐共四人，长捷为次，玄奘最小。长兄的名字、身份俱不可考。其姐嫁到瀛洲(今河北省饶阳县)张家。长捷早年出家于洛阳净土寺,玄奘五岁亡母,十岁丧父,于是携带幼弟前往净土寺出家,“以奘少罹穷酷,携以将之,日授精理,旁兼巧论”。

唐武德元年,洛阳战乱,长捷携带玄奘逃难至长安,同年冬,越秦岭抵达成都多宝寺。长捷精通佛学与老庄,善讲,较具名士之风格,益州路总管酂国公窦轨,益州行台民部尚书韦云起,均对其钦重。时人传诵道:“昔闻荀氏八龙,今见陈门双骥。”

武德四年,玄奘欲离开成都外出参学,但唐初制律,实行关禁政策,凡行人往来,关令必据过所以勘之。即必须勘验过关文书,若僧侣游参行脚未持过所,将受盘问禁止。私度关者,徙一年。长捷考虑到玄奘的安全,坚决禁止他出川。于是玄奘留书作别,通过往返长江水路的商人帮助,私自搭上船只,沿江而下。从此与长捷失散,终玄奘一生,再未相见。

据《三藏法师传》、《大唐三藏玄奘法师行状》、《续高僧传》等整理

崔珏

崔珏,字子玉,山西祈州古城县人。崔珏父名让,母刘氏,隋朝人,平时“厚德好施,梦岱岳神赐以双玉”,令夫妻吞之,生下崔珏。其后,举孝廉,唐贞观七年入仕,为潞州长子县令。能“昼理阳间事,夜断阴府冤,发摘人鬼,胜似神明。”崔珏死后,百姓在多处立庙祭祀,言其入地府为判官,执掌生死簿。

据明王世贞《列仙全传》、清姚福均《铸鼎余闻》卷三《磁州崔府君神异录》等整理

崔珏,字梦之。唐朝著名诗人。尝寄家荆州,大中年间登进士第,由幕府拜秘书郎,为淇县令,有惠政,官至侍御。《全唐诗》第五百九十一卷录其诗九篇,尽为佳作。其为李商隐挚友,《哭李商隐》一诗中“虚负凌云万丈才,一生襟抱未曾开”,为千古绝句。

据《全唐诗》等整理

唐代崔珏共有二人,本书中的崔珏,乃是将二人糅合为一。

崔珏最早的故事见敦煌变文《唐太宗入冥记》,武则天天授时期已经成型。因幽冥还魂,崔珏被唐太宗封为“蒲州刺史兼河北廿四州采访使”,后官至御史大夫,赐紫

金鱼袋。

天宝年间,安史叛乱,玄宗南逃川蜀。崔珏给玄宗托梦道:“毋他适,贼不久平矣!”后果然平定安史之乱,玄宗返回长安,感念其报信有功,特命在长安新建一庙,封为灵圣护国侯。

北宋太宗时,有公主向崔府君祈福,“祈之有应”,而被赐名“护国”。宋仁宗景佑二年加封崔府君为护国显应公,元符二年改封为护国显应王。宋徽宗时又加封为护国显应昭惠王。即使与宋为敌国的金朝,也未曾冷待,命崔珏摄享南岳。

北宋末,徽钦二帝被金人俘虏,康王赵构欲北上媾和,途次于崔府君庙,掷珓占卜吉凶,崔珏显灵,阻止其北上,遂得偏安百余年。(据徐梦莘《三朝北盟会编》)

此事,成书于南宋年间的《靖炎两朝见闻录》记载得更为详细:……康王遂从宗泽之请,不果使北,将为潜归之计。且闻去年斡离不自遣康王归国后,心甚悔之,既闻康王再使,遣数骑倍道催行。康王单骑躲避,行路困乏,因憩于崔府君庙,不觉困倦,依阶脚假寐。少时,忽有人喝云:“速起上马,追兵将至矣!”康王曰:“无马,奈何?”其人曰:“已备马矣,幸大王疾速加鞭!”康王豁然环顾.果有匹马立于旁。将身一跳上马,一昼夜行七百里。但见马僵立不进,下视之,则崔府君泥马也。

有如此大功,崔珏在南宋备受礼遇,淳熙年间,宋孝宗秉宋高宗命,封其为“护国显应兴圣普佑真君”。(据《南渡记》)

更大的功劳还有一桩,据熊克《中兴小纪》记载:宋高宗的唯一儿子元懿太子夭折后再没有子嗣,所以只好从其他宗族中选择后继者。赵昚出生前,其母梦见绛衣神人自称崔府君者,抱一只羊给了她,并说“以此为识”,然后便怀孕。高宗听说后,认为此子必非寻常,就接到宫中抚养,绍兴三十二年,高宗让位于赵昚,是为孝宗,即位后励精图治,成为南宋最杰出的皇帝。

有此恩遇,南宋的帝王对崔珏不吝厚赐,广造庙宇,临安城显应观更是华丽无比,殿名是御笔题写,“祠宇宏丽,像设森严,长廊靓深,采绘工致”。高宗、孝宗还常常临幸,有次还以“丹垩故暗,赐金藻饰一新”。当时崔府君庙遍及全国,仅就山西而论,晋东南及周边几乎无县不祀,甚至一县有庙宇三四座者。

元朝时,崔珏被封为“灵惠齐圣广佑王”。

明洪武四年,太祖朱元璋赐封崔府君为神,正神文号,命岁岁致祭。

崔珏身后名声之隆，盖压帝王，千年不灭。其庙宇至今犹存。

兴唐寺

唐代兴唐寺有多座，一座位于长安城内太宁坊，神龙元年三月十二日，敕太平公主为天后立为罔极寺。开元二十年六月七日，改为兴唐寺。著名天文学家僧一行在长安时便赐居兴唐寺。

第二座位于徽州府歙县，唐高祖李渊建德二年，于西干山麓滨江处，敕建兴唐寺。由于寺处练水之西，故当地人习称“水西寺”。大诗人李白游历徽州时，曾到寺中参拜，并留下《题兴安水西寺》诗一首：“天台国清寺，天下称四绝。我来兴唐游，与中更无别。卉木划断云，高峰顶参雪。槛外一条溪，几回流碎月。”宋太宗太平兴国二年，改名“太平兴国寺”，并沿用至今。

第三座位于晋州霍邑县（今山西霍州市）境内霍山主峰西南，霍邑县与赵城县交界处，今属山西省洪洞县，有兴唐寺乡（宋熙宁五年，赵城县并入洪洞县）。隋大业十三年，李渊起兵灭隋，兵至霍邑，隋虎牙郎将宋老生据守霍邑，恐固守不出。李渊军缺粮，又流传突厥与刘武周将乘虚袭太原，李渊欲北还，被李世民劝止。后传说得神人指点，以轻骑诱敌之计击破宋老生，夺取霍邑。

《旧唐书·高祖》记：“（大业）十三年秋七月，高祖率兵西图关中……发自太原……隋武牙郎将宋老生屯霍邑以拒义师。会霖雨积旬，馈运不给，高祖命旋师，太宗切谏乃止。有白衣老父诣军门曰：‘余为霍山神使，谒唐皇帝曰，八月雨止，路出霍邑东南，吾当济师’……八月……高祖引师趋霍邑，斩宋老生……十一月，攻拔京城。”

武德年间，唐高祖“感神大恩，敕于山麓建寺，赐额‘兴唐’”。然亦有一说，为贞观元年，唐太宗李世民下诏敕建兴唐寺以报神恩，派五百人修了三年建成，并植四株油松于寺门两侧。北宋时，兴唐寺被改名为崇胜院。金熙宗时毁于兵燹，后重建，元明时恢复兴唐寺名。明末一度荒废，时人有诗云：“碑生苔藓无全字，树杂隋唐不记年。僧舍数椽流水外，山云一抹夕阳前。”

清康熙年间虽经重建，但亦敌不过岁月的荒芜，现除清代修建的藏经楼残留外，其余尽毁。李世民所植油松亦仅存一株，高 14 米，胸围 3 米，树干向西北倾斜。

图书在版编目（CIP）数据

大唐泥犁狱/陈渐著.-上海：上海文艺出版社.2012.1
ISBN 978-7-5321-4273-6
Ⅰ.①大… Ⅱ.①陈… Ⅲ.①长篇小说-中国-当代
Ⅳ.①I247.5

中国版本图书馆CIP数据核字（2011）第244613号

出 品 人：陈 征
特约编辑：师 博 迟 卉
责任编辑：于 晨
装帧设计：钱 祯

书　　名：大唐泥犁狱

著　　者：陈渐

出版发行：上海文艺出版社出版、发行　上海绍兴路74号

印　　刷：上海华大印务有限公司

规　　格：开本890×1240 1/32　印张10.25　插页2　字数257,000

版　　次：2012年1月第1版 2012年1月第1次印刷

书　　号：ISBN 978-7-5321-4273-6/I·3302

定　　价：27.00元

告 读 者：如发现本书有质量问题请与印刷厂质量科联系

T：　021-62431136